影と花

説話の径を

川端善明
KAWABATA Yoshiaki

笠間書院

はじめに

これは、中古後半から中世にかけての説話集から選んだ話に、僅かにそれ以外を加え、現代語への訳を以て構成した一冊である。現代語訳のための、注釈を含んだ解説《コメント》を、私はそこに必須のものと考えた。それをこの書の特徴とした。

説話の魅力は、所詮、語られていることの不思議を読むことに尽きるだろう。起きている事態・事柄それ自体、それへの人のかかわり——態度としての心理、対応としての行為。しかしその不思議はいま、つまり、伝えられてある時間の距離の末のいま、常に自明とは言いがたい。それを明らかにし、その何故かを問うことに、解説はあるだろう。

ここには更に、説話のなかに積極的に読む者が参入すること、或る意味で説話を作ること——説話化において読むことの楽しみを、解説とした。

ここに訳したすべてはしかし、その時期の説話の森の、なかを通る一筋の径にすぎない。とはいえそうであっても、その径に摘む花は細やかに美しくその影は豊かに濃かった。——むしろ私は、先に影を摘んでそこに花を見ていたような気がする。

その影と花を〈物語〉〈風景〉という把握によって五つのグループに、つまり五つの章にわけて統一を構成した。この二つは、表現することについて今、私の考えている一種の相関概念である。

◉目次　『影と花――説話の径を』

II　ひとすじの思いの物語

III　物言いのたくみの風景　付・数奇

Ⅳ　諦視するこころの物語

Ⅴ　人と人とのあいだの風景

挿図　川端善明

I

あやかしの影の風景

角三つ生いたる鬼――梁塵秘抄より

我を頼めて来ぬ男
角三つ生ひたる鬼になれ
　さて　人にうとまれよ
霜雪霰ふる水田の鳥となれ
　さて　足つめたかれ
池の萍となりねかし
　とゆりかうゆり　揺られありけ

（「梁塵秘抄」四句神歌）

一　今様ぐるいの四宮

『梁塵秘抄』は後白河法皇の撰述による今様《いまよう》の類聚集大成である。全二十巻、ただし現在、歌詞集巻一（断簡）・巻二、口伝集巻一（断簡）・巻十（今様にかかわる後白河の自伝）しか残らない。十歳余から今様を好み、唱うことに異常なほどの耽溺をみせた鳥羽天皇四宮雅仁は、僅か三年の天皇位に即く前後、美濃青墓の傀儡女《くぐつめ》の系統をひき、唯一人、今様正調を伝えるという乙前《おとまえ》に逢う。この人と師弟の契りを結んでより正調追及の志を固め、退位のあと十年ほどで、出家、法皇となったころから、正調今様の伝統に立つものとしてその歌詞の撰集が始められたと推量されている。

一条天皇のころは、催馬楽《さいばら》、風俗《ふぞく》、また催馬楽の曲調で歌われる和歌、それらをとりまとめて唱《そう》歌《が》と呼ばれる謡いものと、漢詩の訓み下しを詠った朗詠の、その時代であった。

風俗うたはぬ人　雨の日のつれづれをいかにして暮すらむ　（「体源鈔」）

平安人の心にしみいるようにしてそれは愛された。そのなかに、もともとは地下《じげ》（広義には庶民に属しつつ、若い大宮人の好みのなかに拓かれてきた新たな今の調べとして、今様はあった。後朱雀天皇のころには、地下と堂上《どうじよう》（広義には貴族）に亘って広い世界に今様は一つの流行を見せる。やがて、堂上と地下の好みをつなぎ、中央と地方の交流にも立ち合うものとしての、江口・神崎・山崎など水辺の遊女《あそび》と、野上・青墓・鏡など街道の傀儡女が、今様を管理するともいえる位置に生き、哀切な華やぎの都市のその歌声は、流行の絶頂を迎える。

そのころの上下　ちとうめきてかしらふらぬはなかりけり　（「文机談」）

絶頂を迎えるということは、まさに今、その盛りが通りすぎようとすることである。その予感が、今様の正統に立つという自負の人になら当然持たれたそのなかで、だからこそ歌詞集の撰述が進められることになる。『秘抄』口伝集巻十の、殊に美しい結びの一節は、「こゑわざのかなしき」宿命としての、やがてくる滅びの予見と、そのもとで発意された撰述の、後白河の思いを哀切に記す。

二　夜離れ男への歌——遊女のうた

先の今様一曲、遊女（傀儡女）の歌である。

『秘抄』の今様の配列には、類聚集成にふさわしく、秩序がある。この曲の場合、先行する曲と内容的に交渉し、交渉することの面白さによって、それぞれがまたその意味を深くもする。

厳粧《けしやう》狩場の小屋ならび／しばしは立てたれ寝屋の外《と》に／徴《こ》ろしめよ　宵のほど／よべもようべも夜離《よが》れしき／悔過はしたりとん（＝とも）　したりとん　目にみせそ

先行するこの曲、武者たちの巻狩——『曽我物語』などに我々の読む、浅間や那須の野の巻狩を場面とする。そこに集うものは武者だけではなく、諸国の遊女（傀儡女）たちも打ち群れて、武者の屋形にまじる「厳粧」の——やわらげて字を宛てるならば「化粧」の小屋を営んだ。ただちにそれは「懸想」の小屋であった。通ってくる男たち。ところがあの男、待っていたのに昨夜も一昨夜も来なかった。

そんな目にあったのなら、あんた、今夜訪ねてきて謝ったとしても、そう簡単に入れてやってはだめよ。傍輩の女に忠告し、力付けてやっている。暫くは外に立たせておやり。あけてやらない閨の外で、咳払いなんぞして、いささか体裁の悪い思いでも男はするがいい。

夜離れの男を謡うこの一曲、男がしかし必ず戻ってくるものと、女は強気である。いわば泳がされている男は、千葉なり三浦なり梶原なり宇都宮なりの若者であってよく、強気の女は、手越《てごし》の少将・黄瀬川の亀鶴とか、また大磯の虎とか名乗ってもおもしろい。

これに並ぶ当面の今様もまた、遊女の歌であり、夜離れの男を題材とする。とはいえ一転、そこに展がる情緒は、男への恨み節であった。

三　夜の闇ゆく鬼たち

中古、花の律令都市の夜の闇を、凄惨異形《いぎょう》の者らが松明をともし、行列をなして徘徊し、ゆきあうものを害するという想像があった。百鬼夜行という。疫鬼、行疫流行神《ぎょうやくるぎょうじん》の一団であった。それが夜の巷を徘徊する日は暦の上で決まっており、忌夜行日と呼んでその夜、平安京の夜の深さをおぼろけに通行するものなどいなかった。

ただ、思う女の許に心急ぐ若者は、そういう夜の闇なかにもこっそりと滑り出た。

加多志波也恵加世々久利爾加女留佐介手恵比足恵比我恵比爾介里《かたしはやゑかせせくりにかめるさけてゑひあしゑひわれゑひにけり》

もし、夜行の鬼に遭遇したときのまじないの唱え唄である（「二中暦」）。『拾芥抄《しゅうがいしょう》』や『簾中抄』にも載っているが、呪頌だから転訛が多く（「二中暦」のものも、その一つの具体）、意味はよくわからぬところがある。下句は、手足もふらふらになるまで私は酔っぱらったというほどの意味である。『簾中抄』には、「此歌を道にてとなふれば百鬼夜行あへりといへどもことなし」という。

女の許に急ぐ若い男が鬼難に遭って、偶々乳母が衣の襟に縫い籠めておいてくれた尊勝陀羅尼

（仏頂尊の陀羅尼。陀羅尼はその仏の効験を表現するサンスクリットの呪）の護符のおかげで、かろうじて一命救われる、そういう説話が、いくつかある。それでも高熱を発して生死の境をさまよわねばならなかった、後の左大将大納言藤原常行。眉目《みめ》うつくしい色好み、人いちばいのまめおとこ。醍醐天皇の外祖父にあたる藤原高藤の若い日。鬼に唾液を吐きかけられて、姿を失ってしまった男もいる。六角堂の観音さまの御利益で姿はとりもどせたが、そうでなければ疫鬼の手下にされるところであった男。

四　待てど来ぬ男への恨みぶし

曽ての日、男はたのもしかった。お前のためなら鬼なんぞ、と言う。まんざら強がりだけでもなく、それが女はうれしく、男の顔を現《うつら》に見るまで、無事を案じて落着かなかった。わたしが教えてあげたあのおまじない、あの人は夜の道々に唱えているだろうか。唱えてくれたとして、ほんとうに効くのだろうか。危険な夜の闇を冒して男が通ってきた夜々の重なり、すっかり男を頼りにして女はしあわせだった。

――その記憶が、今は便りさえくれぬ男のおもかげに向かって、女に謡わせる。角三つ生ひたる鬼になれ――そう、いっそ、その鬼になってしまえ、と。やるせない言葉の意趣返し。

角の三本生えた鬼は夜行の鬼、疫鬼の一つの姿なのである。

とはいえ、その奇怪の姿を描いた文章や詩歌――少なくとも表現的な言語は、『梁塵秘抄』の外に見つからぬ。夜行の鬼、疫鬼の異形は、一眼、三眼、双頭、馬頭、一手、多手、一足とさまざまであり、且、しばしば角を生やして多くの説話に登場する。その角のなかに、三つの角は絶えて見られない。だが、鬼の角は通常二本、それを三本というのは醜さの強調などと、ごまかして済ますわけにはゆかぬ。

実は、表現のジャンルをすこしずらして歩きまわれば、うまくするとその鬼に、我々も出逢うことができる。


『融通念仏縁起絵』(明徳二年版本)の一場面、武蔵国与野郷名主の別時念仏(念仏行者が月を決めて、あるいは日を限って行う念仏)に、疫鬼ども一群が乱入しようとする、総勢十八匹の後方、頭じゅう角だらけの鬼の横に、三角の鬼は真赤な口を開けて居た。さて、人にうとまれよ——疎まれるほかない御面相であった。

法隆寺に蔵する追儺《ついな》伎楽面の一つにも彼はいた。

私の友人に、能・狂言古面を写して打つ素人の会に属する人がいた。そのグループ展の会場で、三角鬼に私は逢った。既に二十年以上の昔である。その会は、打つ腕をあげて打つ領域を拡げて、たまたまそのとき法隆寺所蔵の伎楽古面に及んでいたのである。友人の打ったのは、西円堂修二会《しゆにえ》結願のあとに行われる追儺会《ついなえ》の面で、三面あるうちの父鬼と呼ばれるもの。鎌倉時代のものという。追儺の鬼は、与野郷名主の別時念仏に乱入しようとした疫鬼の、少なくとも一つの同類である。

また、神戸の長田神社にも、古式追儺式の鬼面が蔵められている。その七面のうち、格式の最も高い餅割鬼と呼ばれる鬼が、三本の角を持っている。四角のようにも見えるが、三角中央の一本が、

法隆寺追儺面『国宝法隆寺展』図録（NHK）より

更に二つに岐れた形にあると思われる。室町期のものだという（「古社名刹巡拝の旅37、みなと神戸」集英社）。諸社寺追儺の面には、探せばなお三角鬼がみつかるかも知れない。ことばの世界からは遠く、絵や彫刻――造形の領域に、疫鬼として角三つの鬼は棲みついていたのである。

霜雪霰ふる水田の鳥となれ／さて　足つめたかれ

足つめたかれ——夜行の鬼を恐れつつも通って来た曽ての冬の夜の、男の足の冷たさ。抱いて暖めたわたしの記憶。

＊大阪、住吉神社に秦王破陣楽面楯が五面ある。すべて楯に鬼面を彫り、うち二面は、三本の角を持つ鬼である。鎌倉期のものという。渡来系の表現としてこれは考慮に入れていない。

大会《だいえ》と来迎——十訓抄より

後冷泉天皇の時、天狗が荒れて世の中に騒ぎの頻発することがあった。

比叡山西塔《さいとう》（比叡山延暦寺の三地域の一。四三頁参照）の一人の僧、いささかの用あって京へ出ての帰り、東北院（彰子ゆかりの寺。もと法成寺《ほうじょうじ》内の一子院。焼亡のあと法成寺の北に再建）の北の大路（一条大路）で、童たち五六人が騒いでいるのに出会った。恐ろしげに大きい古鳶を縛り上げて、棒で打っていじめていた。

「おやおや、これはかわいそうに。どうしてこんなことを」

と僧が問うと、

「こいつ、殺して羽をとってやるんだ」

という答え。

思わず憐みの心を起こし、所持の扇を童たちにやって鳶を貰い受け、縄を解いて僧は放してやった。

ま、功徳も十分に果たしましたよ、とばかり、僧が歩みつづけてゆくほどのに、切提のあたり、藪のなかから異様ななりの法師が現れ、僧の歩みに遅れまいとばかりに追ってくる。気味が悪くて道際に身を寄せ、やりすごそうとしたとき、法師、僧の近くに寄って来て言うのだ。

「憐みをかけて頂き、お陰で一命たすかりました。お礼が申し上げたくて」

立ち帰って僧、

「どういうことでしょう、それは。どなたですか、あなたは」

と問うと、

「ごもっとも。東北院の北の大路あたりでひどいめに遭っておりました法師でござる。

生あるもの、命以上のものはござなく。これほどの御恩、いかにしてお返し申せばよろしかろうか。

さればもし、心こめてのお望みでもあれば、何事によらず一事ならず、叶えて進ぜましょう。

わたし、いささか神通を得た身ゆれ、お叶え申さぬということとてござらぬ」

と懇ろに言う。

奇妙な申し出だ、と、いささか疑わしかったが、真剣に言うものだから、言うだけのわけもあろうかと、

「わたくし、この世の望みとて何もございませぬ。年七十にもなりましたれば、名誉も富もあじきなく、ひとえに後世《ごせ》のこと（来世どのような生をうけるか――極楽浄土に往生できるか）ばかりがわたくしの気がかり。とはいえ、どうしてそれが、やさしく叶えられますことか。だからそれは、申すには及びませせぬ。

ただ、釈迦如来が霊鷲山《りょうじゅせん》（古代インドのマガダ国の首都、王舎城東北の山）で説法なさいましたそのありさま、どんなにめでたかったことかと、ゆかしく、一目なりとも見たいものよと、朝夕こころに掛けてござれば、そのありさま、擬して現わしてなりとも、見せて頂けますまいか」

すると法師、

「それは何でもないこと。そういうことの真似をするのは、わたしの得意中の得意」

というと、下《さが》り松（左京区一乗寺にある、岩倉にもあった）の上手《かみて》の山へ僧を連れて登った。

「暫く目をつぶっておいでなされ。仏が説法なさる、その声が聞こえたら、目をおあけなされ。ただし、きっとですぞ、それを見て貴しとなど、ゆめ思いなさるな。それを目にして信を起こされることにでもなれば、わたしのためによろしくござらぬゆえに、な」

と、言いおいて、峯の方へ登って行った。

やがて説法の声が聞こえてきた、僧が目を見開くと、大地は紺瑠璃、木は七重宝樹となり、獅子座の上に釈迦如来は現われていらっしゃる。普賢、文殊の二菩薩は如来の右と左に座し、菩薩聖衆、居並ぶこと雲霞のごとく、帝釈・明王・天龍八部（天・龍・夜叉・乾闥婆《けんだつば》・阿修羅・迦楼羅《かろら》・緊那羅《きんなら》・摩睺羅迦《まごらか》）、掌を合わせて如来を囲む。迦葉《かしょう》・阿難（ともに釈迦十大弟子のうち）らの大比丘は一面に居並び、印度十六大国の王たち、王冠を地に置いて畏こまっている。

天からは四種の花（大小紅白の蓮花）降り、その芳香は四方に満ち、天人は天に満ち連なって微《み》妙《みょう》の音楽を奏する。

釈迦如来は宝花蓮花の上に座して、甚深の法文を説き、その荘厳、およそ語るべき言葉もないほどだった。

――暫くこそ、よくも真似たものよと感心し、僧は興をそそられて見ていたが、さまざまの瑞相を見るにつけ、仏在世に説法なさった、その場にわれも侍る思いにかられ、信の心たちまちに起こり、喜びのままに涙浮かび、渇仰の思い骨に徹り、掌を合わせて一心に、

「南無帰命頂礼《ちょうらい》大恩教主釈迦如来」

と声挙げて唱え、恭懼の礼拝を致した、と見るや、山はぐらぐらと揺れ動き、目のあたりの大会《だいえ》、さっとかき消すごとくに失せた。不意に夢から覚めたかのようだ。

これは何と？　とあきれ惑いつつ、あたりを見廻すと、もといた叢のなかに自分はいる。何としたことかと浅ましく、だが、そのままいられるわけもなく、比叡の山へ登って行ったが、水飲み（山上結界の地。四三頁の図参照。一二二頁あたりの記述参照）のあたりに、かの法師が姿を現わした。

「あれほどかたく誓言したことを、あなたは違《たが》え、どうして信をなど致されたのか。あなたの信の力により護法《ごぼう》天童も天下り、

『これほどの信を致すものを、みだりにたぶらかすとは何ごと』

と、わたしを責め折檻なされ、集めておいた法師どもも肝をつぶして逃げ去り、わたし、片羽を打ち折られてもはや術も使えませせぬ」

恨み言を並べ、そのまま法師は消え去った。

（「十訓抄」一・七）

一　大会幻出——類話にふれて

霊鷲山の釈迦説法を現出せしめた魔は天狗であった。この話は能『大会《だいえ》』に構成されている。大会とは大法会のこと。魔による擬態の大会がここには語られている。能は五番目物、複式能形式のなかに、謡詞章はほとんど『十訓抄』のそれを踏襲している。西塔の僧はワキの僧正、前シテは山伏、後シテは愛宕の大天狗、釈迦となって登場する。大癋見《べしみ》の面をつけて大会頭巾をかぶる。また

大癋見をつけた上に菩薩面（釈迦）をつける（喜多流。観世流にも）。大癋見の上から大きい造りものの仏頭をすっぽり冠る演出もあったらしい。天狗を折檻する護法天童は後ツレの帝釈になっており、その折檻で後シテは釈迦の扮装をとり天狗の姿になる。大会頭巾を脱ぎ捨て、持っていた経・数珠も捨てる。菩薩面をつけ、或いは仏頭を冠っていたときはそれを取る。勢いよくそれを発ね落とす演出が古くあったという。「物着《ものぎ》というより物脱ぎによる早変りが正体露見の見せ場」（伊藤正義）。『古事談』に、逃げ去ったと書かれている法師どもは、アイ（間《あい》狂言）の木葉天狗だが、アイとして化仏の相談をするに終る。

＊二〇一三年十二月十六日、京都観世会館で私の見た能『大会』では、後シテは、菩薩面（釈迦）に兜巾《ときん》して登場。物着は、地謡前で被衣にかくれて行われ、菩薩面を外して、下の大癋見をあらわにしたのか、単に二面をとりかえたのか客席からは見えなかったが、天狗として立ち上ったとき、菩薩面はなく、赤頭《あかがしら》をつけて魔王団扇《まおううちわ》を手にしていた。後ツレ帝釈との対決に被衣を脱ぐと、赤頭の長い毛が印象的に背に流れた。
一畳台《いちじょうだい》の上に立ち、まだ菩薩面をつけながら、帝釈の出現を察知して挙動が魔のものに変るアンバランスが印象的で、打杖《うちづえ》の帝釈と魔王団扇の天狗の対決が見せ場である。アイはオモアイ一人、アドアイ二人。

『十訓抄』はこれの次話（一・八）に優婆崛多《うばくった》（迦葉から付法四代目、阿育王《アショカ》の師）の物語を載せる。
——印度のこと。仏滅後五百年のころ、阿羅漢果《あらかんか》を得た（修行者として到達し得る最高位に達した）優婆崛多という人がいた。天魔（第六天の魔王の天魔波旬をいうが、この場合はその手下の魔）が現われて言った。曽てこの人、天魔のために恩を施したことがある。

「何事でもよろしうございます。私の命の、御恩返しをいたしたく」

と請い、崛多は言った。

「仏の御ありさまがしたわしく、そのありさまを真似て、わたしに見せてくれよ」

「それはお安いこと。とはいえ、そのありさまを賞でてあなたが礼拝なさることでもあれば、わたしにとって一大事でございます」

「では必ず拝むまいぞ」

　堅く約束なって天魔は林に隠れた。

　程なく林から歩み出てくるものを見ると、丈《たけ》は丈六（一丈六尺。人間の二倍にあたる仏身）、色は紫《し》金《こん》の仏である。頭頂には肉髻烏瑟《にっけいうしつ》（髻状《たぶさ》の隆起）御髪に輝き、眸は青蓮《しょうれん》の色、唇は丹果のごとく、胸には卍《まんじ》（実相瑞印）、趺《あなうら》には千幅輪《せんぷくりん》（足の裏の瑞印。これを石に刻んだのが仏足石）などなど三十二《さんじゅうに》相《そう》・八十種好《はちじっしゅごう》（仏、或いは仏・菩薩に具わる優れた特徴）を具えて欠けるところとてない。光明は赫奕《かくえき》として春の日の、いまはじめて射し出づるごとく、あたかも黄金《こがね》の山の動き出すかのようにしずしずと仏は進む。

　崛多これを見るうちに天魔との約束も忘れ、思わず涙をこぼし、声を挙げて泣いた。とたんに、天魔はその正体を現わし、瓔珞《ようらく》と見えていたものはさまざま不浄の骸骨をつらね、これを頸にかけていた。まさに天魔の所変であった。

　この二話は類話である。『十訓抄』もその理解において二話を前後に並べているのである。その優婆崛多の話は『今昔物語集』四・八にも語られている。

『十訓抄』に「天魔のために恩を施したことがある」という、その恩にまつわる話が前段として『今昔』にはある。不浄の骸骨を連ねて瓔珞としていた魔の本姿にもかかわる話だが、ここには述べない。その前段にあたる語りを『十訓抄』一・八は省略しているのである。

とはいえ、『今昔』は『十訓抄』一・八の直接の出典ではない（「今昔」を省略して「十訓抄」の話が作られたのではない）。『今昔』や『十訓抄』の崛多の話の、究極の原拠は『付法蔵因縁伝』であるらしいが（ただし幾つかの経・論・伝にも同話がある）、直接の出典ではない。いわば中間に二書にともに直接の出典となるものが曽て存在し、今は散佚してしまっていると考えられている。それの、語りの全般を残すのが『今昔』であり、省略して残すのが『十訓抄』である。

『十訓抄』一・七の西塔の僧の話も、『付法蔵因縁伝』を遠く遠い原拠としつつ、その語り継がれる過程での変容を身につけて、別話のように成長したものであろう。原拠を一つにすることからの類話性が、崛多の話（一・八）との間に残っている。直接の出典はやはり不明である。

二　無智のあわれ

西塔の僧や優婆崛多の見たものは、彼らの要請によって魔が現出したものであった。だが、『宇治拾遺物語』一三・九、美濃伊吹の山の、ひとりの念仏専修の僧の見た仏の来迎は、彼の要請からではなかった。

ひたすら仏を念じて年を経てきた或る夜、僧に浄土への迎えの告げがあった。時到り、西に向いて手を摺り念仏する僧の前に、秋の月、雲間から射すごとき金色の光を発して、仏が出現した。さまざまの花を降らし、仏の白豪の光が僧を照らした。拝み入る僧に観音は近寄り、蓮台に僧を乗せて紫雲たなびくなか、西方へ去った。

七、八日経って、一人の下種法師《げす》、木を伐りに山に入ると、遙かに高い木の梢に叫ぶ声があり、裸にされた件の僧がそこに縛られていた。来迎を信じて拒む僧を、無理に舁き下ろして坊に戻したが、正気に返ることなく、二、三日して僧は死んだ。天狗の所為であった。

この話は『今昔』二〇・一二、『真言伝』七・二四、『十訓抄』七・二などにも載る。来迎の荘厳を『今昔』は、西の山の峰、松の間に光射すなか、緑の頭の仏が金色の光を発して出現、白豪は秋の月のごとく、二つの眉は三日月さながら、眼は青蓮の色をたたえ、さまざまの来迎《らいごう》の菩薩が音楽を奏し、天から雨のごとく花降り、紫雲たなびく、と叙し、『十訓抄』は多くの伎楽の天女を描く。『真言伝』は都率天《とそつてん》の弥勒浄土への来迎とし、『十訓抄』は、一命はとりとめたがこれ以降、僧は験徳を失ったといい、また、験徳さかんであったころの僧に逢った宰相（参議の唐名）三善清行《きよゆき》が、「行徳ある僧のようだが、無智のものゆえ、いつか魔界のためにたぶらかされるであろう」と予言している。理の人であった清行（本書V、「龍の咋い合い」参照）に似つかわしい批評であり、彼の記した『善家秘記』なり『清行卿記』なりにもこの話はあったのかも知れぬ。

僧を『十訓抄』では千手陀羅尼の持者《じしゃ》とし、『真言伝』『今昔』は三修《さんしゅ》禅師の名を挙げる。しかし、実在の三修は、法相・真言兼学の東大寺僧（昌泰三年　九〇〇年没）で、権律師に至り、念仏専修の人ではない。恐らく話の本来は、伊吹山系の在地仏教集団に語られていた伝承で、それに、名山を巡って湖東西明寺を建て、護国寺を定額寺《じょうがくじ》として伊吹山に止住することの永かった三修が、習合してしまったのであろう。三修禅師には迷惑な話である。多分その仏教集団は、台密《だいみつ》（天台の密教）や東密《とうみつ》（真言の密教。東寺の名による）以前の原始密教の系統をひく行者であったであろうし、とすると『十訓抄』の、千手陀羅尼持者という規定が、正しいのかも知れない。

三　来迎絵と迎え講

来迎《らいごう》、つまり、往生浄土を願う人の臨終に阿弥陀仏が二十五菩薩とともに雲に乗って迎えにくるという思想は古く、『無量寿経』に弥陀四十八願中の第十九願として説かれているものに基づく。その来迎の図も、『観無量寿経』所説の九品《くぼん》往生（上・中・下の三品と三生の組合せ九つの、往生極楽するものの位階）に基づいて描かれたものが当麻《たいま》曼荼羅（奈良時代）や平等院鳳凰堂壁扉画（平安時代）などに残る。

また別に、平安中期には、源信『往生要集』に基づく来迎図が描かれるようになり、構図も、来迎仏を真正面に、斜め下向きに、あるいは山越しの阿弥陀、帰り来迎（枕本尊）などに拡がる。来迎仏も実は、阿弥陀一尊、阿弥陀と両脇侍観音・勢至の三尊、阿弥陀を中心に二十五菩薩、などに描かれるが、最も好まれたのは、聖衆の列をなして訪れる二十五菩薩来迎であったらしい。

一方、やはり源信によって始められたという来迎の劇化、即ち迎え講（迎接会《こうじょうえ》）も、平安中期以後、浄土教とともに隆盛した。西方の堂から、造られた桟道を聖衆は列をなして渡り、東方の堂に待つ臨終の人を迎えて、西方の堂へ戻ってゆく。視覚的に印象的な来迎図や迎え講の時代的な広がりが、魔によるこの話の背後にあった。

四　野猪のたぶらかし

無智の僧のこの話（「宇治拾遺」・「今昔」・「真言伝」・「十訓抄」）に対して、『今昔』二〇・一三（「宇治拾遺」八・六に同話）は類話をなす。愛宕山の法花持経の僧、坊を出ることもないほどに行を修していたが、そのもとに夜ごと、普賢菩薩が影向《ようごう》した。東の山の峰吹く嵐のなか、僧坊は昼のような月光に満たされ、象に座した普賢が出現する。だが、来合わせていた猟師の鋭り矢によって魔が追われ、野猪《くさいなぎ》（「今昔」）、年を経た狸（「宇治拾遺」）が僧をたぶらかしていたのだと判明する。信はあるが無智の僧（前節、清行の批評にあったと同じく）を野猪（狸）がたぶらかしたということに終っている話だが、あるいは、猟師が登場しなかったら、魔（野猪）による来迎の現出に至った話であったかも知れぬ。普賢来迎である。もとより来迎は、一般に阿弥陀において語られるのだが、その他、弥勒、十一面観音、観音・勢至、阿閦《あしゆく》仏、毘沙門天（これは結局、阿弥陀のもとにとどけるのだが）においても語られ、『今昔』六・二六にも普賢来迎の話はある。

信じることもまた、常に目覚めてなされなければまことの信ではあり得ない、と、この説話は物語る。

野猪はまた、葬列を現出した。

五　行列幻出

旅のうちに日暮れて播磨印南野《いなみの》の山田守る庵に泊ることになった男の前に、その夜、金鼓を打ち念仏を唱え火を燃し、僧を囲んだ多くの人の列が、棺をかついで現れた。男の泊っている庵の傍に、穴を掘って棺を埋め、葬送の儀を営み、塚を築き卒塔婆を立てて、人々は去る。恐ろしいものからは眼が放されず、墓を凝視していた男の夜更け、墓穴を崩して裸の死人が出現し、身についた火を吹き払いつつ、まっしぐらに男を襲った。同じ死ぬのなら、と覚悟を決めた男は、先んじて死人に斬りつけた。――翌朝、墓も卒塔婆もそこになく、大きな野猪が斬り殺されていた。（「今昔」二七・三六）

野猪の話は『今昔』にのみもう二話あるがすべて、不思議を現出させつつ、人間の智なり胆力なりの前にその本性を見破られることになる。「猪」字で書くがそれは、いのししではなく、年経た狸を意味したらしい。印南野のその野猪が演出した葬列、つまり一つの行列を、魔の来迎のその行列へ引き合わせるならば、行列というものが既に、魔の現出する風景の、一つの要素であったかと思われる。

古屋を購って一夜宿った三善清行（「今昔」二七・三一）の前に出現する天井組格子のさまざまな顔や、銀の牙を生した美女もさることながら、南廂の板敷に馬に乗った一尺ほどの丈のもの四、五十人、行列を作って渡って行ったのも、このように見れば、古屋の霊（やはり一つの魔）の、ふさわしくそこに演出する魔の風景であった（清行のこの話は、本書Ⅰ、「河原院の霊」九節に、少し詳しく述べる）。

『今昔』のその前話（三〇）には、幼児をともなって方違《かたたがえ》に宿った下京あたりの家の夜更けを描く。その子に添乳している乳母の前、丈五寸ばかりの緋の束帯姿の五位が馬に乗って十人ばかり、枕上に行列をなして渡って行った。乳母の落着いた機転によって、打蒔《うちまき》の米が投げつけられて行列は消え、翌朝、血のついた打蒔を乳母たちは枕上に見出すことになる。何かは知らず（家の霊であろう）魔の演出した行列であった。

陽成天皇もまた行列を演出した。

雑物変身の外術《げじゆつ》を心得ている滝口の道範という男から、その外術に興味をもった陽成は、習い受けて、賀茂祭の供奉行列を几帳の横木の上に渡らせるなど、天皇自らが外術を使ってみせた。それは、内裏で三十頭の馬を飼っていたとか、神器宝剣を抜いたり璽《じ》の筥を開けたりしたとか、若い近侍と相撲をとっていて投げ殺してしまったとか、未熟な人としての伝えの多い天皇に似合わしい、もう一つの未熟な行為であった。天皇の身で三宝に違《たが》うような行為のあったことが、この天皇の狂気の原因だと『今昔』二〇・一〇は言うが、それは『今昔』一流の結語の出し方で（同話である「宇治拾遺」九・一には記さない）、陽成狂気は、退位させることをかねて計画していた摂政基経が、天皇の未熟を利用した、退位の理由づけであった、と私は考える。

少女に化けた狐を、紙屋川の右京一条あたりで若い滝口が捕えた。それを滝口の陣（内裏、清涼殿の北、御溝水《みかわみず》の滝口にあった、内裏守護の武士の詰所。武士も滝口といった。巻末地図参照）へ率いてゆくつもりが、狐にあざむかれて鳥辺野《とりべの》（左京六条から東の郊外へ、加茂川を渡って行った野。阿弥陀ヶ峯裾野の一帯。葬墓の地）へ迷いこんだ。そのきっかけは、右京一条大宮あたりで出会った、牛車をつらねての公卿行列を避けようとすることにあった。その行列自体が既に、狐の現出させたものであった。魔の演出したものであった（「今昔」二七・四一　巻末地図参照）。

そして、魔の現出する最大の、というか、もっとも広く日常的にさえ信じられ恐れられていたのが、京の町の夜の闇の底ゆく鬼どもの行列――百鬼夜行であった。魔が演出し、自らをそのなかに構成する行列であった。更に何よりもそれは、主人公をもそこに取り籠む魔界であった。その夜行に遭った人は、或いは害せられ（例えば鬼に喋をはきかけられて姿を失う――「今昔」一六・三二）、或いは辛うじて一命だけは助かる（例えば尊勝陀羅尼護符に救われる――「今昔」一四・四二。本書I、「角三つ生いたる鬼」参照）。

百鬼夜行は人々の想像には違いなかった。と同時にそれを超えて、当時の社会状況のなか、信じられた現実でさえあった。それに似て対極するのが、来迎であった。これも人々の想像に違いなかった、と同時にそれを超えて、当時の宗教状況（浄土教の隆盛）のなか、信じられた現実でさえあった。一方は魔の極みとして、それに遭遇することがひたすら忌避され、一方は聖の極みとして、それに迎えられることがひたすら祈願せられた。その聖の極みの擬態を魔は現出した。来迎の擬態である魔の世界に、伊吹山の僧は捕えられた。無智のゆえにと、説話集はいう。

釈迦説法の大会も、行列という要素はないけれど、聖の極みであり、魔によるその擬態の現出を、西塔の僧や優婆崛多は見ながら、かえって心の目には聖なる大会自体を見ていた。かくて擬態の大会は破綻し、消滅した。

六　魔界謀議

羽黒山の山伏雲景、京に遊ぶうち、六十歳ばかりの老山伏に誘われて彼の住む愛宕の山に登る。奇麗の仏閣あって、玉を敷き金を鏤めた荘厳に信の心を致した雲景を、老山伏は本堂の裏なる秘所、座主の坊へ導く。そこには多数の人が居並んでいた。

上座には金の鵄《とび》の姿をした崇徳院（保元の乱により讃岐配流、その地で没。怨霊《おんりょう》御霊《ごりょう》の代表格）、その右脇に大弓大矢を横たえた源為朝（為義の子。鎮西八郎。強弓の猛将。保元の乱によって大島に配流。のち攻められて自殺）が守護し、左の一座には、日月星辰を織り出した袞龍《こんりょう》の衣（大袖には龍の刺繍のある天子の祭服）に金の笏を持った帝王たち、淡路の廃帝（淳仁。先帝孝謙によって廃位、淡路に配流、その地で没。国土呪詛の話がある）、井上《いのうえ》皇后（聖武皇女、光仁皇后、廃太子他戸《おさべ》の母。他戸とともに大和の地に幽閉されて死。毒殺か）、後鳥羽院、後醍醐院が居並び、その次の座（右の一座）には、香染めの衣の人も交えての僧綱たち、玄昉《げんぼう》、真済《しんせい》、寛朝、慈恵《じえ》、頼豪、仁海《にんかい》、尊雲（大塔宮《おおとうのみや》）が並んでいた。帝王たち、いまは悪魔王の棟梁となり、僧綱たち、いまは大魔王として、天下の乱逆を謀議しているのだと、老山伏は説明した。彼自身は愛宕山の太郎坊大天狗と名告った。

＊ここに言う帝王のうち後鳥羽・後醍醐には、武家政権を倒すことに失敗して配流された共通性がある。北条を

討ち足利を討とうとしたことを、『太平記』（この山伏の語り）は、一往は治っている時運に対する一種の「謀叛」、「下剋上」の行いと把え、武家を討つことが逆に、王道公家の衰退を促したとしている。後鳥羽には、怨霊化ともとれる伝承もある。

＊僧たち――玄昉は法相の僧正。藤原広嗣の乱・平城遷都のあと、筑紫観世音寺に左遷されて死ぬ。怨霊の伝えがある。真済、現実の人としては空海の十大弟子の筆頭。紀僧正。文徳の病を祈ったが、効験なくて文徳は死に、彼は退隠したという不幸な晩年をもつ。そういうこともあってか伝承的には、高徳の僧が魔となって高貴の女人を害するというパターン（本書Ⅰ、「河原院の霊」）のままに、柿本天狗となり、染殿后に憑いたとする。頼豪は園城寺の阿闍梨。高験の人だったが、説話的には、白河皇子敦文が頼豪の法力によって無事に生れたのに、園城寺に戒壇《かいだん》を作るという恩賞が、延暦寺の反対によって、下されず、憤死して敦文を取り殺したとされる。郁芳門院媞子《ていし》（白河鍾愛の皇女）にも悪霊として憑き、堀河（白河皇子）の臨終にも物怪として出現したという。戒壇は、僧に出家の戒を授ける儀式の行われる壇。東大寺に始まり、観世音寺（筑紫）・薬師寺（下野）の三戒壇があり、平安初期には延暦寺にも作られた。延暦寺への深い恨みから、死後、鼠となって山門（比叡山。三九頁の記述を参照。頼豪の属する園城寺は寺門。三九頁参照）の法文を喰い破ったとも（比叡山三塔のうちに鼠の祠がある）。尊雲は後醍醐皇子護良《もりよし》。還俗して建武政権で活躍したが、武家政治を志す足利氏と反目し、鎌倉に幽閉されて足利直義に弑された。

慈恵（良源）・寛朝・仁海の三僧には、他の僧たちと同次元の、魔王となる機縁は考えにくい。十八代天台座主、大僧正、延暦寺中興の祖（慈恵）、真言宗に二大流派があるなかの広沢流の開祖、大僧正（寛朝）、真言もう一つの小野流の開祖、祈雨にすぐれて雨僧正と呼ばれた（仁海）。天台・真言のこの三人の祖に或いは、世俗にまでひろがる宗教的カリスマ性を逆説的に、可能的な魔性とみているのか。

問われるままに雲景はいまの世情を語り、問うに従って雲景は、悪魔王、大魔王の謀る来るべき天下の安危、国の治乱を、次々と聞くことになる。そして、なおも聞こうとしたとき、猛火俄に燃え上り、帝王たち僧綱たち七転八倒のうちに魔界は消え、夢から醒めたように雲景が気づくのは、大内裏の跡、内野《うちの》の大椋《くす》（この下で儀式があったり、戦の布陣があったり、一種の聖なる木であった）の木の下であった。

宿所に辿り着いた雲景は、天狗道にあって聞いた末代の物語の委細を、当世の用心にもなれと、熊野牛王《ごおう》の誓紙（紀州の熊野三社の発行する護符。神使である烏七十五羽を図案化して「熊野牛王宝印」と書かれている。これに記すことは、ことが真実だという誓いになる）の裏に、告文として記した。雲景未来記という（「太平記」二七）。聖徳太子未来記（これを楠木正成が天王寺で読んだという条が「太平記」六にある）や伝教大師未来記などの存在が信じられていたなかでの話である。雲景が見たものも一つの魔による一種の擬態大会であった。

もとより、西塔の僧の見たそれ（「十訓抄」一・七）、優婆崛多の見たそれ（同　一・八）とは異る。異りは幾つかあるが、大きくは三つくらいがあげられるであろうか。①魔の催すものを希望して見たのではなく、（誘われて）魔の世界に入り込んだ　②過去の荘厳を見たのではなく、未来の乱逆を聞いた　③魔の世界の消滅は主人公の力によるのではなく、魔界のさだまりによった。——魔界に属するものには、時をきめて受けねばならぬ苛責がある。魔を七転八倒させた猛火が、この場合、それである。しかし、一人の人間を立合人として彼に聞かせるべく構えられた、これも、魔の大会であった。

摂津の荒寺龍泉寺に一夜泊った旅の修行僧は、寺内に侵入してきた百鬼夜行の鬼どもの集会の真中に居ることになった（①）。唱えていた不動の呪《じゅ》によって害せられることは免がれ、夜が明けて鬼どもは退散した（③、鶏鳴とともに魔は去るさだめである）。この経験を僧は、逢う人ごとに語った（「宇治拾遺」一・一七）。木を伐りに山に入った頬に瘤のある翁は、一夜、木の洞に泊り、集ってきた百鬼の宴席のなかに取り残されることになる（①）。披露した踊りが鬼の気に入り、害せられることなく、夜明けとともに鬼どもは退散した（③「宇治拾遺」一・三）。いわゆるこぶ取り爺さんの話）。②の要素を欠き、未来記ではないが、①③のかぎりこれらも類話としてもよいであろう。

幸若『未来記』には②の要素が顕著である。愛宕の太郎坊、比良の二郎坊という二天狗につれられて牛若（源義経の幼名）は、魔界、深谷の大寺へ導かれ、来るべき源平の合戦や牛若の未来が劇仕立てに見せられる。視覚的な未来世界が魔によって構成されるのである。お伽草子『天狗の内裏』、源氏の武将としての門出に、毘沙門天の教えのまま義経は、愛宕の太郎坊、比良の二郎坊、高野の三郎坊、那智の四郎坊などの大天狗に兵法を伝えられ、彼らにつれられて幾つもの地獄をめぐり、九品浄土の太極殿中に、いまは大日如来となっている父義朝に逢い、我が未来を語り聞かされる（②）。死後の浄土も約束されてやがて、元の鞍馬、東光坊へ義経は帰る。魔界は地獄と具体化され、地獄めぐりと蘇生のモチーフが加わる。遍歴するのは地獄だが、その「魔」性は稀薄になる。魔の消滅③をことさらに言うこともない。

『富士の人穴』の仁田《にたん》史郎忠綱は地底なる地獄をめぐり、「諏訪の本地」（諏方本）の甲賀三郎諏《より》方《かた》は魔にとられた妻春日姫を求めて地底に入り、次兄の裏切りによって閉じこめられた地底の、めずらしい国々を遍歴する。「魔」性が薄れてゆくとき、魔界であったそこはもはや一つの異界、恐怖と不思議がやはりそこにあるとはいえ、未知と不思議と、憧憬にさえ満ちた異郷となる。恋のモチーフが加わり、遍歴する、或いは到着する国も地底とは限らぬ『梵天国』『貴船の本地』『毘沙門の本地』『御曹子島渡り』など。昔話「地蔵浄土」「鼠浄土」「舌切雀」……。訪れた屋敷の四季の間、四壁に描かれる四季の絵の、或いは四面の襖をひらくに従って展ける春夏秋冬、四季の風景のような、印象的なはなやぎの異郷たち。

七　信じること

例えば、ひたすら人を信じたものが、その人の嘘のただなかに真実に出逢い、或いは例えば、ひたすら人に信じられたものが、信じられたが故にそこに真実を見出した、そういう不思議を、説話集にしばしば読むことができる。

しかしそのとき、例えば、ひたすら信じきることが、信じきることのなかで無惨に腐ってゆき、例えば、信じることが、つねに目覚めて信じられなければ、きびしく、いっそ信じないことより悪くなる、そういう不思議に出合ったら？　天狗にたぶらかされた伊吹の千手陀羅尼持者、また愛宕の法花持者。

矛盾するような、背反するような二種の共存は、どちらが正しいのかと人を迷わせるよりは、例えば信じるということの意味を深くするものであろう。

魔による擬態と知りつつ、そのまねびの現象に（或いは、現象から）信を致した西塔の僧や優婆崛多の話は？　魔の演出の巧みに、うまうまと信じこまされた、と解するならば彼らは、伊吹の千手陀羅尼持者や愛宕の法花持者の一統に終ってしまうのであろう（彼らの烏滸《おこ》によって皮肉にも魔は滅びたことになる）。

しかし、擬態の現象と知りつつ、そこから、それを透してそのとき、彼方なる真実を彼らは見ていたと解するなら、それは、目覚めて信じるということの、一つの例証であろう。先述したように。

八　或る異郷

不思議な魅力に満ちた一つの異郷物語がある（瑞典・セルマ・ラーゲレーヴ『クリスマス・ローズ』）。

イェーインゲの森に、追放者、強盗とその妻、五人の子供が住んでいた。或る日、強盗母さん（英訳本にRober Mother）は子供を連れて森を出、エーヴィッド修道院に侵入した。ハンス大修道院長のハーブ園、楽しみの庭に、折しも花々は美しく咲き乱れていた。一人の助修士が庭師をしていた。

強盗母さんは院長に言った。クリスマス・イブになると自分たちの森は、主の生誕を祝福する美しい庭に変り、その美しさはこのハーブ園の比ではない、と。助修士は笑って否定したが、幼時、祝福の庭の話を聞いていた院長は、見たい、と切望した。

祝福の庭を見ることのできる程の人なら、と、強盗への贖罪状をアブサロン大司教に求め、その庭の花一輪を折ってくるなら、という大司教の約束を得て、院長は森に赴いた。助修士ひとりを連れて。

荒涼とした冷たい道の果てのクリスマスの日、聞こえるはずのない鐘が響き、森はたちまち美しい庭となった。緑に満ち、さまざまに花咲き、さまざまに実がなって熟した。どこからか、虫や鳥や獣たちのよろこび。天上の歌が耳に届き、天使の息吹きさえ頰に感じ、身をかがめて院長は約束の花を折ろうとした。そのとき、助修士は魔を感じて大声に叫んだ。地獄へ帰れ、と。

——美しい庭は消えた。雪に凍てついた地面を院長の指は空しく掻いた。キャロルを歌ってくれるはずの天使が去ってしまったことに、院長の胸は裂け、雪の上に院長は倒れた。愕然として助修士は思った。私がこの人を殺した、この人の至福を私は奪った、と。

修道院へ運ばれた遺体の院長は、一対の球根を握っていた。院長の庭に助修士はそれを植えたが、春、夏、秋、芽も出さなかった。しかし、ものみな枯れ果てた冬、次のクリスマスの日、深い緑の葉が育ち、白銀の花がそこに咲いた。

贖罪状を携えて森へ赴いた助修士は、この年のクリスマス、祝福の庭が森に出現しなかったことを知った。許されて強盗一家が世間に戻って行ったあとの森に、ひとり、寂しく祈って暮すことを彼は決意した。

祝福の美しい森の出現はどこにもう見られなくなったが、クリスマスが訪れるごとに、あの白銀の花は咲いた。人はその花を、クリスマス・ローズと呼んだ。

＊『クリスマス・ローズ』には、英訳本からの翻訳（藤原英司・辺見栄『キリストの伝説』Ⅲに他一篇として収める）と独訳からの翻訳（田中美矩・種田ルート、未公刊）がある。右に記した固有名詞表記は前者に依った。

海を渡って来た天狗――今昔物語集より

震旦（中国）に強力な天狗がいた。智羅永寿《ちらようじゅ》という。海を渡って日本へやって来た。日本の天狗を訪ねて逢って、さて、言った。

「我が国には悪行無惨の僧どもが大勢住んでいたが、今や我ら天狗の思いのままにならぬ奴とてない」

悪行無惨とは、天狗から見ての評価である。人間の側から言えば、徳行崇高ということになる。

「だからこの国に渡って来た。霊験を得たとかいう僧どもがここには住んでいると聞く。そいつらに逢って一つ、験くらべといきたいと思うのだが、どうだ」

こりゃあ、ありがたい、と日本の天狗は喜んで、答えて言った。

「我らの国の徳行の僧どもなら、我らの意のままにならぬ奴などない。凌掠できる限りの奴らは、既に我らが思いのままにやっつけてやったわ」

徳行というのも、やはり天狗の側からの評価である。人間からいえば、悪行の堕落僧である。

「だが、これからまだ凌掠してやらねばならぬ奴が、いくらか残っている。そやつらを貴公《そなた》にお教えしよう。わたしの飛ぶあとについてお出でなされ。好きなようにやっつけなさるがよい」

日本の天狗の飛行するあとについて、震旦の天狗も空を飛んだ。やがて比叡山の峯、大嶽《おおたけ》（大比叡）の石の卒塔婆（阿古耶《あこや》の聖が、五輪の供養卒塔婆千本を立てた）のもとまで飛んできて、日本の天狗と震旦の天狗は並び立った。

日本の天狗が言った。

「わたしは、人に顔見知られた身、だから、人前に出るのはまずい。谷の方の藪にわたしは隠れていよう。

貴公は老法師の姿に化けてここにとどまり、通りすがる奴を、好きに凌掠なさるがよい」

そう言って藪の奥深く隠れ、横目してこっそりと窺っていると、いやしげな風体の老法師に震旦の天狗は化け、石の卒塔婆のかげにしゃがんでいる。その目付きがおっそろしく不気味だ。

「よし、よし、あれならよい。我らの手にあまる坊主どもを、うまくやっつけてくれるだろう」

と、なりゆき嬉しく、日本の天狗は大満足だった。

暫くすると山上から、余慶《よけい》律師という人、腰輿（腰の高さに手でかく輿）にかかれて下って来た。当時この人は、貴い人との世の評判高く、

「震旦の天狗め、どうやって凌掠するのだろう」

と、日本の天狗はわくわくしながら見ていた。

そうもしているうちにどんどんと、輿は卒塔婆のもとを通り過ぎてゆく。

「何かしでかしている筈だがな」

と思って老法師の方を見やると、何故か、どこにも姿がない。平然として律師は大勢の弟子僧を引きつれて山を下りていった。

「どうして姿がみえぬのやら」

と、いぶかしく、探し求めてゆくと震旦の天狗は、頭をつこみ尻突ん出た恰好で、南の谷の藪なかに隠れている。近寄って、

「おいおい、どうして隠れなさる」

と問うと、

「今通り過ぎた、あれは誰れだ」

と問い返す。

「あの人は、近頃並ぶものもないと、霊験の評判高い、余慶律師という奴だ。西塔《さいとう》の千手院から、内裏の御《み》修法に山を下りて行ったのだ。

貴い僧だというからには、貴公ならきっと、恥をかかせてやるだろうと、わたしは期待していたのに、何だよ、見過ごしてしまうとは、口惜しい限りだわ」

と責めると、震旦の天狗、

「そのことよ。

品格なかなかの奴よとわしも見た、だから、こいつだな、とうれしく、よしよしとばかり、そやつの方に向かったと思いな、すると、何だよ、坊主の姿がない、輿の上がぼうぼうと火焔をあげているばかりだ。

うっかり近寄って火傷《やけど》でもしたら、元も子もない。これは一つ、見逃してやろうかと、こっそりわしは、隠れていたのだ」

聞いて日本の天狗は嘲笑した。

「遠い震旦からわざわざ飛んで来て、あの程度のものさえ引き摺り落とさずにおいたとは。何とも

みっともないことよ。

よろしいな。この次に通りかかった奴は、必ずひっつかまえて、十分に凌掠しなされよ」

「仰せごもっとも、というところだ。

わかっている。ごらんあれ。次はきっと」

と言って、もとのように震旦の天狗は石の卒塔婆のもとに身を潜め、日本の天狗もまた藪の奥に隠れた。

やがて、がやがやと人声がして下ってくる一行、横川飯室《よかわいいむろ》の尋禅権僧正だ。腰輿の前一町ほど先立って髪のちぢれた童子一人、杖をひっさげ、腰かがめて人払いして進んで来た。

「法師め、どうするか」

と、日本の天狗が様子を見ると、何と、老法師は追われている。先へ先へと老法師を追い立て、童子が杖で打つ、法師は頭をかかえて逃げてゆく。輿のそばへ寄るどころではない。

打ち払い打ち払い童子は通って行った。

そのあと、老法師の隠れているところへ行って、日本の天狗、再び散々いやみを言って恥ずかしめると、震旦の天狗、

「そんなにひどく言わなくていいだろう。

先払いしていたあの童子め、傍へ寄ることもできぬ勢い、つかまって頭をぶち割られぬ先にと、たしかにわしは、大急ぎで逃げましたよう。

わしの羽の、空飛ぶ速さは、震旦からだって一瞬に飛んで来たほどのものなのに、あの童子のは

しこげな身のこなし、わしよりはるかの上手《うわて》と見えたから、このわしに一体、どうしようがある。隠れましたわさ」

日本の天狗、

「では、今度こそだ。今度こそ一つ、次に来る奴に、褌しめなおしてうちかかりなされ。この国にまではるばるやって来て、何もできずに帰ることにでもなれば、貴公、震旦のためにも、何の面目がありますかね」

と繰り返してふきこみ、自分はまた藪にしゃがみこんだ。


暫くするとまた大勢の気配がして、このたびは山へと上って来る一行があった。赤い袈裟の僧が先払いし、次に若い僧に三衣筥《さんねばこ》（三条・七条・九条、三種の袈裟を納めた箱）を持たせて続く。次に輿に乗った人。山の座主、横川の慈恵《じえ》大僧正良源であった。

「この法師をやっつける気だろうな」

と、日本の天狗が窺っていると、髪を結った小童部《こわらべ》が三十人ばかり、座主の輿の左右に添うている。護法《ごぼう》童子であった。

ところが一向、老法師の姿が現れぬ。もとのまま隠れているらしい。一行の一人の童子の言っているのが聞えてくる。

「こういうところには妙な奴が潜んでいて、何かしでかそうと隙をうかがっていることが、よくある。手に別れて探し出してやろうぜ」

元気いっぱいに勇み立つ童子たち、手に手に木の枝の鞭をささげ、道の両側に広がって移動してゆく。致しかたなく日本の天狗は、いよいよ谷深く藪のなかに隠れた。隠れながら聞くと、南の谷の方で童子の声がする。

「怪しげな奴がいるぞ。つかまえろ、そいつだ」

他の童子たち、

「どうした、どうした」

と応じると、

「ここに老いぼれ法師が隠れている。こいつ、何だかくさいぞ」

他の童子たち、

「しっかりつかまえろ。逃がすな」

そして皆で走り懸かって行ったようだ。

「何と何と、震旦の天狗はつかまったな」

と様子を案じたが、日本の天狗、恐ろしさに身動きならず、いよいよ深く頭を藪にさし入れ、ぴったりと土に身を俯伏せているほかない。

それでも恐る恐る窺いみると、童子十人ばかり、石の卒塔婆の北面に老法師を引き摺り出し、殴るの蹴るの、散々の凌辱。

大声あげて老法師は叫ぶのだが、聞いてくれるものもない。

「おまえは何者だ、言え言え。言わぬか」

と責めて打つと、老法師、

「震旦から渡って参りました、わたし、天狗でございます。

ここをお通りの方を拝みましょうと、ここに坐っておりましたところ、最初にお通りになった余慶律師と申し上げるお方、火界の呪《じゅ》（不動明王の真言の一つ。明王の結ぶ印から無数の大火焔が流れ出るのを観想してとなえる）を誦してお通りになりましたゆえ、輿の上に大きな火が燃え上り、どう致しようもなく、焼かれそうなので逃げ出しましてございます。

次の飯室の僧正は不動明王の真言を誦して渡られ、制多迦《せいたか》童子（不動の侍者童子）が鉄の杖を持ってお傍に付き添い、どうして、わたし、近付いたりいたせましょう。深々と隠れておりました。

最後にいまお通りの座主の御房は、先々のお二人のように、おっそろしくあらたかな真言をお唱えでなく、摩訶止観（天台止観。天台宗をひらいた中国の智顗《ちぎ》の講述で、天台の根本聖典、その思想）を心に案じつつお上りになっていらっしゃいました。とりわけ恐しいと思わず、深く隠れもせずについついお傍にまかり出て、このざま、あなた方につかまり、ひどい目にあってしまった、そういう訳でございます」

と言う。童子が言った。

「聞けばとりわけ重い罪あるものでもないようだ。許してやって追っぱらおうか」

と、皆で一足ずつ老法師の腰を踏んづけ、そのまま通り過ぎて行った。老老師の腰は痛めつけられ、踏み折られてしまった。

座主一行が行き過ぎてから、日本の天狗は谷を這い出し、へたばっている震旦の天狗のもとに寄って、

「どうしたどうした。うまくやんなさったか」

と言うと、震旦の天狗は泣き泣き、

「いや、言うな。そんなこと、もう言ってくれるなよ。仍公《そなた》を頼りにはるばる遠い海を渡って来たのに、わたしを待ち受けておきながら、ひどいじゃないか、何も教えてくれず、生き仏のようなあの人々に手向かわせ、この老い腰、踏み折られてしまったわ」

「これはいかにも道理。だがな、貴公は大国の天狗、この小国の人くらい、なんとでも心のままだろうと、わたしは思っていたのだよ。

とはいえ、腰を痛めてしまったのは、貴公のために気の毒千万」

北山の鵜《う》の原（現、右京区平岡）というところに連れて行って、寺の湯屋で湯治をさせ、震旦の天狗を国へ帰してやった。


天狗たちが湯を浴びているときのことだ、京に住む一人の男、北山へ木を伐りに入った帰り、鵜の原を通りかかると寺の湯屋に煙が立っている。

「おや、お寺さんで湯を涌かしているぞ。ひとつ汗を流してゆくか」

と、伐って来た木は湯屋の外に置き、入ってみると法師二人が湯浴みしている。一人は俯伏せになり、もう一人に、腰に湯を掛けさせている。木伐りを見て、

「誰れだね、おまえさんは」

と問う。

「山から木を伐って来て、京へ帰ろうとしているものです」

と答えたが、この湯屋の臭いの臭くないの、気味が悪く、頭も痛くなり、湯も浴びず、早々に木伐

りは逃げ出してしまった。

のち、この一部始終を、人に憑いて日本の天狗は語ったという。伝え聞いて木伐りも、その日を思い合わせた。さてはあの鵜の原の、湯屋で逢った法師二人は天狗だったのか、と思い当り、実はわたしもかくかくしかじかと、その日のことを語り合わせたのである。

（「今昔物語集」二〇・二）

一　天台座主たち

登場する三人の叡山僧は、天台座主十八世良源、十九世尋禅、二十世余慶である。連続する三代を挙げることによって、何もせずに魔を拉ぐほどの権威を語ったのである。

良源・尋禅は円仁系。延暦寺中興の祖とされる良源は、世俗的には右大臣藤原師輔《もろすけ》と結ばれてその庇護を受け、師輔一門に対して宗教的に尽力することも多かった。尋禅はその師輔の子で、良源入室の弟子。良源の後見のもとに地歩を進め、その遺言によって良源を継ぐ座主に任ぜられた。

余慶は祈祷の験者として有名で、良源と学徳並称されたが、円珍系の領袖として、円仁・円珍系の対立抗争の渦中にあった。

ここに語られる僧官は適正ではない。良源が大僧正で天台座主、尋禅が権僧正であったころは、余慶はもう律師ではない。権少僧都から大僧都へかけてのころであった。天元四（九八一）年九月には権大僧都に任ぜられ、十一月、法性寺《ほっしょうじ》座主に補せられるが、円仁系僧徒の反発によって実現せず、一門多数は山を下りて大雲寺、修学院、一乗寺などに入る。両系の対立そのものはより古くからあるが、抗争として表面化するのはこの事件からと考えられている。なお、良源の死（寛和元年、九八五）の後であるが、永祚元（九八九）年九月、余慶は二十代座主に補せられたが、やはり円仁系の反発によって十二月には辞している。

良源の大僧正、尋禅の権僧正に時期として合わないのに、律師の僧官で余慶を表現しているのは、抗争以前のころの余慶を、歴史的事実を無視して並べた、いわば山門側の表現でもあるのか。因みに、円珍の旧跡であり、円珍系の拠点として余慶も住んだ千手院は、余慶没後のことであるが正暦四（九九三）年、円仁系僧徒の手で焼打ちされ、そのときまで山に残っていた円珍系僧徒のすべても下山し、大雲寺を経由して園城寺（三井寺）に入る。円珍が滋賀の三井に別院として作っておいたもの。

＊延暦寺では、宗祖最澄の弟子とも弟弟子ともとれる義真が初世座主。二世を弟子円修に継がせる意志が最澄門流に阻まれて円澄が二世となる（円修はのち室生寺に）。

このあと円仁・安恵と最澄直系の座主が続くが、義真系との間には、教学上のことを中核に拮抗があった。その義真系で初めて座主になるのが円珍。円珍は自分を円仁の弟子と呼び、両系の争をなだめて円仁の教学を尊重するようにという遺告を出すが（それだけ両系の拮抗は大きくなっていた）、二十年に及ぶ円珍の治山のうちにその権威・権力は大きくなり、その後の座主位はほぼ、この系列が占める。

応和三（九六三）年の宗論（応和の宗論）で、法相宗の法蔵を論破して名をあらわした良源（このとき法相の仲算が反駁したが、良源は黙して語らず、天台・法相はともに自宗の勝を称している）は、若くて傍流であったが、円仁系から座主になる。円仁・円珍両系の対立のさなかであったが、衰微していた堂舎を復興し、教学を固め、尋禅を弟子にしてより権門藤氏とも結び、世俗にもその位置を定めた。

両系の抗争は続くが、武力事件として表面化するのは千平院焼打ちが最初である。円珍・余慶系の座主は、㉙明尊、㉛源泉、㊴増誉、㊹行尊、㊼覚猷その他、治山教日以内で、山を下りねばならなかった。余慶系の全員が園城寺に拠ってからを、最狭義には寺門派というが、広義に、そして通常は円珍の系流を寺門派、円仁の系流を山門派という。円仁・安恵、そして円珍の教えもうけた遍昭（「乙女のすがたしばしとどめむ」）の、その元慶寺《がんぎょうじ》教団は独自な立場にある。

山門西塔の武蔵坊弁慶は荒法師であった。園城寺焼打ちに先鋒をつとめ、寺の鐘を奪った。ひきずって山頂へ戻ったが、撞いてみると鐘の音が、イノー、イノー（去《い》のう、帰りたい）と聞え、再び園城寺へ戻した。伝説にすぎないが、この伝説を背負った弁慶ひきずり鐘というのが、三井寺にある。

天台座主略系譜　○は世　（　）は諡号（すべては挙げず）

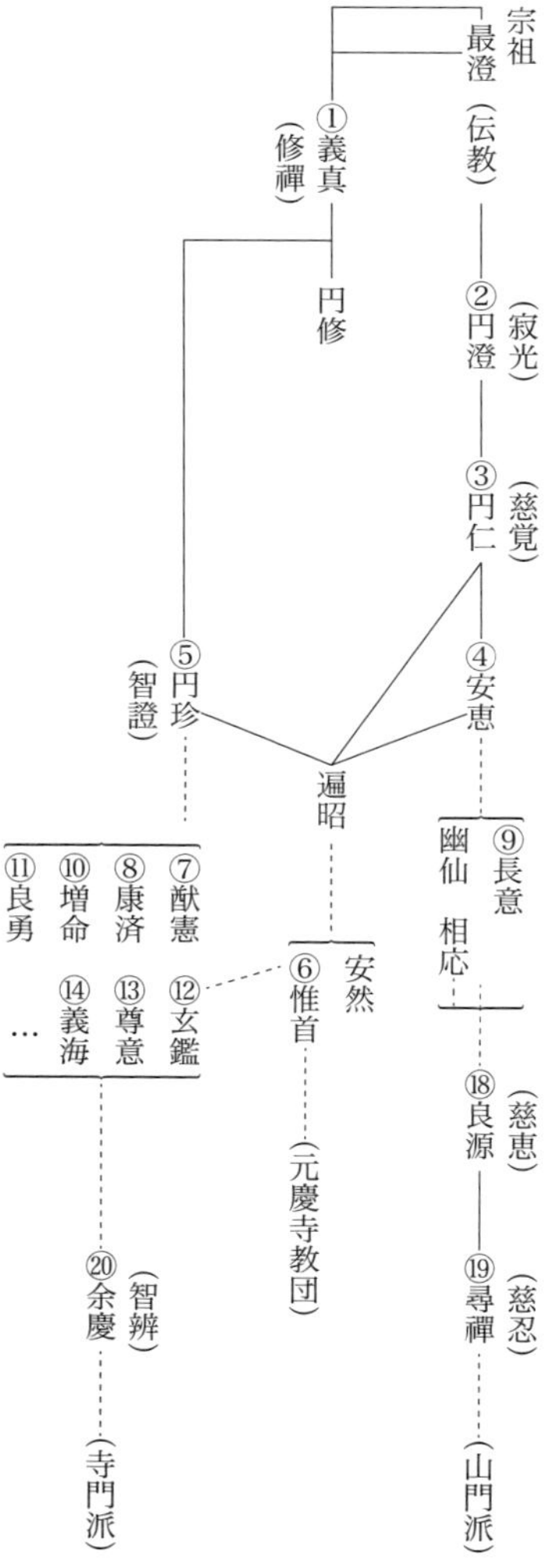

この話は『真言伝』五・慈忍（尋禅の諡号）の項にも語られている。殆んど同文ながら、震旦の天狗は「五百の天狗」とされ、また話末の木伐りの見聞譚はない。木伐りは事実の立会人であって、立会人をたてて語るのは、事実性を強調する説話の一つの律儀な方法なのであった。

『今昔』は、事実性において論理化しようとする傾向が強い。例えば、阿倍仲麻呂はひとたび帰国せねばならなかった（「今昔」二二・四四）。そのまま唐土で死んでしまっていては、「三笠の山に出でし月かも」の辞世を日本に伝えられなかった筈だからである。説話の方法は、『今昔』に限るものでもなく律儀なのであった。仲麻呂の語りは中世期の古今集注釈の世界にまで尾を曳く。『弘安十年古今歌注』では、帰国した仲麻呂は多武峰《たむのみね》（とうのみね。桜井市南部山地。そこにあった寺。麓に談山神社）に出家して、法名を尊蓮といったことになる。『江談抄』三では（『今昔』より古いものだが）、唐土で死んだ仲麻呂の霊が、渡唐した吉備真備《きびのまきび》を訪ねてその歌を詠む。

二　呪咀の山

後世の『是害房絵巻』では、震旦の天狗は是害房《ぜがいぼう》、日本の天狗は愛宕護《あたご》（愛宕山）の大天狗日羅房《にちらぼう》と呼ばれ、村上天皇の代の話とされている。ほかに謡曲『善界《ぜがい》』、古浄瑠璃『愛宕の本地』が生れた。

愛宕護は、五つの峯（それぞれに寺）があって、中国の五台山（山西省太原市東北、文殊の霊地）に擬せられ、地蔵・竜樹の遊ぶという、神仏習合の山獄修行地（「法花験記」上・一六、「今昔」一三・二）。五岳の一つ、朝日岳の白雲寺（愛宕社）を中心に、この地での多くの修行・出家・往生譚を残し、また王城鎮護の峯とされたが、一方、由緒ある古社でありながら官弊社から外れ、そのためであろう、いつか呪咀の場ともされ（「古事談」五・二二）、平安末期からは天狗の棲むところとも考えられた（奥院に太郎坊大天狗を祀るようになる）。近衛院が眼疾を病んで死んだのは、愛宕護の天狗の像の目に誰れかが釘を打ち込んで咀ったためと巫の口寄せが語り（「台記」）、その誰れかは藤原忠実とその子頼長だと、忠実の子で頼長の兄である忠通と美福門院得子《とくし》（鳥羽后、近衛母）は鳥羽に告げ、鳥羽はそれを信じた。生前の近衛は頼長を嫌悪していた。天皇家では白河と鳥羽（祖父と孫）、鳥羽と崇徳（父と子）が鳥羽中宮待賢門院璋子《しょうし》をめぐって、ともども深刻な相剋にあり、摂関藤氏では忠実が氏長者を長子忠通から奪い、次子頼長を偏愛するなどの相剋があり、両家のそれが実は複雑にからみ合っていた。保元の乱の前夜である。

比叡山三塔（比叡山延暦寺の三地域）

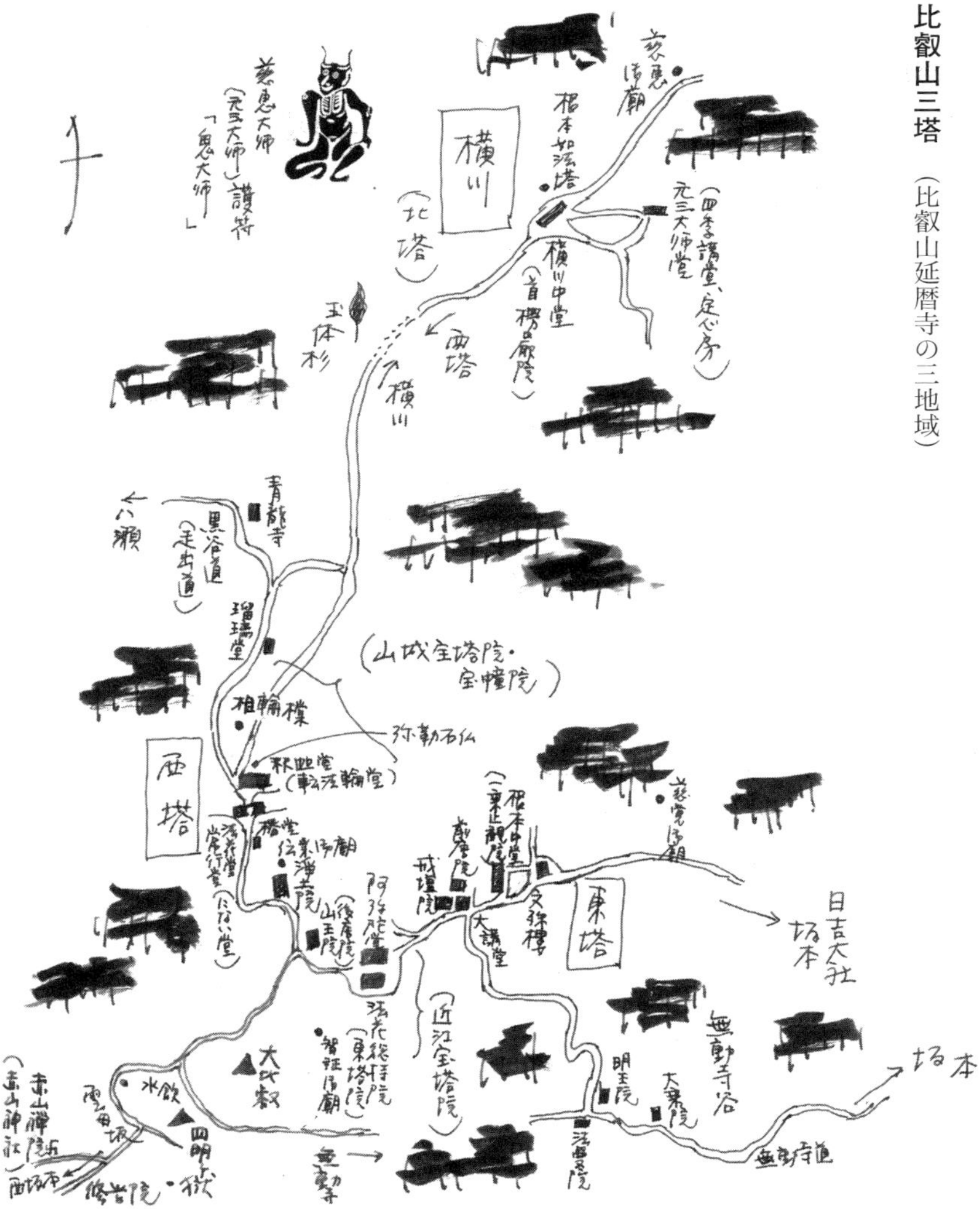

魔の声——日本霊異記・古事談より

〔一〕

難波津に運河を掘り、船着場を行基は造った。人は集り、集った人々に行基は法を説き、教化《きようげ》した。

河内国若江郡川派里《かわまたの》（東大阪市川俣）に一人の女がいた。子を抱いてはるばる行基の法会に参じたが、その子はぎゃあぎゃあと泣き叫んで、法を聞かしめなかった。年は十余歳、足立たず、泣き喚いてごくごくと母の乳を飲み、がつがつとものを貪り食った。行基が言った。

「女よ、その子を連れ出して淵に捨てよ」

聞いて人々はあやしみ、ひそひそと囁き合った。

「広大な慈悲のお聖人さまが、何ということを、何のわけあって」

不憫さに女は泣く子を捨てかね、騒ぐ子を抱きしめたまま法を聞いた。

翌る日、再び女は来た。

同じように子を抱いて法を聞こうとしたが、子はまた泣き騒ぎ、その喧しさに参集の人々の誰も、聞きとれぬほどだった。再び行基が言った。

「その子を淵に捨てるがよい」

女は惑いあやしんだ、が、行基の言葉を拒むことに耐えかね、深い淵に子を捨てた。と、たちまち水の上に、その子は浮かび出た。地団太ふみ、いらいらと手を振り動かし、ぎらぎらと怒りの目を剥いた。そして恨みの声を張りあげた。

「ねたきかな。もう三年、おまえのものをふんだくり、食い尽くしてやろうと思っていたものを」

そして流れて行った。怖れ、いぶかしみのままに女は法会に戻った。行基が問うた。

「子は投げ捨てたか」

捨てたときの様子を詳しく女は語った。行基は告げた。

「お前は前世、債務《かり》を返済せずして死んだ。あの子は前世のその貸し主なのだ。おまえの子の形に生れ変って負債を責め、おまえのものを奪い取って貪っていたのだ」

（「日本霊異記」中・三七、「今昔物語集」一七・三〇）

〔二〕

吉田斎宮研子の臨終に蓮仁（比叡山の東塔本覚坊の薬仁のことか――「眞言伝」）聖人は立ち合った。

「釈迦牟尼仏名毘盧遮那……」

と、蓮仁は普賢経を斎宮に唱えさせた。

「……一切処其仏住処名常寂光」。

――報身の釈迦牟尼仏は毘盧遮那遍一切処と名づけ、その仏の住処は常寂光と名づける。唱え終ると、ほほえみを浮かべて斎宮は眼を閉じた。

「永年の御本懐、これで叶いましょう。安心でございます」

と、祇候の女房たちは座を立とうとした。

けれど蓮仁は動かなかった。念仏を唱えやめ、不動の真言、慈救呪《じくじゅ》（大・中・小、三呪文の中呪、災害をまぬがれるという）を唱えたところ、斎宮は蘇生した。そして言った。

「あら、ねたや。連れてゆこうと思っていたものを」。

またふたときばかり蓮仁は念仏を唱えた。やがて眠るようにして斎宮は死んだ。

「これこそがほんとうの御終焉」

と蓮仁は言った。


（『古事談』三・一〇二）

ねたきかな

一たび蘇生した斎宮の口を洩れたのは魔の声であった。斎宮の魂を折角魔界へ連れ去ろうと思っていたのに――。

研子は鳥羽院第三皇女、母は待賢門院女房三条局。彼女は乳母子河内二郎盛資の恋慕を拒んで殺害されている（『今鏡』）。そういうこともこの斎宮臨終の様子にかかわりがあるかも知れない。しかし研子自身に、川派の女のような悪因があったわけではなく、臨終時にはしばしば魔が忍び込むことがある（『小止観』）という、因果律《いんがりつ》を越えた力として魔のあることが恐ろしく、その魔の可能性を蓮仁の智恵が知って、祈りが魂を救ったのである。

行基が難波津に造った運河は、大阪市西成区の比売嶋《ひめしま》堀川と白鷺堀川が『行基年譜』に記されている。ともに難波津と難波の宮を結ぶ運河であった。未返債は大きな罪と『霊異記』に説かれており、それを悪因として魔のあることがおぞましく、その魔の現然を行基の洞察が見破り、行為が女を救ったのである。

この二つの話、対照的なところをもつが、「ねたきかな」といい「あら、ねたや」という、他の幸福を破壊しようと意志して果せなかったときの、自らの邪悪の意志を遂げようとして拒まれたときの、その無念の声に、まさしく魔性の闇《くら》さはつきる。

河原院の霊——古事談・宇治拾遺物語より

宇多法皇、京極御息所《みやすんどころ》と同車して河原院に渡御のことがあった。院に造られた山や河の景観を見めぐり楽しみ、夜になった。折しも明るい月夜だった。

牛車《ぎっしゃ》の畳《たたみ》（うすべり）をとりおろさせ、仮の御座として法皇は御息所と臥せった、そのとき、塗籠《ぬりごめ》の妻戸（両開きの扉）を押し開き、声がして何者かの現れる気配があった。

「何者か」

と法皇が問うと、その声は答えた。

「融《とおる》でございます。御息所を頂戴いたしたく」

法皇は言った。

「在世のとき、そちは我が臣下、我は天皇である。

みだりの言を、何とて口にするか。すみやかに帰り去れ」

言葉の下から融の霊は法皇の腰を抱いた。御息所は半ば死んだように顔色を失った。

前駆どもはみな、中門の外に控えていて、母屋《もや》からの法皇の声がとどくべくもなかった。ひとり牛飼童が間近かにいて、牛に草を飼っていた。それを呼び寄せ、従者たちに牛車をまわさせて法皇は乗った。御息所は顔色なく起き上りも叶わぬ様子、人々が助け抱いてやっと牛車に乗せた。御所に帰りついて浄蔵《じょうぞう》大法師を召し出し、加持《かじ》の末かろうじて御息所は蘇生した。法皇は前生の業因を以て今世、この国に王と生れた。いまは皇位を去ったとはいえ、神の守護あって融の霊を退散させ得たのである。

河原院の塗籠の戸口には、刀剣のあとが残っている。融の霊を守護神が追い退けて塗籠に封じ込めた、そのときの跡だという。

(「古事談」一・七——「江談抄」)

一　河原院昔日

『古事談』は『江談抄』に依っている。

宇多天皇は寛平九(八九七)年譲位、昌泰二(八九九)年、太上天皇の号を辞して出家している。太上《だじょう》法皇、即ち法皇の初例である。

京極御息所は褒子、藤原時平の女《むすめ》で、御息所たちのなかで宇多の特別の寵愛があったという(「大和物語」、「十訓抄」)。

河原院は左京六条にあった左大臣源融の邸(六条院、東六条院とも)。その園池は陸奥塩竈《しおがま》浦を模して造られ、難波江から潮水を運ばせて塩焼きの景を演出したという。融は寛平七年八月、河原院で死に、子の昇《のぼる》に譲られるが、昇によって宇多に献上された。その時期はよくわからないが、二つの可能性がある。

一つは融の死後程なくのころ。融の死んだ年の十月、昇は参議に任ぜられており、同じ年、昇の一女、貞子(賀子とも)が宇多の御息所(小八条御息所、更衣)として第八皇女、依子を生む。九年二月、依子は内親王宣下を受け、七月、宇多譲位。このあたりの出来事は邸献上の一つの条件になるであろう。

もう一つの可能性は延喜十六（九一六）年ごろにある。十六年三月七日、宇多法皇の五十賀が朱雀院で行われ、院別当《いんのべっとう》の賞として昇は正三位に叙せられている。そのすぐあとの十六日に法皇は河原院で宴遊を行うが、御在所としての河原院に入る最初としての宴らしい。十七年十月には法皇によって、昇の七十賀が河原院で行われている。昇が院別当であることは、邸献上がそれまでになされていたことを意味する。十八年六月には昇は死んでいる。

二　源融の霊

河原院の法皇の前に融の霊があらわれたというこの話は、単に一つの説話というにとどまらない。宇多の住むことになった河原院に何度か融の霊が出現し、人々の怯えることが現実にあった。いま自分がその邸に住むことへの、それは融の拒否であろうか、と宇多は解釈する。仏教修行の地としてこの閑静のところに自分が住んでも、融の子から譲られて住む以上、もはや昔とは違うのだ、もとの持主の心を煩わすことにはならぬ筈だ（「時代已《すで》に昔年に同じからず、挙動何ぞ旧主を煩はすこと有らんや」）、と考える宇多の前に、延長四（九二六）年六月二十五日のこと、女官に憑《つ》いた融の霊が現れて言う。

――在世中の殺生の業により自分は地獄に堕ちている。一日に三度受けるその責苦の堪え難さに、曽て愛したこの院に、時々訪れてその苦を慰めている。

法皇や侍臣に何の害心も持たぬとはいえ、堕地獄《だじごく》の重罪の身は凶暴の性《さが》を持とう、それが院の人々を怯えさせることになったかも知れぬ――

地獄の苦しみに懊悩する霊のために、宇多は抜苦《ばっく》の修善《しゅぜん》を約束し、霊の希望もあって、四年七月四日、七箇大寺に誦経を催させた。修善の諷誦文《ふじゅもん》は、時に文章得業生《もんじょうとくごうのしょう》であった紀在昌《きのありまさ》（のち文章博士）が書いた（「本朝文粋」一四）。

「朕は昔握符の尊たり、卿亦和羹の佐たり」

諷誦文にみえる宇多の言葉である。生前の融がどのような感情を持っていたにしても、またそれを十分に知っていたにしても、悪趣《あくしゅ》に苦しむ融の霊を救済するものとしての宇多が、ここに強調するのは、君臣の一体性である。生死このように離れてしまっても「魚水の旧契」は昔のままであり、君臣「合体の議」は昔から強かった、と、宇多の側からの思いとして在昌は書いた。

三　近き皇胤――君臣の別

紀在昌が書いた君臣一如の、宇多の思いは、君であり臣であることの厳然たる別の上に立つ認識である。この別を否定して言うのが、救うものとしての「君臣一如」である。とすると、この別そのものを表現するのが、『古事談』の説話における宇多の、「汝は臣下、我れは天子」に他ならない。説話の焦点は、説話化の契機としての諷誦のその経緯から離れて、ここに在る。それは生前の融の思い――あなたと私とは同じようなものなのだ、という思いを拒むものであった。

陽成天皇が太政大臣基経によって退位させられ、文徳系の皇統が絶えたあと、文徳の父仁明にまで遡ってその第三子（文徳の異母弟）、五十五歳の老親王時康（光孝）の、基経による擁立に至るのだが、皇嗣を決めるその陣仗《どんじょう》（公卿詮議）の席上、源姓を受けていまは臣籍に降下しているが嵯峨天皇第八子であった融は発言する。

「近き皇胤を尋ねば融らも侍るは——皇胤に近いものを探すのなら、この自分もその一人だ」

（「大鏡」——「古事談」一・五）

臣籍に降る前、融は仁明の猶子《ゆうし》だったこともある。

天皇になる意志乃至希望がほんとうにあったかどうかは別として、政治的な、或いは位階についてのライヴァルであった基経の前でこのように発言する融に、基経は反論する。たとえ皇胤であっても、姓を賜ってひとたび臣籍に降下した人の、即位する例など、ない、と。融は言葉を失う。——九条兼実の日記『玉葉』には、大外記清原頼業《よりなり》の語りとして、時康を推す基経に、陣仗の諸卿が異議を唱えたとき、参議藤原諸葛《もろくず》が剣の柄に手をかけ、基経の言に異議を唱える者は斬る、と恫喝している。

ところが三年余の光孝在位のあと、ひとたび臣籍に下った人の即位を、融たちは現実に見ることになる。それが宇多の即位であった。光孝が親王時康王であったときの第七子である定省《さだみ》王は、光孝即位の元慶八（八八四）年、即位から二ケ月あとの四月、他の皇子女とともに臣籍に下って源定省となる。光孝の皇統を作らぬという予めの処置であった。しかし仁和三（八八七）年、光孝の死の直前、八月二十五日、親王宣下をうけて定省王にもどり、翌二十六日には立太子、そして同日、光孝の死とともに践祚となる。これが宇多天皇である。この急転回は、後宮に勢力をもち、早くに定省王を猶子にしていた尚侍藤原淑子《よしこ》（良房女、基経妹）の策謀的な政治力に依る。

この急な展開を基経や融が阻止しようとした形跡はないが、現実の基経は、即位後の宇多に、例えば阿衡《あこう》の事件として、対立を示す。

宇多は太政大臣基経に詔を下し、父光孝と同様政権を委ねようとしたが、基経は辞退し、それに対する答を、宇多の侍読《じとく》（学問の講義をする官）、左大弁橘広相《ひろみ》に起草させたが、その文章中に太政大臣に「阿衡之任」という語が使われていた。それを基経は、家司《けいし》（家政をつかさどる職員。親王・摂関・大臣・三位以上の家に設けられた。四、五位）でもある左少弁藤原佐世《すけよ》の解釈によって、礼遇にすぎず、実権を認めない語だとして、半年間、政務を執らなかった。女《むすめ》を宇多の更衣に入れ淑子とも結んでいた広相を失脚させるねらいもあった。経緯は複雑であるが、諸学者は基経を支持し、孤立した宇多は、広相の侍読を解いて基経と妥協せざるを得ず、寛平三（八九一）年に死ぬまで基経は政権を専にした。この阿衡の事件のころ讃岐守であった菅原道真は、基経に書状を送って、厳しく諫言した。このことが機縁になって、宇多・道真の政治体制がやがて作られてゆく。

そして他方、説話の融は、宇多に対等性の主張をする。旧邸河原院に宇多が住む、それを折に霊として出現し、寵愛の御息所を頂きたい、と。それを君臣の埒をはずれた科白として否定するのが宇多の、「汝は臣下、我れは天子」という言葉であった。

――宇多即位の経緯についての反発は、退位させられた陽成上皇にもあって、その邸の辺りを通る宇多行幸に、陽成は呟く。

「当帝《とうだい》は家人《けにん》にあらずや。悪しくも通るかな――今の天皇はもと、わたしの家来じゃないか、えらく大きな顔をして通ってくれるなあ」(「大鏡」)

曽て定省王は王侍従と呼ばれ、陽成天皇の側近に仕えたこともある。この上皇の科白は、融の霊に対する法皇の科白と、ちょうど裏返しの皮肉な構成になり、同じ関係を表現する。

実はもう一つ、臣籍にあった(降ったではないが)人の立太子を融は見ている。醍醐天皇の場合である。寛平元(八八九)年親王宣下を受け、五年に皇太子となるが、その生れた仁和元(八八五)年は、父宇多がまだ源定省であった時期であり、その子は当然、臣籍にある一人の源維城《これき》であった。その立太子までを融は見、醍醐即位(寛平九年)は、霊になった融が見もしたであろう。二年前に融は死んでいる。

四 御息所の腰

京極御息所を頂きたい、と霊は言った。そして法皇の腰を抱いた。御息所は気絶した。これはどうしたことだろう。徹る一本の線が見えにくい。

実はこのところの『古事談』は次のようになっていて

霊物忽抱法皇御腰 半死御坐——霊物忽ち法皇の御腰を抱く。半ば死に御坐《おはしま》す

霊に抱きつかれた法皇が半ば失神したように読める。しかしそれでは後の文章と合わない。法皇は牛飼童を呼び寄せ、従者に車をまわさせて乗り込んでいるのである。何よりも、神の守護あって霊を退散せしめたという帰結に矛盾する。「半死」は御息所でなければならない。出典である『江談抄』には次のようになっている。

霊物忽抱法皇御腰　半死　（前田家本）
霊物乍恐抱法皇御腰　御休所半死失神也　（類従本）

『古事談』本文は前田家本に近いのだが、後文との関係からここは、類従本本文を借りた。

＊——ただ、「半死御坐」というごとき『古事談』の敬語は、この文章中、他には御息所に対しては用いられていないから問題は残るのだが、これは次の文、「前駆等皆候中門外——前駆どもはみな中門の外に控えていた」の「前駆等」についていた接頭語「御」が、ずれて前文の「半死」につくものと誤解され、その関連から「坐」字が敷衍され、「御坐《おはします》」という敬語補助動詞になってしまったものと理解できる。『江談抄』は右二本とも「御前駆等……」とある。そして『江談抄』では前田家本でも、敬語法からしても「半死」したのは御息所であることが明かであろう。

さて、霊の融が法皇の体に手をかけたことは害意からであろう。その害意の表現を何故「腰を抱く」としたのか。

別の面から言えば、霊は、御息所の腰を抱いてこそ、意味の一貫性が得られる筈である。御息所を頂きたいと霊が言った——御息所の腰を抱いた——御息所は気絶した、という、少くとも表面上の有機的な関連である。そしてそのような本文の『江談抄』も、なくはない。即ち、『源氏物語』の注釈書である『河海抄』が引用しているそれである。

霊物抱御息所御腰

ただしそれは『河海抄』に引用する限りでの『江談抄』であって、資料的な価値は劣る（御息所に「御」

腰」の敬語を用いる誤りもある)。『河海抄』がそれを引用して註釈するのは「夕顔」の巻の、五条に近い「なにがしの院」であって、その、なにがしの院は河原院を思わせる、或いは暗指するものである。なにがしの院へ光源氏に連れられた夕顔の女は、そこで物怪《もののけ》の女(六条御息所の生霊であることが思われてくる)に襲われて死ぬ。ふと寝入った光源氏は夢にみる、枕上に美しい女が坐っていて、自分の慕うお方がこのようなつまらない女を愛することの恨み言をつらね、「御かたはらの人をかきおこさむとす——源氏の傍に臥す夕顔に手をかけて起こそうとした」、と。源氏は考える、「昔物語などにこそかかることは聞け——昔物語にはこのようなことも聞くけれど」。つまり紫式部は、その河原院に融の霊の出現した昔物語を頭において「夕顔」の巻を書いた、そしてそれを註釈するために『河海抄』は、その昔物語をおさめる『江談抄』を引いた。引用するとき、知ってか知らずか(つまり意図してか影響されてか)、物怪の女が夕顔の女に手をかけたという文章から、御息所の腰を霊の融が抱いたという本文を、自分の引く『江談抄』に作ったのである。「御息所御腰」という敬語も、本来が「法皇御腰」であった、変移にそれが残ったことを、十分に示すであろう。

だが、「腰を抱く」とは恋着の、愛欲の表現である。生前の融が京極御息所褒子に思いを寄せていたという事実はない。

本文批判の立場から、『江談抄』のこの部分は法皇の腰でなければならぬ、としてもなお、同じ理由を以て、霊の融が何故法皇の腰を抱くのか。法皇の腰になど抱きついて何になろう。

——ここには一つの物語、或いは物語要素(神山重彦)とでもいうべきものがあって、その枠がこの表現をとらせたのである。それは——。

五　僧が女を救うことと僧が女を害すること

僧が女を救い、僧が女を傷つける、という正反対の、だから容易に一つになり得る物語要素を、私は仮想する。もう少し具体的に整理すると、

㈠ ⓘ病悩の、或いはⓡ霊狐なりⓗ天狗（それは天狗道に堕ちた僧である）なりに憑かれた高貴な女性を、僧の加持祈祷が救う

㈡ ⓘ﨟を経た僧が高貴な女性に恋着し、或いは更にⓡその思いを阻まれて鬼になり、もしくは鬼になって女に憑き、阻まれた思いを遂げる

㈠の女性は例えば、西三条女御（多美子、清和女御、藤原良相《よしみ》女）―ⓘ（或いはⓡ）、六条皇后（班子、光孝女御・宇多母、仲野王女）―ⓡ、染殿后（明子、文徳后・清和母、藤原良房女）―ⓗ（或いはⓡ）であり、ⓗの天狗は屢々、紀僧正真済《しんせい》、身を誤って天狗道に堕ちた柿本天狗《かきのもとのてんぐ》と語られ（本書Ⅰ、「大会と来迎」）、これら女性たちを救う㈠の僧は、代表的に相応《そうおう》（天台、円仁弟子、不動を本尊として無動寺を建立）であった。

㈡ⓘは進命婦《しんのみようぶ》（祇子《ぎし》、藤原頼通に愛され、師実（京極大殿《おおとの》、摂政関白）・寛子（後冷泉皇后）・覚円（天台座主、大僧正）を生む）にまつわって美しい話を残す。

――清水寺の老僧、彼を師と頼んで都から通う女房、進命婦に思いを懸ける。彼は自分の愛を女に告げず、堕地獄を覚悟して不食の病を病む。死の直前、病み衰えた僧の相貌はあたかもⓡの鬼で

あったが、報せをうけて訪れた女の、何も恐れず、師僧への変らぬ信頼を語るのを、涙を流してよろこび、法花経八万四千部読誦のわが功を女に贈って、僧は死ぬ（「古事談」二・九一、「宇治拾遺」四・八）。

(二)(ロ)としては『今昔物語集』震旦（中国）部に、国王の后に恋着しこれを手に入れる老僧の話が語られている（一〇・三四、出典未詳）。追放されて鬼になる。

そして(一)(二)の連絡にあって語られるのが一つの染殿后の物語である（「今昔」二〇・七）。

——染殿后が物怪に悩まされ、あらゆる祈祷や修法に効験のなかったとき、葛城の金剛山に修行する一人の老聖人が請じられる。その加持によって、后を呪縛していた老狐が追われ、后は平癒する（以上、(一)）。

天皇と良房（染殿后の父）に要請されてなおも宮中にとどまるとき、ふとした折、聖人は風にひるがえる几帳のひまに后の姿をかいまみ、たちまちに恋着の心を起こし、思い煩い、愛欲の思い抑えかねて后の几帳に入りこみ、「臥せ給へる御腰に抱き付き」これを犯す。捕えられて禁獄された聖人は、その呪詛を恐れる天皇と良房によってもとの金剛山に追放され、食を絶って餓死し、誓いの通りに鬼身を得、宮中に現れて后の正気を奪う。魅入られた后は屢々、出現する鬼とあらわに男女の行いを見せる——（以上、(二)）。

この話は暗くて救いがない。それは(一)(二)の連絡が(一)から(二)へ、女を救ったその僧が、救ったその女を傷つけるという、円環的、或いは回帰的ともいえる構成になっているからであろう。一般に魔は、仏神なり僧なり、また傑出した人の力によって、結局は慴伏されるものと語られるのだが、この話は魔の勝利を言うことになる。

歴史の表面にあまり出なかった現実の明子には迷惑な話だが、もとこれは、参議三善清行《きよゆき》（浄蔵の父）の『清行卿記』なり『善家秘記』なりに語られていたらしく、『真言伝』に載せる『清行卿記』に聖人は、金峯山の上人とされ、几帳のなかの后を抱く表現は「后に取り付き奉り」とある。「取り付く」はここでは憑くのではなく、具体的に抱きつき、しがみつくことを意味する。『善家秘記』は極く短い文が『扶桑略記』に引かれている。染殿后には、別に、柿本天狗に憑かれたのを、相応によって救われる話もある。

六　京極御息所褒子の話

これまで故意に述べなかったが、実は京極御息所褒子もまた、㈠㈡の物語要素をもつものとして理解される（㈠㈡における僧は異るが）。

褒子の病悩に請じられた浄蔵（清行の八男）は、護法善神《ごぼうぜんしん》を先立たせて赴き、その病を平愈する（「拾遺往生伝」、「大法師浄蔵伝」その他）。これは㈠㋑の構造であろう。そして次の話は㈡㋑の構造をもつ。

志賀寺に近い草庵に暮す老僧、たまたま寺参詣の褒子を牛車の御簾のひまに見、たちまち思いにつかれ、仏経の念誦にも心が入らずなり、いま一度見奉ることを願う。思いにせかれ、杖にすがって上京し、かろうじて逢うことを許された僧は、更に願う。「御手をしばし賜はらむ――ほんの暫く御手をとらせて頂けますまいか」と。許された僧は御息所の手をわが額におしあてて泣き、かたみに後世の救いを契る（「俊頼髄脳」）。万葉歌「初春の初子《はつね》の今日のたまははき手にとるからにゆらぐ玉の緒」の、どう考えても無理な縁起説話として語られている、という点を措くならば、ストーリーの外面は異るにしても、これは先掲の進命婦の話と一つであろう。

そして、河原院に融の霊が出現する当面の説話（「江談抄」、「古事談」）は、御息所にかかわる説話であるかぎり、御息所の気絶が浄蔵の加持によって正気に戻るのは、『拾遺往生伝』などに、御息所の病悩が浄蔵の祈りで救われるのと全く同一であり、むしろ同じ話であり、（即ち㈠㋑）、それは西三条女御や六条皇后が相応の祈りで救われるのと径庭がない。そして御息所の気絶は、少くとも融の霊の出現による以上、霊出現は御息所の気絶の原因としての、いわば㈡㋺ということになる。御息所説話のかぎりに、㈡から㈠へ、㈡を原因とするものの㈠救済へと展開的に連絡される。㈠から㈡へ回帰的に連絡される染殿后説話とは、全く逆の構造になっており、逆だからこそまた、同一の構造とすることが可能なのである。

七　法皇物語と御息所物語

御息所を頂きたいという霊の科白が、宇多法皇との対等性を融が主張することの表現であることは、先述した（第三節）。対等性の主張がそういう科白に表現される所以も、褒子説話自体のなかに求めることができる。

――褒子は本来、醍醐天皇のもとに入内する予定の人であった。その入内の当日、宇多法皇は時平邸に車を寄せ、おして褒子の室に入って出ず、迎えの使者として天皇のもとから遣わされてきた蔵人の前で言う。

「これは老法師賜はりぬ――この人はこの老法師（私）が頂戴した」（「俊頼髄脳」）

少し都合よく言ってしまえば、天皇から法皇が褒子を奪った、それに等しく、法皇から霊の融が京極御息所褒子を奪おうという、いわば対等性の表白として霊の科白を、これに並べてみることも叶うのである。

そして、「法皇の腰を抱いた」とは、行為次元の意味としては、法王の体に手をかけたということに他ならなかった。それは害意の表現であった。この話における主題、法皇が融の霊に勝ったということに帰結する、いわば法皇物語におけるその意味であった。

しかし、「腰を抱いた」という言語次元の意味においてそれは、女への恋着、愛欲の表現であった。主題としての法皇物語の裏に潜む、御息所物語の意味であった。そしてそこにおいてそれは染殿后物語に接触するのである。

『今昔』の染殿后物語にも「腰を抱く」の語句がある、しかし、語句の共通からのみ言っているのではない。一方が『清行卿記』のように「取り付く」であってもかまわない。ただ、「腰」に拘泥するならば、次のような話もある（「今昔」震旦部　一〇・一八、出典未詳）。

愛する妻をなくした霍《かく》将軍という男、限りなく恋しく悲しく、殿舎を造って妻を祀り、いつまでも思い続けてきた。一年ほど経った或る日暮れ方、妻の霊が出現した。思い続けてくれる男の心に縷々よろこびを述べ、「将軍の衣を捕へて忽ち懐抱せんと」した。恋しいながら男にはそれがひどく恐ろしかった。逃げようとすると、妻の霊は「手を以て将軍の腰を打つ」た。霊に打たれた男は腰を病み、やがて死んだ。

霊の妻が男を打ったのは彼が逃げようとしたからである。打ったのが男の腰なのは、霊がその腰を懐抱する――抱くつもりだったからである。霊の妻は男がいとしく、男の腰を抱くつもりで出現した――。男女入れ替わるが、聖人と染殿后の在りように、それは等しい。

主題である法皇物語の陰から、若し御息所物語をそれとして抽出し、それなりに自立させようとならば、文献批判的にそれがあり得なくても融の霊には、御息所の腰を抱いてもらわねばならず（「河海抄」のように）、事実がなくても融には、褒子恋着の炎を燃やしてもらわねばならぬ。融の霊には、迷惑でも金剛山聖人の狂気をもってもらわねばならない。

しかしながら、主題である法皇物語の事実と言語の前には、右の仮想はすべて消えてしまう。表のその言語のなかへ。ただ、裏なる御息所物語の、更には染殿后物語の一つの言葉「腰」乃至「腰を抱く」が、小さな砂粒のように残るのだ。小さな小さな違和。

＊進命婦と清水寺老僧の話、染殿后の病悩を相応が救う話は『宇治拾遺ものがたり』（岩波少年文庫）に、国王の后に恋着する老僧の話、染殿后と金剛山聖人の話、霍将軍の話は、『聖と俗　男と女の物語』（集英社）に現代語訳をもって収めた。

郵 便 は が き

料金受取人払郵便

神田局
承認

2842

差出有効期間
平成 30 年 2 月
5日まで

101-8791

504

東京都千代田区猿楽町 2-2-3

笠間書院 営業部 行

■ 注 文 書 ■

◎お近くに書店がない場合はこのハガキをご利用下さい。送料 380 円にてお送りいたします。

書名　冊数

書名　冊数

書名　冊数

お名前

ご住所　〒

お電話

読　者　は　が　き

●これからのより良い本作りのためにご感想・ご希望などお聞かせ下さい。
●また小社刊行物の資料請求にお使い下さい。

この本の書名＿＿＿＿＿＿＿＿＿＿＿＿＿＿＿＿＿＿＿＿＿＿＿＿

本はがきのご感想は、お名前をのぞき新聞広告や帯などでご紹介させていただくことがあります。ご了承ください。

■本書を何でお知りになりましたか（複数回答可）

1. 書店で見て　2. 広告を見て（媒体名　　　　　　　　　　　）
3. 雑誌で見て（媒体名　　　　　　　　　　　　　）
4. インターネットで見て（サイト名　　　　　　　　　　）
5. 小社目録等で見て　6. 知人から聞いて　7. その他（　　　　　　　　　　　）

■小社PR誌『リポート笠間』（年2回刊・無料）をお送りしますか

はい　・　いいえ

◎上記にはいとお答えいただいた方のみご記入下さい。

お名前

ご住所　〒

お電話

ご提供いただいた情報は、個人情報を含まない統計的な資料を作成するためにのみ利用させていただきます。個人情報はその目的以外では利用いたしません。

八　前世

　この説話について語る中心はほぼ、以上で終るが、なお一つ二つ記しておくことがある。宇多がこの国の王に生れたことは前生の業因にあると述べる、その業因とは、前世に那智《なち》の行者であったということである。（「三僧記類聚」──「小石記」、逸文）。前世が僧・行者であったと語られる天皇は、他にもある。嵯峨（石槌山修行者──「文徳実録」、「霊異記」）、清和（延暦寺僧──「江談抄」、「古事談」、「十訓抄」、「宝物集《ほうぶつ》」）、花山（大峯《おおみね》行者──「古事談」、「三僧記類聚」、「源平盛衰記」）、後白河（熊野宮籠僧──「吉口伝」）。僧・行者ではないが聖武天皇の前生は震旦、流沙の船師で、良弁の前身である僧を渡した縁があるとされ（「僧綱補任《そうごうぶにん》」）、桓武皇子の大徳親王は秋篠寺の僧であったと語られる（「霊異記」）。宇多・花山両帝が頭痛持ちであったのは、ともに、行者であった前身の、その死に方にかかわるという、類話性もあり、後白川の脳病も、前世の僧が死んで骸は朽ち、その髑髏に生えた柳のせいと語られる。

　宇多法皇が融の霊を退散させたのは、神の守護あって、という、その神は賀茂明神であろう。賀茂の臨時祭は、宇多への神の托宣によって始ったといい（「大鏡」）、明神は宇多守護神となるのである。浄蔵は護法善神をよく使う行者であり、刀剣の跡が塗籠の戸口に残ったというのもその所為のようにも読めるが、そうではなくて、護法は御息所の運ばれた御所（朱雀院）の方へ行ったのであろう。

九　もう一つの融の霊

河原院に出現する融の霊について、次のような語りもある。

河原院は左大臣源融の邸であった。その庭園は奥州塩竈の景を模して造り、難波江から海水を運ばせて塩焼きをさせるなど、さまざま風雅の善美を尽して左大臣は住んでいた。

左大臣の没後は宇多上皇に献上された。その子醍醐天皇もここに何度も行幸があった。

宇多上皇がこの邸に住んでいた或る日、夜なかのことだった、西の対屋《たいのや》（寝殿造りで、母屋に対する別棟。母屋から渡廊下で結ばれている）の塗籠《ぬりごめ》をあけて、そよそよと衣擦れの音をたてて誰れかが現れた、そういう気配を上皇は聞いた。

その方を上皇が見ると、束帯の装束に身を整えた人影、太刀を佩き笏をとり、柱間（柱と柱の間の距りは六尺乃至六尺五寸）二つばかりさがって畏っている。

「誰れか」

と上皇が問うと、

「この宿の主の翁《じじい》でございます」

と答える。

「融の大臣か」

と問うと

「そうでございます」

「何か用か」

「ここはわたくしの家、それゆえに住んでおりましたが、あなたさまがおいでになり、恐れ多くも気づまりに存ずる次第でございます。これは、いかがいたしますべきか」

上皇は言った。

「それは奇怪な言い草だ。

そちの死後、そちの子がわたしに呉れた、だからわたしは住んでいる。

わたしが無理にとりあげたというのでもあればともかく、礼儀もわきまえず、かく恨みがましく申すのは、何の故か」

声たかやかに上皇が言うとき、左大臣の霊はふっと、かきけすように消えた。

「やはりみかどは普通の方ではいらっしゃらぬ」

「並の人なら左大臣の霊に遇ってきっぱりと、ああも言えるだろうか」

と、時の人々の評判であった。

（「宇治拾遺物語」一二・一五）


この話は『今昔物語集』二七・二、『古本説話集』上・二七（その前半）にも、ほぼ同文で収められている。

初めにあげた『古事談』（「江談抄」も）の話とこれと、宇多上皇の前に二度、融の霊が出現して上皇に退けられたというのではない。事柄としては一つ、その異伝というべきものであろう。ともに宇多の威を主題とするのだが、しかし二つの内容はあまりにも異っている。

異りの最大は融の霊の変容に集約される。

『古事談』の融は宇多の誰何に、「融」と名告る、この『宇治拾遺』では「この宿の主の翁」と告げ、「融か」という宇多の再問を肯定するに終る。邸の主であるということが、融であること、融であることの個性に先行する、そのような登場であった。

第一の融が京極御息所褒子を要求したのは、融の孫に小八条御息所貞子（賀子とも）がいて内親王依子を儲けており（第一節）、御息所たちのなかで最も寵愛の深かった褒子へ、或る感情を融としては持っていたかも知れないが、何よりも宇多に対する対等性の、或いは対抗的な感情が基本的に考えられた。この話の融にはその個性が払拭されている。京極御息所の登場もない。その邸の霊というにすぎぬ、そういう融にとって、今そこに住むことを守る、それがその重要点であった。

宇多上皇から柱間二つを置くようにして融の霊は畏っている——最初から宇多を憚って霊は出現している。前田家本『江談抄』は初めの説話について、法皇は御簾のうちに、融は欄辺に居た、と「或人云」として記しているが、表現としてはこちらの話にふさわしい。高欄のあたりということは、融の霊は簀子《すのこ》（縁）に控えていたのである。

＊——なお、融の束帯装束も、朝廷に仕えるものの、つまり現世に官人であったものの正装にはちがいないが、むしろ衣冠束帯《いかんそくたい》は、しばしば霊とか鬼とか呼ばれる存在の装束なのである。
例えば大納言伴善男の霊は夜道を急ぐ或る調理人の前に、赤の袍《ほう》（衣冠束帯の上着）の装束で出現し（『今昔』二七・一一）、紀長谷雄が見た朱雀門上の霊人は冠に、闕腋《けってき》の袍（武官の装束）を着（同二四・一）、玄昉を蹴殺した藤原広嗣の霊も冠に赤の袍（同一一・六）、弘徽殿の東欄に出現した長一丈《たけ》の鬼も衣冠していた（『古今

著聞集」)。色が語られるときは赤か青が多い。冥府の官人であることの標であった。

類話がある(「今昔」二七・三一)。

参議三善清行、怪異の出現する噂のある古家を購った。家移りする前に一日、その家に宿ったその夜、噂通りに怪異があった。

天井の組入格子《くみいれごうし》ごとにさまざまな顔が現れて消え、庇《ひさし》の間の板敷を、長《たけ》一尺ほどの人影が四五十人、馬に乗って渡った。塗籠からは居丈《いたけ》三尺ばかりの美女、髪は黒くて長く、さし隠した赤い扇からのぞく額は白く、切れ長の流し目。ふと外した扇の下には、鼻高々と赤く、口は耳許まで裂けて四五寸の銀の牙を口脇にくいちがえていた。

女が消えると、有明の月のもと庭の茂みから、浅黄上下の翁、文挾に文を挿んで高く棒げ、身を低くして現れ、階のもとに跪いて、この古家に長く住む霊であることを告げる。

「永年わたくしどもの住んでおりましたこの家に、このように今日、あなたさまがお移りになり、わたくしども、真実こまったことになったと、何とかお願い申し上げたく存じ、かく参上つかまつりました次第」

この科白は融のそれとほぼ同じであろう。訴えの文を捧げて身を低くし、翁は既に、深く清行を憚る挙動にあった。

清行の返答は宇多上皇のそれに同趣であった。

「人は家を正しい手続きによって伝領する。その正当を、人を愕かすことによって妨げようとする非道を、おまえたちは犯している。実《まこと》の鬼神というものは、道理を知って曲でないからこそ怖しいのだ」
だからおまえたちは怖しくも何ともないと言う。宇多の科白より理屈っぽいが、それは彼が学者だからいたしかたなく、正当な手続きで正当に伝領した家であることの強調は、共通している。

実《まこと》の鬼神云々という、傍点を打ったあたりから構築される意味は、中世に好んで使われた諺〈鬼神に横道《おうどう》なし〉を髣髴させる。というより、出典不明とされているこの諺の、その濫觴《らんしょう》は、『今昔』はじめこの当時の説話によく見られる、右と同趣の発想とその言語にあったものと、私は考えている。「横道」は漢語のようにみえるがそうでなく、よこざまのみちとは、そのものにとっての、強くいえば正当でなく、軽くいえば尋常普通でないやりかたを、本来、意味した（極端なことを言うと、例えば盗賊にとっての横道とは、慈悲深く、人を傷つけたり盗んだりしないことである）。それがやがて、価値的に限定され、曲った方法・見解・行為という価値的な意味に抽象化されたものである。

しかもこの、〈鬼神に横道なし〉の諺やそれに似た言い廻しは、もともと鬼神（霊）が自ら言う科白ではない。常に人間から鬼神に向かって、或いは鬼神の行為について人間が言う科白であって、そのときそれは、いわば鬼神の誇りをくすぐることによって、霊世界の情を人世界の理で切り捨てることの呪文になってしまうのだ。

十　霊の盛衰

祀る子孫の絶えてしまった霊は衰え、住む人の居なくなった家の荒《すさ》みのなかに、衰えた霊は住む。

それはもはや、荒んだ家そのものの霊であった。おまえたちは狐の類いであろう、鷹犬の一匹でもここに居れば喰い殺させてやるのだが、と言う清行の言葉は、古い家の霊に対する侮辱であり、それに甘んじねばならぬほどの衰えに、この古家の霊はいた。代替の地へ、それも清行の許可を得て、古家の霊たちはよろこんで去ってゆく。冥府の官人でもない証のように、霊の老人は浅黄上下を身につけていた。

逆に、子孫と家の繁栄繁華のなかで、祀られることも厚い故人は、その華やぎのままの霊として、その家に住み、或いはその家を訪れるであろう。摂政関白頼通の霊は平等院に住んでいた。父道長から譲られて住み、極楽浄土を地上に造るほどの意気込みで自ら仏寺とした平等院である。頼通の子、摂政関白師実（母は最初に触れた進命婦祇子）の霊は京極殿（土御門殿、上東門殿）に現れた。この邸は道長の栄華を象徴する。ここで道長と嫡室倫子の間に子女六人が生れ、後一条、後朱雀・後冷泉の外孫三天皇の誕生も見、その里内裏《さとだいり》ともなった。何度か火災もあったが、天喜二（一〇五四）年の焼亡のあとは師実が再建し、以後、里内裏になることなく、師実がその持つ邸のうちの主なるものとしてここに住んだ。嫡室麗子のための邸内御堂も建てた。「御執心のとどまる」ところであった（「古今著聞集」）。

遡って彰子（道長女、一条中宮、後一条・後朱雀母）が住んでいたころの京極殿では、南殿の桜が盛りであった或る三月、寝殿（母屋《もや》）にいた彰子の耳に、気高く神々しい朗詠の声がとどいた。

こぼれてにほふ花ざくらかな（浅緑野辺の霞はつつめども――「新撰万葉」）

声の主を探させたが誰れも居らず、気味悪く思った彰子は、宇治に住む弟の頼通にことを告げた。

それはその邸の癖なのです、いつもそのように歌を詠じるのです、と、頼通は答えた（「今昔」二七・二八）。

歌のよろしさに感じた物の霊が、折からの盛りの花に触発されたものと『今昔』は記し、何の霊かは不明に終ったとするが、これも家の霊であろう。宇多源氏左大臣雅信の邸が、その女《むすめ》倫子と藤原道長の結婚によって摂関藤氏に伝領され、その栄花の舞台となったところであるが、既に華やぎの家そのものの霊で、それは、あった。霊の声を怖れた彰子は、以後、この邸に近づくこともしなかったと『今昔』は述べるが、それは、巻二十七に収めて霊鬼譚の怪異にまとめたことの一つの常套の言い方であって、彰子がこの邸を避けたことはなく、剃髪したときの院号（上東門院）もこの邸に依っている。盛りの花の静謐につつまれ、華やぎの家の霊がその春興を洩らしたのである。

十一　河原院荒廃

法皇や御息所の住んでいたころの河原院には、融が造った風雅の善美がまだ損われていなかった筈である。にもかかわらず、後世の荒廃のイメージはその表現（「古事談」）のなかに既に忍び込んでいた。法皇は同車してきた牛車から、その畳（うすべり）を運ばせて仮の御座とした。ということは、人住まぬ、或いは荒廃の場所に仮の宿りを作るときの表現である。現に、古家を購った清行が同じことをしている。畳一枚だけを雑色《ぞうしき》に待たせて赴き、障子は破れ板敷は外れてしまっているなかに、自分の場所として敷かせている。人住まぬ古堂に女とともに宿ることになってしまった或る男も、運ばせてきた畳に臥した（「今昔」二七・一六）。

そもそも、風雅に遊んだ誰れかが死ねば、たとえその風雅の場所はそのまま残っていても、そのなかに風雅の衰微や荒廃を人は見てしまうであろう。浦のたたずまいはそのまま残っていても、そこに焚かれた煙は今はたなびかず、松の美しさは変らぬながら、松吹く風は今日、颯々として通う気配を見せぬ……。無常の思いが人の身の上に思われるとき、その人のものであった風雅も同じ無常に浸されるであろう。現実の荒廃に先立って、思いが荒廃を促がすかのようである。思いに導かれたかのように、現実の荒廃はすすむ。尽された風雅の善美とその荒廃はかなしい表裏をなす。善美が強調されるほど荒廃は増幅する。融生前の河原院の風雅を哀惜し、以後の荒廃を嘆く和歌や漢詩はきわめて多い。

そして、荒廃の河原院の、遂に鬼（霊）が人を殺した。

五位の位を金品を以て買うために東国の男が上京した。都見物をかねてその妻を同行してきた。手違いがあって、いまは人住まぬ河原院に宿ることになった、その幾日目かの日暮れ、宿った室の外、塗籠《ぬりごめ》の妻戸が急に開かれ（この描写、冒頭にあげた源融の霊の出現のそれと同じ）、何物かの手が男の妻を引き込んだ。押しても引いても戸は開かず、隣人の助けも得て戸を打ち破った男の前に、既にその妻は死んでいた。疵もないのに全身の血を吸い尽され、棹にうちかけて捨てられていた（「今昔」二七・一七）。

日本にはめずらしい吸血の鬼であった。この鬼には纐纈城《こうけちじょう》伝説（「打聞集」一八、「今昔」一一・一一、「宇治拾遺」一三・一〇）が投影している。

――師・伝教大師の没後、慈覚大師円仁は入唐し受法の旅を続けるうち、武帝の仏教弾圧（会昌の廃仏、八四五年）に遭う。追われて山中に入り、城壁高く築きめぐらした長者の邸に逃げ込み、ここに隠れるが、人の呻き苦しむ声を一つの建物に聞く。大師は見た。縛り上げられた人が高く吊され、切られた傷口から、下に置かれた壺に血をしたたらせていた。地には、痩せ枯れて真青な人々が倒れ伏して呻いていた。

その一人が、糸のように細くなった指で地に文字を書いて大師に知らせた。知らずにここに来た人を捕え、もの言わぬ薬を飲ませ、身肥る薬を食はせた後、高所から吊して血を取り、集めて染物を作る、ここは纐纈の城だ、と。

何も飲むな食うなと忠告されて遁れ、比叡の本尊薬師の助けのもとに大師は脱出する。纐纈とはしぼりぞめのことである。

――知らぬ土地に辿りついた男が、先にその地に捕えられていたものから、そこが魔所であることを知らされ、神仏の助けで脱出する話自体は、他にもある。例えば――。

天竺の僧迦羅《そうがら》という男、五百人の商人を伴って南海へ出る。嵐に遭って船は漂流し、一つの島に着く。美女ばかりの暮す女人島であった。

それぞれが女を妻としてその島に住んだが、眠っている女に気味悪いけはいを感じた僧迦羅は、女の眠のすきに島中をめぐり、一つの堅固な柵のなかに、多くの瀕死の男と死人を見出す。息の残る一人に問うて、ここが食人の島であることを知る。

彼らは僧迦羅たちと同じく漂着したもので、女たちを妻としていたが、次の漂着船があると、捕えて籠められ、女たちの日々の食糧にされていた。女は女羅刹（鬼女）であった。五百の商人は僧迦羅に導かれて脱出し、追ってくる鬼女を遁れ、観音を念じ、観音の遺した白馬に群れすがって、天竺へ戻る。

僧迦羅の妻であった鬼女、美女の姿で追って来て僧迦羅を求めるが、追われて王宮に入り、国王を蕩しこれを喰い殺す。

次第を知った王子——次の国王から軍勢を与えられた僧迦羅一行は、羅刹となった女の大勢を討ち滅し、その島は僧迦羅に与えられた。即ち僧迦羅国《スリランカ》の建国物語である（「今昔」五・一。「宇治拾遺」六・九にも。遠い出典は「大唐西域記」ただし、これには観音の助けを語らず、小異もある）。

＊伴大納言善男の霊の話は『宇治拾遺ものがたり』（岩波少年文庫）に、三善清行の家移りの話、京極殿に詠歌する霊の話、古堂に宿るはめになった男女の話、河原院の吸血鬼の話は『聖と俗　男と女の物語』（集英社）に、現代語訳をもって収めた。

十二　吸血鬼の上陸

ヨークシャー州北東部、イングランド東海岸のウィトビーは、漁港と保養地と二つの顔をもつ港市である。海岸を歩いても丘に登っても、はるばると広がる風景をもつ地方都市である。海へ長くつきだした桟橋の木造があり、深い入江を見下す、形のよい家々の集落があり、ヘンリー八世が破

ウィトビーの海岸（著者撮影）

壊した廃墟の僧院が、丘の上、天に黒々と影を残す。

小魚と馬鈴薯《チップス》を揚げて売る、小さな屋台が入江に沿って並んでいた。熱々のそれを紙にのせて手渡してくれる。——嵐吹く暗い日、ブラム・ストーカーの吸血鬼は棺に入ってここに上陸した。

丘の上の教会、その脇に掲示があった。

この教会墓地にCount, Draculaの墓はありません

伝説・小説・史実ごちゃまぜ知識の観光客がよくたずねて来るのであろう。晩夏の日射しによく似合う風景のなかで、司祭か誰れかのユーモアに私はひとり笑っていた。

II

ひとすじの思いの物語

内記聖人の話――今昔物語集より

〔一〕　内記の聖

村上天皇のころ、内記慶滋保胤《よししげのやすたね》という人がいた。陰陽師《おんみょうじ》賀茂忠行の子だったが、或る文章博士《もんじょうはかせ》の養子となって姓を賀茂から慶滋に改めたのである。心に慈悲あり、才学は並ぶものもなかった。若い頃から朝廷に仕えて文章博士にもなったが、年も積もり道心も生じ、某寺で髪を切って法師になった。名を寂心、在俗中内記を務めたゆえに内記聖人と世に呼ばれるのはこの人のことである。出家後は空也聖人の弟子となり、ひとえに貴い聖人とはなった。

＊――ここに書かれていることは殆んど事実に悖る。

保胤は他家の養子になどなっていない。「慶滋」は、「賀茂」の訓みヨシシゲに佳字を宛てたものであり、自分から改姓したのは、儒者・詩人として身を処するために、生れた陰陽家の賀茂氏から離れようとしたのである。父の忠行は当時の陰陽道の大家で従五位下。兄の保憲は、陰陽二道の天文と暦の両方に亘る天文博士・暦博士で従四位下。陰陽道の頭《とう》（長官）であった。その弟子に安倍清明がいる。保胤は文章生《もんじょうしょう》から内務省内記局の小内記・大内記を勤めたが、大学寮の官員にはなっておらず、文章博士でもない。寛和二（九八六）年、従五位下のときに出家。比叡山に登り、法系は恵心《えしん》僧都源信。空也の弟子になったと記す文献はこの『今昔』以外にない。ただ、在俗のとき勧学会《え》、出家してからは源信とともに二十五三昧会という念仏結社運動を展開しており、念仏運動の先達であった空也とは、空也の京都布教の始った天慶のころから、親密な関係が生じたであろうことは十分推量される。

以下、寂心のエピソード三つが語られる。第二節は『宇治拾遺物語』一二・四と出典を同じくし、第三節は出典未詳ながら『発心集』二・三と関連があり、第四節は出典未詳、『撰集抄』五・三と関連。しかしここまでの第一節は、出典も関連する文献もなく、内容的に物語性もない。恐らくエピソード三つを並べた前置きに『今昔』編著者が付したものであろう。そこに、以上のような誤りが属していた。改姓した、だからそれは養子になった故であろう、秀れた学者だった、だから文章博士にもなったであろうという、浅く安易な短絡である。少し調べれば正せるような誤りを『今昔』編著者はおかしている。

〔二〕 法師陰陽師

功徳を積むためにはどのような善根が最上かと寂心は思い廻らした。そして、仏像を造り堂を建てるに及くことはないと思い到る。まずは堂を、と思い立ったが、個人の力で叶うことではなく、「知識を曳き——信者を集めて寄進を募ることで、我が所願を果そう」と、諸国に布教勧進して歩くと、寄進する人も現れいくばくかの基金も集った。

播磨国では挙って国人が寄進に応じた。

或る川原に出た。

折しも川原では一人の法師陰陽師（僧形の陰陽師。因に播磨国は陰陽師が多く居住していた）が、紙冠《かみかぶり》（額につける三角形の紙の冠）をつけて祓いをしていた。

見るなり寂心は馬から飛び下り、陰陽師の許に駆け寄って、問うた。

「御坊、何をなさる」

「祓いをいたしてござる」

陰陽師が答えると、寂心、

「そうとお見受けしたが、その紙冠は何としたことか」

「祓戸《はらいど》の神（大祓の祝詞《のりと》に瀬織津比咩《せおりつひめ》・速開津比咩《はやあきつひめ》・気吹戸主《きぶきどぬし》・速佐須良比咩《はやさすらひめ》の四神を挙げているが、要するに罪や穢を祓う神）は法師がお嫌いでな、それで俗人のように、お祓いの間はこれをつけていますのさ」

聞くなり寂心、大声に叫んで陰陽師につかみかかる。陰陽師はわけがわからず、手を挙げてあわてふためき、祓いもそっちのけ、

「何をなさる」

と、あらがえば、祓いの依頼主もあきれはて、呆然と立ちつくすばかり。

陰陽師の紙冠をむしりとり、破り捨てて、オイ〳〵と泣きながら寂心は言った。

「仏の御弟子となりながら、祓戸の神が嫌い給うからといって、あなた、如来の忌み給う禁制を破り、紙冠などなぜ身に付ける。

あなたの所行、無間《むげん》地獄に堕ちるばかりの罪ですぞ。ああ、ああ、かなしいかな。

その所行をまだもし続けるおつもりなら、わたしを殺してからになされよ」

陰陽師の袖をとらえ、限りなく寂心は泣いた。陰陽師は弱り果て、

「これは何とも狂気のお沙汰。そんなにお泣きなさるな。

御房仰せの条、まことに道理。とはいえ、世を渡ることのむつかしさ、陰陽のことなど習い覚えてのこの我がありさま、こうもいたしまさねば、妻子を養い我が命を助けることも、何ひとつ叶いませぬ。

道心とてござらぬ我が身、身を捨てての聖人になどなれませず、法師の姿をとっているとはいえ、それもそれだけのこと、俗人同様の身でござれば、後世《ごぜ》いかなることにか（来世どのような生をうけるか）と悲しく思い返すこともござるが、この世に生きていることのてだて、こうするほか、致しようもございませぬ」

とくどけば、

「そうは申されるが、三世諸仏の御首《かしら》に紙冠をつけ奉るごときまね、どうしてなりましょうぞ。

貧しさに堪えかねての御所行《しょぎょう》とあれば、これまでにわたしの得てきた寄進のすべてを、あなたに進ぜよう。人に悟りを勧める功徳が、塔寺を造る功徳に劣ろう道理はない」

そう言うと、自分は川原に坐りこみ、弟子たちを走らせ、信者寄進のすべてを取り寄せ、陰陽師の法師にその一切を寂心は与えた。そして京に上っていった。

〔三〕 輪廻転生

寂心が東山の如意輪寺《にょいりんじ》（叡山三千坊の一。長等山《ながら》から鹿ヶ谷《ししがたに》にかけての広大な地域に堂舎が点在していた園城寺別院。出家した寂心はここに入り、死んだのもこの寺。のち建武の兵火で焼亡・廃絶）に住んでいたときのこと、六条院から、すぐ参上するようにとの召しがあった。早速、知人から馬を借りて、寂心は早朝から家を出た。

＊六条あたりには、六条院、六条邸、六条第などと呼ばれる貴族の邸宅が多くあったが、ここにいうのは村上第七皇子、具平《ともひら》親王の千種殿《ちぐさ》（西洞院東、六条坊門北、或いは南とも）であろう。具平幼少のころ保胤はその侍《じ》読《とく》（学問の講義をする官）であり、長じてからの具平は保胤（寂心）の庇護者であった。『発心集』には、招かれ方の情況は異るがはっきりと、中務の宮からの召しがあり、宮からさしむけられてきた馬に乗って参上したと述べている。具平は二品《にほん》中務卿、唐風に中書王。醍醐皇子兼明を前中書王と呼び、これを後中書王と呼びわける。保胤在俗中の邸、『池亭記』の池亭《ちてい》は、千種殿のすぐ近く（前）か、広大なその屋敷地の一角にあったらしい。

普通の人なら、馬に乗れば急がせてゆくものを、寂心は馬の気持に任せて歩ませたから、馬が立ち止まって草でも食《は》もうものなら、そのままいつまでも同じところに佇っていた。だから、ろくに道は進まず、一日中同じところに暮すのだ。

馬の口取りの男、じれったくていらいら、思わず馬の尻を打った、とたんに寂心、馬から飛び下りて口取りの男につかみかかり、

「どういう料簡で、おまえ、何ということをする。老いぼれ法師のわたしが乗っているお馬、だから蔑ってこのお馬を、お打ち申し上げたということか。

前々《さきざき》の世から、輪廻《りんね》転生《てんしょう》、何度となくわたしやおまえの父母ともなられたお方が、いまはこのお馬なのかも知れぬではないか。いまはこの世の父母ではない、だからとでも思って、おまえは、蔑り申し上げるのか。

おまえにとってもだ、繰り返し繰り返し父母ともなっておまえをいつくしみ、そのことによってまた、このような畜生の身にも生れ、また何度かは地獄や餓鬼の世界にも堕ちて受苦されたかも知れぬ、そういうお方でないと言えるか。

畜生道《ちくしょうどう》に堕ちることは、とりわけ子への愛の妄執の果として、こうもなるのだ。たいそうおなかを空かせ、ものの欲しくていらっしゃるままに、青々とうまそうな草の生えているのを見過ごしがたく、つい毟っておあがりになった、それを、どうしてもったいなくも、おまえはお打ちなどいたすのか。

この老法師にとっても、何度となく父とも母ともなりあそばしたかも知れぬお方、もったいない、とは思いはするものの、年老いて起き居こころのままならず、少しでも遠くへゆくときは、早くも歩けぬままに恐縮ながら乗せて頂いているのだ。

道に草が生えているのをおあがりになる、それを妨げ、道行くことを急がせるなど、どういう料簡だ。慈悲の心すらないものよ」

そう言って寂心は大声を放って泣いた。口取り男、心のなかでは、

「何をやくたいもない」

と思ったが、坊さんに泣かれるのがやりきれず、

「仰せ、まったく道理でございます。お打ちいたしましたる段、わたくしめの心か拗《ねじ》けておりました。

いたしかたないのは下郎めのこころ、このようにお馬に生れていらっしゃる、そのことわりも知らず、馬だからとてお打ちいたしました。

これからは父母ともあがめ奉り、大事に大事にいたしますでございます」

聞いて寂心は涙にむせび、

「やれ、ありがたや、ありがたや」

と、もとのように、やっと馬に乗った。


ゆくほどに、いまは朽ち果てねじくれ返った卒塔婆《そとば》の、道のほとりにぽつんと立っているのが見えた。目にするなり大慌て、転げるように寂心は馬から下りた。どうなさった、とばかり、口取り男、大急ぎで駈け寄って馬の轡をとると、寂心、馬を先にゆかせてひとりとどまる。馬をとめて男が見返ると、薄《すすき》の叢の、少し疎らのところに寂心は平伏している。

次いで袴の括《くく》りをおろして整え、童に持たせてきた袈裟を身につけ、衣の襟きっちりと立て左右の袖かきあわせ、深々と腰をかがめて上目づかいに卒塔婆を見つめ、まるで、高貴の人の前に伺候する近衛の随身《ずいじん》（貴人に扈従する近衛舎人）よろしく卒塔婆に近づき、手を合わせて土に額《ぬか》づき、三拝九拝、身を低くしての、至らぬところとてない殊勝の礼拝であった。

こと終り、やがてそこを発ったが、卒塔婆が見えなくなってからやっと馬に乗った。そのあと、卒塔婆を目にするたびに馬を下りたり乗ったり、ひととき（二時間）もあればゆける道のりを、朝六時ごろに出かけ夕方の五時ごろ、やっと六条院に寂心は着いた。

「このお坊さまのお供、もうこんりんざいおれはごめんだぜ。ほんとうにもう、死にそうなほどじれったくってさ」

口取りの男のこぼすこと、こぼすこと。

〔四〕 布施行

岩倉に住んでいたころ（洛北岩倉には大雲寺・観音院や解脱《げだつ》寺など、天台寺院があった）、腹を冷して寂心は下痢を病んだ。厠に行ったのを隣の房の法師が耳にした。まるで楾《はんぞう》（湯水を注ぐ、柄つきの器）の水をぶち流すような音がする。年老いた人のこの症状に、気の毒にな、と法師が思っていると、寂心が何か言っているようだ。

「誰れかいるのかな」

と、壁の穴から覗くと、老犬が一匹、寂心に向かってしゃがんでいる。寂心の立つのを待っている具合だ。その犬に向って寂心は話しかけているらしい。

「前世、人のためにうしろぐらい心を致し、人に不浄のものを食わせ、自分のためには道をはずれたものを貪り、自分のことは大事にかけ、また、他人を堕しめ父母に不孝のふるまい、このような悪い心で暮し、善い心を育てず、そのために今、獣の身を受け、こんな不浄のものを食うために、そなた、わたしの立つのを覗っておいでだ。

転生のうちには我が父母にも何度かはおなりになったかも知れぬ身に、こんな不浄のものを差上げるなんて、もったいなさの極み。

とりわけこの日頃、わたしは風邪をひいた上にこの急激の下痢、とてもとてもそなたの、召し上がれるものではない。何とも口惜しく思い奉る次第でござる。だから明日、美味のものを調えて、改めてそなたに差上げよう。それを思うさまにおあがりなさるがよろしかろう」

涙を流し流し話しかけ、そして寂心は厠を立って行った。

翌る日になった。

「お聖人、犬のための用意とやら言っていたが、あれはどうなったやら」

と、隣りの法師、誰れにも告げずに様子を見ていると、寂心、

「さて、お客さまに御馳走をいたそう」

と、土器《かわらけ》に山盛りの飯に、お菜も三、四品、庭に筵を敷いてその上に据え、前に寂心も坐りこみ、声あげて

「食べ物を用意した。早くお出でなされ」

声の下から昨日の老犬、のそのそ現れて飯を喰い出した。

「用意した甲斐あったというもの」

と寂心は泣く、そのとき、傍からもっと若くて強そうな犬が現れて、現れるや否や老犬を突き転ばしてガツ〳〵と、横取りした餌を貪る。寂心はおろおろと、

「乱暴はおやめなされ。そなたの食べ物も、わたしが用意しよう。まずまずは仲好く、一緒におあがりなさるがよい。

こういう道にはずれたことをする、そういう心掛けだから、そなた、愚かな獣の身を受けもするのですぞ」

とめようとするのだが聞こうことか、飯も何も踏みつけて泥だらけ。そのままガツ〳〵と貪り喰う、その音を聞きつけて、多くの犬どもも集り、喰い合い吠え合うそのやかましさに、

「こんな心がけの方々、見るに堪えぬ」

と、逃げ出して、ついに寂心は板敷の上に逃げのぼってしまった。

隣りの法師の笑うこと、笑うこと。

（「今昔物語集」一九・三）

賢愚狂信、紙一重などという。その差、見る人の側から見直せば、見る角度一八〇度の差、価値の感情、天地雲泥の差ということに、なることもある。さて――。

第三・四節の話は、馬の口取りの男と隣房の法師の目線で語られている。餌を奪い合って争う犬を悲しむ寂心を、その話を収めた『撰集抄』に登場の慈恵《じえ》僧正良源は、尊んで「ただびとにはおはせず」と批評する。叙述の場面も視線も、そして文体も、『今昔』のそれとは当然、異っている。

その召使にとって英雄は存在しない、と言ったのはたしかスウィフト。

或る出家——今昔物語集より

三条天皇がまだ東宮（皇太子）であったとき、東宮蔵人《とうぐうのくろうど》に藤原統理《むねまさ》という人がいた。年若くて美貌、誠実な心の持主であったから、東宮はこの人に深く親愛の気持を抱き、あらゆる折にこの人を重用した。

この人の妻も容姿端正、心貴《あて》やかな人だった。限りなく二人は愛し合って共に住んでいた。ところがこの妻、流行病《はやりやまい》に冒されて病篤くなり、嘆き悲しみのなかに夫は看病に心身を尽し、さまざまな神仏にも祈願したがその甲斐なく、遂にはかなくなってしまった。

妻への思いは断ち切れるものではなかったが、なきがらをそのままにしておくわけにはゆかず、統理は棺に収めた。葬送にはまだ日も遠く、そのまま十日余り家に置かれていた。棺のなかの妻、死んだ妻の恋しさに堪えかね、思い余った或る日、統理は棺を開いた。

——妻であった人の長かった髪は抜け落ち、枕がみに散乱し、可愛いかった眼は、木の節の抜け穴さながら暗い洞となって落ち窪み、肌は恐ろしい黄黒色に変じている。美しい鼻すじの流れていた鼻梁は崩れ、二つの鼻孔が大きくひらいているばかり。唇は薄紙のようにかさかさに乾き縮み、噛み合わせた歯は、むき出しに白の一列である。おぞましく悲しく恐ろしく、もとのように棺を覆って統理は去るしかなかった。骸の腐臭は統理の口や鼻を襲って堪えがたく、その臭さに息のつまる思いであった。

それからのち、変り果てた妻の面影が目に焼きつき、すべて在るものへの無常の思いが統理の心を満たした。

「多武峰《たむのみね》の増賀《ぞうが》聖人こそ尊いお聖人」

と人が言う、聞いて、

「その人の弟子になろう」

と決心し、この世の栄華を捨て家を捨てて、出家することを統理は思い定めたが、彼には四歳ばかりの女の子があった。亡くなった妻との間に儲けた子である。母親に似て容姿は端正、限りなく統理はこの子を愛していた。母が死んでからは、寝るときも離れず、いつも一緒であった。

その暁方、多武峰へ発とうとした統理が、乳母の許に抱いて行って寝入った少女を横たえると、大人たちにすら知らせなかった統理の決心を、幼な心に——幼な心ゆえに知ったのであろうか、めざめて、

「父よ、わたしを捨ててどこへいらっしゃるの」

と、袖にすがって泣く。なだめすかし、寝つくまで幼い体を優しく敲いて寝かしつけ、寝ついたその隙に、こっそりと統理は家を出た。

道すがら、とりすがって泣いた女の子の、声やしぐさが耳から離れず心に残り、その寂しさと悲しさは堪えられるものではなかったが、しかし道心は揺るがず、

「どうあってもとどまるわけにわたしはゆかぬ」

と一心に思い念じて多武峰に行き着き、髪を切り法師になった。それより増賀聖人の弟子として心

を尽して仏道に励んだ。

統理の出家の一切を知って、その哀れに深く打たれた東宮から和歌が送られてきた。入道統理は、悲しい心にそれを読んだ。しみじみと泣いた。

泣く統理をほのかに師の聖人が見た。

「彼れが泣くのは、真の道心を発し得た涙であろう」

と、貴く思った師は問うた。

「何に泣きなさるのか」

入道は答えた。

「東宮よりお便りを賜わり、このように成りました身とは申せ、さすがに、悲しと存じましたれば」

そして更に泣くのを、聖人、金属の鋺のように大きくきらめく眼をかっと見開き、

「東宮から便りを頂いた人は仏になれる、そうとでもそなたは思うのか。そんなことを思って頭を剃ったのか。『坊主になれ』と誰れが言った。出てゆきなさい。さっさと東宮の許へでも行き、そこにとどまるがよい」

と、つれなく言い放って統理を追い出した。

入道はそっとその場を去った。しかし、近くの坊に身を潜め、またすぐ、増賀の怒りの治まるままにそっと帰ってきた。

増賀という人は気が短く、まっすぐにきりっと立腹する。いわゆる立ち腹の人であった。その代り、その怒りを、無意味に持続させる人ではなかった。

統理入道の道心は揺るがず、強固な人の心であった。（「今昔物語集」一九・一〇）

出家物語

「三条天皇」や「藤原統理」の固有名は『今鏡』九、『発心集』五・七に依る。『今昔』では天皇名は欠字、主人公は「宗正」とのみある。『今昔』とこの二本の、説話自体は同一のものであろう、しかし、固有名の表記・表現にずれがあるように、説話伝承の系譜が異なるようである。

『今鏡』『発心集』二本には少女を語ることはなく、妻の死が出家の動機だったのでもない。妻はみごもっており、それを気遣いながら捨てて、初志のままに統理は増賀のもとに身を寄せる。出家してもなお気遣う統理のために、増賀は残された妻の家を訪れ、折しも難産の苦しみの最中であった女のために祈り、無事に産を救け、産養《うぶやしない》（赤子が生れて三、五、七、九日の夜に行われる祝。貴族の風習）の世話までしてやる。

統理から東宮に歌を届け、東宮は返歌する。このように語り方に小異はあるが、東宮の歌に泣く統理を増賀は叱る。この説話の意味の中核であるこの一条のみが共通する。

妻の骸の腐乱に無常を思う九相観《くそうかん》（人間の屍が腐敗の果てに白骨になるまでの九段階の変相。それを心に観じて肉体への執着を断つこと）ふうの描写は、これほど詳しくはないが三河守大江定基《さだもと》（寂昭《じゃくしょう》）の出家にも語られ（例えば「今昔物語集」一九・二、「宇治拾遺物語」四・七。また「本朝続往生伝」「発心集」）、女の子を捨てる情景は『西行物語』のそれが有名である。

ただし、統理は娘を優しく寝かしつけ、『西行物語』の西行は、すがりつく娘を縁から蹴落す。

ともに娘は四歳と語られる。

としごろさりがたくいとうしがりける女子、生年四歳になるが、ゐんに出むかひて、「ち、御ぜんのきたれるがうれし」といゝて袖にとりつきたるを、いとをしさはたぐひなく、めもくれておぼえけれども、これこそぼんなうのきづなよとおもひとり、ゐんよりしもにけおとしたりければ、なきかなしみたることをみゝにもきゝいれずして……（文明本）

『西行物語』に先立つ西行出家伝説（例えば「発心集」「撰集抄」）にこの語りはなく、他家に預けられた娘が、成長した後年、西行に逢い、その勧めによって出家することを、説話の眼目とする。『西行物語』に始まるその有名な語りは、恩愛を断ち切ることの意志の表現化として説話的に受容されたのであろう。

名僧と聖──今昔物語集より

〔一〕 覚縁の般若寺

洛西鳴瀧《なるたき》に般若寺《はんにやじ》という寺があった。覚縁律師という人が守っていた。覚縁はもと東大寺の僧で千攀《せんはん》僧都の弟子となり、学僧として傑出していた。のち東寺の入寺僧《にゆうじ》（眞言大寺の学侶《がくりよ》の一階級）となり、広沢の寛朝僧正から密教の伝法灌頂《でんぽうかんじょう》（阿闍梨《あじやり》の位を継ぐものに大日の法を授けること、その儀式）を受けて霊妙の効験を得ていた。つまり、顕教と密教に亘り、広く公私に信任され、年若いほどに律師にまでなった人である。

＊般若寺は現在、京都右京区鳴瀧、井手口川が三宝寺川に合流するあたり、山地にかけてあった寺。般若寺町の名が残る。大江氏山荘の地を玉淵《たまぶち》が権僧正観賢に寄せて開基とした（観賢を般若寺僧正と呼ぶ）。覚縁は東大寺から東寺入寺、長保元（九九八）年内供十禅師《ないぐじゆうぜんじ》（国から選ばれた十人の僧で、宮中の内道場に供《ぐ》奉《ぶ》することを兼ねる）、その功で二年、権律師。一条天皇のころの能説の僧として「天下之一物」に数えられている（続本朝往生伝）。四年四月二十九日没。

千攀は東大寺、のち東寺入寺・東寺長者・別当、少僧都。

寛朝は東寺長者、大僧正（本書I、「大会と来迎」）。

般若寺別当は、角田文衛氏によると、観賢のあと、付法四弟子の一人、大法師遍基《へんき》が継ぎ、以後、観賢法系につながる権大僧都元杲《げんこう》・阿闍梨内供十禅師義蔵《ぎぞう》が推定されている。覚縁は義蔵入室の弟子で、この人から別当を継いだらしい。

般若寺は開基観賢につながる人の伝領して守る寺であった。覚縁のときには、金堂の西南に、東西にかけて大きな堂を建てた。節目もない良材を用いた美しい造作だった。西北には廊なども造り出し、もともと勝景のところに、このような善美の堂などを荘厳《そうごん》したから、時の関白も来遊し、しかるべき上達部《かんだちめ》、殿上人《てんじょうびと》を召し集めて漢詩の会を催すなど、この世にある限りはこのようにもありたい、と思われるほどの栄花を迎えた。

般若寺を訪ねて多勢の人の来ぬ日とてなく、覚縁もまた常に貴紳の家の法会に呼ばれ、諸方の寺の法花八講《ほっけはっこう》（法花経八巻を四日間、朝座《あさざ》・夕座《ゆうざ》に一巻ずつ講説し論議する法会）などに招かれて行った。「名僧」——つまり、当時に名声高い僧としては、明豪《みょうごう》（延暦寺、大僧正、法興院僧正）、厳久《ごんく》（延暦寺、権大僧都、花山僧都）、清範《せいはん》（興福寺、権律師、清水律師）、院源《いんげん》（延暦寺、僧正、西方院座主）と並称されていた。

＊般若寺を訪れた藤原公任《きんとう》や大江匡衡《まさひら》の詩が残っているが、公任詩は、故義蔵阿闍梨の旧房を見た所懐を覚縁に寄せ、覚縁もまた、公任詩に対して自作を和している。

名僧として並べられた四人のうち、清範と院源は、一条朝の能説の僧としても覚縁とともに『続本朝往生伝』に挙げられている人である。

——ここまでの叙述はほぼ事実に沿うらしく、以下は一つの説話である。

〔二〕　ひねくれ公円

繁栄の般若寺に暮すうちに、何というほどもない病の気を受け、風邪か、と、湯治などしているうちに、いつか覚縁は重い病の床に伏す身となった。弟子たちは挙って集り、祈祷など限りなく続け、貴紳、宮方の見舞も、訪れぬ日はないほどだった。

覚縁はまだ若くて容姿すぐれ、学才高く法験豊かで、この人を頼みとするものも多く、万一亡くなりでもすれば、と案じ惜しみ合うのも道理であった。そういうなかにも覚縁が空に誦する（暗誦する）法花経の声の尊とさに、涙をこぼさぬ人はなかった。

病み衰え力のなくなった声で、昼夜、読経を続けたが、病は手のほどこしようもなく進み、覚縁は後事を弟子たちに言い遺した。だが、この寺の後々は誰にも托さず、

「とりわけ﨟を積んだお弟子が、いずれ継ぐことになるのだろう」

と人々は思った。

覚縁には公円という一人の弟子がいた。ひとかたならぬひねくれもので、傍近くには使わず、寺を追って遠ざけていたから、いまは諸方に修行して歩く身であった。そのころは箕面《みのお》の勝尾寺に籠っていた。

「お師匠さま、御病気」

と告げる人あって、驚いて帰って来ていたが、明日にも危いという日、しかるべき弟子たちが大勢

近侍しているのを措いて、人かずにも入れず、憎まれていた公円を、

「公円はいるか」

と、苦しい息の下から覚縁は問うた。

「四五日前から参っておりますが、勘当の身をはばかって御前にも出でませず、後の壺屋《つぼや》（仕切りのほどこされた小部屋、私室）にひかえております」

と弟子が答えると、

「ここへ呼べ」

と言う。

立派な弟子たちの並み居るなかを、分けて呼び寄せたので見る人々は怪しんだ。

「長い間憎まれていたものをこのように召し寄せられるのは、何事があるのだろう」

公円にも訳がわからなかったが、お召しゆえに近寄って畏まっていると、覚縁は言った。

「おまえはたいそうなひねくれもの、だから永年、おまえを憎く思い、諸方に出歩かせていた、それをかわいそうだと、思うときもあった。

私が東と言えば西にふるまう、立てと言えばおまえは坐る、そんなふうだから憎んだのだが、いま、わたしは死のうとしている。その時として思うのだ。この寺はわたしの死後必ず荒れ果てるであろう。人もいなくなり堂も壊れてまたたくまに滅び、仏像も人に盗まれる、そういうことにきっとなるだろう。

おまえは、自分には堪えがたいと思うかも知れぬが、よそへゆかず、寺の板きれ一枚さえも大事にして、ここに住んでほしいのだ。

ほかの弟子たちは僧として立派にやっているが、ここに止まって住むものはまずはいるまい。おまえだけは、寒さ暑さを忍び、飢えにも堪えて住むだろうと、私は見た。だから言うのだ。わたしの言うこと、ゆめたがえてくれるな」

聞いて弟子たちは思った。

「わたしたちこそこの寺に住み、仏事を絶やすことなく守ってゆこうと思っていたのに、この賎しい法師に言いつけなさるとは怪訝なこと」

「御病気のうちに少しおかしくなられたのか」

「いや、こんなことを仰しゃるのは何か訳があるのか」

「とはいえ、わたしたちもどうしてこの寺を離れられよう」

「どのようなひどいところであろうとも、師のあとに弟子は住むものだ。ましてこの寺をお開きなされた観賢僧正の時から、代々伝えられ守られてきた尊い地、それを更にお師匠さまは立派に整えてこられたのだから、よその人にしてからが住みたく思うほどのところ、ましてわたしたちがここを立ち去るなど、一体ほかのどこに住めるというのか」

そう思い合い、口にした。

〔三〕　公円の孤独と死

覚縁律師は亡くなった。葬りの一切を、公円も他の弟子たちに交じって執り行った。そのあと四十九日の忌中、師在世のときと変らず寺は参詣の人で賑わい、

「この寺の衰えることなど、あるまい」

と、皆が喜んだ。

忌があけると疎縁の僧――他の寺から来ていた僧たちは自分の寺へ帰って行った。先師に親近していた弟子たち二、三十人はそのまま止まり、これまで通りこの寺に止住するとみえた。

覚縁在世中は、寺周辺の里人が寺のことに何かと口を挟むことなどなかった。覚縁を敬いはばかっていた。

だが、年月漸く過ぎゆき、いまは軽んじるようにもなったのか、徐々に、近寄ることもなくなっていった。死ぬものもいたが、新たにこの近くに住み加わるものはなかった。こうして寺の周辺も荒れていった。そうなると、日頃この寺で励んでいた僧も、良き衆は東大寺や東寺などの大寺へ移りなどして散りぢりに去ってゆき、十余年のうちに般若寺は無人となった。馬や牛が勝手に入り込んで、庭の草木を好き放題に喰い荒し、立蔀《たてじとみ》（蔀仕立ての障屏具）も破れ、たまたま訪れる人は、無人のさまをあらわに見ると皆、あわれに悲しい思いをした。

公円はただひとり住んでいた。ともに住む僧はなかった。弟子の小法師一人だけが傍らにいた。ついには房中に火を焚いた様子も見えなくなり、

「やはりもう、公円も逃げ出したか」

と、見る人は思った。が、やはり公円は住んでいた。貧しさを気にせず、誰も訪ねてこなかったがひとり、師の遺言を守っていた。

「かわいそうに」

と、時には顔を見せる人もいたが、それ以上に心寄せの友となる人はいなかった。その境遇を忍ぶのは、師の最後の言葉に、ひたすらたがうまいとしてのことであった。

住んで四十余年、すっかり建物は倒壊した。二三間ばかり残った廊の、その片隅にしかし公円は住み続けていた。

命終には弥陀の念仏を唱え、正念《しょうねん》を保って死んでいった。

般若寺の礎石だけが、今では残っているという。

（「今昔物語集」一九・二三）

一　寺の衰え

覚縁の実際の最期は『今昔』とは異り、洛東蓮花寺で病み、危篤の身となって本拠、般若寺へ搬ばれ、その日のうちに死ぬ。貴紳の見舞も、弟子たちを集め公円を呼ぶ一切も般若寺では不可能で、語りは説話らしいそれであった。

公円に別当職が譲られたとは考えられない、というのが角田文衛氏の説である。東大寺や東寺との関係から、また、檀越《だんおつ》（寺・僧の後継者、だんおち）であった頼忠流、次いで実頼流の藤原氏との関係からも、覚縁の恣意による人事はあり得ず、後任の別当はやはり或る僧位僧官をもったしかるべき僧であっただろうし、公円に譲られたのはせいぜい、覚縁の住んでいた房舎くらいであろう、その房舎の荒廃のなかで公円は死んだのかも知れない、と。

別当職についてはこの説の通り、しかるべき僧が継いだのであろう、現実には。しかしそれ以前に、『今昔』の表現が、別当職を公円に譲ろうとしたものと私には読めないのである。覚縁が後継ぎを誰れとも指名しなかったのは、思い案じていたのではなく、説話的には、滅ぶ寺に後継者の指定など不要としていたのであろう。説話的には。では？

覚縁の死後、『今昔』の成立したと思われる十二世紀初頭にかけての間に、右大臣実資による施《せ》入《にゆう》や大御室性信法親王《おおおむろしょうしん》（三条皇子　本書V、「女児蘇生」）による供養が般若寺で行われており、別当の名も二人、記録に残っている。『今昔』の頃般若寺は廃絶してはいなかった。

とはいえ、別当の名も二人しか記録されておらず、ということは、覚縁のような宗教性から政事力まで備えた別当に恵まれず、寺の衰微は一方で確かに進んでいたのであろう。とすると、進んでいた衰微と、覚縁在任中の華々しい繁栄との対照は、十分に説話の舞台なり条件なりになる。師と、その生前に疎んぜられていた弟子僧の物語のために。ひねくれものの誠実と、誠実さが生きた滅びの物語である。そして『今昔』はその次話（二四話）に、師僧の危篤に身代りになろうとする、日常はほとんど無視されていた平凡な弟子僧の、その誠実の物語を組合せることになる（この一話は、集英社『聖と俗　男と女の物語』に訳し入れた）。

この説話のなか、公円は無力で、般若寺の衰微を止めようとするほどの何の努力もしない。この話のなか、『今昔』は公円に一ことの口もきかせていない。師の遺言のままに般若寺に止住し、ひたすら愚直に、寺の滅びのなかに死んでゆく。

次話の弟子僧がきわめて説話的である、それにも似て公円の実在感は稀薄である。寺と一緒に、声も挙げずに滅んでゆく愚直さが、この物語を詩のように終らせる。崩壊してゆく風景の、その部分として公円は存在するかのようである。

二　名僧と聖

別当職とはかかわりなく、寺の滅びを見届けさせるために覚縁は公円を呼んだかのようである。一つの見方をとるならば。そしてそれはこのような意味である――。

――明豪・厳久その他の僧とともに覚縁は、「名僧」と語られている。当時に名声高い僧、即ち「名僧」「名僧する」の語は特定すれば、「聖・聖人」と対義の概念にある。名僧として般若寺の繁栄を造りあげた覚縁は、まさに名僧している自分から遠ざけていた自分のなかの「聖」を、「名僧」の死にあって呼び戻したかのようである。公円において、或いは公円の名において。遠ざけられていた公円の籠っていた勝尾寺は、本来天台宗であったが、平安中期に真言寺院になったらしい、どちらにしても、箕面寺に並べてこの寺を『梁塵秘抄』は「聖の住所」としている。

名僧と聖の、対立しながら結ばれている、或いは逆に、結ばれているが故に対立する師弟の物語をいくつか、一方で我々は持っている。天台座主大僧正良源（慈恵）と多武峰《たむのみね》聖人増賀の話（「今昔」一二・三三）、興福寺の興正（別当権少僧都空晴《こうしょう》）と仁戒《にんかい》の話（「宇治拾遺」一五・九。「古事談」三・八九には仁賀とある）。遁世《とんぜ》を思い大寺を去る弟子僧の決心を、惜しんでその師僧が止どめ、佯狂・擬悪を演じて師のもとを弟子僧は去ってゆく（「古事談」には仁賀が興福寺を去って増賀のもとに身を寄せることに中心を置く）。播磨の性空《しょうくう》も、師のもとを去る説話そのものはないが、師・良源の比叡山を離れて書写山をひらいた僧である。増賀の場合、その佯狂は誇張されて多く説話化され、反「名僧」、反名聞の物語を生んでゆく（「続本朝往生伝」、「法花験記」、「今昔物語集」、「発心集」、「撰集抄」）。師のもとを去ったあとの増賀や仁戒（仁賀）や性空の境遇は聖であった。彼らは師のもとを去っていった、公円は師のもとに帰ることになった、という対蹠において両者は、同じ中核の構造をもっていたと言ってよい。

三　横川というところ

良源に師事して横川《よかわ》（延暦寺三塔の一。北塔とも。四三頁の図参照）に修行する若い源信は、三条大《おお》后《きさき》（昌子、冷泉皇后）の法花八講に召され、賜わった布施のものをわけて、大和に住む母の許に送った。初めての頂きものですから、と言い添えて。母からの返信があった。

――お送りのものはありがたく頂戴いたしました。止事無い学僧になられ、母の喜びはこの上ありませぬ。

とはいえ、御八講に参上するなど、華やかな名僧のお振舞いは、たった一人の男子を法師にした母の本意ではありませぬ。多武峰の増賀聖人のような、貴い聖であるあなたを見て、年老いた母は生を終えたいと存じます。

母の手紙に涙を流して源信は喜び、もとより、名僧する気持のないことを言い送る。安堵の手紙を母は送り、その二通を法文に巻き籠め、取り出して眺めては、源信は泣いた。

（「今昔物語集」一五・三九）

源信は延暦寺を去らぬ、心の聖であった。横川は名僧良源（世俗との交渉も多く、寺門との対立も激しいなかにいた）にとっても、その宗教の原点をなす土地であった。そう言えば、宗教的カリスマ性と世俗的繁栄で語られる名僧覚縁は、そのうちに聖を抱きかかえるものとして、良源に似て造形されている。

盗賊退散、そして祇園界隈――古事談より

〔一〕

村上天皇の天暦のころのこと、浄蔵《じょうぞう》の八坂《やさか》の住房（八坂寺、法観寺）に盗賊数輩が乱入した。と見るや、炬《たいまつ》を焚き剣を抜き、目嗔《いか》らせる姿に、賊を阻んで浄蔵は立った。途端、既に盗賊どもは身動きかなわず声は出ず、意識は朦朧と失われてしまった。

時は過ぎ時は闌けた。ようやく夜も明けようとするころ、本尊に啓白《けいびやく》して浄蔵は言った。

「もはやよろしかろう、許してやって頂きとう存じます」

その声のもと、盗賊どもは正常に戻った。深々と浄蔵を拝し、われがちに退散して去った。

（「古事談」三・一八）

〔二〕

安養尼の住房に或るとき盗賊が乱入し、房中にあるかぎりのものを捜し出し、奪い取って去った。紙衣《かみこ》の夜着一つを身にまとっただけの姿で尼は残された。

尼に仕える小尼公という人、房中を走りまわってやっと、枯色の小袖一着、盗賊の取り落して

行ったのを見つけ、安養尼のもとに持参した。

「これを落してゆきました。

お召しなさいませ」

安養尼は言った。

「それも、あの人たちが奪い取ったものゆえ、既にあの人たちのもの。そう思っているはず。それなら、くれるというのならともかく、そうでなければどうして、ひとさまのものを身につけられましょう。

まだ遠くへゆきますまい。ゆかぬ先に、早く返しておいでなさい」

言葉のままに小尼公は門を駆け出し、おおい、と盗賊どもを呼び戻した。

「これはそなたたちの落しもの。お返ししますよ」

立ち帰った盗賊ども、呆然と暫く顔みあわせ、

「おれたち、間違ったところへ参ってしまったようで」

と、奪った一切を返して、退散して行った。

（「古事談」三・三三）

一　不動の真言

呪縛された盗賊のために浄蔵が許しを求めた「本尊」は、法観寺のそれではない（現在、法観寺八坂塔《やさかのとう》には五智如来、即ち釈迦、大日、阿弥陀、阿閦《あしゆく》、宝生《ほうしょう》の五仏が祀られている）、それは浄蔵の護持本尊としての不動明王であった。このとき浄蔵は不動に祈った、のみならず、不動は浄蔵に顕現して

いた——盗賊どもに見せた彼の怒りの姿はまさしく不動の像容であった。

この話は『扶桑略記』天暦八年の記事を『古事談』が採ったものだが(更にそれは、「宇治拾遺物語」一〇・四に及ぶ)、『大法師浄蔵伝』や、『拾遺往生伝』『真言伝』中に異伝がある。『浄蔵伝』の浄蔵は、乱入する盗賊を見て大音声に「守護者はなきか」と叫び、その声のもと盗賊どもは庭中に転倒、立ち上がれぬままに徒らに叫喚するばかりだった。時移って賊を許すとき、「願はくは善神速かに免したまふべし」と浄蔵は言うが、この守護者・善神とは不動の護法善神《ごぼう》(護法童子、八大童子)を意味する。

浄蔵説話にはしばしば不動明王が関わり、多く語られるその加持——病悩救済のそれは不動法、火界呪《かかいのじゅ》(本書Ⅰ、「海を渡って来た天狗」)や慈救呪《じくじゅ》(同「魔の声」)に依る、不動の利益《りやく》として行われている。彼自身の命終もまた不動によってその期が知らされている。浄蔵は不動行者であった。参議三善清行《きよゆき》の八男、延暦寺で受戒、大法師位《だいほっしい》。顕密から陀羅尼《だらに》、加持、修験、易卜、芸能と、説話的に多才多方面な活躍を見せる僧であった。死んだ清行を、ひとたび蘇生させた話もある。八坂寺に対して八坂東院と呼ばれる雲居寺《うんご》に晩年を過ごして死んだ。雲居寺はのち、応仁の兵火に焼かれて廃絶。

二　地蔵の宝号

安養尼は地蔵信者であった。

日本の地蔵信仰は本来、安養尼の兄・源信を中心に、座主良源(慈恵)拠点でもあり源信の止住した横川《よかわ》の、天台浄土教の流れに発生し、そして展開した。源信作に擬せられる『地蔵講式』があり、『往生要集』六道講式にも地蔵の信仰が説かれている。

源信の承仕法師（下仕えの法師）が死んだとき、樺尾谷の巌玄（未詳）の加持と源信の唱える地蔵宝号が法師を蘇生させ（「古事談」三・二九）、安養尼が死んだときも、園城寺の勝算の不動火界呪と源信の地蔵宝号が、彼女をひとたび蘇生させている（同　三・三二）。

そして安養尼自身が地蔵の行者であった（「撰集抄」）。薬師の縁日である八日に彼女は地蔵講を行い（地蔵の縁日は二十四日）、その理由を源信に問われて答えている。

――地蔵を念ずることは私にとりましては、日々の行ですから、いつでもようございます、讃嘆の気持の高まったその時を、講の日とするばかりです、と（「古事談」三・二八）。

地蔵菩薩と不動明王とは、前者が大日如来の柔軟の方便《ほうべん》乃至極《ごく》、後者が大日如来の剛強の方便乃至極々《ごくごく》という、別相をもちながらの一体という理解（たとえば「延命地蔵菩薩経直談《じきだん》鈔」）にあって、一つに結ばれるであろう。不動の剛強において浄蔵は盗賊どもを、身動きもならず呪縛し、地蔵の柔軟において安養尼は盗賊を、罪犯さずに退散せしめた。そして安養尼の、自己への執着の無さは、そこに究極の布施行を成り立たせるものであった。

三　八坂の塔

祇園社南楼門から南下する通りは、祇園社の表参道で祇園大路と呼ばれた（お百度の参詣もここから行われ、百度大路とも）。現、下河原通りである。かつて菊溪川、轟川がこのあたりで合流し、そ

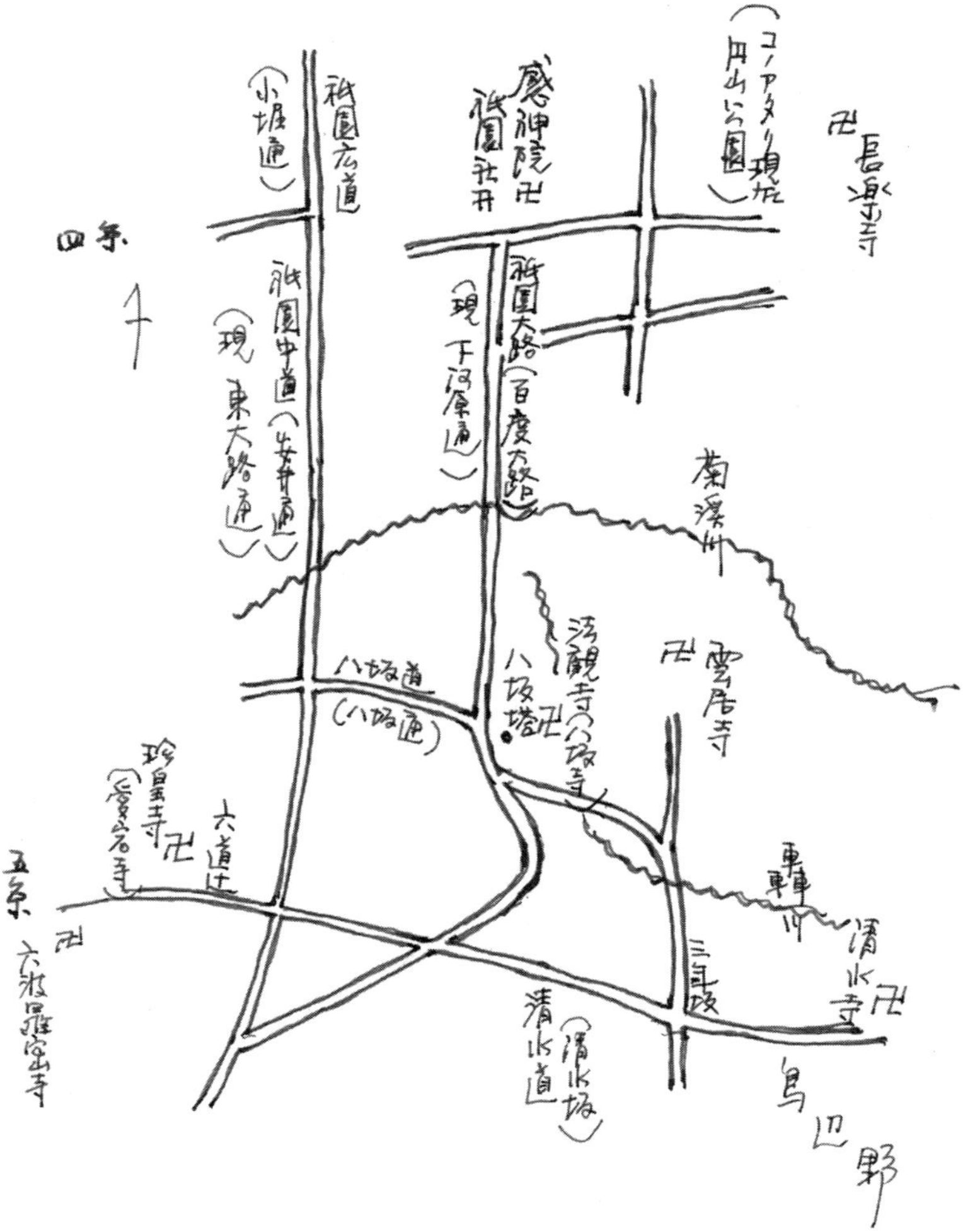

四条
祇園右道
(小坂通)
感神院
祇園社
コノアタリ現在
(円山公園)
長楽寺
祇園中道
(安井通)
(現 東大路通)
祇園大路
(百度大路)
(現 下河原通)
菊渓川
法観寺(八坂寺)
八坂塔
雲居寺
八坂道
(八坂通)
珍皇寺
(愛宕寺)
六道辻
五条
六波羅密寺
三年坂
清水寺
清水道
(清水坂)
鳥辺野

の広い河原に因む名であった。祇園大路は南下して、東行してきた八坂道（八坂通り）と合って終る。そこに八坂寺（法観寺）はあった。寺伝に聖徳太子開基。渡来系豪族、八坂氏の関与も考えられている。現在、五重塔（八坂塔と通称）、薬師堂、大師堂が残る。塔には小野篁《たかむら》の弟が建てたという伝承もある（「伊呂波字類抄」）。小野氏系図にも見えぬこの弟は、陽成院御所の南池に住んだ妖、浦島太郎の弟と名告る老人（「宇治拾遺」一二・一二）ともども、極めて伝説的な人物の、伝承の隙間に咲いた徒花のようで、興味はあるが辿りようもない。八坂道は、祇園大路に交ってのち、やや南に寄って三年坂（産寧坂、再念坂）に至り、清水道（清水坂）へ出て清水寺に結ばれる。八坂道は清水道より一筋北を東行してきて、南へふれて三年坂上で清水道に合うのである。「いづれか清水へ参る道」と謡い出す『梁塵秘抄』の一曲（四句神歌　霊験所歌）は、京の五条（現、松原）石橋から始って六波羅密寺、愛宕《おたぎ》寺（珍皇寺）を通り、明かに清水道を謡っているのだが、その途中に大仏（雲居寺に十二世紀初め、中興の瞻西《せんさい》が東大寺大仏の半分の大きさの金銅阿弥陀仏を造った）や八坂寺も通っており、清水道に近いあたりの八坂道も、包摂されて清水へ参る道であった。八坂道から東望し、また、三年坂から八坂道に至るほどの西望する塔の眺めは、いまもなつかしい。

　盗賊呪縛と同じころ、八坂塔の傾きを浄蔵は祈り直したという（「大法師浄蔵伝」、「拾遺往生伝」、「日本高僧伝要文抄」、「元亨釈書」、宮城県図書館本「古事談」など）――。

　春三月、花見の遊びの大宮人たちが都のかたへ傾く塔に気付く。祈り直すことを申し出た浄蔵は、夜十時ごろ、ひとり露座して加持し、し終えるままに自房に戻る。ことをいぶかしんだ弟子僧が塔のあたりを見廻り、十二時ごろ、西北の微風のなか塔の宝鐸の鳴る音を聞く。翌朝、天空に聳えて元通り直立する塔があった。
浄蔵にはかつて、近江守のいとおしむ娘と通じたという聞えがあった（「大和物語」一〇五、「今昔」三〇・三）。近江守なかよの娘（「発心集」、「私聚百因縁集」）とも平中興の娘（「後撰集」）とも（「與」字と「興」字の混淆、その訓み）。やがて説話は独り歩きを始め、浄蔵は子をもつであろう。そして先述、傾く塔を祈り直す説話に出逢うであろう。

――子は五六歳の童子となり、片時も身から離さず浄蔵はこの子を愛した。塔の傾きに気付き、僧として妻を具し子を儲けた身ながら、もし仏の見捨てたまわぬものであるならば、その証し、この塔を祈り直させたまへと念じ、京中の上下老若男女の見守るなか、子は人に預け、陀羅尼を誦える。ひととき加持しても塔は直らず、見るものの嘲る、そのなか、俄かに雷鳴とどろき黒雲は塔を覆った。と見るうちに雲去り晴れわたった天空に、再び直立する塔を人々は見た（「今昔物語集」巻第二十別本――「攷證今昔物語集」）。『ささめごと』の浄蔵は自分の膝に子を抱いて祈っている。この方が絵になる。

八坂寺或いはその塔は焼亡・荒廃と復興を何度か繰返す。平安時代既に、塔に盗品を隠して盗賊の住む（「今昔」一六・三三）という、管理の届かぬ状態も生じていた。

近世初期、法観寺門前を中心に八坂一帯は、辰巳新地と呼ばれる遊里が発展し、賑っていた。下河原の下河原遊里とともに、いわゆる祇園廻りの傾城町が造られていた。寛保・延享のころ（一七四一～四八）、趣向をこらして思い思いに着飾った遊女たちは、七月、塔の前に輪をなして踊った。見物が蝟集した（「都名所図会」）。烏丸小路に塾をもっていた詩人儒学者、龍草廬の幽蘭社は、放蕩無頼を気どって遊乱社と悪口されたが、下河原界隈に屢々遊んだらしい。草廬は、彦根藩儒にもなったが、都に帰ると菊溪に住んだ。高台寺に墓碑がある。草廬なじみの遊女も踊りの輪のなかにいたかも知れぬ。草廬と同年配で親しかったらしい蕪村も、この花の巷に一座したかも知れぬが、残念ながら、寛保・延亨のころの彼は、まだ京に出ていなかった。

*浄蔵と、子を儲けた女との間に宿縁の語られるのは、小異はあるが『修験道名称原義』『三国伝記』であるが、これには堪蔵（高向公輔）還俗の説話（「今昔」三一・三、「玉葉」仁安三・三・一四など）との混淆がある。

*安養尼を源信の姉とする伝えもある。源信には三人の姉妹があったらしいが、特定には古くから混乱がある。母とする伝えは誤伝。

大般若虚読――古事談より

丹後の国に普甲山寺といふ寺があった。その住僧に、大般若経の「虚読《そらよみ》」を好んで自分の方法とし、永年に亘ってそれを実践してきたものがいた。

或る時、手に経巻を抜きながら「虚読」をしていた。と、突然、後頭部を強く殴られた、そんな衝撃が走った、途端、僧の両眼はすっぽりと抜け落ち、経巻にくっついてしまった。眼球の付着した大般若経はいまもその寺にあるという。

（「古事談」三・八五）

一　経を読まぬ眼

「そらよみ」は、暫く漢字用字を措いていうならば、暗誦《そらよみ》である。厳密に区別していうならば、文字に就いて経をよむことを「読《どく》」、文字を離れること、つまり唱えることを「誦《しょう》」という。暗誦ができるということは経典習熟のより高い段階である。「読」の段階がなければ通常、「誦」の段階には至り得ないから。

法花経を「読」めはするがいまだ「誦」することの叶わぬ僧が、普賢菩薩に誦経修熟を勧められ、また同様の僧が都率天《とそつてん》の内院、弥勒浄土への参入が叶わず、不動明王から誦経を勧められる、そういう話が『今昔物語集』一七・三三や『宇治拾遺物語』一五・八にある。前者においてその僧は、学問への気持はありながら遊び戯れに心が傾いて学問に励むことがなく、法花経だけを習い受けたものとして――つまり、法花経を「読」むことはできるものとして説話に登場し、普賢の化現である女（ということをこの段階では僧は知らないのだが――）との対話のなかで、自ら、習ったけれど暗誦は自分にはできない、むつかしいことではないけれど、勉強しなかったから自分にはできない、と述べている。そして女に誓い、女に逢いたさのために僧は励み、二十日ほどで法花経の暗誦が可能になったと、『今昔物語集』は語る（この話は、集英社「聖と俗　男の女の物語」に訳し入れた）。後者では僧は葛川《かずらかわ》の相応のこととして語られている（この話は、岩波少年文庫「宇治拾遺ものがたり」に訳し入れた）。

　それらの説話集には、暗誦することを指して「誦す」「暗誦す」「暗《そら》に誦す」「空に読む」などの表記・表現が見られる。暗誦の前提には暗記がある。暗記には「暗に思《おぼ》ゆ」といっている。また「空に浮《うか》ぶ（下二段活用）」といえば、暗記することにも、また暗記して暗誦することにもいっている。「空」字と「暗」字は、文脈の和漢の差をもちつつ通じるが、一般には、「読」は「誦」を覆って広く通用する。

　この僧は「好んで自分の方法として（原文「好而為業」）、つまり文字に就いて経文を単に読むことより高いという認識を以て、暗誦を自分の業としていたのである。ところが或る時、経巻を手で抜きながらその文字を読まなかった、そして眼を失った。〈文字がそこにあるのに読まぬのなら、眼は不要である〉、それが眼を失った理由である。後頭部に打撃を与えたのは天龍八部の夜叉であってもよく大般若十六善神であってもよく深沙《じんしや》大将であってもよく、そしてまた、何でなくともよい。虚読——「虚」とは、口に音はなぞっていても心を致さぬという、いわば意味へ到達せぬというまでの広がりを、そこに表わそうとする用字であろう。単に読むだけではない、暗誦できるのだという思い上りも、「虚」であることに作用していたかも知れぬ。

法花経を読むものを嘲り、わざと口を歪め音を訛って真似た男の、口が歪んで直らなくなった話がある（「日本霊異記」）。経と経を読む人を嘲ったことの現報であるが、敢えて少しずらしてみる。『古事談』に揃えるために。——正しく発音するのでなければ、正しく発音するための口など不必要だった、と。

六百部という、大般若経のような大部の経典の場合、経の初・中・後、数行だけを読み、あとは経巻を繰り拡げて転廻し、読経に擬する方策があって転読（転経、略読）と呼ばれる。折本仕立ての経典の、題目と品名だけを読み上げ、空中に経を翻転させる、美しく華やかな儀礼形式化も生れた。経巻を手に披いてそらよみしていたと描かれる『古事談』の情景は、この転読の形式を思わせもするであろう。そしてその時、心を致さぬ「虚」にその僧はいた、と。

二　危を含むゆえの高次性

しかし、以上のような理解では不十分な気もする。

この話の次に『古事談』は、密教の五壇法《ごだんほう》を主題としている。不動明王を中央壇に祀り、降三世《ごうざんぜ》、軍荼利《ぐんだり》、大威徳《だいいとく》、金剛夜叉《こんごうやしや》（東密。台密では烏枢沙摩《うすさま》）の諸明王を余壇とする重要な修法だが、中壇の重さはそれとして、不動の北方尊である金剛夜叉を、東密では秘法として東寺の僧が修した。他壇の僧と臈次を乱して修することもあり、他寺、或いは他宗の僧と五壇法を修するときも、金剛夜叉の壇は東寺の僧が勤めたという。

という一方、即ち実は連続的に、四十歳未満の僧は金剛夜叉法を修してはいけないと『古事談』三・八五は述べる。若し彼が修するならば、自らを損じ、また他を損ずることになろう、と。この説は東密の『覚禅抄』に載っている（台密の「阿娑婆抄《あさばしょう》」にも言う）。自らを損じ他を損じるとは、この修法が持つ一つの危険である。そして危険とは、それが高次であることの徴である。危険を内包するが故に、高次であるものの高次性は、ある。

『古事談』の組織は、前後する二話が何らかの関連で構成されていることが多い。金剛夜叉法についてのこの話と、大般若誦経を語る前話とは、修法自体が持つ危険を、異った話題のもとに共通の主題とする。危険を内包するが故に高次であるもののその危険を主題とするのである。

経を読む（誦する）ということ自体、本来、教法を理解し記憶し、自ら実践し他を教化《きょうげ》するためのものである。読む（誦する）ことが、意味へ端的に結びついていた。しかし、大乗仏教の時代のうちに、読誦することそれ自体、その行為自体が、例えば正行のなかの一つとして、一つの宗教的意味をもつようになった、という。宗教的な儀礼化、様式化、形式化——どの言葉で呼んでもいいが、儀礼にまで形成するということは、それが高次性をもつことの表現化であろう。さまざまなる厳密な修法、行為としての読経、誦経、そして転読——例えば宙天に経典の翻る、あたかも天衆に経典を奉るごとき、観るものを陶酔に誘いこむまでの華麗な行儀。

儀礼の表現へと高次化されたそこには、高次であることの属性としての危険があった。そして、内包されたその危険を、その身に引き受けるのが僧であった。それを視、それを聴き、それに陶酔しているもの——信者や一般の安全のために。

花や茶や、またさまざまの芸能にあっても、奥義として式目化され規範化され作法化され——つまり様式化された高みが、高みゆえにもつ危険は、様式化を遂げたその天才が身を以て引き受けねばならなかった。

不浄読経の話——宇治拾遺物語より

道命阿闍梨（天王寺別当。良源の弟子）という、傅殿《ふ》（東宮傅——皇太子を補育する官、それについていた大納言道綱）の子で、好色の僧がいた。和泉式部に通っていた。読経の声の美しい人だった。

或る夜、和泉式部のもとに泊って、ふと目覚めると、そのまま、心を澄ませて法花経を読んだ。八巻二十八品《ほん》（鳩摩羅什《くまらじゅう》の漢訳本によるものであろう）、すっかり読み果てて、まだ暁の暗さのなか、もうひとねむりしようかと思った、折も折、誰か人の気配がした。

「誰か」

と問うと、

「わたしは、五条西洞院《にしのとういん》のあたりに住む翁《じじい》でござる」

と答える。五条の道祖神（塞《さえ》の神）であった。

「何事でしょう」

と道命が尋ねると

「今夜、法花経を承りました、そのありがたさ、幾世経ても忘れるものではございませぬ」

と言う。

「法花経をわたしが読み奉るのはいつものこと。どうして今夜に限ってそう仰しゃるのか」

道祖神は答えた。

「身を浄めて読経なさるときは、梵天さま帝釈天さまをはじめ、天地の神々集って聴聞なさるゆえ、わたしごとき卑しい下級の神の身では、そのお傍近くで聴聞するなど、恐れおおくてとうてい叶いませぬ。

今夜は行水もなさらぬ不浄のままに読経なさったので、梵天さまも帝釈天さまも、皆さま御聴聞にいらっしゃらず、その隙を見て、わたし、拝聴いたした次第。聴聞いたせましたこと世に忘れがとうござる」

（「宇治拾遺物語」一・一――「古事談」三・三五）

これに続けて『宇治拾遺』は次のような批評を記している（「宇治拾遺」の出典である「古事談」にはこの結語の部分はない）

――されば、はかなくさは読み奉るとも、清くて読み奉るべきことなり（だから、かりそめにそんなふうに経を読み奉るとしても、身を清くして読み奉るべきことなのだ）。「念仏や読経に際しては四威儀《しいぎ》（行住坐臥についての戒律）を破ってはいけない」と、恵心《えしん》僧都（源信）も仰しゃっているのだ。

この生真面目《きまじめ》な不浄の戒めは、先掲の道命譚の意味に対して齟齬するところをもつ。にもかかわらずこの物語と結語を「されば（だから）」という順接の接続詞で、いわばあっけらかんと結びつけ、『宇治拾遺物語』という作品の冒頭に置いていることが、私には面白くてしかたがない。

一　天神と道祖神

道命の読経を聴聞に来た翁の正体を、『古事談』は五条西洞院のあたりの翁という以上に語らないが、『宇治拾遺』や後世の道命・和泉譚の一般は、五条の道祖神とする。『古事談抜書』目録や『雑談《ぞうたん》集』では、五条の天神としている。

この二つの神の混同（暫く「混同」と敢えて言っておこう）は他にも見られる。

或るとき、「成らぬ柿の木」という木に仏が出現したが、右大臣源光によって正体が見破られ、羽の折れた屎鳶《くそとび》の姿になって地上で跪いているところを、子供たちに打ち殺された。天狗であった（「今昔」二〇・三、「宇治拾遺」二・一四）。術の破れた天狗は屎鳶に姿を晒すのである。

この成らぬ柿の木の場所を『今昔』は、五条の道祖神の前とし、『宇治拾遺』は五条の天神のあたりとする。

この二つの社は近くて、『拾芥抄《しゅうがいしょう》』にのせる「東京図」（東京は、京を東西に分けたその東の方、つまり左京）では、五条大路の南、西洞院通りを挟んで西に天神、東に道祖神が書き記されており、『中昔京師地図』では西洞院川も書き込まれている。『中古京師内外図』や『京城略図』では天神社のみ記入し、道祖神社を記していない。恐らく西洞院通りや西洞院川の西に天神社、そして川や通りに跨る広いその境内地の、川や通りの東側に、道祖神社があったのであろう。この天神は、菅原道真を祀るのでなく、靫《うつぼ》明神、紫野今宮、韓神《からがみ》と同体という（「諸社根元記」）、つまり疫神を鎮める神で（のち疫神そのものにもなる）、鎮める場所は山辺や川辺その他、何らかの境の地であったし、境の地にあって疫神の侵入を防ぐのが道祖神の本来であったから、天神を本社とし、その境内に一つの末社として道祖神が祀られていたのであろう（摂社とまで考えることはあるまい）。だから図によっては、本社を記して末社までは記入せぬものもあったのであろう。道祖神社の前は、天神社のあたりに包摂されるのである。

場所としていうならば実は混同ではなく、成らぬ柿の木が天神のあたりにあったとしても、道祖神の前にあったと表現されても、ほぼ同じことになろう。ただし表現としては、道命の前に出現した翁は、道祖神である方がふさわしい（このことは第三節に述べる）。

なおこの五条道祖神には、既に九百九十九本の太刀を手に入れた弁慶が、千本目の成就を祈っている（義経記）。牛若のために、その祈願は叶わなかったけれど。現在、西洞院松原下ル西側に天神社、一筋東、新町通り松原下ル西側に道祖神社がある（現松原通りは昔の五条通りに当る）。私の通りかかった四、五年前の十一月某日、いまは狭くなった五条天神境内に、松の割木を井桁に組み上げて忌竹を立て、初冬の京の神事、霜月のお火焼が行われていた。神社の焼印を捺した紅白の饅頭と蜜柑を、子供であった日の私はお火焼の氏神さまから、毎年のように受けていた。

二　成らぬ柿の木

成らぬ柿の木は、さまざまの意味での境の地の、一つのシンボルであった。右の西洞院五条のほかにも、京には二、三のそれが知られている。

その一――

七月のころ、大和から京へ多くの馬に瓜を積んで運んで来た下人たちが、「宇治の北に成らぬ柿の木といふ木」がある、その木陰で一休みした。

別に自分たち用に持ってきた瓜を彼らが食っていると、杖をついた老人が現れ、傍に腰を下し、弱々しく扇を使いながらじっと見ていたが、ついに所望した。

「喉が渇いてやりきれぬから、一切れ食わせてくれぬか」

下人たちは断り、「情知らずのお方だ」と呟き、「それでは自分で作って食うしかない」と、あたりの地面を木切れで畠のように老人は掘り、吐き散らされた瓜の種を集めて播いた。

おかしがって下人たちが笑っているうちに、種は芽を出し双葉を生じ、蔓が延び、茂りに茂って花咲き、遂に多くの見事な実を成らせた。

気味悪く恐ろしくなった下人たちの前で老人は瓜を食い、下人や道行く人にも食わせ、すっかり食い尽すと老人はどこかへ立ち去る。そのあと下人たちは、自分たちの運んで来た瓜が一つも残っていないことに気付く。

（「今昔物語集」二八・四〇）

この不思議の語られる「宇治の北」とは木幡里《こわた》（現、京都市伏見区）、狭く限定すれば現在、六地蔵と呼ばれるあたりであった。

慶雲二（七〇四）年に定慧の創った法雲寺という寺があって、寺伝、仁寿二（八五二）年、三井寺の「知証」大師（智証のことか。ただしこのことを言う文献はない）が伽藍を修して大善寺と改称、六体の地蔵を安置した六地蔵堂を作った。地名はこの寺伝に基づくという。六体地蔵は保元のころ、平清盛の意志で一体をここに止め、五体を洛外五ケ所に分祀したと、寺伝に依る『山州名跡志』は記す。現在、等身の石造地蔵尊一体を祀る堂がある。別の伝承が『源平盛衰記』にあって、西光法師が京の七道（京口の境の地）の辻ごとに六体地蔵を祀った、その一つがこの地だという。

この地は、大津から宇治・奈良への中継地であり、京から伏見を通って奈良へゆく道が交り、更に櫃川《ひつかわ》（山科川）がこの地を流れて巨椋池《おぐらがいけ》・宇治川へ結び、淀川や木津川へと結ぶ交通の要衝であり、その境の地であった。大善寺の北西の山地には木幡関があった。

中世期からの宿駅、札《ふだ》ノ辻《つじ》の聚落の南、巨椋池に近く柿の木があった。近世期、柿の木浜の名が巨椋池畔にあり、池干拓後の現在も、柿の木町の名が残る。古代・中古の条里区画の名、柿木里（宇治郡七条九里）に結ばれるという。これが境の木にふさわしく、成らぬ柿の木であった。

『今昔』のこの瓜の話は中国の『捜神記』にあるものの翻案だという。そうであるならば、そうであるにもかかわらず木幡の地を舞台に選んで翻案した、それは、このような境の地にならば、不思議の出来事の見られておかしくないという、一般の了解があったのであろう。

その二──

洛東、西坂本にも成らぬ柿の木があった。延暦寺の東塔根本中堂へ登る道筋の、山下の地名にもなった。

根本中堂へ参る道、賀茂河原は川広し、観音院の下《さが》り松、ならぬ柿の木、人宿り、禅師坂、滑《すべ》石《りし》、水飲《みずのみ》、四郎坂、雲母《きらら》谷、大獄、蛇《ざ》の池、阿古也《あこや》の聖の立てたりし千本卒塔婆

（「梁塵秘抄」四句神歌、霊験所歌）

現在、林丘寺の脇、音羽川沿いの登山路と、赤山禅院の脇からのそれはすぐ一本になり（雲母坂《きららざか》越）、その峻険を暫く登ると、やがて水飲《みずのみ》の地に至る。比叡の最高峰、大嶽、つまり大比叡の、その山下にあたり、『能因歌枕』にもその名が見える。ここが山上結界の西限で、修行僧がここから

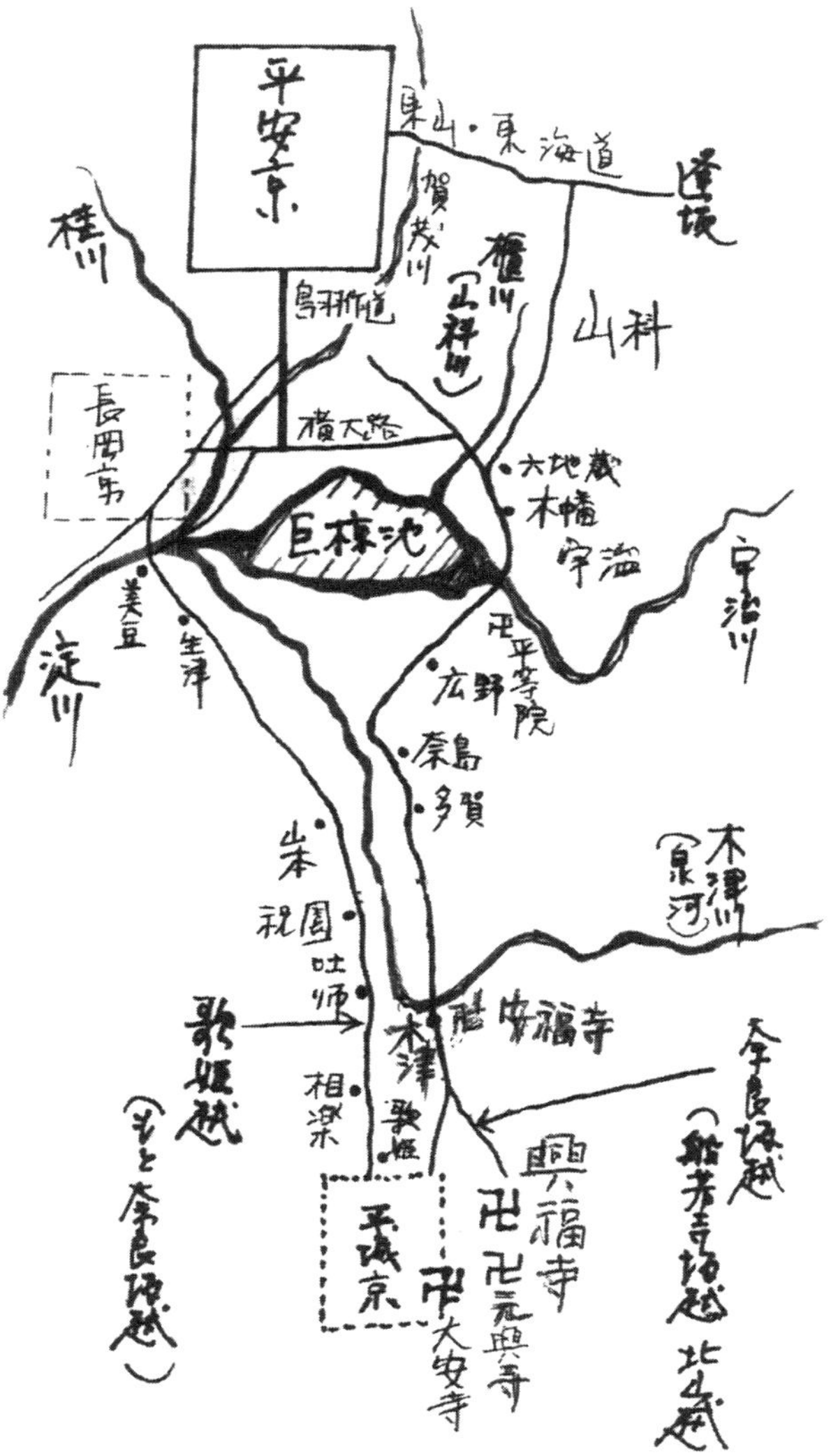

出ることを座主良源は禁じた（「三十六箇条起請」）。ここを過ぎると道は分れて、大嶽を左右に見る、無動寺への路と根本中堂への路になる（四三頁の図参照）。保元の乱のとき、東国へ落ちることに失敗した源為義はここで子どもたちに別れ（「保元物語」）、建武二年の戦では、足利尊氏と戦った千種《ちぐさ》忠顕の軍が全滅する（「太平記」）。

それより以前。天台では円仁系と円珍系が対立し（本書Ｉ、「海を渡って来た天狗」）、円珍系の余慶が二十世座主に任ぜられたとき、円仁系の僧徒に阻まれた勅使は、水飲で追い返され、二十九世座主明尊《みょうそん》のときは、病と称して勅使は山上せず、ただ宣命を水飲のあたりに放置して帰った。

この山上の結界に対する山下の、西坂本に結界するのが成らぬ柿の木であった。三十世座主源心のときは、やはり勅使は病を称し、山下の境の地、この柿の木で引き返している。その地はたとえば、

近二山下一有二柿樹一、絶不レ結レ子、俗名二其地一、曰二不実柿一――山下に近く柿樹有り、絶えて子《み》を結ばず、俗に其の地を不実柿（実ならぬ柿）と曰ふ（「元亨釈書」五・皇慶）

ただ現在、その地はどこと細かくは限定できない。

その三――

源平の戦乱のあと、捕えられた平重衡は、南都焼討の罪によって奈良へ護送される。六地蔵の地で北の方、大納言佐《すけ》殿との別れを惜しみ、そのあと木津河原で斬首される。現在、近鉄木津駅から近い安福寺は、重衡の菩提のために建てられた寺といわれ、供養塔という十三重石塔がある。すぐ近くに重衡の首洗いの池があり、池の北に柿の木があった、最期に勧められて重衡の食した柿の、

その種を播いたと伝える。重衡の思いをとどめて柿は実を成さず、不生柿《ならずがき》と呼ばれたとする（『山州名跡志』一二一頁図参照）。この伝承の以前に――というより、伝承の地平にあって、南山城のこの地もまた、大和への境の地であった。

広くいえば、柿であれ何であれ、実のならぬ木には神が憑くという信仰があった。

玉かづら実ならぬ木にはちはやぶる神ぞつくなるならぬ木ごとに

（『万葉集』二、一〇一歌　大伴安麻呂）

「玉かづら」は「実」の枕詞。

そして木々のなかで柿の木は一つの聖樹であった。魂がその木に懸かると信じられ、魂祭りには欠かせぬ木であった。成木責《なりきぜ》めの風習も柿の木についていうことが多かった。この木に登って、落ちて頭を打つと莫迦になるという民間の伝承・信仰も、柿の枝がもろいというだけのことではないだろう。

三　救われる神

道命の、不浄読経のゆえに、道祖神の聴聞は叶えられたと『宇治拾遺』は語る。だが、そこに語られることの構造は、浄不浄に拘らず、道命読経の骨格をなしている。

その一（A）――

道命が嵯峨の法輪寺に参籠して礼堂で法花経を誦していたとき、同じく参籠の一人の老僧が夢をみた。礼堂の前庭に高貴にして威厳ある人々が蝟集し、堂に向かって掌を合わせている。どなたかと問うと、その眷属の一人が答えた。

――金峰山《きんぶせん》の蔵王《ざおう》権現、熊野権現、住吉大明神、松尾大明神が道命阿闍梨の読誦する法花経の聴問に、毎夜通って来ておられるのです、と。

（「法花験記」下・八六、「今昔物語集」一二・三六、「元亨釈書」一九・道命）

その二（B）――

天王寺の僧に道公という人がいた。日頃よく法花経を読誦していた。

＊この道公には天王寺別当道命を連想してよい。という以上に、「道公」とは本来、道命の敬称であったものが伝承のなかで別人格化したか、「命」字の誤写乃至草体化が「公」字に伝えられた、それが別人格化したかであろう。道命とは別の人物としてこの説話の人となりつつ、当然、道命の面影を曳いている

法花経持者として熊野に参詣した帰り、日暮れて紀州南部《みなべ》の海岸近く、一本の木のもとに道公は宿った。その夜、馬に乗った一群のものが来て、この木のもとに一人の老人を呼び出す、そういう気配を道公は聞いた。

翌朝、昨夜の老人を探したが人は居ず、ただ、古く朽ちた道祖神像と、足の傷ついた絵馬が木の下にあった。

馬の足を繕ってやってもう一泊した道公は、再び馬に乗って訪れた一行とともに、老人も馬に乗って出かけるのを見る。

その翌朝、道祖神と名乗る老人が姿を現わして事情を語る。馬上の多勢は行疫流行神《ぎょうやくるぎょうじん》で、彼らに駆使される身の苦しさを彼は訴え、道祖神という「下劣の神形」を捨てて上品《じょうぼん》功徳の身を得たい望みを述べる。そういう自分のために法花経の読誦をお聖人にお願いしたい、と。

願いに応えて三日三晩の読誦を修した道公の前に、再び悦びの道祖神が出現し、いまは補陀落山《ふだらくせん》に生れて観音の眷属となることを許されたと語る。その証を見ようと思うならば、柴舟を造って道祖神像を載せ、海に泛べて見給え、と。

翌朝、道公の造った柴舟は、道公の目の前、風も吹かず波も立たぬなか、遙か南の海へ滑るように去って行った。

（「法花験記」下・四、「今昔物語集」一三・三四）

道祖神は自分を「下劣の神形」と言った。それは恐らく、屢々その像容が男女の性器を裸出し、或いは性器そのものが神像であったりすることにかかわるであろう。疫神《やくじん》（行疫流行神）を防ぐべき神が、その疫神の駆使に甘んじているのも、古く朽ち果てた——老人であることとともに、自分を下劣の神と卑下する結果かも知れない、その下劣の神の身の救済を道公に願う道祖神は、天部の神たちの前には、卑賤を憚って現れることのできなかった『宇治拾遺』の五条道祖神と一つなのである。道公は道命であり、道命の前に出現した神は、だから、天神よりも道祖神がふさわしい。不浄読経が戒められているかたちのその話、道命も、道祖神を救ったのではないか。結果として、法花経を聴聞せしめたことにおいて。そしてこの節その一（A）の神々も、救われる神の位置にいるのではないか。こういう話の構造において。

四　神の位格

神が、より上位の神格を憚る説話は他にもある。

その一（C）――

寿広和尚が興福寺の涅槃会《ねはんえ》を行ったとき、熱田明神が童子に託して言った。――和尚がもと尾張の人であるその縁で聴問に来たところ、大和国のうちは仏世界となって仏に満ち、大和に入る奈良坂のあたりには梵天・帝釈天・四大天王が護っていて、自分の身では近づくことが叶わない。何とか聴聞したいと思うのだが、と。聞いて寿広は明神のために法花経百部を読誦して涅槃会のごとく法会を行った。このことから興福寺では、涅槃会・法花会《ほっけえ》を二日に続けて修することになった。

（「三宝絵」下・八、「今昔物語集」一二・六）

その二（D）――

花厳経の持者《じしゃ》法厳と法花経の持者蓮蔵と二人のもとに、花厳の護法善神《ごぼう》は供養を運ぼうとした。ところが蓮蔵が梵天・帝釈天・四大天王に囲繞され守護されていたため、それを憚って近づけず、諸天と蓮蔵が立ち去ってから初めて、法厳のもとに供養を届けることができた。

（「法花験記」上・三三、「今昔物語集」一三・三九）

この二話、熱田明神や花厳の護法善神は、梵天・帝釈天・四大天王に対する下位の神と位置づけられて登場する。それは相対的に、『宇治拾遺』の道祖神の位置であった。上位の神格は共通して天部の神であり、仏であった。そして熱田明神や花厳の護法善神は、第三節A、法輪寺での道命の読経に通った蔵王権現・熊野権現・住吉明神・松尾明神と同位の神格の筈であり、とするとこれら一連の神々は相対的に、天部の神や仏の下位に語られる、そういう場所を持つものかも知れない。

五　神身離脱

紀州南部の道祖神は、神の身の離脱を道公（道命）に願った（第三節B）それは「下劣の神形」にあったからであるが、もう少し広く考えることができる。A、道命の法輪寺での法花読経に聴聞に現れた松尾明神には、ほかに次のような話がある（E）。

七月炎天のもと、雲林院から大宮大路を下って行った空也は、一人の老人に逢った。彼は寒さに耐えかねるふうであった。この炎天下に…と訝る空也に、松尾明神と名告って老人はその理由を語る。

——自分は般若の衣は時々着るが、法花の衣の縁は極めて薄く、そのため我が身に、妄想《もうぞう》転倒の嵐厳しく、悪業《あくごう》煩悩の霜厚く、このように寒さに堪えかねているのだ。できたら法花の衣をわたしに賜わりたい、と。

空也は言う。

——松尾のお社に参って法施を奉ろうと思うが、とりあえずわたしの着ている帷、垢づいて恐れ多いが、この四十余年、この衣を身につけて法花経を読誦してきた、これを奉りたい。

松尾明神はその帷を着、法花の衣を身につけてより悪業の霜も消え、煩悩の嵐も止み、身は暖かになったと悦び、空也が仏になるまでその身を守護すると約し、空也を拝して去った。

（「法華百座聞書抄」、「古事談」三・九二、「発心集」七・二、「雑談集」九、「三国伝記」六・一五その他。ここは「古事談」に依った）


般若の衣、法花の衣とは天台五時教（五つの大乗教典、天台の智顗《ちぎ》により、法花経が最高に置かれた）による比喩で、般若経の教えは受けたが、最高の教えである法花経のそれは受けていないという意味。神の身ながら悪業を蒙り、煩悩に迷っている、それを法花経が救うというこの話は、当時の思想——神の身を受けていることが既に宿世の業縁によるもので、神であること自体が苦悩であり、そのような神身を離脱することが仏法に頼まれているという思想にまで到達する。

神身離脱を託宣によって願う神たちが多く既に指摘されている。

多賀大神（日本霊異記　下・二四）気比《けひ》大神（藤氏家伝　下）、多度《たど》神（神宮寺伽藍縁起幷資財帳）、若狭比古《わかさひこ》神（類聚国史　仏道七）

法輪寺での道命の読経（A）を聴いた住吉明神は松尾明神に語る。

——この阿闍梨の経を聴くときは、生々の業苦を離れて善根が増長する。だから遠くからでも毎夜、わたしは通うのだ、と。

これもまた神身離脱の願いの表現であった。法輪寺に聴聞するのはすべて神々であった、という
それも、神身離脱の願いを意味として秘めた説話であったとし得る。その神々は、救われるべき
神々であった。

好色譚を背後に置いた不浄読経の話の、以上は、ひろがりであった。

六　聴聞する神

梵天・帝釈天などの諸天が聴聞した。この二天は本来、バラモン教の宇宙創造神と蒼穹《そうきゅう》神だが、仏教にとり入れられると色界初禅天《しょぜんてん》及び欲界忉利天《とうりてん》の主として、仏法守護の天部の神となる。釈迦の説法にこの二天は必ず姿を現して聴聞した。あたかもそのように、道命の読経を二天は聴いた。

初めに述べたように、道命の不浄読経を『宇治拾遺』はその話末に、「かりそめにも読経するときは身を浄く保つべきだ」と批評する。不浄の戒めであることはその次話に、不浄説法をした僧が、次の世、平茸に生れ変る話を並べることからも明らかである。

しかしその本文の表現は、不浄の戒を主題にして強調するものではなく、むしろ逆に、不浄読経だからこそ聴聞に来ることのできた神がいる、という、それだけとり出せば矛盾とも言えるおかしさを、暖かく軽やかに語っているようである。次話の平茸法師の語りもユーモラスで、平茸に生れたことを不浄の罰と強調し弾劾するものではない。

『雑談集』に言う。

――ことの情況的な意味を考慮せずに浄不浄を論じても、どうなるものでもない。

改めて言えばこうもなるという、その同じことを、おかしく優しく『宇治拾遺』は物語っているようであった。本文の意味と文末批評の戒めの齟齬を、そしらぬ顔で、「されば（だから）」という順接接続詞でつなぎ、その一話を作品の冒頭に持ってきた『宇治拾遺』が、たまらなく私には面白い。

＊注釈は阪倉篤義・本田義憲・川端善明『今昔物語集　本朝世俗部』一〜四（新潮社、日本古典集成）、川端善明・荒木浩『古事談・続古事談』（岩波書店、新日本古典文学大系）に依る。裨益を得た説もそれに記した。

＊道公と道祖神の話（「今昔」一三・三四）、瓜と老人の話（「今昔」二八・四）は集英社の『聖と俗　男と女の物語』に、不浄説法の僧が平茸に生れかわる話（「宇治拾遺」一・二）は岩波少年文庫の『宇治拾遺ものがたり』に、現代語訳を以て入れた。

仏の造りかた——宇治拾遺物語より

兵頭《ひょうどう》大夫恒政《つねまさ》というものがいた。筑紫国山鹿庄に住んでいた。その家に、旅の途中、ほんの暫く滞在している一行があった。

恒政の郎等に、まさゆきという男がいて、それが仏を造ってその供養をしようとしている、そう聞いていたが、その日、恒政の住居のあたりで、食ったり飲んだり大騒ぎしている様子が、旅の人の耳に入ってくる。

「何をしているのか」

と、従者に問わせると、

「まさゆきというものが仏供養をしようというわけで、御主人恒政さまの許で御馳走を用意し、まさゆきの仲間が大勢集って飲み食いに大騒ぎしているのですよ。今日は百人前のお膳を整えました。

明日になれば早速、おまえさんの御主人の許にも、恒政さまからのお膳をお届けするはずですよ」

と言う。

「供養する人は、必ずこういうことをするのですか」

「このあたりの習いです。供養の四、五日前から、こんなふうに賑やかなことでございますよ。

昨日《きのう》、一昨日《おととい》など、内々のこととして、近所のものから親戚縁者まで呼び集めての大賑わいでしたわ」

「風変りなやりようですな」

こんなやりとりのうちに、とにかく明日、何が起こるやら好奇のうちに、待ってみましょうということになった。


翌日、もうそろそろ始まるかと待っていると、恒政が現れて言う。

「さあさあ、これをお召し上り下され」

やはりそうだったと、見ると、大したことはないにしても、高々と盛りあげた膳を運んできて据えたようだ。これはお供の方に、と、まずまずの御馳走を一、二膳、これは下働きや女たちにと、数多くの膳を運んでくる。

講師《こうじ》のお坊さまのお試し料にというわけか、古風な造りの食膳も据えた。旅の人の伴ってきた僧を、仏供養の講師に宛てようというわけであった。

ありがたく頂戴しても食い酒飲みしているうちに、講師に請ぜられることになった僧が言った。

「明日の講師に依頼されましたが、わたし、供養するのはこれこれの仏さまと、まだ聞いておりませぬ。

何という仏さまを供養し申し上げるのでしょうね。仏さまは大勢いらっしゃいます。予め承知しておいて説教もいたしませぬと」

聞いて恒政も、もっとものことと思い、郎等を呼んだ。

「まさゆきはおるか」

声の下から、これが供養をしようという男なのだろう、背の高い、いささか猫背の、赤ひげがかった年は五十ほどであろうか、太刀をはき深沓を履いた男が、出て来た。

「こちらへ来い」

と言うと、庭中にかしこまる。恒政、

「おまえ、何という仏を供養し奉る気か」

と問うと、言下に、

「存じませぬな」

と答える。

「存じませぬとはどういうことだ。

おまえでなくて誰が知っているというのだ。供養しようというのはおまえであろうが。それとも、なにか。おまえはただ、供養の支度だけを担当しようというのか」

と問うと、

「いえ、いえ、そうではございませぬ。このまさゆきめが、仏さまを供養し奉るのでございますよ」

「ではどうして、これこれの仏だとおまえは知らぬのだ」

と問うと、

「それは、仏師が知っていることでございましょうに」

けげんな話だが、そうかそうか、この男め、仏の御名を忘れたな、と思って恒政、

「その仏師はどこにいる」

「叡明寺にございます」

「では近いな。ここへ呼べ」

この男、引っこんですぐに呼んで来た。

平べったい顔付きのでっぷりした法師、六十にもなろうかというのがやって来た。心得のたしかな男とはどうも見えぬが、それが出て来て、まさゆきに並んでかしこまる。

「おまえが仏師の法師か」

「そうでございます」

「おまえ、まさゆきのために仏を造ったのか」

「造りました」

「何体造ったのだ」

「五体造りました」

「では、その五体、何の仏を造ったのか」

と問うと、

「知りませぬな」

という答え。

「何を申す。まさゆきは『知らぬ』と言う、作った当の、仏師のおまえまでが知らぬだと? 当人どもが知らぬなら、誰れが知っているというのだ」

と詰問すると、

「仏師の私がどうして知っておりましょう。いやさ、仏師が仏さまの名など知っているわけがございませぬよ」

と言う。

「それでは、誰れが一体知っているのか」

「さよう、講師のお坊さまがご存知でございましょうに」

何を言っているのだ、これは、と、一同大笑いしていると、仏師は腹を立て、座を立って出て行った。

「ものの道理も何もご存知ないお方々よ」


どういうことなのかと、よくよく訳を尋ねてみると――

「仏さまをお造りしてくれ」と、それだけ言ってまさゆきは依頼した、それを受けて仏師が彫り上げたのは、みんなまんまる頭の、まるで道祖神から冠りものを取り去ったような、のっぺら坊の同じような像が五体。それをこれは何の仏さま、これは何の仏さまと、供養の講師に名をつけて決めてもらう、それが、仏を造ることの方式だと、彼らは思いこんでいたらしい。

聞くほどにおかしい、けれど、おかしいなかに、滞在している旅の人は思ったのだ。

――おかしくても功徳は功徳。ごく正常に造り奉るのとこれと、同じでないわけもまた、ないのではないか、と。


（「宇治拾遺物語」九・六〇）

恒政の家に滞在していた旅の人は、『宇治拾遺』の編著者か、あるいはそれに近しい人かと推量されている。この話における旅の人の、ものを見る目の位置と、『宇治拾遺』原文のもつ時制表現の特徴から考えられることである。

話末の感想にみられるこの旅の人の優しさは実は、『宇治拾遺』の全体に、ものを見る目として流れているのである。

Ⅲ

物言いのたくみの風景　付・数奇

陀羅尼を籠める――宇治拾遺物語より

ある邸に、ものものしい出で立ちの山伏がやってきた。笈《おい》を肩にかけ法螺貝を腰に吊るし錫杖をついて、いやに事々しい様子で、侍所の立蔀《たてじとみ》（蔀じたての障屏具）の内側、小庭にまで入りこんで突っ立っているのだ。

「御房《ごぼう》、あなたはどういうお人か」

と、侍のものが尋ねると、山伏が言う。

「それがしは常ひごろ、白山に修行するものでござる。このたび、吉野の金峰山《きんぶせん》に参り籠山二千日の荒行を思いたってござるが、斎料《ときりよう》が尽き申した。ついては御寄進にあずかりたく、この由御主人まで申し上げて下され」

よく見ると、この山伏の額のあたり、両眉の間から髪の生え際にかけて二寸ほどの傷がある。まだ十分に直りきっておらず、赤みがかった肉が見える。侍が問うた。

「御房、その額の傷はいかがなされた」

問われて山伏、いかにも尊《とう》と尊とげな作り声で、

「これは、随求陀羅尼《ずいくだらに》を籠めましたのじゃ」

＊随求陀羅尼は大随求菩薩の陀羅尼（梵語でとなえる呪）。息災、滅罪、招福、授産などの利益《りやく》を願った。大随求

菩薩自体の造像は極めて少いが、その陀羅尼は、平安朝以降よく読誦された。僅かにそれを聞くだけでも一切の罪障は消え、よく受持するときは金剛堅固の身になると。尊勝陀羅尼（仏頂尊の陀羅尼）を文字に書いて衣服の襟などに縫い籠め、鬼難のお守りとすることがあったが（本書I、「角三つ生いたる鬼」）、この場合、額に傷口を作ってそこから、陀羅尼を身中に籠めるとしたもの。

聞いて侍たちは驚いた。

「これはたいしたことだわ。

足や手の指を切ることくらいはあっても、額の真向《まつこう》を割って陀羅尼を籠めるなど、まさかわが目に見ようとは、思いもしなかったな」

とお互いに言い合っていた、そこへ、十七、八ばかりの小者、たまたま走り出て来て、ちらっと山伏を見るなり、

「おやおや、ちゃんちゃらおかしい坊主めが。随求陀羅尼を籠めるもなにも、あったことかよ。七条町の、江冠者《ごうかんじゃ》（「江」は大江。大江の若さま、くらいの意。冠者は元服をすませたばかりの若者）の真東に鋳物師が住んでいる、その女房にこっそり、忍び込んで、何度も寝ておったが、去年の夏だわ、ちょうどそこへ鋳物師が帰りあわせ、坊主め大あわて、とるものもとりあえず逃げ出して、西へ向かって突っ走ったのはいいが、冠者《わかさま》の家の前あたりで追いつめられ、鍬で額をぶちわられたのじゃないか。

冠者も生き証人だわ」

侍たち、あきれかえってまじまじと山伏の顔を見つめると、そのとき山伏すこしもあわてず、徹《こた》

えた様子もなく、面《つら》の皮を引き伸ばして取り澄まし、しゃあしゃあと、「そのついでに籠めましたのじゃ」。

わっと大笑いの渦のなか、まぎれてどこかへ、山伏は逃げ失せた。

（「宇治拾遺物語」一・五）

物言いの芸

興言利口の一篇。ことごとしい物言いで一座の笑いを演出したり、この話のように、つれな顔——そしらぬ顔の強弁が一座の爆笑を買い、その笑いにまぎれて逃げ失せるという、明るさの滑稽譚が『宇治拾遺』には幾つかある。もし侍たちが、笑いながらにでもこの山伏を追い駈けていたら、やるまいぞやるまいぞの、狂言の幕切れにすぐ連続してしまう。追い駈けられながら、しかし、太郎冠者たちは、いわば、してやったと或る種の満足の感情を抱いていたであろう、そのように、うまくいったという思いのなかに山伏は逃げ出したのであろう。ほうほうの体で逃げたわけでは決してない。われわれもまた、罪のない言葉の詐欺師をおもしろがるほかない。

物言いの話は特徴的に、『今昔物語集』巻二八に集められている。単に物を言うことではなく、単に物を言うことの結集としての聞え、噂さ、或いは言うことの巧みとしての能弁・雄弁の一般ではなく、おかしく語って笑わせることの口利《くちき》きの説話が、巻二八には集められている。何らかの意図目的をその物言いは持つ。

興福寺の仲算、延暦寺の教円供奉《ぐぶ》（のちの二十八世座主）、禅林寺の上座助泥、祇園の別当戒秀、導師仁浄（未詳。延暦寺西塔院の仁照かという）などは、物言いによる説教教化《きょうげ》の上手であり、越前守藤原為盛や清原元輔は、馴者《なれもの》の物言いの翁として登場する。その他、近衛舎人《とねり》秦武員、豊後の国《くに》講師《こうじ》僧某、太政官の史《さかん》阿蘇某、銀鍛冶延正、藤壺の下女八重など、多彩な物言いたち。

説教教化の上手が物言いを手段とすることには、聴衆を笑わせ、笑いのなかで宗教的に導こうとする意図があり、物言いのその構造は比較的単純であろう。

他方、物言いに三極の構造を持つ場合があって、物言いの花はこの構造にこそ咲く。構造とは、物言う人間、いわばこれが物言いの加害者、言いかけられる特定対者、これが被害者、そしてその外、物言いの現象に立ち合って見聞きし、或いは後に伝え聞く、つまり広く聞手、この三極よりなる。

物言いの者はその特定対者を、時にからかい、一杯くわせ、欺き、そうすることによって時に批判し諷刺しもするであろう。時に、我が身に加えられた危険や困難、非難や侮蔑を回避し、更には反撃し否定しもするであろう。人との関係で膠着した場を物言いが救ったり、物言いの応酬の展開することもあるであろう。それらを通じて、物言うものが勝者、対者が敗者、と判定するのは、この二つの当事者をとりまいてその外にいる聞手の、その笑いなのである。笑うことによって聞手は物言いを肯定的に評価し、笑いのなかで物言う者はその結果に満足する。

のみならず、敗者である対者も、物言いに敗れたことをよろこんで許し、また、よろこばないまでも許すしかなかった。もし許さなかったら、再び聞手の笑いを買ったであろう。第二のこの笑いには、軽蔑が入りこんでいただろう。かくてこの物言いは、笑いにおいて団円を迎えるのである。だからそれは、一つの芸であった。

法相の俊秀、興福寺の仲算は、もともと物言いの説教教化の上手であったが、或る時、摂政藤原伊尹《これまさ》の季の御読経《みどきょう》（春・秋の二季に行われる大般若経講説の法会。一日に二座あって朝座・夕座といった）に請じられた。延暦寺・三井寺・興福寺から選ばれた僧たちが集まっていた。天台の木寺《きでら》の基増《きぞう》という耆宿もいた。夕座を待って一間に休んでいたとき、南庭のたたずまいを賞めて仲算が言った。

「このお邸のきだち（木立）の結構なこと。よそのとはまるで較べられませぬな」

たちまち基増が聞き咎めた。

「奈良の法師は無学なものよ。コダチとは言うが、キダチとはねえ」

直ちに仲算が応じた。

「おや、言い損ねましたか。

それではあなたはコデラ（小寺）のコゾウ（小僧）と申さねばなりませぬな」

一座の僧たちは大笑いに笑い転げた。

「無用の咎め立てなどして、つまらぬ綽名をつけられたわ」

と、基増はこぼすしかなかった。（「今昔」二八・八）

仲算と基増は年齢が違いすぎて、現実の法座に同席したとは思えないが、法相と天台の教学的な対立を背景に、よくできた話である。

毒茸譚——今昔物語集より

〔一〕

比叡山の横川《よかわ》に一人の僧が、房を持って住んでいた。秋のころ、その僧房に住む法師が山に入って木を伐っていたところ、平茸がなっていた、それを採って持ち帰った。

「これは平茸ではない」

という僧もいたが、

「いやいや、正真正銘の平茸だ」

と主張するものもいた。そこで、汁物に作り、柏《かえ》の油を滴らせて房主の僧はたらふく食った。

そのあと暫くすると、頭を反り返らせて僧は苦しみ出した。反吐をはいて七転八倒、苦しさに耐えかねて遂に、法服をとり出し、横川中堂に誦経料として送り、病を祈らせた。

中堂では導師（法会を主導する僧）を決めて、病平愈を本尊（聖《しょう》観音と不動明王・毘沙門天）に祈り申し上げた。祈りは進行し、教化《きょうげ》（和語の讃文を声明《しょうみょう》の節で唱える。文言は導師の工夫に任せられる部分が大きい）の段になった。導師の僧は唱えた。

「一乗の本山たる比叡の山にお住まいでありながら、六根（目・耳・鼻・舌・身の五感覚器官と、心）・五内（心・肝・膽・腎・脾）、清浄の位格をご存知なく、舌根に耳（「茸」を思い浮ばせる）を持ってゆかれた、そのゆえにかくも病とはなられた次第。釈尊の説法なされた霊鷲山《りようしゆせん》にいらっしゃるならば、枝折《しお》りを道しるべに辿りながらでも見事に登りつかれたことでもあろうが、この嶽《たけ》（比叡の嶽。「茸《たけ》」を掛ける）のことはご存知ないとおぼしく、ひとり道に迷《まど》い（病悩の意を掛ける）なさいました次第。廻向大菩提――これまで修めた善を以て、何とぞ大菩提に向かわしめたまえ」次第《しだい》を取る（教化に唱和する）役の僧たち、腹筋が切れるほど、笑って笑っての大騒ぎになった。かわいそうに、平茸を食った僧は死ぬばかりの苦しみの末、やっと一命助かったとか。

（「今昔物語集」二八・一九）

茸と僧尼

教化の文言は導師の工夫に任せられるところが大きく、そこに物言いが働いた話である。一乗（衆生を悟りへ導く唯一絶対の乗物＝教え）、六根、五内は、数の言語遊戯を働かせた表現で、同様の遊びは教化の文章によく用いられた。「舌の所に耳を用ゐる」（原文）の「耳」は「茸」字の音符部分で、茸を思い浮ばせている。「平耳ヒラタケ」（易林本「節用集」）のような省字《しようじ》の用字もある（きくらげのことを「木耳」と書くのは、省字というより、きくらげの形が耳に似ているからである）。このような文字遊戯や、「茸」と「嶽」の掛詞、道に迷うことと病悩の掛詞が、この話の物言いを構成する要素になっている。「廻向大菩提」は教化の結びの慣用句である。

平茸の毒性ということについてはさまざまな解説がある。平茸に中毒する体質としない体質があったとか、榎《えのき》や椋《むく》に生えたものは無毒だが山毛欅《ぶな》のものは有毒（「重訂本草綱目啓蒙」）とか、茎の中が空虚のものは有毒（「和漢三才図会」）とか。『大和本草』は、椎や山毛欅に生えたものは有毒とし、恐らく茸の形状（平茸や椎茸は、代表的な毒茸である月夜茸に似る）やその生える場所（月夜茸は山毛欅に多く生じる。「和訓栞」などは、およそ無毒の木に生じた茸はすべて無毒と極言している）を通じての混乱や混淆や、混淆を含んだ伝承があったのであろう。

茸と僧の取り合わせもかなり語られていて、不浄説法をした僧が来世、平茸に生れ変る話（「宇治拾遺」一・二）、わたり（月夜茸か）を食って死ななかった僧の話（「今昔」二八・一八）、舞茸（笑茸か）を食って山中で踊り出した尼や木伐の話（「今昔」二八・二八）などがある。次話もその一つ。

茸の汁物は、現在のように、汁に具としての茸を直接入れて煮るのではなく、例えば煎焼にした茸を別杯に盛って用意し、食するときに温汁なり寒汁（冷汁）なりに入れ加えた。柏は実が熟すると油脂に富み、寺ではこのような木を植えて植物油を採り、汁に加えるなどして脂肪栄養源の一つとしたらしい。

〔二〕

藤原道長が左大臣で枇杷殿《びわどの》に住んでいたころのこと、殿の御読経――不断経の修法を勤める一人の僧がいた。雅静という福田院《ふくでんいん》（当時、興福寺の子院）の別当であった。枇杷殿内の南辺に小さな家屋があった、それを僧房として修法のときは滞在していた。

折しも秋のころだった。童子――身の廻りの世話をする見習いの少年、小一条殿《こいちじょうどの》にある宗像社《むなかた》の藤の木にたくさんの平茸が生っていた、それを師のもとに持参した。

「こんなものを見付けました」

と言う。師の僧
「いいものを持って来たな」

とよろこんで、早速、汁物に作らせ、弟子僧と童子と、三人指し向かいで十分に食った。

暫くすると三人は苦しみ出した。のけぞり返って悶え苦しみ、吐き散らして七転八倒の揚句、師の僧と童子は死んでしまった。弟子僧ひとり、死ぬばかり病んだがどうやら落ち着き、一命はとりとめた。

時を移さず委細は道長に報され、道長は哀れがり、嘆くこと限りなく、貧しい僧だったから後のことがたいへんだろうと、葬送の費用として絹・布、そして米など多くのものを道長は送った。枇杷殿へ師と一緒に来てはいなかった弟子僧や童子も集って、骸は車で運ばれて葬られた。

同じ御読経には東大寺からも僧が来ていた。枇杷殿の近くにその僧も、別の僧と同宿していた。雅静の死んだ直後のこと、何気なく同宿の僧が見ているなか、件の僧は下仕えの法師を呼び寄せて耳うちし、外へ遣したようであった。

「何か用でもあって使に出したのだろう」

と思っているると、なにほどもなく下仕法師は帰って来たようだ。袖に何か入れて、覆い隠すようにして持って来た。

取り出して置いたのを見ると、袖いっぱいに平茸を持って来たのだった。

「どういう平茸だろう。たった今、あんな恐ろしいことがあったばかりなのに、何をするつもりなのか」

気づかいながら同宿の僧が見ていると、暫くして、醤油の付け焼きにしたのを運んで来た。飯の菜《さい》にするのでもなく、この平茸だけをある限り、件の東大寺の僧は食った。驚いて同宿の僧は問うた。

「この今が今、何ということをあなたはなさる。どういう平茸なのでしょう」

件の僧は答えた。

「福田院の雅静どのがおあがりなって亡くなられた、その平茸ですよ、採りにやって食っていますのさ」

同宿の僧はあきれた。

「何てことを。あなた、お気はたしかか」

件の僧は答えた。

「いやなに、ちょっとたべたくなりましてな」

そして平気な顔で、またむしゃむしゃやり出す。

同宿の僧、とめるほどの隙もなく、そうと見届けるや大急ぎ、道長のもとに飛んでゆき、

「またまた、えらいことがもちあがりそうでございます。かくかくしかじか」

と言上する。聞いて道長も、

「あきれた話だな」

と応じている、ちょうどそこへ、
「御読経の交替に参りました」
と、件の僧がやって来た。
「何を考えて、そなた、そんな平茸など食ったのか」
と道長が問うと、件の僧は答えた。
「亡くなった雅静どのは葬りの費用を殿から頂戴し、おかげで死に恥もかかず、立派な葬送を整えることができました。そのことが、わたし、うらやましうございまして。

このわたしなんぞ、このまま死にでもしましたなら、わたしの死骸など道ばたにうち棄てられましょう。

ですからわたしも、平茸を食っていま死にましたら、雅静どの同様、お葬い料を頂戴できましょうかと、そう存じました次第。

ですけれど結局、死なれませんでして」

道長は大笑いした。

「気でも狂ったか、この坊主は」

（『今昔物語集』二八・一七）

死体遺棄

毒茸を食っても中毒しない体質というものがある、この東大寺の僧もそれで、自分でそのことを知っていて人を驚かそうとしたのだ、というのが『今昔』編著者の批評であった。当時このことは、世の笑い草になった、と。

この限り批評の通りで、自分の体質を承知の上で、人を驚かせる行動にも出、ぬけぬけと物言いの滑稽を演じてみせたのである。道長の笑いはその限りでの物言いに向いていた。しかしその笑いの届かない現実もあった。

鳥辺野とか西院とか、古くから墳墓の地が京の周辺にはあったが、埋葬の地となる以前からそれら京の境をなす地は、死体遺棄の場所であった。死体遺棄——それもまた、古くは風葬につながるような葬送の方法でさえあった。埋葬が広く一般化するようになってからも、葬料の用意できぬものや、行路に倒れたものの死後は、野辺や河原への遺体の遺棄が普通だった。左右京職《きょうしき》(京の民政を掌る官組織)に、賀茂河原の髑髏を集めて焼かせることも、屢々行われていたし、民間宗教者としての空也の、その行の一つは、棄てられた骸を集めて焼き、遊離魂を供養することであった。

貧しかったにちがいないこの東大寺僧が、このような物言いの滑稽を演じた、その底にあるきっかけは、彼らにとって笑って済ませぬこのような現実であった。この現実は、道長の笑いには無縁であった。

道長の法会に請じられた僧の茸中毒死は、寛弘二(一〇〇五)年四月八日の事実である(「小右記」、「日本紀略」。「今昔」は秋のこととしている)。枇杷殿は鷹司東、東洞院西にあった道長の邸であるが、この事件のとき道長の常住していたのは土御門殿《つちみかどどの》で、その邸内南辺にある家屋に、この僧は滞在していた。という考証や、死んだ僧が福田院別当雅静であり、福田院が当時興福寺東院の一種の子院であったことなどは、新潮日本古典集成『今昔物語集』本朝世俗部　三の注釈に任せる。

小一条殿も藤氏に伝領される邸であった。枇杷殿の南にあった。宗像社はその邸内南西隅にあった屋敷神で、筑前の宗像社から冬嗣が勧請したという。後世、花山院家（清華家の一。旧小一条殿の東隣に邸があった）の鎮守となり、現在、京都御苑内、下立売御門から入って東行し、やや南へ下ったところに宗像神社が残る。境内にみごとな樟の木がある。その南東方に茶室拾翠亭があるが、このあたりに九条家（五摂家の一）の邸があった。花山院邸の東に当る。邸の苑池の中島にある厳島神社は平清盛による勧請のものという。笠木が唐破風になった珍らしい小型の石鳥居がある。宗像神社から北へゆくと小さな森があって、白雲神社、もと妙音天と言った社がある。西園寺家（清華家の一）の屋敷神であった。ここからは蛤御門（新在家御門）が近かった。烏丸通に面する現在の門より百米ほど東にあった。もと、あかずの門だったが、天明八（一七八八）年の大火によって初めて開けられたという。焼けて口があく蛤ということでこの門の名が起ったというが、俗説かも知れない。

大納言藤原邦綱の土御門東洞院殿が里内裏《さとだいり》となり、南北朝のころから皇居に固定したのが、現在の京都御所のもとであり、本来そのあたりには公卿の屋敷が多かったが、御所の形成とともに更に多くの公卿邸が集った。織田、豊臣、徳川氏による御所の造営整備のなかで、公卿屋敷を集めることもまた政策の一つになった。場所によって公卿町を形成するほどであった。明治維新、そして遷都の後、公卿屋敷は徐々に姿を消したが、京都御苑の整備のなかに、曽ての屋敷神や苑池が残ることになった。花山院邸の西、現在の京都御苑の南西角にあたるところに閑院宮邸があって、その苑池も残る。今出川門から南へ入った西側にも近衛家（五摂家の一）の邸があった、その苑池、石橋、石組などは深い茂みのなかに残り、池畔の糸桜は、御苑内の他の桜より花期がやや早く、みごとに美しい。

数奇の物語――宇治拾遺物語より

伯《はく》の母という人、仏を造って開眼《かいげん》の供養をした。興福寺の永縁《ようえん》僧正を講師《こうじ》に招き、さまざまな立派な布施を設けた、そのなかに、紫の薄様《うすよう》（薄く漉いた鳥の子紙）に包まれた一品があった。

僧正が開いてみると、歌が記されていた。

朽ちにける長柄《ながら》の橋の橋柱
法《のり》のためにも渡しつるかな

――これは　遠い昔に朽ちてしまった長柄の橋の　橋柱です　仏の法のために――お布施としてさしあげるものです

紙には橋柱の一かけが包まれていた。

次の日早朝から、旧知の歌僧若狭阿闍梨隆源《わかさのあざりりゆうげん》がやってきた。

「ははん、あれを聞きつけて来たな」

と永縁が思っていると、懐から隆源は名簿《みようぶ》を取り出して奉提する。永縁に師弟の契りを結びたいという、心は、弟子の縁を以て

「長柄の橋柱の一かけ、わたしにおさげ渡し頂けますまいか」

という訳で、

「これほど貴重のひとしな、どうしてどうして」

と永縁が答えると、

「ま、そうでしょうね。いたしかたなしとは申せ、千万残念でございますな」

と、隆源は退散して行った。


（「宇治拾遺物語」三・一〇）

＊伯の母は神祇《じんぎ》伯（令制神祇職の長官）延信王（花山皇子　清仁親王の子）の妻、神祇伯康資《やすすけ》王を生み、「伯の母」と通称される。延信王は源姓をうけるが、康資は清仁の子に擬せられて王氏に復する。この家は後世、王号と伯職を独占世襲して白川姓を名のり、白川王家、王家、伯家などと呼ばれるようになる。伯の母の父は太宰少弐高階成順《たかしなのなりのぶ》、母は伊勢大輔《いせのたいふ》。頼基《よりもと》（神祇権少副・伊勢祭主、三十六歌仙）・能宣《よしのぶ》（神祇大副・伊勢祭主、三十六歌仙、梨壺五人）・輔親《すけちか》（神祇伯、伊勢祭主）・伊勢大輔と続く歌の家大中臣《おおなかとみ》に伯の母は生れ、その養女安芸も入れて「六代相伝之歌人」（「袋草紙」）と呼ばれる。『後拾遺集』以下の勅撰集に四十首入集、二人の姉妹も『後拾遺』歌人であった。

＊永縁は藤原氏、母は大江公資《きみより》の女《むすめ》。公資は一時歌人相模を妻にしていたことがある。元興寺・大安寺・法華寺・清水寺・興福寺の別当を務め、権僧正に至った学僧であった。歌人としては源俊頼らと親しく、『堀河院百首』の作者の一人（本書Ⅴ、「大宮人たち」）である。住房花林院《けりんいん》で歌合を主催したこともある。『金葉集』以下の勅撰集に二十六首入集。

＊長柄の橋は、淀川本流が昔の中津川（長柄川。明治に新淀川が間削されて廃川）に分れるあたり、長柄船瀬と呼ばれたあたりに架けられていたらしい（諸説ある）。流失・架橋が繰返されたが、『古今集』のころには既に、いまは朽ち果てた曽ての代の橋としての歌枕であった。歌の「わたす」は「橋」の縁で（「渡」）、「与える」の意味に「済度」の意が掛けられている。その意において「法」との縁が構成されている。

＊隆源は若狭守藤原通宗（正四位下、歌人）の子、『後拾遺』編者通俊（従二位権中納言）の甥に当る園城寺の僧。『堀河院百首』の作者の一人。源俊頼や源国信と親しかった。歌論書『隆源口伝』がある。なお、通宗・通俊兄弟の母には、伊勢大輔の女《むすめ》（伯の母の姉妹）という説もある。

一　歌数奇

この一話、「すき」の物語である。

「すき」は本来「好き」。早くには、恋愛・性愛の（「色好むといふすきもの」「伊勢物語」）、また音楽の（「宇津保物語」・「源氏物語」）、感性的対象についての偏愛に言ったが、やがて専ら和歌についていうようになる。歌への、理性を超えた、時には理性を無視しての執着、歌にかかわることやものやひとやところなどへの偏愛・僻愛ともいうべき耽溺の心やふるまいである。「数奇」の字を宛てるようにもなる（スウキ或いはその誤りでサッキと訓めば漢語、運命の大きな変動、その不幸を意味するが、時に交渉することもある）。

知足院関白藤原忠実のもとに源俊頼が伺候していた或る日、近江鏡の宿の傀儡《くぐつ》女たちが参上して、今様の神歌《じんが》を唱った。

世の中は憂き身に添ふる影なれや
　思ひ捨つれど離れざりけり
――この世は憂き身に付き添う影なのか　捨てようと思っても　離れることもままならぬ

これは俊頼の創作歌であった（「金葉」、「詞花」、「堀河院百首」、そして俊頼の家集である「散木奇歌集」に）。世に伝わって遊女（傀儡）の持ち歌にまでなったのである。

「俊頼いたり候ひにけりな」

というのが、俊頼の満足の表白であった。

伝え聞いた永縁はうらやましく、琵琶法師を語らい、さまざまのものを与えて自分の歌を、ここかしこに歌わせた。

聞くたびにめづらしければ郭公《ほととぎす》
いつも初音《はつね》のここちこそすれ（金葉）

「めづらしき数奇の人」と世に評判となり（「無名抄」）、永縁には初音の僧正という異名がついた。この歌、永縁に数ケ月先んじて院判官代高階成業《しげなり》が詠んでいたともいう、それを永縁が自分のものに譲ってもらった悉細にも、和歌への執着——一つの数奇が物語られている（「袋草紙」）。そのような永縁だから伯の母は歌枕長柄の、橋柱の一かけを布施に贈ったのである。伯の母自身も珍重していたのであろう。

長柄の橋についてはなお、先んずる数奇の話がある。

能因法師（俗姓橘、文章生から出家か、受領を経たか）が藤原節信《ふしのぶ》（四位、帯刀先生《たてわきせんじょう》）に初めて逢ったとき、たちまち意気投合、来訪して頂いた記念に秘蔵のものをお見せしましょうと、能因は懐中から錦の小袋を取り出した。袋には、長柄の橋を造ったときの鉋《かんな》くずというものが一筋入っていた。喜んだ節信も懐から紙包を取り出した。ひからびた蛙の死骸が入っていた。井手《いで》の蛙（河鹿）だと節信は言った。感じ合った二人は満足して別れて行った（「袋草紙」）。
綴喜郡井手は、橘諸兄《たちばなのもろえ》が山荘を営んで山吹を植えたといい、山吹と蛙を以てする歌枕。木更津東岸の地である。

かはづ鳴く井手の山吹散りにけり
　花の盛りにあはましものを（「古今」読人不知）

錦の袋に能因が秘蔵していた長柄の鉋くずを時の天皇が所望した。受け取りの勅使の前で能因は、足摺りしてくやしがった（「愚秘抄」）。

都をば霞とともに立ちしかど
　秋風ぞ吹く白河の関（「後拾遺」）

この歌を詠んだとき能因は都にいた。身、都にありながらこれを世に出すことの残念さに、久しく人に逢わず、旅の日を過ごしたごとく日焼けしてのち、陸奥への旅の詠として披露した（「古今著聞集」、「愚秘抄」、「袋草紙」）。
もっとも『能因法師集』には、万寿二年（一〇二五）春、実際に陸奥下向のときの詠としており、とするとこれは、数奇の人能因という理解を前提とした説話化ということになる。
藤原国行（従五位下、諸寮頭）が白河関を越えたとき、装束を改め鬢を水で整え（「俊頼髄脳」、「袋草紙」、「中古歌仙三十六人伝」）、橘為仲（正四位下、和歌六人党の一人）もまた衣を改め、従者にもそれを促したという（「愚秘抄」）。能因への敬慕の行為ながら、その情念は既に数奇に連続する。能因もまた、伊勢（宇多・醍醐・朱雀三代に亘る代表的な女流歌人）の家のあたりで下車し、伊勢手植えの子日《ねのひ》の松の、今は成長したのが見えなくなって初めて車に戻った（「俊頼髄脳」・「八雲御抄」）。これらを書きとめた俊頼自身、良暹《りょうせん》（祇園別当　歌僧）旧房のあたりを通るとき馬を下りたという話をもつ（「袋草紙」）。声明で有名な大原勝林院に良暹房があった。

良暹が若いころに詠んだ歌、

我が宿の垣根な過ぎそ郭公
いづれの里も同じ卯の花

摂津の山崎あたりでは、女たちが臼歌（米搗き歌）として唱っていたという（「難後拾遺集」、「袋草紙」）。俊頼の「世の中は」の歌と同じ趣きであった。

待賢門院加賀という人、或るとき歌を詠んだ。

かねてより思ひしことよふししばの
こるばかりなる嘆きせむとは

——前から思っていたことです　いずれ後悔するほどの嘆きを　わたしがするであろうことは

失恋の歌である。「ふししば」の語の関連にはいろいろの解釈がある。いまは「樵る」への枕詞、そしてそれが「懲る」に掛詞を構成していると見ておく。「伏し柴」「樵る」はなげき（「投げ木」）及至そのなかの「木」と縁語をなす。加賀はこの歌を披露せず、同じことならさるべき人に契り、そしてその人に忘れられたときに贈ろうと思いきめていた。やがて折あって風流の才子花園左大臣源有仁の愛を得、やがて思いの通りその恋のかれがたになった。加賀はこの歌を贈り、歌の哀れに有仁は感動した。加賀は「ふししばの加賀」と異名がついた（「著聞集」、「今物語」、「十訓抄」、「今鏡」。ただし、伝のよくわからぬこの人について、異説は多い）。能因の「白河関」とこれを、『十訓抄』『著聞集』は並べて収録し、歌のふるまい同じ、と解説するのは尾崎雅嘉『百人一首一夕話《ひとよがたり》』であった。

能因の交友圏には文章生《もんじょうしょう》、また、重なりもするけれど受領層の歌人たちがいた。例えば和歌六人党と呼ばれるグループの、能因は指導者的な位置にいた。メンバーは流動的でもあったし、異説もあるが、ここに多く数奇の説話が属している。

源頼宗（頼光の孫に当る）、五年の命を秀歌に換えることを住吉の神に祈り、叶えられて従五位下で若死した（「無名抄」・「西行上人談抄」、「今鏡」）。

藤原範永（正四位下、尾張・阿波などの守）、六人党の中心。若いときに詠んだ歌、

住む人もなき山里の秋の夜は
　月の光もさびしかりけり

藤原公任に激賞され、錦の袋に入れて我が重宝とした（「袋草紙」）。

藤原経衡（正四位下、大和・筑前などの守）、三位藤原道雅（儀同三司伊周《これちか》の子）の八条山荘障子絵に、歌合せ仕立てに歌が作り合せられたとき、それに歌を入れてもらうためなら、名簿《みょうぶ》を奉提する（臣従する）こともいとわぬと言った（「袋草紙」）。

藤原兼房（正四位下、美濃・丹後などの守）、六人党には数え入れないが、受領歌人の中心。人麿を念じること篤く、夢にその姿を見て、絵師に描かせた（「著聞集」）。

人麿像は直衣《のうし》に萎烏帽子《なええぼし》、左手に紙、右手に筆を持った姿であった（藤原敦光《あつみつ》「柿本影供記」）。死に際して兼房はこれを白河院に進上、鳥羽の宝蔵に収められた。白河の乳母子《めのとご》六条修理大夫藤原顕季が再三乞うてこれを写させ、元永元（一一一八）年、写本のそれを祀って六条藤氏の人麿影供《えいぐ》（柿本影供。人麿の画像を飾ってその前で和歌を詠じる儀式。鎌倉時代には影供歌合がよく行われた）は始められた。人麿画像の原本は後冷泉皇后歓子が借り出しているときに焼失した（「十訓抄」、「著聞集」）。画像の人麿の姿は、さまざまの三十六歌仙絵を通じ、菱川師宣の筆をも通って、カルタ百人一首絵札の意匠にまで一貫している。

源俊頼の子、僧俊恵《しゅんえ》の歌林苑《かりんえん》に僧登蓮《とうれん》という会衆がいた。雨の日の或る集りの席上、存疑の語「ますほの薄」が話題となった。どのような薄なのか、と。渡辺（摂津西成郡）にこれをよく知っている聖がいると言う人がおり、聞くなり登蓮は蓑笠を所望し、一座の人の怪しむなか、雨を冒して渡辺へ発つ。命は雨の晴れ間など待とうか、と。尋ね得た薄の情報を彼は秘蔵した。「いみじき数奇者なり」と『袋草紙』はいう。

――歌林苑の俊恵といえば、彼も長柄の橋柱で作った文台を所持していた。後鳥羽院に進上し、院は和歌の会に使用した、のち、後嵯峨院のとき、この文台を置き六条藤氏に伝わる人麿画像を飾って、和歌の披露があった（「著聞集」）。

二　すきたまへ

『後拾遺』のころを中心にさまざまの歌数奇の物語があった。というだけでなく。歌の行為には数奇の気配が瀰漫した。その数奇の者の典型は能因であった。花の盛りにはその住所、摂津の古曽《こそ》部《べ》（この住所に因んで、彼を古曽部の入道という）から上京して、大江公資《きみより》（従四位下、遠江守など）の家に泊った。その南庭の桜を愛していたのである。公資の孫公仲に、能因は常に言っていた。

「すきたまへ。すきぬれば歌はよむぞ――数奇にあってこそ秀歌は成るのです」

源頼綱（従四位下、三河・下野などの守。頼実の弟、母方の叔父に藤原範永がいる。多田蔵人と呼ばれ、武将でもあった）にも、自分が歌に上達したのは数奇の故だと能因は語っている（「袋草紙」）。一途に歌を好くことによって歌に好かれるのである。

そして『能因法師集』自序に、歌についての自分の態度を明言している。

――和歌は本来、世俗的な利益には関係がない。しかし、古くは勅撰集が和歌の道を興し、身分にかかわらず歌によって身を立てることもあった。

だが今、衰えたこの世にこれまた衰えた和歌は、まるで無益のものになってしまった。

しかし、歌がそういうものであっても、それにかかわらざるを得ない「宿僻」が自分にはある――。

「身幽玄をこのみ歌よみのよしふるまへど」（「八雲御抄」）という、能因の歌のふるまいの、その背後の論理化であった。

三　尾籠のすき

「すき」が恋愛・性愛にかかわる概念であったとき、その成就の物語の一方、思う相手に容れられぬ、ときにぶざまな、ときに哀愁すらともなう失敗の物語の生れることもあった。即ち、「尾籠《おこ》」の物語は、すきもの平中（平貞文。好風の子、従五位上）をめぐってしばしば語られる（「平中物語」、「今昔物語集」など）。

あたかもそのように歌数奇にあっても、初音の僧正の数奇の評判をうらやんだ道因（藤原敦頼《あつより》。従五位上のとき出家）は我が歌を、盲僧たちに歌え歌えと、物もとらせずに責め立て、世人の笑いを買ったという（「無名抄」）。とすればまた『宇治拾遺』の隆源もこの話のなか、同様の尾籠《おこ》を――滑稽を分担しているといってよい。――もちろんこの二人、滑稽一方の人ではない。道因は、在俗中の滑稽な話（「今昔」）もあるけれど、歌人として歌林苑の有力な会衆の一人であった。

経読む声と女——古事談・宇治拾遺物語より

〔一〕

堀河右大臣藤原頼宗（左大臣道長の二男）は四条中納言藤原定頼（大納言公任の子）と日頃読経争いに練磨を競っていた。

上東門院彰子に仕える恋多き一人の女房がいた。和泉式部の娘、小式部内侍《こしきぶのないし》だとかいう。頼宗と定頼はともにこの女を愛していた。

或る時、頼宗が女房の局《つぼね》に入りこみ、二人は既に抱き合っていた、そのあとへ定頼が来て局を伺ったが、二人が逢っていることを知り、法花経方便品《ほうべんぼん》を局へ読みかけておいて帰って行った。

その声を聞きつけ、その声の美しさに感きわまって、女は頼宗に背を向け、声を洩らして泣いた。頼宗もまた枕を濡らした。

ひそかに頼宗は思った。

「何事も定頼にひけをとるわけにはゆかぬ。ましで読経のこと、このままではわたしの心がすまされぬ」

そこで忽ち「出家発心」した——というほどの覚悟をもって法花経八巻の読誦練磨に精進した。

（「古事談」二・七七）

＊読経（誦経）は、信仰とかかわりなく、経を読み誦する声や調子の美しさが鑑賞され、唱歌《そうが》、朗詠、今様（本書I、「角三つ生いたる鬼」）に並んで、平安朝大宮人はその声わざの美に酔った。読経争いはその美しさを競うことだった。或いはその美しさを通じて、かろうじて信仰にも届いていたのかも知れない。「狂言綺語《きぎょ》の誤、世俗文字の業、翻って讃仏乗《さんぶつじょう》の因、転法輪《てんぽうりん》の縁」（「和漢朗詠集」――「白氏文集」）、当時口ぐせのように言いならわされていたそのなか、声わざの美しさへの陶酔から入って、今様往生、音楽成仏の思想にまで到達した後白河院のような人もいる。逆に世間的にはまた、美声、美貌の僧がありがたがられるということもあった。

この話は『宇治拾遺物語』にもあるが、語りに異りを持つ。頼宗ではなく、その弟教通の話とする。そして男二人がひごろ、読経争いの練磨を競っていたとする文脈がない。以下――。

教通が局に来ていることを知らずに訪れた定頼は局の戸を叩くが、局の人にそうと知らされ、沓を履いて出てゆく。そのとき、少し歩み退いて、不意に声高く定頼は経を誦した。

その二声ほどに、局のなかの小式部内侍ははっと耳をそばだてるふうであった。どうした、と教通がいぶかるほどもなく、遠ざかる声で定頼は更に四声五声、ゆきもやらず経を誦《ず》した。そのとき女は、「う」と忍び音を洩らして泣き、寝返りをうって男に背を向けた。

のちに教通は言った。

「あれほど堪えがたく恥ずかしい思いをしたことはなかった」

（「宇治拾遺物語」三・三）

〔二〕

大納言藤原忠家（道長の孫。権大納言長家の子）がまだ殿上人《てんじょうびと》であったころのこと、恋多き一人の女房と言い交した。

夜更け、月は昼間より明るかった。寝ていてその明るさに堪えかねた忠家は、御簾《みす》をかぶるようにしてかかげ、長押《なげし》に上った。

母屋にのぼりざまに忠家は、女の肩をかき抱いて引き寄せた。寝乱れの髪の散りかかった顔で女は、身悶えた。

「まあ、みっともないことを」

その瞬間、音高く一発、女は放屁した。恥ずかしさに口もきけず、へたへたとその場に女は崩れてしまった。

「ああ、なんという情けない目にわたしはあったことか」

と忠家は嘆いた。

「こんな目にあって、何の面目あってこの世にいられよう。出家しよう」

御簾の裾を僅かにかかげて忍び足、出家するほかないと一途に思いつめた忠家は、ひと足ふた足、その歩を進めた、進めたそのとき、ひょいと思い返した。

「女が粗相をした、だからといってこのわたしが、どうして出家しなければならぬ」

憮然として匆々、後も見ずに忠家は帰って行った。

そのあと、女はどうしたことやら。（「宇治拾遺物語」三・二）

*寝殿造りで、母屋《もや》の外側に造られた間を廂《ひさし》の間《ま》という。奥行が普通は一間《ひとま》（柱間《はしらま》一つ）、つまり三㍍内外だから、明るくて、客間にも用いられた。夜も、月の射しこむときは明るくまぶしかったであろう。忠家と女はここに寝ていた。御簾は母屋と廂の間の境に懸けられていた。月の明るさに閉口して、御簾をくぐり長押に上った。長押は柱と柱のあいだに造りつけた横木だが、寝殿造りの場合、鴨居の上と閾の下にあった（上長押・下長押という。現在は上長押に当るものをナゲシといっている）。この話では、廂の間と母屋の境をなす下長押を上ったのである。下長押は廂の間の床《ゆか》より一段高く、その高さが母屋の床の高さに続いている。だからこれを上ることは母屋に上ることになる。なお、御簾は上長押から釣るされている。

不意に引き寄せられて寝乱れた自分の姿に、女は狼狽した。放屁された男が、恥をみた、もうわたしはおしまいだ、と、衝動的に大袈裟な出家を思いつめる滑稽と、狐がおちたように思い醒めることの唐突さの滑稽と。狐のおちた男がどんな顔をして帰って行ったやらと、つい思ってしまう、これは好色滑稽譚である。

新しい表現の成立

一般的に言って、『古事談』は『宇治拾遺』の典拠の一つである。この話と〔一〕の場合、両者には距りがある、しかし私は、やはり前者が後者の出典であると考える。そしてそこに、或る典拠から別の一つの表現が成立する、その成長が見てとれると考える。

〔一〕の『古事談』二・七七で頼宗は、定頼の誦経を聞き、「忽ちに発心して、八軸を覚悟せらる」とある。「発心して」とは彼が現実に出家遁世したということではない（彼の出家は、当時の貴族たちの例のままに、死の前の月に至ってである）。出家発心した――というほどの覚悟をもって、法花経八巻の読誦練磨に精進した、と、現代語訳をあてておいた。そうでないと文脈に合わない。読経争いということにかかわるから選ばれたに違いないけれど、「発心」の語は、思いつめた心の持ちようにいう、一つの言い方である。やや大袈裟な、だからやや滑稽な。

ここから、『宇治拾遺』の編著者は、「発心」の類義語「出家」をめぐる滑稽の話〔二〕ととり合わせることを思いつく。

〔一〕の『古事談』では、女の忍び泣きを聞いた男は、自分も枕を濡らす。それは定頼の誦経に反応した感動の涙である。感動の涙のなかで、「定頼にひけをとるわけにはゆかぬ」と考える。それは、二人が日ごろ読経争いの練磨を競っていたという、冒頭に語られた事実に帰り、それに収まる帰結であった。一編は、声わざの美しさにかける二人の男の勝負の話としてまとまる。頼宗の思いは女には関わらない。

『宇治拾遺』の編著者はこの話を読んで、好色滑稽の〔二〕ととり合わせ、とり合わせることにおいてそれを好色譚へと換骨する（とり合わせる契機に、「発心――出家」の語が働いた）。かくて〔一〕『宇治拾遺』の男は、他の男の声わざに、いわば官能的に陶酔した女に泣かれ、泣かれたことを「堪えがたく恥ずかしい思い」とする。読経争いのモティーフは捨てられ、定頼への関わりも一義的にはここにない。女の涙に反応した悔しく恥ずかしい思いのなかに男はいる。

男――『宇治拾遺』〔一〕の男は教通、『古事談』の頼宗の弟である。この人に、音楽或いは声わざについての逸話伝承はない。一方、頼宗も「いみじう色めかし」い男（『栄花物語』）ではあったが、教通こそ、小式部内侍との艶聞を、この話以外にも『宇治拾遺』に語られるほか、『古今著聞集』『今物語』『袋草紙』などに残す。『古事談』〔一〕からの換骨はこの話を、小式部・教通ものがたりの一つ、しかも大事な一編におさめる。

『宇治拾遺』にあって、〔一〕の男（教通）は女に泣かれ、〔二〕の男（忠家）は女に放屁され、ともにそれを、わが恥と考える。その恥は、恥ずかしさの内容・質において異る。当事者の男にとってともに恥と感じられたとしても、はためには、〔一〕教通の恥はもっともだが、〔二〕忠家が恥と思いつめるのは滑稽であった。しかし、異ることもまた、同じ好色譚のなかで話の転調が用意されることになり、〔一〕〔二〕の配合配列は、そうすることのなかに遂げた表現を、私たちに見せることになった。

恋多き小式部内侍のもとへ定頼と頼宗が通い（〔一〕「古事談」）、恋多き小式部内侍のもとへ定頼と教通が通う（〔一〕「宇治拾遺」）、この二つを、説話の異伝承と考えることもできる。できるという以上に、その方が通常の考え方かも知れない。〔二〕とのとり合わせにおいて『宇治拾遺』は、教通伝承の方を採用したのだ、と。しかし、頼宗から教通へ、主人公の取り変えと、芸能譚から好色譚へ、話の語り変え（換骨）を想定する方が、私にはおもしろい。説話集における、伝承ならぬ創作の想定は、あまり、或いはなかなか、或いはほとんど、証明しにくい、だからおもしろい。

以上の話には関係ないが、道長の子のうち、長男頼通・三男教通の母は、左大臣源雅信の女《むすめ》倫子。

次男頼宗の母は、左大臣源高明（醍醐第十皇子）の女明子。明子が道長と婚したとき、既に道長には嫡室倫子がいた。頼宗の室は儀同三司藤原伊周《これちか》の女。伊周は道長の政敵。頼通、教通に対しては、頼宗の方からこだわりを持っていた。道長は倫子所生の子と明子所生の子を明かに差別していた。道長に疎外された三条天皇の、その皇子、道長によって東宮位を辞せしめられた小一条院の生涯を、頼宗は後見した。頼宗は音楽家であり歌人であった。

造仏供養始末——宇治拾遺物語より

くうすけという、好んで武張ったふるまいをする法師がいた。或る僧のもとに身を寄せていた。その法師が、

「仏さまを造って、供養しようと思う」

と言い触らした。聞き及ぶ人は当然、仏師に物をとらせて造仏することと思い、仏師を家に招んできた。

「三尺の仏さまをお造りしたい。お礼にさしあげるものは、さよう、これこれ」

と、取り出してきて見せた物を、これはこれは結構なこと、と仏師は喜び、持ち帰ろうとすると、くうすけ、

「先にお礼をさしあげておいて、万一できるのが遅れでもすれば、わたしとしても腹立たしく思いましょうし、催促された仏師さんの方でも、愉快な思いはされますまい。そんなことでは功徳をつくるといっても、甲斐もござらぬ。

ここはひとつ、――そう、お礼の品は十分いいものですから、このまま封印してここに置かれるがよろしかろう。そのまま早速、あなたはここで仏さまを造りなされ。できあがったらすぐ、そっくりみんな、持っておいでなされ。それがよろしいですよ」

と言う。

「めんどうなことを言うよ」

と仏師は思ったが、お礼は上々、たんまりくれるというのだから、ま、言うままにするか、と、その家で仏を造り始めたが、

「仏師さん、普通あなたの家で仏さまを造りなさるときは、当然、おうちで食事はなさいますな。それなら今、都合でここにいらっしゃるからといって、ここで饗応《よば》れようなんて、まさかおっしゃいますまいね」

と言って、何も出してこない。

「それもそうかねえ」

と仏師、自分の家に帰ってから食事を摂り、次の朝はやくにまたやってきて一日の仕事をする、夜にはまた家に帰る、そういう繰り返しで幾日もかけて彫りあげ
「いずれ頂戴するものを抵当《かた》に、これまでは、人に借りをする形で漆を塗らせもし、金箔を買って来もする、そういうやり方で申し分なく仏さまを造りあげてきましたが、人に借りるより、漆の値段のほどはまず頂き、それで箔を置きもし、漆塗りに支払いもする、そういうやり方がようございましょう」

と言うと、

「何をおっしゃいますやら。

はじめに取り決めしたことではございませぬか。

お礼のものは、一度にまとめて手にされる方が、あなたもよろしかろうに。こまかにわけて貰お

うとおっしゃる、あなた、それは料簡ちがいですって」

そう言って、くうすけは何も渡してくれない。しかたなく、借りをする形で仏師は仕事をすすめた。

それでも仏はできあがった。

「仏さまの開眼《かいげん》をすませて、頂戴するものを頂戴して帰らせていただきます」

と仏師は言う。さて、どうしようかと、あれこれくうすけは思案し、二人いた小女に、

「せめて今日だけでも、仏師さんに何かふるまってさしあげたい。用意せよ」

と命じて立たせ、礼のものを取りにゆくふりをして、自分も太刀を帯びて出ていった。妻ひとり、仏師の相手をさせておいた。

開眼もすんだ。夫の法師が帰ってきたら、御馳走も十分にいただき、封印しておいた礼物も頂戴し、家に持って帰ればそれはあれに使おう、あれはそれに使おうと、心づもりもうれしく、仏師は待ちつけていた。

そのほど、こっそりと法師は家に入ってきた、入るなり目を怒らせ、大声はりあげて、

「人の妻に間男するやつ、見つけたぞ見つけたぞ、おお、おお」

と、太刀を抜いて仏師に切りかかる。

頭をうち破られそうで大あわて、仏師は逃げまわる、法師は追いかけ追いつき、斬るかと見せて斬りはずし、また斬りはずし追いかけまわし、ついに家から追い出し、

「憎っくきやつめを逃がしてしまったわ。

やつめのどたまぶちわってやろうと思ったに。

仏師というやつは、かならず人の妻を盗むやつなのだ。おのれ今後、探し出さずにおくものか」

睨みつけておいて家に入る。

仏師、やっと逃げおおせてほっとひと息、

「よかった、頭をうち破られずにすんだ。

今後、探し出さずにおくものかと、あの法師、わたしを睨みつけたな。そうでなければ、虫の居所でも悪くてあんなことをしたのだと思うところだが、どこかで出逢ったら、頭をぶちわるぞ、と、また脅かすかも知れぬ。命あっての物種《ものだね》」

仏を造る道具の一切も取りに戻れず、仏師は深深と身を隠した。

箔や漆の料に借りを作った人からは、使をよこして、払ってくれろと責める、何とか工面をしてやっと、仏師は返債した。

さて、くうすけ、

「ありがたい仏さまをわたしはお造り申し上げた。

いまはぜひとも、供養し申し上げたい」

などと言うから、聞いた人々、笑うものもいた、憎むものもいた。

「吉日を選んで、仏さまの供養をいたそうと存じます」

と、寄宿している先の僧を頼み、また知人にも頼みこんで供養のものを用意し、講師《こうじ》への供膳も人に注文させるなど、用意万端、その日になって講師を招いた。

車を下りて講師が入ってくると、くうすけ、客間の掃除をしている。

「おや、どうなさいましたか」

と講師が問うと、

「いえいえ、せいぜい美しくしてあなたさまにお仕えしたい所存」

と、名簿《みょうぶ》も書いて奉提した。

「これはまた、思いもかけぬこと」

と講師が言うと、

「今からのちいつまでも、あなたさまにお仕えするそのしるしに、名簿はさしあげるのでございます」

そして良馬一頭曳き出し、

「ほかのものとてございませんので、この馬、お布施にさしあげとうございます」

また、鈍色《にぶいろ》（僧服によく用いる濃鼠色）の上等の絹を、包んで取り出し、

「これはわたしの家内めからさしあげるお布施でございます」

と、講師に見せる。

これはこれは結構なこと、と、講師は笑みこぼれていた。膳部もととのえて講師の前に据えた。早速講師が食おうとしたとき、くうすけが言った。

「まず仏さまの供養をなさって、それから召し上るべきでしょうに」

もっともなことだと、講師は高座にのぼった。

布施は結構なものだったから、心をこめて講師は説法をした。だから聴衆も貴い思いをし、この法師もはらはらと涙をこぼしたのである。

講も終った。鉦《かね》打って高座を講師は下りた。そのまま供膳につこうとしたとき、法師がにじり寄ってきて言った。もみ手をしながら、

「まことにありがたいお説法でございました。今日から末長く、あなたさまを師と仰いでお頼み申し上げる所存でございます。

で、お仕えするということになりますれば、おさがり頂戴ということも、務めることになりましょう。そのおさがり、どうぞ、わたしにとらせて頂きとうございます」

そういうと、講師が箸をつける間も与えず、さっさと取り上げて供膳を持ち去ってしまった。

ちとおかしいぞ、と講師が思い始めているうちに、法師は馬を曳き出してきた。

「このお馬、あなたさまの前駆け（先導）用に、わたしめが頂戴つかまつります」

そう言って曳き去って行った。

絹を持って来た。

いくら何でもこれまでは、これはくれるだろうと思っていると、法師、

「冬用のおしきせとして、お仕えするわたしめが頂戴いたしますよ」

と、取り上げ、

「ではどうぞ、お引きとりを」

まるで、夢のなかで金持になったような気分で講師は帰るしかなかった。

別のところからも請じられていたのだが、この講師、上等の馬など布施にくれるとかねて聞いて

いたので、そちらは断り、くうすけの所へ来たのだったのに、どちらもどちらか。
こんなやり方で功徳はなるのだろうか、こんなやり方でもすこしくらい功徳はなるのだろうか。どう思う？　あなた。

（「宇治拾遺物語」九・四）

説話の読み方

くうすけの寄宿先の僧は、『宇治拾遺』編著者の知人だったらしい。原文にくうすけは、「親しかりし僧のもとにぞありし」と紹介されている。「親しかりし僧」は、私（「宇治拾遺」の編著者）が親しくしていた僧という関係に理解すべきであろう。ストーリーには煩瑣だから、「或る僧のもとに」と現代語化しておいたが。編著者はくうすけをも見知っていたらしい。この話はその僧から聞いたものか。

私のところにいた、それそれ、あの法師、ひどいやつでしてな、という調子で語ってくれたのであれば、おもしろい。おもしろいから、多分そうであろう。

この話は『宇治拾遺』の本文では、九・五「仏の造りかた」（本書Ⅱ）の前に並んで載せられている。いささか悪賢い詐欺したくみの、けれど、しゃあしゃあとしてあまり憎めない造仏・供養の話と、無邪気に無知な、ほほえましいそれと、内容的に対照の関連がある。「仏の造りかた」にあって、恒政の家に宿った旅の人は『宇治拾遺』編著者あるいはそれに近しい人であったらしい。とすると彼は、二つもの奇妙な造仏・供養の事件に、直接あるいは直接に近い経験をもったことになる。

本話と「仏の造り方」との関連とともに、伯の母の供養譚（三・一〇、本書Ⅲ、「数奇の物語」）を読んだ目が、読み進めて来てこの話に気付けば、また別種の相関を見ることになるであろう。いわば雅と俗の、いわば滑稽にも至りかねぬ数奇《すき》と滑稽へ至ってもいる詐欺《さぎ》の。そういう相関を読みとることも『宇治拾遺』の読み方である。読もうと思えばそのように読める、そんなふうに『宇治拾遺』はその構造が意匠されているのでもある。

月の夜の物張り女――今昔物語集より

村上天皇の代のこと、大江朝綱という文章《もんじょう》博士がいた。格別に優れた学者であった。永年、紀伝道（文章道）を以て朝廷に仕えていたが、道につきいささかの心もとなさもないままに、遂に宰相（参議の唐名）にまで進み、年七十余で亡くなった。

朝綱の邸は二条の南、京極の東にあった、その東方には、賀茂川もはるばると見渡され、月のころの眺めに申し分もなかった。

朝綱の死後、何年も経った或る八月十五夜のこと、月の明るく照り渡るなか、詩文に同好のものたち十余人がつれだち、朝綱旧邸を訪れた。

「月見る楽しみには、いざいざ、亡き朝綱卿の二条の家に赴くのがふさわしかろう」と。

行き着くと旧邸は、今は古び荒れ果て、人の住む気配もない。建物はみな、倒れ或いは傾き、わずかに、もと厨房であった棟だけが残っている。崩れたその縁に並んで腰をおろし、彼らは月に興じ、月の詩句を詠じた。

踏沙披練立清秋　――沙を踏み練を披《き》て清秋に立てば

月上長安百尺楼　　月は上る長安百尺の楼

——川砂を踏み練帛《ねりぎぬ》を着てさわやかなこの秋の気のなかに立つと
月はいましも長安の　百尺の高楼にのぼってこようとする

昔、唐の□という人が、八月十五夜、月に心を寄せて作った詩である。この詩を詠じているうちに思いは至り、故朝綱の詩風の、華麗を極めた昔を語り合ったが、ちょうどそのとき、邸の東北の方角から一人の尼が姿を見せた。そして問うた。

「ここに集ってお遊びの皆さま方は、どういう方々でいらっしゃいましょうか」

一行は答えた。

「月を賞で楽しもうと思って、我々は来たものだが、そういうそなたは、どういう尼なのか」

尼が言った。

「亡き宰相さまにお仕えしておりましたもの、今ではこの尼一人が残るだけでございます。男女多数がこのお邸に仕えておりましたが、それも死に果て、わたくしひとり、今日明日とも知れぬ命をつないでいるのでございます」

もののあわれを解するほどの人々、思い感じて尼のことばに胸つまり、涙をこぼす人もいた。

尼が言った。

「あなたさま方、〈月は長安百尺の楼に上る〉とお詠じになりました御様子、昔、宰相さまは〈月に依つて百尺の楼に上る〉と詠まれました。

宰相さまの詠みに、あなたさま方のそれは似ておりませぬ。月がどうして、高楼に上ったりいたしましょうや。

人こそが、月を見るために楼に上るのでございましょうに」

聞く人々は涙をこぼした。尼のことばに感じ入ったのである。

「それにしても、そなたはどういうお人なのか」

「亡き宰相さまの、わたくしは物張りの女でございました。そのため、宰相さまの詠じなさいますのを常に承りおりましたが、あなたさま方のお詠じになるのを聞くうちに、ほのかに思い出したのでございます」

一夜、一行はこの尼と昔を語り合い、衣などを贈って、暁、帰って行った。

詩人としての朝綱家風のめでたさが思われることだ。とるに足りぬ下仕えの女にさえこのようであれば、朝綱の詩才、いかほどのことであったか。


（「今昔物語集」二四・二七）

一　説話の型

朝綱は、平城天皇皇子阿保《あぼ》親王から、大枝朝臣を賜わった本主《もとぬし》を経、大江に改姓した音人《おとんど》（江相公）・玉淵《たまふち》とつながるその子。音人に対して後江相公と呼ばれる（相公は宰相の敬称）。詩人として『和漢朗詠集』『本朝文粋』に作品を残すほか、『後撰集』の歌人でもあった。菅原文時（文章博士・従三位。道真の孫）と、或いは大江維時《これとき》（文章博士・従二位中納言。朝綱とは従兄弟）と一双のものとされる。

二条の南、京極の東にあった邸は梅園《うめぞの》と呼ばれ、南流してきた今出川（中川とも。現在は暗渠）は梅園の北で分流し、一筋は東へ流れて賀茂川に合流していた。もう一筋は更に南流し、下流を京極川といった。梅園第からその眺望は豊かであったと思われる。

この話の出典は『江談抄』四・六四にあるが、詩には「文集　八月十五夜詩」という注記が付いている。しかし、現存の『白氏文集』にこの詩はない。また、『今昔』の依った『江談抄』にもこ

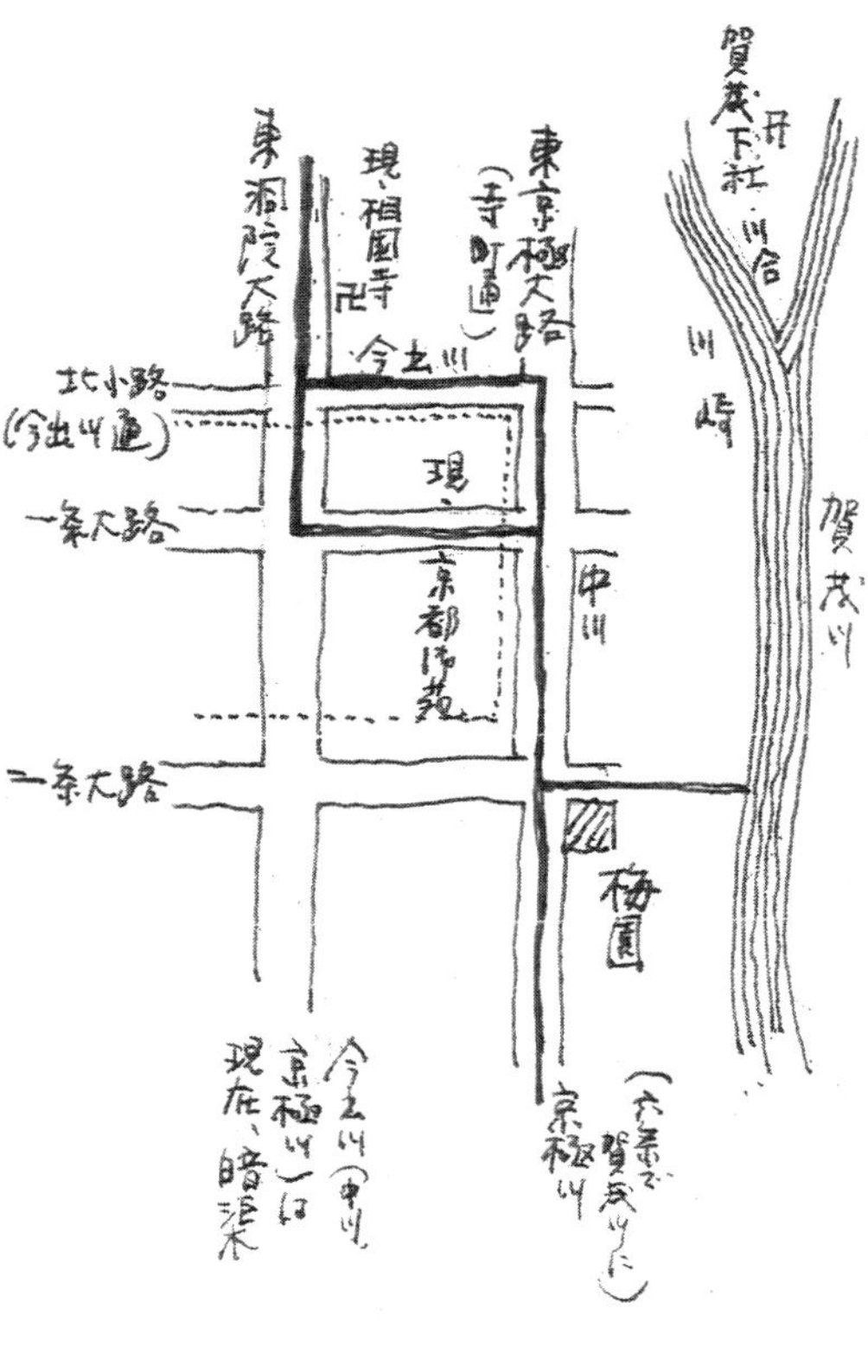

の詩注が付いていたとするならば、作者名を空欄にしている『今昔』の編著者は、『文集』の作者を誰と知らなかったことになる。

この話には幾つかの説話の型が属している。パターンによって成立しているような説話である。例えば曽ての栄華、文華の地に、所縁あるものが訪れてその昔を偲ぶ、それが第一の型であった。亡き朝綱の邸に、朝綱の風雅につながるものたち（「江談抄」に「好士」という）が集り、月にあってその風雅を偲んだ。

曽ての栄華、文華、風雅を偲ぶためには、その故地の現在は荒廃のなかになければならない。これもまたその型のうちである。源融の風雅は、河原院荒廃のなかで対照的に偲ばれた（本書Ⅰ、「河原院の霊」）。『今昔』二四・四六話（「古本説話集」上・二七）は、所縁あるものたちが次々に訪れて、曽ての河原院風雅の善美を偲ぶ話であるが、登場する人物の関係や和歌の出典からすると、さまざまな話の、でたらめと言ってよいほどの継ぎ接ぎである。しかし逆に言えば、そうすることによって、荒廃の河原院にあって昔を思うことの一篇を作りあげたもの、とも言えるであろう。朝綱旧邸を語って出典『江談抄』に、荒廃の記述はない。それは『今昔』が、懐旧を語ることのパターンに語りこめたものであろう。

荒廃の故地には、そこに住んでそれを守るただ一人の人が残されている。これもそのパターンのうちに属する。河原院には、荒廃する一部を寺に造って歌僧・安法（融の曽孫）が現実に住んでいた。その死後はその娘が一人住んでいた。

夫を陸奥守につけて発たせてやった六宮の姫君は、廃れゆく邸の東の対屋《たいのや》に一人住み残り、やがて、妻である姫君を尋ね戻って来たもとの夫は、崩れ残る政所屋《まんどころや》に、姫君の樋洗《ひすまし》（便器の始末をする）であった下女の、母親であるものが一人住んでいるのに出逢う（「今昔」一九・五）。師僧の遺言のままに、荒廃してゆく寺を守って公円は、その廊に住み続け（「今昔」一五・三九――本書II、「名僧と聖」）、夫に去られた女の死せる霊魂は、昔ともに暮らしていた家の荒廃のなかに、曽て魂を宿していた遺骸とともに、夫の帰りを待っていた（「今昔」二七・二四、また二四・二〇）。好士の訪れを一人待っていたかのような朝綱の物張り女（洗張りや縫いものをする下働きの女）が、邸の東北の方角から――即ち鬼門から出現したという語りは、出典『江談抄』にはない。一人生き残って住む女に『今昔』が、更に、霊的な存在性乃至性格を与えようとしたのであろうか。好士の訪れを、やはり、魂において待っていたかのようである。

第二の型は曽ての文華、そして美風や威徳が、思わぬところにまで、ゆきわたり残っていた、という語りにある。物張り女は本来、貴族的な風雅、文華の埒外の存在であった。そして第三の型とは――。

二　意外性の語り

物張り女の伝える朝綱の訓みは『江談抄』に、「月ニ」とあり「月ニヨリテ」の意と解釈する。この解釈のままに『今昔』は、「月に依りて」と訓む。『十訓抄』三・三は同話ながら、菅原文時とその物張り女のことと叙述するが、女の伝える訓みは「月には」である。

原文「月上長安百尺楼」に対する「月ニ」の訓みは、「月」を広義に場所的な、一種の副詞性の位格に付けるものであるが、この訓みやその敷衍「月に依りて」の訓みは、「月上」の文字列（その語順）や文字数にとって、まずは無理であろう。そして女の言う「月は何しに楼には上るべきぞ――月がどうして高楼に上ったりいたしましょうや」は、「上る」を天体の高く懸かる意から、高所への移動動作の意にとりかえた、理屈好きの小学生か中学生程度が得々として言いそうな理屈に過ぎぬ。

『今昔』はともかくとして『江談抄』が――つまり大江匡房が、物張り女の言う訓みをほんとうに朝綱のそれと認めていたかと問うことも、風雅の好士たちを、物張り女の子供だましの理屈に負けてしまう程度の文学能力の持主として軽んじることも、ここには不必要であって、一つの説話の型がここにかかわる。一つの権威が、より劣るものに敗れるという、意外性のパターンである。朝綱の風雅につながる好士たちは権威としての存在であり、女は本来、風雅に無縁のものであった。それが、権威の感嘆を引き出したのである。このような話がある。


――道ゆく孔子が八歳ばかりの童に逢った。童が問うた。

「日の入る所と洛陽と、どちらが近いのでしょう」

孔子が答えた。

「それは、洛陽が近いのだよ」

童が言った。

「日の出入りは私に見えますが、洛陽を見たことはまだありません。それなら、洛陽の方が遠いのではありませんか」

頭の良さに孔子は感心した。

（「宇治拾遺」一二・一六）


——宮廷の法会に導師を勤める仁浄《にんじょう》という僧がいた。説教の上手で物言いの名手だった。冗談口をたたかわせて殿上人《てんじょうびと》、君達《きんだち》の好敵手だった。

仏名会《ぶつみょうえ》に参内する道すがら、八重という宮廷下仕の女に逢った。八重は檜扇《ひおうぎ》をかざして顔を隠していた。仁浄がからかった。

「厠《かわや》に檜垣差して、賎《しず》のものも超えずや——便所に檜垣なんぞ結って、それで賎しいものが入りこまぬというわけかね。だめだよ」

すかさず八重が言い返した。

「尾剃りたる狗入れじとて——ええ、ええ、しっぽを切り落とした犬——あなたのようなお坊さまを入れまいと思いましてね」

仁浄、殿上人たちに逢ってこぼした。

「何とも手痛く、八重にやられましたわ」

（「今昔」二八・一四）


厠《かわや》（カハヤ）には顔《かお》（カホ）の類音をきかせ（掛詞）、檜垣に檜扇の見立てを配する、仁浄の物言いであった。八重の返しは、僧の坊主頭——つまり髻《もとどり》を剃り落した姿を、尾を剃り落した犬に見立てたのだが、犬は「賎のもの」の縁であり、法師に対する一般的な把握（柳田国男）でもあった。

これは物言いの応酬で、朝廷の法会（この場合、仏名会——十二月の三日間、清涼殿で仏名經の所説に基づいて三世の諸仏の名を唱え、その年に犯した罪を懺悔する法会）に導師を勤めるほどのものが、下女に敗れたのである。

孔子と童の問答もまた、童の返答を物言いと解することができるであろう。見えぬものより見えるものの方が近い、という、いかにも機智的なことあげは、子供らしくかわいらしくたくまれた物言いであってよい。

とすれば再びかえって、朝綱の物張り女の科白、「どうして月が百尺の楼をとことこ登ってゆきましょう」も、それだけ切り出せば、わざとことばの意味をとりかえた、子供っぽく——理屈っぽい小学生でも言わない程度の幼くかわいくたくまれた物言いと解されてよい。そうであれば好士たちも、女のことばに信伏したり（「江談抄」）涙を流したり（「今昔」）せずに、笑いのうちに、そうだそうだ、とそのたくらみを賞めればよかった。

もっとも『今昔』は勿論『江談抄』にも、これを物言いの話と了解しようとした気配は全くなく、「月に」「月に依りて」、その訓みの文脈は、物言いの解釈を初めから拒むものであったけれど。拒むけれど一面、物言いの話であり得る恐れの場所に、この話は成立しているのである。

三　水汲みの下女

類話がある。

「宮鶯囀暁光」（「江談抄」）と題する菅原文時の詩（「和漢朗詠集」春・鶯、「和漢兼作集」春上）に

西楼月落花間曲　　西楼に月落ちて花の間《あいだ》の曲
中殿燈残竹裏音　　中殿に燈《ともしび》残りて竹の裏《うら》の音《こえ》
――月影西楼にかたむく春のあけがた　花の間に鶯はその歌をしらべ
　燈火中殿に消え残る春のあけがた　竹のうちに鶯はその声を試みる

これについて『朗詠集私註』（信阿か）は、「物語云」として一つの説話をあげる。

――冷泉院の時のこと、自作のこの詩を詠じている文時の前を、水汲みの下女が通りかかって言う。「落」は禁忌の文字で、オツの訓みはオル（下）と通じるから、公家ではウツルと訓むべきだ、と。そして語る。これは大臣さま（道真）の仰せであり、その家を継いで御存知の筈では、と。下女のことばは文時を感嘆させた。


オツ（落）は垂直の運動、ウツル（移）は水平の運動。しかしウツル先には下行、或いは衰老の意をしばしば含み（即ち近い意味の傾向をもち）、ハ行語尾による再活用（いわゆるハ行延言《えんげん》）としてのオトロフとウツロフは、意味的に極めて近くなるであろう。即ちオツとウツルの二語は、語源的に一つなる相互であった。語源的に一つなる相互とは、一方から他方が派生したという親子の関係ではなく、一つの意味に連帯する二つ（以上）の語形があるという、共時的《きょうじてき》、というより汎時的《はんじてき》な関係を意味する。この説話における語の訓みかえとその理由づけは、朝綱の訓み（と物張り女が伝える）と違って、それなりの妥当性をもっとしてよい。

『私註』はこの説話の末尾に、「江ノ註ニ見ヘタリ」と記している。「江ノ註」とは大江匡房による『和漢朗詠集』の注であって、幾つかの書に引用されて残るほか、既に散佚しているものである。その『江註』がメモ程度の短いものであったか、或る程度の長さを具えたものであったか、一概に決着はつけにくいが、『私註』に「物語云」とある箇所から曽て『江註』にあったものだとすると、かなりの量をもつものであり、匡房は二つの類話を持っていたことになる。文時詩にまつわるものと、楽天詩にまつわるものと。内容的にいえば、語彙的意味の訓みかえに関するものと、文法的意味の訓みかえに関するものと――。そして前者を『和漢朗詠集』の注に記し（「江註」）、後者を藤原実兼に語って結局、『江談抄』という形に残したのである。その選択の理由は、辿っても推測に終るほかないが、少くとも匡房は、より説話的な説話を『江談抄』に残した。

Ⅳ　諦視するこころの物語

花山院のこと――今昔物語集より

東国の人、花山院（花山上皇）の御所、東一条院（花山院ともいう）の門前を馬で乗り打ちした。東国の人ゆえ、知る由もなかったのだが、ばらばらと門内から侍所のものが飛び出してきて走り寄り、男を捕えた。馬の口綱をつかみ鐙を押さえ、否応なしに門内へ引きずり込んだ。中門（中門廊の門）のあたりまで、馬に乗せたまま男を、がやがやと引き入れる騒ぎに、聞きつけた花山院が、

「何を騒いでいるのか」

と問わせた。

「御門前を馬で乗り打ちいたしましたもの、馬に乗せたまま引き入れましてございます」

と答えると、院は立腹し、

「わが門前を乗り打ちするとは何事か。そやつ、馬のまま、庭前へ引き立てよ」。

男二人して馬の左右から轡をとり、更に二人がそれぞれ鐙を押さえ、寝殿の南庭にまで馬乗の男を引き連れてきた。

母屋《もや》南面の御簾《みす》のうちから花山院が見ると、年は三十余りの男である。髭《ひげ》は黒々として鬢《びん》の毛筋はみごとに通り、すこし面長《おもなが》で色白く、容姿ひとかどのものである。綾藺笠《あやいがさ》をかぶったままであっ

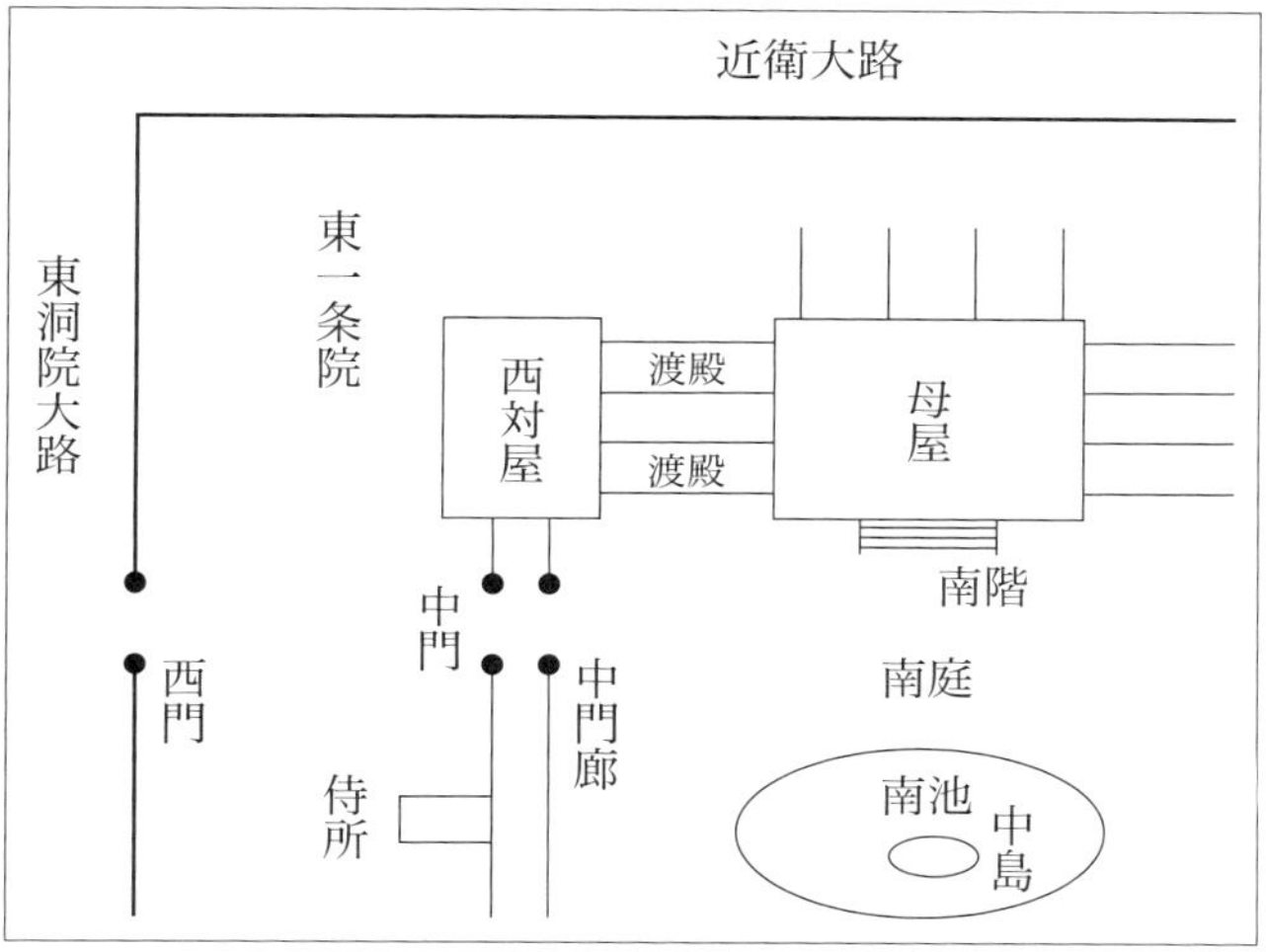

たが、笠の下にのぞきみられる顔付きは見るからにひきしまり、度胸もなかなかのものと思われた。紺《こん》色の水干《すいかん》（狩衣の簡略なもの）に白い帷《かたびら》を身につけ、鹿の夏毛の、白い斑の鮮やかに浮き出た赤味がかりの行縢《むかばき》（騎乗のとき腰につけて袴の前面を雨露から守る）を履いている。打出《うちで》の太刀（反りのある太刀）を帯び、胡簶《やなぐい》には節黒《ふしぐろ》（矢柄の節を黒漆で塗った）の矢を差している。征矢《そや》を四十筋、その上差《うわざし》に雁胯《かりまた》を二筋。胡簶の胴は塗り箙《えびら》らしく黒々と艶だつ。左手《ゆんで》に弽《ゆがけ》（弓射のための革手袋）をつけ、革を所々に巻いた太い弓を握っている。真鹿毛《まかげ》の馬の、額髪を短かく切ったのに乗る、その馬の背丈は五寸《いつき》（四尺五寸）に及ぶ。体躯堅く締まって七、八歳の駿馬《しゅんめ》である。

「大した逸物よ、すばらしい乗馬よ」

と人々は見た。

　左右から口綱をとられ、とられながらも盛んに足を蹴って馬は跳ねあがる。弓は、御門から引き入れた、その際に院の侍がとりあげた。

盛んに跳ねあがる馬を見て花山院は感心し、何度も何度も庭を引き廻させる、小跳りして馬は跳ねた。

「鐙を押さえるものを去らせよ、口綱も放してやれ」

と下知あって皆を去らせると、いよいよ馬は猛りたつ、猛りたつ馬の手綱を引き緩めて男が掻き静めると、馬は大人しくなり、膝を折り曲げるように身を低く振舞う。

「見事に乗ったものよ」

と、返すがえす院は感嘆し、

「弓を持たせよ」

の仰せ。弓をとらせると男は脇に掻き挾み、更に馬を乗り廻してゆく。中門のあたりは黒山の人だかり、賞めたり声援したり、わいわいと大騒ぎであった。

男は暫く南庭を乗り廻した。そしてぴたりと中門に馬を向け、手綱を引き絞って馬を立てた、と見るや、馬は飛ぶように中門を走り抜ける。中門に集っていた人々、急に退《の》くこともかなわず、先を争って或るものは蹴られまいと逃げまどい、或るものは蹴られてぶっ倒れる。その間に男は御門を走り抜け、東洞院《ひがしのとういん》の通りを下手《しもて》へ、飛ぶがごとくに馬を駈けさせて逃げ去った。

「たいした、したたかのものよ」

と口にしたきり、花山院にはとりわけて立腹の様子もなく、それ以上の捜索を進めることもなく終ったのである。

（「今昔物語集」二八・三七）

武者の伊達

東一条院は左京の東洞院大路に西門として正門が開き、ここを入ると中門廊の門（中門）がある。これを潜ると寝殿南庭に出る。中門は中門廊を切り通した門で、屋根はあるが敷居がない。牛車《ぎっしゃ》を引き入れることができるが、車のままで南庭まで通ることのできるのは、特定の人に限られていた。

東人の装いは、例えば藤原諸任《もろとお》を討ちに出た坂東武者平維茂《これもち》のそれ（「今昔」二五・五）や、信濃の湯に現れて観音とまちがわれた騎乗の男のそれ（「今昔」一九・一一）にも似ている。前者に言う――。

……紺《こん》の襖《あお》（武官の服）に欸冬《やまぶき》の衣を着、夏毛の行縢を履き綾藺笠を着て、征萷《そや》三十許《ばかり》、上指の雁胯二並《なみ》指したる胡籙を負ひ、手太き弓の、革所々巻きたるを持ち、打出の太刀を帯き、腹葦毛なる馬の長七寸《ななき》（四尺七寸）許にて打ちはへ長きが、極めたる一物《いちもつ》の進退《しんだい》なる（動作のみごとな）に乗り……

後者には――。

年四十許なる男の鬢黒きが、綾藺笠を着て節黒なる大胡籙を負ひて、革巻きたる弓を持ち、紺の水干を着て夏毛の行縢、白き□を履きて黒造りの太刀を帯き、葦毛の馬に乗りて……

紺は武者、武者だつものの好みの色、綾藺笠――藺草を綾模様に編み出した笠も武者の好み。騎乗にかぶれば、風の煽りにあおられてしなやかにそれを反った。打出の太刀は、まっすぐな古代の打太刀に対して、反《そ》りをみせて造られた平安時代に新作の太刀。やはり武者の好みのものであった。そしてそれらに身を飾ることは、武者の伊達《だて》であった。

武者を好まば小胡籙、狩を好まば綾藺笠……
武者の好むもの　紺よ紅　欵冬　濃き蘇芳　茜　寄生樹《ほや》の摺り……
（「梁塵秘抄」四句神歌）

この話に、『今昔』の話末の批評は次のように言う。

男が馳せ参じて逃げようと思いついた肝っ玉はまことに太いものだったが、逃げて行ってしまったのだから、言うほどでもない嗚呼《おこ》（愚か）のことに終ってしまった

結局は逃げてしまった男のこととして、笑止としているのか、男を逃がしてしまった院の侍所のもののこととして、失態だとしているのか、要領を得ない文章であるが、ともかくどちらにしてもこの批評は、この話を巻二八の嗚呼話のなかに編入した『今昔』編著者の下手な解釈であった。話の本来はそんなところにはなかったであろう。

物恐じせずに見事に馬を御した男の伊達《だて》な武者ぶりと、無礼咎めなど超えて、傑出したものに感じ興じた花山院の、人間的な好奇の物語で、これはあった。

付　或る風景――梁塵秘抄より

君が愛せし綾藺笠
落ちにけり落ちにけり
　賀茂川に　川中に
それを求むと　たづぬとせしほどに
あけにけり明けにけり
　さらさらさやけの秋の夜は

（「梁塵秘抄」四句神歌）

綾藺笠はどこへいったのだろう？

風の煽りにあおらせて、ちらりとのぞく面輪の伊達《だて》が、綾に編まれた藺笠のいのちであった。狩りに出かけなかった或る日暮、男はそれをかぶって女と逢った。風に奪われぬほどの要慎は、いずれ、した。とすれば、挿緒《すげお》が切れたのか。それが誰かに拾われて名にも立ちかねぬことを女はかなしく、あなたのためにこそ、と、小さく呟く。

風にまひたるすげがさの
なにかは路におちざらむ
わが名はいかで惜しむべき
惜しむは君が名のみとよ

『梁塵秘抄』の調を愛した大正の詩人（芥川龍之介）の、これはたくみな今様ぶりである。それにしても、綾藺笠はどこへいってしまったのか？

賀茂川は川原も川洲も一面の薄であった。銀の穂がそろって天を指せば、さらさらの、そのさやぎを人は川音と聞き、そして改めて穂波の音と聞いた。白河法皇を嘆かせぬ日の賀茂の流れ（本書Ⅳ、「雪の幽玄」）は、たとへば薄の底ゆく一筋の、これも静かなる銀であった。としてもかの綾藺笠はどこへいったのか？

風は薄の原なかをわけて吹き、白々と一筋の道が通った。探しあぐねた女が若し、その道のかなた、薄の果をふり仰いだとしたら？　その中空にまさしく見るものは、緒の切れたかの藺笠であったろう。明けてゆく薄の穂波の上に、人はそれを、蓋し有明の月と呼んだであろう。そして私は？
私は一幅の琳派の画でも描いたような気分になる。

銀鍛冶延正——花山院のこと　もうひとつ——今昔物語集より

銀細工の鍛冶師に延正というものがいた。細工のことで花山院の不興を買った。厳しく仕置きせよという法皇の命令で、検非違使庁《けびいしちょう》（京における犯人検挙や風俗取りしまり、のちには訴訟・裁判も行った官、その庁舎）では庁の庭に大きな壺を据え、十一月の寒空のもと、水を張って延正をそのなかに入れた。首まで漬かるように延正は入れられた。

夜の更けるほどに延正はがたがたと震え、大声をあげて叫んだ。

「世間の人よ、決して決して「大汶法皇《だいもん》」——コンコンチキの昏迷（大馬鹿）法皇の傍へなど参入するでないぞ。悲しい目に遭い、ひどい目に遭おうぞ。下衆《げす》は下衆なりでいるのが第一だ。よおく、覚えておけよ、おおい」

御所が近い花山院の耳にそれは聞こえ

「こやつめ、好き放題を申しおったな。へらず口の口達者めが」

そう言うと早速、花山院は延正を召し出した。そして、褒美を与えて解き放った。

「鍛冶のおかげでひどい目に遭い、物言いのおかげでよい目をみた奴」

というのが世間の評判であった。

（「今昔物語集」二八・一三）

プロフェッショナルな誇り

「細工」は「大工」の対義語。仕事、作品にもいい、細工師の意にもなる。

花山院は、延正に対する不興を超えて、延正の物言いを――物言いにある何かを認めたのである。「大汶法皇」という珍しい語は、実際に延正が口にしたのか、『今昔』編著者の意匠に出たのかわからないが、道理に昏い、昏愚にして不明という意味をこの語はもつ。花山院の不興の原因は、具体的に語られていないが推測を巡らすことはできる。恐らく単に、延正の細工が花山院の気に入らなかったという程度の、或いはそのような次元のことでは、なかったのであろう。

花山院には幾つかの興味ある逸話が語り残されている。車宿《くるまやどり》（牛車の車体を納める建物）の床に勾配をつけ、急ぎのとき、戸を開くと勝手に車が滑り出る工夫をし、疾走する車の、車輪の描法を意匠したという（大鏡）。この人自身「風流の細工」であった。斬新なデザイン感覚の持主であり、表現者であった。皇子清仁の病に、平癒を祈らせて布施とした硯箱の、その金蒔絵の美しさは、金細工師に作らせたものだったにしても、花山院の手によるデザインであったらしく、藤原道長が競《くらべ》馬《うま》に招待したときの花山院の装束、牛車《ぎっしゃ》から沓《くつ》に至るまでの意匠の見事さも同様であった。邸の築地に撫子の種を播かせ、唐錦を引き掛けたような花頃を咲き出させ、桜の木をわざと中門の外に植えさせ、屋根越しの梢の花の美しさを演出した――。

そのような花山院であれば、内裏の作物所《つくもどころ》に所属する銀鍛冶延正たちとも直接の場の交渉をもっていたであろう。延正が法皇御所に出入りしていたことは、水壺のなかの彼の科白からも明かであるが、或いは法皇も作物所へ赴くことがあったであろう。

延正への法皇の不興は、延正の細工が気に入らなかったという以上の、或いは細工の方法なり鑑賞批評なりについての専門的ともいえる対立に基づくものであったかも知れぬ。深い交渉のなかでそのような次元が展かれていたのかも知れぬ。強く言えば、延正の方法論や美学が法皇のそれと異っていたということかも知れない。

更に、延正の方法論的な、美学的な主張は、プロフェッショナルのそれとして、法皇のディレッタンティズムに向けられていた──ディレッタントとして法皇を疎外していた、と、法皇には感じられたのかも知れぬ。「下衆は下衆なりでいるのが第一」という延正の言葉には、裏返せば、法皇は法皇としているに限る──つまり、法皇さまともあろうお方が、しかし法皇さまに過ぎぬ以上、細工の世界に埒を越えた口出しなど御無用という含意が、この折檻のさなかにも表現されていた。とすればそれは、法皇の不興を、感情として逆撫でしていたかも知れぬ。

しかし花山院は、自分の方法論や美学に自負をもつが故に、自分とは異なる延正のそれに、それとしての妥当を認めてもいたであろう。そういう花山院であれば、延正の自負は、院の自負に照し反されて、法皇を感じさせたであろう。延正の物言いが法皇をはばからぬことを許す、そういう形で法皇はそれを表現したのであろう。

行動の不羈《ふき》はしばしば狂気と呼ばれてしまう。豊かで自由な内面の非日常が、拘束多い外面の日常と激しい摩擦を起こし、なお内面がその自由を主張すれば、その内面はしばしば不羈へ溢れ出る。

花山院の狂気はその父冷泉院の狂気より手の打ちようがない、などと大笑いしているもののその非日常は、比較すればよほど貧弱で色褪せたものだったであろう。

誰れかの表現性を揺するものも、その人の内面の豊かで自由な非日常であろう。

雪の幽玄――古事談より

　白河法皇のとき、既に老衰の齢にあった後藤内則明《ごとうないのりあき》が召し出されて、合戦の物語をするように命じられた。則明の語りはこんなふうに始った。

「今は亡き正嫡《せいちゃく》の君、義家朝臣、鎮守府を出立したまい、秋田城に到着なされた、折しも、薄雪降り来て軍のつわものたち……」

ここまで語り来たとき、法皇は則明をとめた。

「今はそこまでにいたすがよい。ことのありさま、まことに幽玄の極み。自余のことは、そちの申すその一言で既に十分であろう」

　そして、衣一袖則明に賜った、という。


（「古事談」四・二〇）

一　七騎

　後藤内則明は藤原利仁《としひと》（鎮守府将軍・武蔵守、従四位下。芥川龍之介「芋粥」で、主人公の五位を越前国まで連れて行った武人――原拠「今昔物語集」）の末裔、源頼義（義家の父）の郎従。内舎人《うどねり》であったことにより後藤内と称ばれる（後は、父が備後守だったこと依るか）。『尊卑分脈』に「猛将」とある。

前九年の役の黄海《きのみ》の戦で有名である。即ち、天喜五（一〇五七）年十一月、黄海（現、岩手県東磐井郡藤沢）で安倍貞任四万の軍と戦った頼義一万八千の軍は、激しい風雪と泥濘の悪路、兵糧不足と地理不案内の上、寡兵のために大敗する。七十歳に近い頼義の周辺に残るのは子の義家と郎従の計六騎、頼義の乗馬は流れ矢に斃れ、藤原景通の見つけてきた替りの馬に救われ、義家の乗馬も死んだが、則明が奪った敵の馬によって辛うじて遁れた。敗戦のなかながら十九歳の義家の弓術は見事であったという（『陸奥話記』）。このときの主従七人を「七騎」「七騎武者」という。則明は、右に記したように、七騎の一人であった。このとき死んだ大葦毛の愛馬を頼義が後々まで哀惜したことは、『中外抄』『古事談』にみえる。

――少し注記すれば『話記』には、義家と郎従藤原景通・大宅光任《おおやのみつとお》・清原貞広・藤原範季《のりすえ》・藤原則明の名を挙げる。それで、頼義を加えた主従七人を「七騎」と数えておいた。ただし『分脈』には他に、秀郷末裔の首藤《すどう》助道に、七騎の内の一人だという注が付いており、これに従えば、頼義に従う義家と郎従に「七騎」が数えられることになる。

則明の名は以後『話記』に見られないが、この「猛将」は衣川・厨川の戦にも参加したのであろう。頼義の郎従であった則明にとって義家は「正嫡の君」であり、黄海の戦でその急を救った彼は、義家の武勇を法皇の前で語るにふさわしい。すでに義家は嘉承元（一一〇六）年七月、六十八歳で死んでいる。晩年は不幸であった。白河は応徳三（一〇八六）年十一月に上皇になり、嘉保三（一〇九六）年八月法皇。則明の年齢はわからないが、「老衰」という。黄海の戦のころ三十歳台だったとしても、義家の死のときは八十歳台であった。

二　則明の軍語り

この説話を『古事談』のままに辿れば、軍語《いくさ》りを聞くために則明を召し出し、語り始めるとすぐに白河は中止させたということになる。しかし、そのようなことはあり得ない。恐らくこの話に出典があって（未詳ながら――）、それを『古事談』が採録した、そのやり方の問題なのであろう。召し出された則明は喜んで、亡き義家の武勇を語り、楽しんで白河はそれを聞いたであろう。そして恐らく則明は法皇御所に滞在、或いは出入りすることになり、わが得意のままに軍語りを繰返したであろう。語りを聞いたのも、聞くことの通常として法皇ひとりではあるまい。近侍の殿《てん》上人《じょうびと》たちが、法皇とのくつろぎの折に、或いは政務の暇に度重る則明の推参を受けたであろう。推参は遊女《あそび》のならいというが、推参の則明の行為は殿上人たちに、またか、の思いをいずれ抱かせたであろう。としてもその語りを殿上人たちが拒むことはできない。法皇が則明を召したのだから。

義家の後三年の役は私闘と判断され、陸奥守解任のあと任官はなく、役から十一年経った承徳二（一〇九八）年十月になって正四位下に叙せられ、院の昇殿も叶ったが、弟義綱（次郎）との対立は以前から続き、康和三（一一〇一）年七月には嫡子義親《よしちか》が西国で濫行、太宰府の命に背き召還の官使を殺害、四年十二月には出雲の目代《もくだい》を殺害して、義家に追討の宣旨が下された。さらに嘉承元（一一〇六）年六月には、弟義光（三郎）と義国（義家三子）の所謂常陸合戦が起ってその責任も義家にかかったが、七月には義家が死ぬ。そのあと、二年十二月には因幡守平正盛の追討によって義親は討たれ、義家の後は四男義忠が継いで、義親の子為義が養子となったが、天仁二(一一〇九)年二月、義忠は暗殺され、その下手人の嫌疑のもとに義綱とその一族が滅亡することになる。為義が源氏の棟梁になるがまだ十四歳であった。義家の死から三年ほどのうちに源氏の凋落は決定的となった。

源氏の内訌や凋落を、義家の、つまり源氏の武力を削減しようとする院庁《いんのちょう》の策謀と考える説もある、そうだとしても、ほとんど常に法皇の側にいて武力で守ってきた義家へ(一時、義綱が代ったかに見える時があるが)、時を経るほどに、法皇のなつかしみも大きくなったであろう。世間も、義家の武威を回想することにおいて源氏の栄光をなつかしむことが、増していったらしい。則明が召されたのは義家没後いつごろであろうか、ともかく、栄光のなかの義家の話を聞こうという気になっていたからこそ、法皇は則明を召したのである。そうであれば殿上人たちは、またかと思っても則明の語りを拒むことはできない。そういう殿上人たちの空気を察して、法皇が則明の語りをとどめた。それがこの説話であった。やれやれという殿上人たちの表情に、これでよいであろうと、法皇は微笑を返したかも知れない。いささかの苦笑を混じえてなりとも。「微苦笑」は久米正雄の造語である。

三　心にかなわぬ山法師

『平家物語』一に次のような一節がある。

「賀茂河の水、双六の賽、山法師、これぞわが心にかなはぬもの」と、白河院も仰せなりける

天下の三不如意《ふにょい》などといい、この三つ以外、意のままにならぬものとてないという、白河院の専制

君主性をよくあらわす話と解釈されている一節である。しかし河内《こうち》祥輔氏によるとこの解釈は、『大日本史』が語序を変え、強調的な語を用い、限定的な語を加えて、

天下に意の如くならざるは、ただ、鴨河の水、双陸《すごろく》の賽、山法師のみ

と言い換えた、その解釈に沿っただけのもので、『平家物語』に本来の表現の意味とは異っている、ということになる。

山法師とは比叡山延暦寺の大衆、所謂僧兵であるが、その武力を心に叶わぬものと言っているのではない。その武力などは白河所有の武力、即ち源氏の武力、つまりは義家のそれに比すれば何ほどのものでもなかった。ここにいうのは、彼らが嗷訴《ごうそ》に山王《さんのう》権現の神輿をかつぎ出す、その神威に対する憚りなのである。逆うことは仏罰を覚悟することだった。

『平家物語』の文脈から河内氏は一つの場面を描き出す。場所は院の御所。白河の前に公卿たちが居並び、山門嗷訴について対策が論議されている。神輿を持ちこまれてはどうしようもない。山門の要求をのむしかないとの結論に至る。公卿たちは疲労と無力感に、表情暗く渋く、沈みこんでいる。そのとき白河のこの科白が、ためいき混じりに、しかし意外に明るい調子で聞えてきた。京の町を何度も洪水に沈めた賀茂川、当時の治水能力を越えた自然の災害と、小さな遊びにすぎぬ双六の賽の目、という、大きな落差のあるとりあわせ。そこへ当面の山法師を入れてやる意外性の配合。そして双六は白河院の大好きな遊びであった。双六の賽からころがって、思わず公卿たちのうちに笑い声が起り、その緊張が解け、沈鬱の気分から脱け出す。これは白河院の気配りであったと、河内氏は言う。専制的といわれてきた白河院にはこのような面があった、と。

白河院の軽妙な科白が公卿たちの沈鬱を払ったように、公卿たちの倦厭の気分を回避させたのが、則明の語りへの法皇の口出しであった。

そして他方、そうすることによって則明を傷つけないようにした心遣いもまた、あった。則明の語りが「薄雪降りきて軍のつわものたち」という語句に至ったとき、即ちそこに「幽玄」という評価を与えることによって語りをとどめた、そのことである。雪の幽玄ということに則明の語りの、思い育てる要点のあることを法皇は知っていて、その要点を押さえてみせたのである。知っていたのは、それまで既に何度か則明の語りを聞き、そして興味を持って聞いていたからである。語りをとどめられた則明は、しかし、満足であったであろう。藤原定家という人は、人が彼の歌を賞めても、自分で良い歌としているものでなければ喜ばなかったという（「後鳥羽院御口伝」）。則明は、自らが語りにおいて中心と思うところを、法皇からそれと指摘されたのである。加えて「御衣」が与えられた。一席の軍語りを語り終えたに等しく、それは則明の肩にかけて与えられたであろう。まさに「かづけもの」であった。

　　否といへど強《し》ふる志斐のが強ひ語り
　　　このごろ聞かず　われ恋ひにけり

折あればまた、法皇は則明を呼び出して、その軍語りを聞いたであろう。

不羈《ふき》の帝王の人間性は、既に一つの説話、或いは物語であった（本書Ⅳ、「花山院のこと」「銀鍛冶延正」）。

白河院の笑いをもう一つ、河内氏は描いている――いや語り出している（先述の笑いとは少し性質が異るが)。

白河が「文王」を自称し自讃する話が『古事談』一・九九にある。文王は古代中国の周を創建した、伝説的な聖君主。帝王の資格としての文治が言われる。

或るとき白河院が言う。「わたしは文王だ。ただし、学問に精通しているから文王だというのではない。わたしは大江匡房を重用《ちようよう》している、その文道を尊敬し、そのことを以て重用する、が故に、私は文王なのだ」と。

『古事談』の述べるのは淡々と——或いはそっけなくこれが全体なのであるが、河内氏は、白河院の話の聞手に他ならぬ匡房を想定し、真面目な学者大江匡房をからかってみせた話だと、その場面を考える。

「私は文王だ」と院が言うのを聞いて、学者匡房はギョッとする。白河院が文王でなどあろうはずはない。何を思い上ったことをこのお方は……。

そのわけは……と、続きを聞いて、匡房は照れ臭く、うれしくないはずはなく、不器用な笑をこぼす。

白河院も満足の笑みを洩らす。うまくいった。もともと匡房を買っているが故の悪戯であった。買っていなかったらひどい皮肉になるが。『古事談』には、源雅兼《まさかね》、藤原通俊《みちとし》、そして大江匡房を、白河が、近古の名臣とする話がある(一・八〇)。

河内氏によるこの場面想定を、わたしは秀抜のものと思っている。淡々とした『古事談』の話を、河内氏の解釈は、ここに説話化を果したとも言えるであろう。説話化することもまた、説話を読むことである。

四　衣川の雪

後藤内則明は衣川《ころもがわ》の戦を語ろうとしていた。

その語りのなかで、義家（総大将は頼義であったが、語りの焦点は義家にあった）の軍が、鎮守府を出て秋田城に至ったと述べているのは、おかしい。

鎮守府は胆沢《いさわ》城に置かれていた軍事政庁であり、胆沢城は、現、岩手県水沢市に築かれた鎮城である。天喜元（一〇五三）年、頼義が鎮守府将軍に任ぜられたときはここに入っている。しかし、衣川・厨川《くりやがわ》の戦に至る軍事行動は、康平五（一〇六二）年七月、陸奥国府の多賀城（現、多賀城市市川・浮島のあたり）から発している。

一方、秋田城は、雄物川河口、現、秋田市寺田に築かれた鎮城で、出羽国司の介《すけ》（次官）がここを守り、秋田城介《じょうのすけ》、略して城介と呼ばれていた。出羽の国司であるとともに彼は、陸奥の鎮守府との強い連繋のもとに、軍事政庁を形成していた。しかしこの戦のとき、雄物川口の秋田城へ頼義の軍がゆく必要などなく、出羽国での軍事行動は何もなかった。

黄海の戦のあと多賀城に拠っていた頼義からは、出羽北部の豪族清原氏に対して、都の贈物を再三送って誘いをかけていたが、遂に清原はその誘いに応じた。出羽国とのかかわりはこれが唯一であろう。清原武則《たけのり》の軍は、鬼切部（鬼首《おにこうべ》——鳴子の北方）からであろう陸奥に入り、八月九日、営岡《たむろのおか》（栗原町あたり）で頼義の軍と合流している。

胆沢城と秋田城に関するこの誤りはしかし、老衰の則明の記憶違いとか虚妄とかではなく、則明が語ったと、『古事談』の、或いはむしろその出典の、極めて安易に、二つの代表的でそして繋連の深い軍事政庁を並べあげた、概念的な語りの、その誤りであろう。

十七日、営岡を出発した頼義軍は、安倍宗任《うねとお》とその叔父良昭《りょうしょう》の拠る小松柵《こまつのさく》（現、一関市）を苦戦の末に落すが、雨は長雨となり、兵糧不足で飢餓に苦しむ。宗任の指示のままに頼義の輜重線を侵して略奪に働く民衆を頼義軍は追い、田園地帯にまで出向いて兵糧のための稲を刈り、それらに兵力が割かれ、営中寡兵になったのを察した貞任の軍が、九月五日、攻撃をかける。武則の積極策によって激戦六時間の末、やっと貞任軍を破り、敗走する貞任軍を追い、六日、貞任の逃げ込んだ衣川柵を攻める。

衣川柵は北上川本流と衣川の分流するあたり（中尊寺の北方）にあった。路は狭くて険しく、貞任軍は木を切って蹊を塞ぎ、岸を崩して路を断った。秋霖晴れ間なく降るなか、河水は溢れて洪水の状態であった。

二時頃に始った戦は八時に及び、武則は一人の郎従に、宗任腹心の藤原業近《なりちか》の柵に侵入させて火を放たせ、その混乱のなかに貞任たちは柵を捨て、柵は頼義軍の手に落ちた。

衣川柵のこの合戦について『陸奥話記』に、雪の叙述はない。長雨のなかの暗い戦であった。九月六日（太陽暦十月十七日）の東北地方にあって、その雨が一時、仮に雪に変ることがあっても、則明が語るような、その薄雪のなかを進軍してゆく、明るい景色はなかったであろう。

則明はいわば、一幅の絵を語っている。

『古事談』に描かれているその日は法皇に阻まれたが、既に何度か語っているそれは、法皇が「幽玄」の語で呼んだほどのみやびを、雪のなかに構成するものであった。

則明にとって、曽て乱戦のなかでその急を救い、曽て激戦のなかでその勇姿を見た、今は亡き「正嫡の君」の、戦の日々の栄光に捧げる、それは、絵であった。

そして法皇にとっては、その武威をもってほとんど常に自分の側にあった武将の、曽ての栄光をなつかしみ、その武力を殺《そ》ごうとしたことがあったとしても、それならそれで今は、不幸のなかで死んだ武将に与える鎮魂の思いが、「幽玄」の語であったのかも知れない。

東北の地で体験した秋霖のなかの悪戦苦闘を、空間と時間を隔てた都で回想すれば、苦しみは消え、結局は勝利であったことの栄光だけが輝く、その輝きへ、暗い秋霖は明るい薄雪へと応じる。前九年の役から、法皇御所で則明がその戦役を語ったころまで、恐らくふたむかしという時間が流れていた。都の空に流れていた。


『十訓抄』六・一七は、『陸奥話記』を略述したあと、そのまま『古事談』を写すだけだが、『古今著聞集』九・武勇第十二には、則明の語ったほどのことは文章として完結している。

鎮守府をたちて秋田の城にうつりけるに、雪はだれにふりて、軍のおのこ共の鎧みな白妙に成にけり

語り手としての則明はもう登場しない。

幽玄の雪の絵巻は更にそれらしく整ってゆく。『延慶本平家物語』二・中には、

雪ハ深クフリ敷、道スガラカツフルママノ空ナレバ、射向ノ袖、矢並ツクロフ小手（＝籠手）ノ上マデモ、皆白妙ニ見エワタル

そして、貞任の軍に対峙する大将軍頼義の本営も描かれる。

白符（＝白斑）ノ鷹ヲ手ニ居ヘタレバ、飛羽、風ニ吹ムスバル、雪、都ニテ見ナレシ花ノ宴ノ舞人、清涼殿ノ青海波《せいがいは》ノ袂ニモ不劣《おとらず》トコソミエラレケレ

これはもはや、都の風雅から見た東北の地の戦であった。

頼義は手に白斑の鷹を据えている。鷹を据えるのは、日本では左手が通常であった。そして、その手に鷹を据え、或いは鷹を据えたものを身の近くに侍らせることは堂々たる大将軍の陣営の、或いは将軍その人の威容・品格の象徴であった。

郎従が受けた恥辱を雪《すす》ぐために、義家が源国房（頼光の子、美濃守。その子頼国は美濃源氏の祖となる）へ不意を襲ったことがある（「古事談」）。寝こみを襲われた国房は、紅《くれない》の宿衣《しゅくえ》のまま、ざんばら髪の露頂で裏の山へ遁れた。宿衣は夜着。就寝のとき小袖の上に覆う。紅は女性のもので、女と同衾していたのか、派手好みなのか。寝るときも烏帽子をつけるのが常態だったから、露頂で逃げるのは恥辱であったし、ざんばら髪はまさしく落人の姿であった。にもかかわらず国房は愛馬にまたがり、鷹を手に据えていた。馬を大切にすることは武人の嗜であり、鷹を手にしていたのは武将の覚悟であった。

源斉頼《なりより》という人がいた。満仲の弟満政の孫に当る。鷹飼——鷹の名手であった。狂言『せいらい』はこの人の名の音読である。

黄海の戦に敗れた頼義は、要請した兵士も兵糧もとどかぬまま、出羽国に救援を求めたが、国守

源兼長は拒否し、国守は源斉頼に替えられた。しかし斉頼も頼義に協力的でなく、この戦役の末期に、出羽国へ遁れた宗任・良昭を擒えて頼義の許にさし出した、その程度のかかわりしかもたなかった人であるが、これらよりも先、頼義が鎮守府将軍に任ぜられたとき（天喜元年）、『尊卑分脈』の注記によると、鷹飼として頼義の幕営にいたとされている。所見は現在『分脈』注記にしかないけれど、曽て、鷹を手に据えて将軍頼義の脇に斉頼が控えているような語りが、あったのかも知れない。鷹は将の象徴であった。

軍勢の鎧は雪に真白となり、鷹を据えての軍容も整えば、軍絵巻の大尾は義家と貞任の歌問答となる（著聞集、延慶本平家）。馬で遁れようとする貞任を呼びとめて義家、

衣のたてはほころびにけり

轡をひかえ錣をふりむけて貞任が答える。

年を経し糸の乱れのくるしさに

「衣のたて」には、衣川の館と衣の緯《たて》いとが掛けられている。
実際は乱戦であった。放たれた火に惑わされ、貞任は衣川の柵を捨て、遁れ出たあとに頼義軍は入った。頼義や義家は遠目にすら貞任の姿を見なかったのではないか。夜でもある。

歌問答のあと、一たびは番えた矢をはずし、物語のなかの義家は貞任の命を、ひとまず許して遁れさせた。――たちまち廻《めぐ》り小栗栖《おぐるす》の、土に哀れを残すとは、知らず知られぬ敵味方、にらみ別る二人《ににん》の勇者。尼ヶ崎の段（絵本太功記）の大詰でも見ている気分になる。

そしてこのような軍物語の成長は、戦の当事者則明の、わたしこそその軍事にあったのだという語りに、既にその出発がもたれていたのである。これより後、多く登場する軍語りの、もっとも初期に属するそれであった。

鬼界ヶ島で死んだ俊寛の無念と望郷を、従者有王が語って歩いた。

高館の戦に間にあわず、杳として行方の知れなかった常陸坊《ひたちぼう》海尊が、驚くほどの長命のなかで、義経やその一統の最期を語った。

曽我十郎・五郎の哀れと本懐と、その成就と死を、腹心であった鬼王・道《どう》(団)三郎《さぶろう》の兄弟従者や愛人虎御前が語って廻国した。

俊寛を、義経を、曽我を語るものたちが、語ることの芸のなかで、自分こそは、と、そのように自称した(柳田国男)。有王であり、海尊であり、鬼王や道三郎であり、大磯の虎であるという一人称形式が、語る内容の真実を、聞くものに保証しようというのであった。それは、説話というものがしばしば、その話の内容の立会人を作り出して話のなかに登場させることと、別ではない。傷ついた天狗の湯治に、たまたま寺の湯屋で出逢ったという北山の木伐り男(本書I、「海を渡って来た天狗」)。

頼義・義家の軍事に現実に従った後藤内則明と、有王だ海尊だ虎だと自称する語り手たちと。両者はいわば対極している。が故にこそ、語りに関して両者は同一の構造をなしていると言ってよい。見てきたような嘘は講釈師に任せておき、見てきたと言う嘘は、育てば既に一つの文芸であった。

押量除目——今昔物語集より

桓武天皇第五皇子のその孫に、豊前大君《とよさきのおおきみ》という人がいた。位は四位、官は刑部卿、大和守などを歴任した。

この人、世相をよく知り、気立てはまっすぐ、政道の善し悪しを正しく判断し、除目《じもく》のある折など、国司に欠員のある国々について、選任の順を待つ人々を国の等級に押し宛て、「誰それはこれこれの国に任ぜられるであろう、誰それは希望の理由を並べて申請しても、まずは無理であろう」などと言い定めた。

人々はそれを聞き、叶った人は除目の後朝《あくるあした》、大君の許に赴いて大君を讃えた。およそこの人の押《おし》量《はかり》除目（予想除目）に外れることはなかったので、「この方の予想はたいしたものだ」と称讃したのである。

除目の前日、大君の許に人々は参集した。首尾を尋ねる人に、予想のままに大君は答えた。「選任されるだろう」と言われた人は、手を摺り合わせて大喜びであった。

「やはりたいしたお方だ」

と、ほくほくして帰って行った。

「任官されないだろう」と告げられた人は腹を立てた。

「何をたわけた寝言を言うことやら。この老いぼれ大君めが。道祖神でも祀って気が狂ったにちがいないわ」

と、ぷりぷりして帰って行った。

こうなるだろうと予想した人事が成らず、別の人に選任がまわってしまったようなときは、

「朝廷のなされ方が悪いのだ」

と、大君は朝廷を批判した。

こういう次第だから天皇も、側近に言いつけたそうだ。

「今度の除目について豊前大君はどう言っているか、こっそり窺ってくるがよい」

と。

（「今昔物語集」三一・二五）


この話は『宇治拾遺物語』一〇・七にもあり、両書は共通の典拠をもつものと考えられる。

『三代実録』貞観七（八六五）年二月二日に豊前王の卒伝があるが（これが典拠ではない）、これによると王は、舎人《とねり》親王の後裔、四世王栄井王（従四位上、木工頭《もくのかみ》）の、その子。舎人の父は天武天皇だから、天武と桓武の杜撰なとりちがえであろうか。それは、両書に共通の典拠になるものの錯誤であった。備中・三河・安芸・伊予・大和の守を歴任し、京官としては大蔵少輔、左京権大夫・民部大輔であった。最晩年に従四位上に至っている。刑部卿にはなっていない。公卿にも至っていない。

一　世の作法を知る――見者

説話の豊前王は世相をよく知る人であった。『今昔』原文に「世の中の事を吉く知り」という。これに相等する意味を標題では「世の中の作法を知る」と表現している。「作法」としての世の中とは、世の個々の現象ではなく、その奥にあって現象的には見えぬ、習慣的に現実を構成している仕組みといったものであろう。このやや特異な語は『今昔』にもう一箇所みられる。

――比叡山に玄常という僧がいた。法花経四要品――方便・安楽・寿量・普門の四品を常に読誦してやまず、常人のような衣を着ず、紙衣《かみこ》と木の皮を衣とし、河の流れを渡るのに衣を褰げず、雨の降る日も笠を着ず、履物をはかず、持戒・持斎きびしく、帯を解いてくつろぐこともせず、貴賤を以て人を差別せず、鳥獣を避けず、その座臥を世人は狂気かと思うほどだった。比叡山を出て播磨の雪彦山に移ってからはひたすら籠居し、一夏に栗百個、一冬に柚百個の食で過ごした。この人、「人の心の内を知」って誤ることなく、「世の作法を見て吉凶を相」し、当らぬということはなかった(一三・二七)。

人が狂気かと疑うような、常人と異る日常のなかに沈潜し、玄常は一人の〈見者〉であった。この特異な日常への沈潜が彼を見者たらしめたかのようである。あたかもそのように見者であった、と、豊前王も定位してよいであろうか。世の作法を透徹した目で見、政道の是非を的確な心で判断した、というこの人を。

『今昔』に語られているより以上のことを、語るべきこととして説話の上の豊前王に、私は想定したくなる。彼が見者であり、この話が見者説話であることのために。たとえば――。

玄常は播磨に籠居した、そのように説話の豊前王もその邸から出ぬ人であった、であろうと。人々が彼の邸に押しかけてその除目予想を聞いたのである。

玄常は寡黙であった。籠居する玄常に他人に語る言葉はなく、自分に語る沈黙の言語だけがあった。あたかもそのように説話の豊前王は寡言であった、であろう、と。除目予想の言葉は必要な最小限に語られたであろう、と。確信あることがらの表現に余計な言葉は不必要であり、権威をもって人を説得したのは寡黙な言葉であったはずだから。

彼の予想が朝廷の決定から外れてしまったときの、豊前王の批判（非難）、

「此は公の悪しく成されたるぞ」となむ大君、世を謗り申しける

これは『今昔』の誤りでなければならない。

『宇治拾遺』には言う。

「悪しくなされたり」となむ、世にはそしりける

つまり、朝廷の方が間違いだと世人が批判したのである。『今昔』『宇治拾遺』に共通の原典に近いのは、恐らく『宇治拾遺』であった。豊前王はそのときむしろ、黙って微笑でもしていたのである。

その方が話はおもしろく、豊前王はいよいよ見者らしくなる。

豊前王の予想を世人は評価した、だから朝廷もその予想が気になってしかたがなかった。故に、

側近に豊前王の予想除目を捜らせたのである。彼我一致すれば朝廷にとって一安堵であった。ときに公の除目に、豊前王の予想は参考にされたのかも知れない。

「押量《おしはかり》除目」とは、単に除目の予想ではない。予想とはいえ一つの、公のそれに匹敵する権威ある除目であった、そういう表現である。世人にとっては、そして引いては公にとっても。

二　現実日常の豊前王

『文徳実録』卒伝にみえる現実の豊前王は、先に記したように天武天皇から五世王に当る。王を称することはできても、このころ、諸王には数えられず（一世王の親王、皇孫、皇曽孫、皇玄孫、つまり二世王（孫王）から四世王までが諸王）、皇親の範囲外だから、待遇は皇親ほど厚くなかった。二十九歳のとき、公式令の規定通り従五位下に叙せられた（初叙位か）。その後三十年ほど五位のままで、従四位上に叙せられたのは死の前年、六十歳のときだった。近い死が予測されての叙位だったのかも知れない。

若いころその才学は世に彰れ、学に渉ることを自ら称していたが、何故か助教で大学寮教官を離れ、式部官僚に転じている。この人を評して右大臣藤原良相《よしみ》は言う。資格経歴の停滞は永く、とりたてた政道上の業績はなかった、と。

しかし、その日常は特徴的であった。いつも侍従局《じじゆうきよく》に入り浸り、人物評を楽しみ談笑に日を送った。侍従局（侍従所。侍従たちの詰所）は内裏の南、中務省内北西部にあった。侍従は当時、従五位下相等官、少納言三名を含む八名が定員、しかし次侍従《じじじゅう》を入れると百名に及んだ。侍従局では講書も行われ、聴講のものも出入りしたし、公卿以下の宴飲も屢々行われた。人の出入りの多い場所であった。現実の豊前王は人中で多弁を楽しむ人だった。

その性格態度は「簡傲《かんごう》」（傲岸不遜）、その言語は「夸浪《ころう》」（大言壮語）、とすれば侍従局での彼の人物評もかなり辛辣なものだったかも知れぬ。「物に接する道、人の避く所為《た》り」という、即ち、良俗社会の秩序に対して、反秩序の言語を好んでする人で、豊前王はあったのか。意志的にそれを演出すれば、偽悪《ぎあく》・露悪《ろあく》の装いを伴うことも多かったであろう。それが逆に傲岸不遜、大言壮語と、聞く人に印象づけたのかも知れない。

しかし、侍従局での聞手たちは豊前王の言葉を楽しんだであろう。談笑に日を送るというほどに、その言動は明るかったから。そして、楽しみのなかで豊前王の言葉を聞手は肯んじたであろう。良俗秩序に対する反措定《はんそてい》というものは屢々、そのこと自体においておもしろがられ支持されるものだから。というのは、自分自身は反秩序の立場などにかかわりのない聞手は、だから無責任に、おもしろがって賛同することもできた、そして都合が悪くなれば——無責任ですまされなくなればいつでも逃げ出すことができた。反秩序の言語に対する談笑の聞手など、その程度の、そういうものであったから。

とはいえ、装いは偽悪の反秩序の言語であっても、そのなかに一筋の、正当な批判精神の流れていることを、どこかに了解しなければ、その言葉をおもしろがることも肯んじることも、そもそも始らなかったであろう。態度はでかく、口は悪いけれど、言うことは仲々筋が通っている、と思うからこそ、その言語を人々は聞いたのである。豊前王と一緒の談笑のなかで。

当時、時服《じふく》（皇親・官人に支給される服料）の規定が浮動的であった、それについて豊前王は上疏《じようそ》したが、その合理主義は、彼の没後、貞観十二年の制度決定に影響を与え、更にそれは、のちの『延喜式』（正親司）に定着するに至っている。そういう人でもあった。

三　世外の狂

比叡山の僧、玄常の日常は世人のそれと全く異っていた。衣を着ず、衣を褰げず、笠を着ず、履物をはかず、帯を解かず、否定形で言い表わされるほかない、世人と反対のありさまは、しかし、意志的な反通常の行為ではなく、非通常の状態であり、それが玄常の在ることについての自然であった。世人が玄常の日常を狂気かと疑ったのは、玄常の日常が自分たちの常識的な日常の埒外《らちがい》にあったという、それだけのことに依るのである。

現実の豊前王の反秩序の言語は、まさしく批判の意志的な行為であった。意志的な言語行為がその身を秩序の、つまりは世の、その外に置いたのである。

籠居して寡黙な僧と人中で多弁な王孫官人と、現象上似たところはない。しかし一つの共通性があった。右に述べたように、世の一般の外に二人が居たことである。一人はパッシヴに、その存在自体が既に世の外にあった。一人はアクティブに、その行為（言語行為）がその身を世の外に置かせたのである。一方は静かに、一方は賑かに。

現実の豊前王と説話の彼の間に大きな異りがあるように見えるが、それはそこに、前者から後者へ説話化というものが属しているのである。現実の豊前王が好んだ人物評というもの――人物評価は、除目詮衡という舞台にあって、もう一つ上の意味へ展開する。

除目に準備される筥文《はこぶみ》（必要書類が硯筥・文書筥に入れられたことから言う）の、闕官帳（内外諸司や諸国の官人の欠員状況を記した文書）・労帳（官人の勤務年数や出仕日数を記した公文）などに並ぶ申文《もうしぶみ》は、任官を待つ本人によって記された希望やその理由よりなる自己推薦で（文章家に依頼することもあったが。豊前王が、希望や理由を並べて申請しても云々と言っていたのは、この申文のこと）、除目の陣座《じんのざ》に集る大臣以下の公卿による、任官希望者の人物評価は、これに基づいて可能になる。権門による候補の推挙にも人物評価は属している。そして、陣座の大臣公卿による、人物評価を含んだ除目の決定に、説話の豊前王のそれは、いわば競うことになるのである。

舞台となっているのは外官《げかん》除目（縣召《あがためし》）で、正月初旬（のち、二、三月にかけての広がりをもつようになる）、三夜に亘って行われた地方官の選任であった。任官を待つものは勿論、家族・縁者・家《け》人《にん》、そして関係する周辺まで広く、命や名誉や家運や、さまざまなものを賭けての、新しい春に最大の関心事であった。だからこそそれが舞台となって、豊前王の説話化が成立したのである。説話化の結果、談笑好きで口の悪い現実の豊前王は、見者の相貌をもって成長した。玄常に似た外貌をさえもって「世の作法」を知る人となったのである。彼は邸に籠った、ということは自分の内に籠ったということである。自分の内とは、自分の外である世間の、その外――つまり唯一窮極の外に他ならない。

『今昔』は豊前王の除目予想を、一つの異能《いのう》というべき能力として採り上げているようである。この話の次（二六話）に、打臥巫《うしふしのみこ》と呼ばれる賀茂社の巫女《かんなぎ》（摂社片岡の御子神を祀る巫女と私は考える）の話が配列されている。打ち臥す（俯せに伏す）ポーズで託宣を述べ、その述べることは過現未に亘って外れることがなかったという。『宇治拾遺』では、人の心の好奇の動きを察し、死んだ人の辛い思いを察した、右大臣藤原実資《さねすけ》の蔵人頭《くろうどのとう》であったころの話を、次話に置く。実資の場合、それに伴う適切な処置が、話の中心になるのだが。

四　道祖神を祀る

任官は成るまいと告げられた男は豊前王を悪しざまに罵った。「道祖神でも祀って気が狂ったのだろう」と。

道祖神は塞《さえ》の神、道の神、境の神、岐《くなど》の神、さまざまの名で呼ばれ、境の地に祀られて疫神や外来の霊の侵入を防ぐ神である（本書Ⅱ、「不浄読経の話」）。塞《さえ》の神であることによって性の神でもあり、遊女《あそび》や傀儡女《くぐつめ》が男の愛を祈る神であった（「梁塵秘抄」）。百神（百大夫《ひやくだゆう》）とも呼ばれた。傀儡女は、水辺宿駅の遊女に対して、内陸宿駅のそれ、広義にはともに遊女と言ってよい。その斎《いつ》く神を、男の傀儡子《くぐつ》は、遊ばせることで芸能化した。木偶に作って遣ったのである（傀儡とは本来、人形の意）。水草を逐って諸国を移動する放浪の芸能集団を、彼らは形成した。女は、遊女であることの持ち技として今様・催馬楽・舞に巧みで、男は人形を遣うほか、軽業・奇術・手品を演じ、狩猟にも長じていた（「遊女記」）。

もと傀儡子であった国司目代《もくだい》（代官）が、昔の仲間の囃す歌舞音曲のなかで、我を忘れて踊り出す話を『今昔』二八・二七は綴り、傀儡子神が男の心を狂わせたと記している。目代であることのなかで眠らせようと努力していた傀儡子の魂が、仲間の歌舞によって目覚めさせられたのである。

朱雀天皇の天慶のころ、京の町角、大小の路に、木彫りの神の像が幾つも出現した。ポーズはさまざまで丈低く、男の神は冠を頂き、鬢の辺りに纓を垂れた官人姿で、身は赤く彩色されていた。女の神は男の神と対になり、ともに臍の下、腰の辺りに性器が刻まれ画かれていた。前に机を置き酒を供え、京童《きょうわらわべ》が猥雑に騒ぎたてて祀り、幣を捧げ香花を飾った。『小野宮年中行事』が六月の道《みち》饗《あえ》祭の注に、『外記日記』を引いて記したもので（「扶桑略記」、「本朝世紀」にも引く）、神は岐の神とも御霊《ごりょう》とも呼ばれている。当時の御霊信仰とも習合していたらしい。狭義の御霊《ごりょう》は、政争に敗れて死んだ怨霊の特定であったが、広義には、疫神はじめさまざまの習合を見せる。『年中行事』に記され残るこの祀りは、世間一般の良風美俗に外れる狂態として把えられている。何の祥《きざし》ともわからず、世人は奇《あや》しんだという。

豊前王の除目予想は、任官希望が成ると告げられたものにとっては、そうなるに違いないから、神の声のようであった、だからこそ、成らぬと告げられたものには、絶望的にまがまがしく聞かれたであろう。除目の公卿でもないのにわかってたまるか、とばかり強がり、その実、泣きたいような絶望の自棄が、呪いのような悪態をつかせたのである。これはまた逆に、ひたすら任官を待つものにとって、除目がどのようなものであったかを如実に物語る。除目に先だつ奔走や成らなかったことの悲哀を、『枕草子』の「ころは正月」「すさまじきもの」の章段はまのあたりに描いている。

長徳二（九九六）年正月の除目に、式部大丞であった藤原為時（紫式部の父）は願った国司に成れず、直物《なおしもの》（変更訂正）のための申文に一つの詩句を添える。

苦学寒夜紅涙霑襟
除目後朝蒼天在眼

――寒夜の辛さに耐えて学問しているとき、涙は血となって我が襟を濡らし、
除目に選ばれることのなかった翌朝、天はただ青々として我が眼に沁む

この詩句が天皇を感動させ、為時のために天皇は泣く。天皇の涙を見た筆頭公卿右大臣道長はその意を体し、ひとたび源国盛に与えていた越後守を、召し返して為時に与えた（「後拾遺往生伝」一条、「今昔」二四・三〇、「今鏡」九、「古事談」一・二六、「十訓抄」一〇・三二。詩句は今昔に依って記した）。

豊前王の当話に見られる「除目後朝」の語は為時のこの詩に依る。出典語句を成句として用いるような文飾のはなやぎを、『今昔』は通常もたないのだが、これは、為時の詩句にまつわる除目の話が人口に膾炙していた証であろう。

国盛は改めて、秋の除目に播磨守に任ぜられたが、既に越前守召し返しの落膽に病を得、やがて死ぬ。為時詩のこの話は、天皇の優しさ、道長輔弼のよろしさ、為時の詞の誉れ（歌徳説話）など、さまざまな語り口をもつが、国盛の死を語るのは『往生伝』と『古事談』だけであった。

＊藤原実資が蔵人頭であったときの話（第三節）は『宇治拾遺ものがたり』（岩波少年文庫）に、傀儡子目代の話

（第四節）は集英社『聖と俗　男と女の物語』に、現代語訳をもって収めた。

＊『梁塵秘抄』にいう。

遊女《あそび》の好むもの　雑芸・鼓・小端舟　簦翳《おほがさかざ》し・艫取女《ともとりめ》　男の愛いのる百大夫

またいう。

京より下りしとけのほる　島江に屋建《や》てて住みしかど　そもしらずうち捨てて　いかに祀れば百大夫　験《けむ》
なくて　花の都へ帰すらむ

前者は水辺の遊女を、後者は内陸の傀儡女を歌う。「とけのほる」は傀儡女を指す。

狛人占相——古事談より

醍醐天皇の時のこと、狛《こま》の相人《そうにん》が来朝した。御簾のうちの天皇の声を聞いて相人は言った。

「この方がこの国の帝であろうか。

上に厚く下に薄い、という声だ、この国の国柄にふさわしい」

天皇は恥じて簾のうちから出なかった。

その場に、皇太子保明、左大臣藤原時平、右大臣菅原道真が列座していた。勅命によってこの三人を相せしめた。相人は言った。

「第一の人はその容貌がこの国に過ぎる。第二の人はその賢慮が国に過ぎる。第三の人はその才能が国に過ぎる。

彼らは皆、この国に相応しない。三人とも早く世を去ることになるだろう」

このころ、藤原忠平はまだ臈《ろう》浅く、公卿の座から遙かに離れて着座していた。だから相の対象から除外されていたのだが、それを遮って相人は言った。

「あのところに着座の人は、才能・心操（賢慮）・形容（容貌）どれもが、この国にふさわしい。必ず長くこの国に奉公し国の固めとなるであろう」

宇多法皇がこのことを聞いて、言った。

「三人のことは私の判断するところではない。忠平は今後、国の固めとして善しという所見である」

そして第一女、今は源姓をうけている順子を忠平にめあわせた。

法皇御所である朱雀院の西の対屋《たいのや》で嫁娶の儀が挙げられた。このとき忠平は、大弁の参議であった。法皇は東の対屋にあってその婚儀を見守っていた。


いつか忠平が言った。

「賢慮ということについては、兄とはいえ左大臣に劣るまいと、年ごろの私は覚悟してきた。その他のこと――才能・容貌については私の言うところではない。

私に対する狛人の相は、私にとって恥辱でしかないのだ」

（「古事談」六・四八）

一　説話の三人と実在の三人

蓬左文庫本『大鏡』の裏書（時平の項）に、「古人口伝云」として、ほとんど同文の同話がある。『古事談』のこの項には脱文があるので、右の裏書によって補い、右の現代語訳をあげた。また、『大鏡』「昔物語」に異伝があって、『古事談』『大鏡』裏書の文脈に重要な関わりがある。

『古事談』『大鏡』裏書に、保明・時平・道真三人の列座をいう、これは事実としてあり得ない。保明親王は醍醐第二皇子（母は基経女《むすめ》の穏子）、延喜三（九〇三）年生れで、道真が右大臣であったときはまだ生れていない。道長が太宰府で死んだその六ヶ月あと、十一月に生れている。『大鏡』

「昔物語」では基経の三子、時平・仲平・忠平の相を見る話になっており、事実的にはこれなら矛盾がない。『古事談』『大鏡』裏書をこれに対比すれば、表面的には、仲平（保明の東宮大夫であった）と保明が入れ替ったことになるが、事実的にはあり得ない『古事談』の人物構成には、後に述べるように、説話的な意味がからんでいる。

忠平は昌泰三（九〇〇）年正月、二十一歳のとき参議を辞して叔父清経に譲り、右大弁となるが、四月、散位《さんに》従五位下として還昇《げんじょう》する。昇殿はしたけれど公卿ではない。従ってこの説話は、三年四月から、四年一月に道真が太宰権師に遷任されるまでのことと設定されている。このとき、時平二十九歳、道真五十六、忠平二十一ということになる。

狛（高麗）の相人は、醍醐朝から単純に対応させるならば渤海の人ということになろう。『源氏物語』桐壺にも、狛人《こまうど》の「かしこき相人」が来朝する。鴻臚館《こうろかん》（外国使節を接待する館。七条大路上るに朱雀大路をはさんで東西にあった。巻末、京師内外図参照）の相人の許に、その世話をする右大弁の子に仕立てて桐壺帝はその若宮を遣す。それを見抜いた狛人は若宮を、「帝王の相はあるものの帝王となれば国の乱れる憂いがあり、朝廷柱石《ちゅうせき》の臣として天下を輔佐するに最適」と相する。若宮を皇太子にする願いをもっていた桐壺帝も、この占相によって彼を臣籍に下し源姓を与えることに決意した――光源氏の誕生である。桐壺帝には醍醐天皇が思われている。

『大鏡』や『古事談』の狛人占相には、公卿座から遙かに着座する忠平を認めたという設定に既に、逆に、桐壺巻の鴻臚館の場面が投影しているし、その相人には、長い歴史の渤海と、更にそれを遡った高句麗あたりまでを含めた海彼の、その歴史、文化、芸能の遙かなイメージを背負った、神秘的な一異能を了解しておいてよいであろう。さて。

二　世に過ぎる器量

『大鏡』「昔物語」の狛の相人は、時平に、

「御かたちすぐれ、心だましひすぐれ、かしこうて、日本には余らせたまへり。日本の固めと用ゐむに余らせたまへり」

仲平に、

「あまり御心うるはしくすなほにて、へつらひ飾りたる小国には負はぬ御相なり」

そして忠平には、

「あはれ、日本の固めや。永く世を嗣ぎ門ひらくこと、ただこの殿」

と相する。

列座する保明・道真・時平に対する『古事談』『大鏡』裏書の相の、共通する語句〈国に過ぐ〉は、右、「昔物語」の、時平に向って言う語句〈国（日本）に余る〉に対応する。両者はほぼ同意のものとしてよい。

「過ぐ」「余る」には語法的に二つの用法がある。

一つは、外からその人に与えられるもの（例えば賞讃・評価・名誉・信頼・評判など）がその人の分（例えば能力技能の程度・年齢・地位・身分など）以上である場合で、〈…身に過ぐ（余る）〉の文形をとる。

一つは、内に自らその人のもつ何か（例えば英知・才能・人望・権威など）がその場（例えば世なり

国なり朝なり、社会なり時代なり、ときに身なり……xと記号化しておく〉に収まらぬ場合で、〈……xに過ぐ（余る）〉の文形をとる。ここに意味されているのはこの第二の場合である。

そしてその「過ぐ」「余る」は二つの意味の重層にある。

重層される一つは、(a)その何かがxに収まりきらぬほど大きいという肯定の評価的な側面であり、もう一つには、次のような場合を思い併すことができる。

信西入道が左大臣頼長に嘆いて言った自分の若い頃の誤りがある。「才智身に余りぬるものは遂に不運なり」と人に言われて学問をやめたことの後悔（「続古事談」二・一六）。これを利用して言えば、(b)収まりきらぬその何かがxのために不善となる、という否定的な側面である。「過猶レ不レ及」（「論語」先進）もここに思われるであろう。尤も、(a)(b)どちらが意味されていても、必ずその反対が裏に透視される、それが意味の重層というものであろう。『古事談』『大鏡』裏書が、列座三人の器量を、国に過ぎる点を以て「日本に叶はず」としているのも、『大鏡』「昔物語」が時平を「日本に余らせたまへり」と占っているのも、この(b)の意味においてである。

信西は、先述した自分の後悔を基に、頼長に学問をすすめるが、二、三年ののち、再び頼長に言う。

「今は御才知、すでに朝にあまらせ給ひにけり。御学問候ふべからず」

これも同じところを指す。頼長の才知が朝を超え朝を損うことを言うのである。つづけて、

「若し猶、（学問）せさせ給はば、一定《いちぢやう》（きつと、かならず）御身のたたりとなるべし」

朝を損ずる才智が、一方では彼自身をも傷つけると言う。保元の乱における頼長の横死を予定的に指すことは言うまでもなく、とすると、国に過ぎることを占せられた保明の夭折、時平の不十分な

早世、配流による道真の短い余命に、それはかかわってゆく。

忠平に対する相は、才能、心操（賢慮）形容（容貌）が国に叶うという、(b)の否定的側面の存しないことにおいてなされており、彼に第一女順子を与えた宇多法皇の評価もそこにあった。しかしその相を、忠平が身の恥としたのは、国に過ぎる時平の賢慮を(a)においてみて、それに及ばぬものと自分はされているとしたのである。即ち相の(a)に向いているのである。或いは(b)の否定面の存しないと相されたことのなかに、透してより高く(a)を見る言明であった。


神秘的な相人が将来を占うという話は、それ自体説話として常套的である。摂関家を形成してゆく忠平流藤氏の繁栄を予祝するその形成は、結局、予定的に常套的ですらあった。その『大鏡』や『古事談』をおもしろくしているのは、国の固めとして評価された忠平が、その相に対して不満を表白していることにあった。彼の翳のある鋭利な反発が、説話的常套を超えた話に、この話をしているのだと言ってよい。

三　伝承の派生――天神信仰

『大鏡』「昔物語」を裏書や『古事談』に対比するとき、更に、興味あることが存する。時平は国（日本）に余ると相せられた。

「御かたちすぐれ、心だましひすぐれ、かしこうて、日本には余らせたまへり」

対応させるとこの「御かたちすぐれ」は『古事談』や裏書の保明の容貌（形容）に、「心だましひすぐれ」は同じく時平の賢慮（心操）に、「かしこうて」は同じく道真の才能に、わかれてゆきつくことになる。

『大鏡』「昔物語」と裏書・『古事談』の、話としては所詮一つに過ぎない二つの説話は、その過程に何の交渉ももたぬ異伝であったかも知れない。その可能性はある。しかしもし、そこに交渉があったとするならば、交渉は、『大鏡』「昔物語」への伝承の過程のなかから、裏書や『古事談』への伝承が、説話的に派生した、というものであった。その逆はあり得ない。

交渉があったとするならば、国に余る（過ぐ）ことの何かを、「昔物語」には影さえなかった二人の登場によって際立たせたのである。何かの、三人への分与である。登場した二人、保明親王と菅原道真、しかしそれは勝れて道真に意味があった。道真伝承が、更に言うならば天神信仰が、この派生に介在した。――交渉を認めなかったとしても、裏書や『古事談』の説話形成に天神信仰が契機をなしていることは、言えるのである。

道真や時平と列座する筈のない保明は、延喜二十三（九二三）年、二十一歳で死んでいる。その短い生涯にも幾多のみやびや悲しみや悦びがあったであろうが、すべては時の雲霧に消え、その名を我々が記憶するのは道真とのかかわりだけである。道真との関わりの強烈さが、保明のすべてを消してしまった、と言ってもよい。即ちその死は、太宰府で死んだ道真の怨霊《おんりょう》の所為と世の噂であった（「日本紀略」）。それは信じられ、死の翌月四月には、道真を本官右大臣に復し、正二位が追贈され、昌泰四年の宣命（太宰権帥遷任）が焼却された。保明の死が道真の鎮魂慰撫を具体的に促進した。同じ四月、保明の子、慶頼《よしより》王立太子。閏四月、延長に改元（このことは後に触れる）。しかし延長三（九二五）年、慶頼王も死ぬ。五歳。『古事談』や裏書の説話への保明の登場は、道真への関わりの限りにおいてであった。

表面的にそう見えても、保明の登場は、『大鏡』「昔物語」の仲平の代りというものではなかった。では仲平はどこへ消えたのか。それは裏書や『古事談』の、醍醐天皇の登場へ変るのである。

仲平は次のように相せられている。

「あまり御心うるはしくすなほにて、へつらひ飾りたる小国には負はぬ御相なり」

この相に対する忠平の反発は、自分を国の固めと相するのは、自分のことを「心諂曲《てんごく》なり」と言うことになるではないか、それは自分にとって恥辱だ、ということにある。ここにも「余る（過ぐ）」の意味の、ａｂ重層が働いている（語としては「負ふ」が見られる）。

心諂曲でないということは、視点を下に置いて、それより上に対してへつらいおもねらぬということである。当然、それより下に対しては権威的でないこと、見さげぬこと、威張らぬことである。まとめて言えば、上下に対しての公平公正が、心諂曲でないということである。「あまり御心うるはしくすなほにて」とは、そういう公平公正さが、仲平の自然な心性としてそうであったということになる。

とみるならば、それの逆評価が『古事談』における、醍醐天皇への占相であった。「多上少下」（「古事談」原文）とは、視点を上においての、より上層のものには厚く、より下層のものには薄いということに他ならない、不公平不公正をそれはいう。

勿論形式的には、多上少下だけでなく、少上多下が揃わなくては不公平不公正と言えないことになるが、少上多下という、珍らしい事態が仮に現に存したとしても、それを不公平不公正と人は言うまい。視点を上においた限りでの多上少下こそが、不公平不公正そのものなのである。

『古事談』の占相に仲平は登場しない、代りに醍醐が、その声によって相の対象になる。視点の上下移動はあるが、仲平の逆の、否定的評価、負の評価においてである。そこに道真の文脈がかかわるのである。醍醐は、聖帝の聞え、その伝承に富む天皇である、それの、いわば逆転を道真の文脈が果すのであった。それはより明瞭には、次のような説話に見ることができる。

醍醐近臣の光孝源氏、蔵人公忠《きんただ》（醍醐の従兄弟）が頓死した。三日経て蘇生し、死中の見聞を語る。――冥府に至るその門のあたりに、紫袍（中紫が二位左右大臣の位袍）を身につけて金の書杖（文挟《ふみはさ》み）をもつ長一丈《たけ》ばかりの人、道真と思しい人物が立って、醍醐天皇を訴えている。冥府堂上に居並ぶ三十余人の冥官のうち、第二の冥官、生き身にしてこの世と冥界を往還したと伝承される（「江談抄」など）小野篁《たかむら》が応えて、嘲って言う。

「延喜の主頗る荒涼なり――醍醐帝はいいかげんでたらめなお方だ。改元することになろうか（承久本「北野天神縁起物絵巻」によると、改元でもすればどうだろう）」。

蘇生した公忠は醍醐に奏上し、匆々に延長改元があった（前田家本「江談抄」「水言鈔」「古事談」一・一一、「北野天神縁起」の諸本）。

より強烈には『道賢上人冥途記』（「扶桑略記」所収）がある。

道賢《どうけん》（日蔵《にちぞう》。三善清行《きよゆき》の弟とも、清行の子で浄蔵の弟とも）という僧、金峰山《きんぶせん》で修行中の天慶四（九四二）年八月、急死して冥途に至った。十三日を経て蘇生し、死中の経験を自記したという。――急死した道賢は金峰山浄土で逢った蔵王権現の導きで、いまは大政威徳天となっている曽ての菅原道真に逢い、いま日本を襲っている巨大な炎害の一切の根源が彼、大政天にあることを知らされる。また、宇多法皇の霊である満徳天に逢い、大政天による炎害のすべての責任が醍醐天皇にあること、炎害が徹底的な壊滅に至らぬよう、蔵王権現・石清水八幡大菩薩や満徳天が極力防いでいることを告げられて、蘇生する。

『冥途記』の最後に、冥途で見た夢の注記という部分がある。一つの鉄窟のなかに、地獄の責苦を受けている四人の人物を、道賢は見る。背に衣を僅かに覆っただけの一人と裸の三人が、真赤な炭火の上にうずくまり、形はすでに灰燼のようであった。獄領が言う、衣のある一人は醍醐、裸の三人はその廷臣である、と。三人のうちの二人が、延長八（九三〇）年六月の清涼殿落雷に死んだ藤原清貴と藤原希世《まれよ》であることは明かであるが、残る一人は、同じ時に死んだ近衛官人は何人かいるが廷臣であるべく、とすると、どこにも暗示するところはないが藤原時平であろう。清涼殿落雷も道真怨霊の所為と伝承されている。

醍醐は道賢を呼び寄せて言う。この堕地獄《だじごく》は、自分が道真を流罪にしたことを含め、すべてそれに関わる五つの罪によるものだ、と。そして、天皇（朱雀）に奏上し、摂政（忠平）に告げて、我がために抜苦《ばっく》のことをなせ、と。

聖帝伝承に包まれた醍醐天皇は、道真の文脈の介入によって否定的に評価され、天皇堕地獄という類例のないこの説話は、天神信仰との関連において成立した。

とすれば『古事談』『大鏡』裏書の時平も、「昔物語」におけるような三人兄弟相対の一人ではなく、醍醐と政治体制を造った当事者としてであった。昌泰四年の、道真を太宰権帥にする宣命は、この体制が宇多・道真体制を駆逐する宣言であった。——なお、一つの体制にはその文化表現がある。宇多・道真体制のそれが『新撰万葉』であれば、醍醐・時平体制のそれは『古今和歌集』であった。

一方、忠平も三兄弟の相対的な一人ではない。早くから彼は宇多のもとに出仕し（寛平七—八九六年昇殿、八年侍従）て寵せられた。朱雀院西の対で、宇多第一女順子との婚儀が行われ、東の対で宇多がそれを暖かく見守っていたというのは、宇多が忠平を大切にしたことの表現化である。なお、この嫁娶のとき忠平が大弁参議であったとしてあるのは、延喜八年正月参議還任し、八月に右大弁を去った、その間のことと設定しているのである。二十九歳。

忠平は道真とも親しく、その配流には前参議右大弁としては何もできなかったらしいが、配流を嘆く消息をもって心を通わしたという（「天満宮御託宣記」）。忠平流の繁栄、殊にその子右大臣師輔の九条家の流れが摂関家として定着してゆくことには、天神の加護が伝承され、例えば天暦元（九四七）年創建の北野天神社を、天徳三（九五八）年、師輔は本格的に増築している。師輔の兄、左大臣実頼にも、その邸の四足門《しそくもん》にしばしば天神が訪れて実頼と閑談した話が、『古事談』にのみだが伝わり残っている（『古事談』の説話配列から実頼を実資の誤りかとする見解もあるが、同じく説話配列の解釈から私は実頼でよいと考えている）。

醍醐朝の忠平は、昌泰三年に参議を辞してから、延喜八（九〇八）年、時平の死の前年まで前参議のままであった。延喜十四年には、前年の源光（仁明源氏。道真左遷のあと右大臣）の死（狩猟に出て泥中に馳せ入り、骸もあがらなかったという――「日本紀略」）をうけて右大臣になり、堅固に廟堂を掌握したが、延長二（九二四）年まで左大臣の欠を埋めることのなかったのは、宇多・道真体制に親昵していた忠平への、暫くの醍醐の隔意があったのかも知れない。延長八年六月の清涼殿落雷のあと、九月に醍醐は譲位する。譲位直後の醍醐は病床で、幼帝朱雀（八歳）に遺誡する。その一条に、左大臣忠平の訓《おしえ》を聞くように、と（「延喜御遺誡」――「吏部王記《りほうおう》」所収）。同じ月のうちに醍醐上皇は没する。朱雀朝の忠平は摂政となり太政大臣となり、朱雀元服とともに関白になる。このような流れのなかでまた、怨霊神道真も、文化神へと慰撫されてゆくであろう。

みやびの花――今昔物語集より

大政大臣藤原実頼が左大臣であったころのこと、或る三月の中旬、政務によって参内して陣座《じんのざ》にいたとき、上達部《かんだちめ》（公卿――大臣・大中納言・参議と三位《さんみ》以上の人）二、三人が参り合わせていた。南殿《なでん》（紫宸殿）の前なる左近の桜の、大きな洞《うろ》のあるみごとな古木が、庭をさし覆うばかりに枝を張り、いまし美しく花咲かせていたが、庭にもひまなく散り積もった花は、風のままに吹き立てられ、あたかも水の面の、波立つかと見えるばかりであった。

「これはみごとな眺めだ。年ごとに美しく咲く花とはいえ、これほどの年はあるまいものを。土御門《つちみかど》の中納言がお出であるとよいのだが。このみごとさをお見せしたいものだ」

と実頼が言っている折しも、上達部の参内とみえて、はるか、先払う声が聞えてくる。

「どなたの参内か」

と、官人を呼んで問うと、

「土御門の中納言のお出でございます」

と言う。

「これはまことに折よく、おもしろいことよ」

と、喜んでいるところへ、中納言が座に着いた。着くか着かぬかに、実頼は言った。

「庭に散り敷くこの花を、あなたは、どうごらんになるかな」

「まこと、みごとな眺めでございますな」

と敦忠が答える、と実頼が言う。

「それにしては、あなた、（歌が）遅うござるな」

中納言は考えた。

「左大臣は、当代、歌の道に通じたお方。そのような人に、たいした出来でもない歌を臆面もなく披露することは、いっそ、詠まずにいるより悪かろう。

とはいえ、やんごとないお人からの求めに、つれなくお断りすることもよろしからず」

そしてやおら袖かきつくろい、様子を正して一首の歌を詠み上げた。

とのもりのとものみやつこ心あらば
　この春ばかりあさぎよめすな
——主殿寮《とのもりよう》の殿部《とものみやつこ》よ　もし風雅の心があるならば　朝ごとの掃除を　この春だけはやめる
がよい

実頼は口をきわめて歌を讃め、同じく心中に思った。

「これほどの歌のその返しは、到底できるものではない。もし返歌が見劣りでもしたなら、長く汚名を残すことにもなりかねぬ。

とはいえ、これにまさる歌など、あろうはずもなく」

そして、旧歌《ふるうた》を以て答えることこそ適切と思い到り、昔、藤原忠房が遣唐使として彼の国へ渡ろうとしたときの詠歌を、そのまま口にして敦忠への返し歌とした。

この権中納言は本院の大臣時平と、在原棟梁《むねやな》の女《むすめ》である北の方との間に生れた子である。敦忠。年は四十ばかり、姿ありさまは美麗で人柄もよく、世間の聞えにも花やかな人であった。時平の弟仲平の女、明子のもとに通い、その邸枇杷殿《びわどの》の名から枇杷中納言ともいわれた。人にすぐれた歌詠みであったが、これほどの歌を詠み得たことを、世は賞讃したという。

（「今昔物語集」二十四・三二）

一　他人の名歌

実頼は忠平の長男、村上・冷泉朝の筆頭公卿で、摂政・太政大臣、従一位に至る。天暦元（九四七、時に四十八歳）四月から康保四（九六七）年十二月まで左大臣であった。敦忠は時平の三男、参議から権中納言、従三位に至るが、実頼の左大臣であったころは既に亡くなっている。逆に敦忠が権中納言であったころ（朱雀・天慶五（九四二）年三月二十九日任。翌六年三月七日没、三十八歳）を基準にすると、そのとき実頼は大納言・右大将であった（四十三、四歳）。ただし、五年三月中旬の花は権中納言としての敦忠を待たず、六年三月中旬の桜を敦忠が見ることはもうなかった。権中納言の官称は、彼の最終官として冠せられているのか、或いは権中納言に任ぜられるまでの七年に亘る、左近衛の権中将の誤りなのか。天慶二年八月からは権中将のまま参議となり、陣定《じんのさだめ》に参加できた。

陣定の行われるところが陣座《じんのざ》で、この場合、日華門《にっかもん》内宜陽殿《ぎようでん》（巻末、内裏図参照）の西廂にあった左近の陣であろうか。少くとも説話は、そのように語られている。左近の桜はそのすぐ前に見られた。左近の桜は、何度か倒れたり焼けたりしてその都度新たに植られたが、ここにいうのは天徳四（九六〇）年九月に焼亡する、その以前の古木であろう。

何の前提も知識もなしに読めばこの説話は、南殿の桜の盛りに、求められて敦忠が歌を詠み、それに応じられるほどの歌はないとした実頼が、他人の歌を以て返しとした、ということの次第であろう。求められての即詠の名誉の話とも読まれ得るであろう。しかしながら同時に、敦忠の躊躇――はかばかしからぬ歌を詠むよりは、いっそ詠まぬ方がよいという躊躇には何があるのか。潜む何らかの意味をそこに感じるのも、読むことの一つの自然であろう。

実はこの説話は本来、その躊躇の末に敦忠こそが他人の名歌を自作に変えて披露した、その方が、南殿の花の盛りなるこの場にふさわしい、とした話なのであった。実頼もまた、他人の歌をもってそれに返した――。

歌は源公忠の詠であり（「拾遺集」、「公忠集」その他）、落花を詠みながら「落花」「花」の語を用いないことで名を取り、以後の歌論書にも注目されることになった歌である。この類の歌を『俊頼髄脳』は、「歌のおもてによみ据うべきものの名をいはで、心に思はせたる歌」と説明し、更に後の『ささめごと』では「題をめぐらす歌」と呼ばれている。公忠のこの歌はその代表ともいうべく、心敬は、「堪能のわざ、時にのぞみて景曲体、感情ふかし」と批評する。

「とのもり」は主殿寮《とのもりよう》、宮内省に属し、天皇の輦輿や宮庭の清掃、節会《せちえ》の燈火などを司った。「とものみやつこ」という上代官制の語で寮の下司を指している。朝六時、天皇の側近くは寮の官人が、その他の場所は雑役のものが掃除した。公忠は光孝源氏、醍醐天皇の従兄弟にあたり、その寵臣、弁官歴が長く、最終的には右大弁・従四位下。薫物合の妙手で中古三十六歌仙にも数え入れられている。天神信仰にもかかわりがあった（本書Ⅳ、「狛人占相」）。

二　風雅の名誉

自作の歌よりも、優れた他人の歌をもってその場に対応させることの意味、それがまた一つの風雅の名誉であることを、『今昔』は理解したであろうか。しなかった。『今昔』にはできないような、そういう形にこの話の出典の表現は構成されていたのである。

尤もこの話の出典は現在未詳である。しかし、何らかのそれのあることを想定するのが『今昔』説話を考えることの通常であろうし、そしてその想定に立って出典の構成を、私は想像する。

実頼に求められた敦忠の躊躇は、自作することをやめるという意味へ展開させる筈の、その出典の文脈であろう。それは『今昔』に生き残った。しかし、題をめぐらし、暗指することを表現ののちとした公忠歌を、だからこそ同様に、公忠の名を記さず、しかし十分に暗指する構成で出典の文脈は続いたのであろう、それは『今昔』に残らなかった。公忠の歌のたくみを理解する限りそれで十分であった筈なのに、文学的に或いは文学史学的に粗い『今昔』の目を、それは通り抜けてしまった。だから敦忠の躊躇は彼の謙虚さとなり、気を取り直した敦忠自らが、題をめぐらす歌の趣向を詠み出して実頼に示した、と『今昔』の文脈は転じたことになる。『今昔』にあって敦忠は、「とのもりの」歌作者となり、その自作を以て実頼の求めに応じたことになった。

対して実頼は忠房の歌を以て返しとした。

『後撰集』以下の勅撰集に三十六首入部し、他撰ながら私家集も残す実頼は歌人でもあって、「とのもりの」が公忠歌であることや公忠歌の趣向のことなどは、十分承知していたであろう。だから敦忠が公忠歌を以て場に応じた、それへの返歌は、当然のこととして同様に、自作でない歌を以てしたのである、出典の文脈においては。しかし『今昔』の文脈は転じた。敦忠が自作「とのもりの」を示してきたために、実頼は、彼だけが他人の作で返歌せねばならぬはめになってしまった、『今昔』の文脈にあっては。忠房歌を以て返すことにした、いかにも言い訳めいた釈明には、『今昔』による整いの手が加わっているのであろう。

三　忠房の歌

忠房は右京大夫・従四位上に至った官人だが、管絃の家に生れ、宮廷公事に際し勅命をうけて、延喜楽や胡蝶楽を作り（ともに日本で作られた高麗《こま》楽。前者の作舞、後者の作曲が忠房）、河曲子や武徳楽（ともに唐楽）に時代に応じた改作を施している。楽道の長と呼ばれたのも、応詔の行為のめでたさに依るのかも知れない。

ここに二つの問題がある。忠房が遣唐使に任ぜられたときの歌を以て実頼は返した、としながら、『今昔』はその歌を記さず、且つその歌、より詳しくは、選ばれて東宮の侍所の宴で詠んだという歌（「古今集」雑下）は、公忠歌（「今昔」では敦忠歌）の返しに全くふさわしくない。

なよたけのよながき上に初霜の
　おきゐてものを思ふころかな

「なよたけ」は「節《よ》」の枕詞であり、「夜」に掛詞となる。「はつしもの」は、それが置くという意味を介して「起《お》く」の枕詞。季節は冬、内容は海彼長途の旅の不安を言う。――多分ここに、説話化の屈折があった。

もし出典なす文献に忠房の歌が記されていたなら、律儀な『今昔』がそれを捨てることなどあり得ない。出典にも歌は記されず、「忠房歌を以て返した」とのみあったのであろう。そしてそれで十分だったのであろう。遣唐使云々という説明もなかったであろうと考える。醍醐寵臣の公忠に対して、一時代前の、宇多寵臣の忠房という、いわば絶妙の配合があった。実頼はそれを思いついたのであろう。そして忠房は、三代集に二十首足らずの歌を残し、中古三十六歌仙に数え入れられているものの、専門歌人というよりは、場の歌人であった。

宇多法皇の主催する『亭子院歌合』（延喜十三年三月）に、宇多は忠房を判者に求めたが、彼は欠席していて宇多を淋しがらせた。その償のように、宇多と京極御息所《みやすんどころ》（褒子。本書I、「河原院の霊」）の春日社参詣に、菓子《くだもの》を美しい二十の筺に整え、歌を添えて忠房は贈った（歌は専門歌人凡河内躬恒《おおしこうちのみつね》の助けを得ている）、後日、御息所は忠房歌への返しを女房たちに詠ませて左右にわけ、一つの歌合を催した（延喜二十一年、京極御息所歌合）。そして「歌よみ多かれど――優れた歌人は何人もいたけれど」（十巻本「歌合日記」）、返歌をうけるものの立場としてことさらに、忠房が判者に招ばれた。彼の管絃がそうであったように、宮廷行事の場に、人々のかかわりのなかに彼は歌人であり、その歌は機能した。出典の文献が、忠房歌を以て実頼は返したと記したとき、歌の具体はなくても、十分だったのであろう。ああ、忠房さんの歌ならね、場にぴったり合っただろうよ、と、誰もの了解があり得た。公忠との好配合もそこに働いた。

遣唐使に任ぜられたときのという説明も、出典にはなかった、のではないか。忠房歌のなかで、注目するに足る場での歌として『今昔』編著者の念頭にうかび、その歌の具体を知らないままに、書き加えたのではなかろうか。注目するに足る――このときの遣唐使は第十八次のもので、大使菅原道真、副使紀長谷雄、そして判官（三等官）が忠房であり、何よりも、その船出は道真の発議によって中止され、以後、遣唐使の制度そのものが廃絶される、そういう画期のものであった。ああ、あのときの遣唐使のお人、というわけで、忠房は、あった。――これは私の推測に過ぎないけれど、何の推測もせず、齟齬を存疑に放置することをやめてみたのである。

『今昔』はここに、一つの物語を作ってしまった。美しい一幅の挿画を添えて。出典にあった、歌応答の風雅の名誉――他人の名歌を以て場に対応させることの風雅の物語から、題をめぐらす趣向の、歌内容の名誉の物語へ。そして南殿の桜咲き満ち、真白に散り敷くなか、束帯に身を整えた美貌の大宮人一人、思いを歌に沈めている、いわば絵をともなって。管絃にも舞踊にも優れ、美しく恋も多い人で、敦忠は、あった。

大宮の右大臣俊家（道長の孫にあたる）が若かったころ或る日、宮中に宿直《とのい》したその装束のまま、南殿の階《はし》高欄に倚ってひとり、盛りの桜を眺め、興至って扇で拍子をとりつつ、催馬楽桜人《さくらひと》を唱った。聞きつけて近衛の将監《しょうげん》、多政方《おおのまさかた》、近衛の宿直を終えたばかりだったが花の下に進み出、合わせて高麗楽《こまがく》地久の破《は》（中間部）を舞った。舞い終って退出しようとすると俊家は更に蓑山《みのやま》を唱い、立ち帰った政方は地久の急《きゅう》（終結部）を舞い、花の下枝一枝を折りかざして舞いおさめた。地久の破は桜人に、その急は蓑山に合うのである（「古今著聞集」六・管紘歌舞第七、「糸竹口伝」）。花の下の敦忠より華やかな図柄であるけれど、いわば同質の絵としてよいであろう。

四　恋の文使い

敦忠の母・在原棟梁（業平の子）の女《むすめ》は、もと大納言藤原国経の北の方であった。それを甥にあたる時平が、国経の酔に乗じ策をもって奪い、自分の北の方としたのである（「今昔」二二・八、「世継物語」五三、また「十訓抄」六・二三）。この女性には平中（従五位上平定文、色好みの伝承がある）との物語もあった（「大和物語」一二四、「今昔」、「世継」、「十訓抄」）。『世継』、「またある人の語りしは」とあるのに従えば、時平の北の方となっての後日、北の方の幼い若君の腕に平中は歌を書きつけて、その母に、昔の恋を訴え、届けさせた。

昔せしわがかねごとのかなしきは
　いかに契りしなごりなるらむ
――昔あなたと交した約束の　いまもこれほどかなしいのは　あのとき　どのように契った
　そのなごりなのでしょうね（覚えていらっしゃいますか）

北の方もまた、涙ながらに若君の腕に歌を記し、平中のもとへ届けさせた。

うつつにてたれ契りけむ　さだめなき
　夢路にたどるわれはわれかは
――現実《うつつ》に契ったのは誰だったのでしょう　夢にたどるさだめない道ゆきの今のわたし　そ
　れは現実のわたしなのでしょうか

母の昔の恋のなごりに、知らず若君、すなわち幼い敦忠は文使いをつとめていた――。

V 人と人とのあいだの風景

龍の咋い合い――今昔物語集より

醍醐天皇の代に、参議三善清行《きよゆき》という人がいた。そのとき、紀長谷雄《はせお》の中納言が文章得業生《もんじょうとくごうしょう》であったが、清行と口論することがあった。

清行が長谷雄に言った。

「学力のない博士など、昔から今まで存在するものではなかったが、おぬしは、その最初だな」

この嘲罵を聞いても、長谷雄は一言も答えなかった。このことを耳にした人々は評判した。

「たいした学者である長谷雄のことをあんなふうに言って、清行という人は、よほどの人にちがいない」

一言の返答も長谷雄がしなかったのだから、もっともだと思ったのであろう。

ときに、名を孝言《たかとき》という大外記《だいげき》がいた。すぐれた学者であった。二人の口論のことを聞いて、こんなふうに言った。

「龍が二頭咋《く》い合って、たとえ一方が咋い伏せられたところで、なんの劣ることなどあろう。他の獣どもの、傍に寄りつくことさえ叶わぬことなのだ」

あの二人だからこそ、こんなことを言えもしようが、他の学者たちでは問題にもならぬことなのだ、という意見であろう。これを聞く人はまた、

「まさにその通りだ」

と賛成した。

長谷雄もたいした学者なのだ。だが、だが、そうはいってもやはり、清行には劣るのだろうか。

その後長谷雄は中納言にまで昇進したが、大納言に欠員があったのでそれを望み、長谷寺に参って十一面観音に祈願した。その夜、夢を見た。観音の告げがあった。

「おまえは詩文に秀れている。だから既に、他の国へ遣わすてはずになっているのだ」

と。

夢がさめた。どのような示現かといぶかしみつつ長谷雄は京に戻った。その後いくほども経ずして、長谷雄の中納言は死んだ。

示現通り、どこか他の国に生れ変ったのだろうかと、人々は不思議の思いをした。紀中納言と通称するのはこの人のことである。

清行の参議は長谷雄に先立って世を去っている。三善宰相というのはこの人のことである。

（『今昔物語集』二四・二五）

一　長谷雄と清行の現実

前半は『江談抄』三・二七を、後半は同じく一・三八を出典とするが、『今昔』独自の潤色には、登場人物の官途や年次などの、多くの誤りを含んでいる。

大学寮紀伝道では、文章生《もんじょうしょう》（進士）二十人から二人、式部省の省試によって文章得業生（秀才）が選ばれる（大学院コースといったところか）。彼らは国家試験である方略試（秀才試）を経て、近い機会に京官に任ぜられる道が展かれる。『今昔』では、清行が参議のとき長谷雄は得業生であったように読めるが、これは出典『江談抄』を誤解しているのであって、長谷雄は清行の二歳年長、ともに得業生であったときの話であろう。

より詳しく言うと、もと都良香《みやこのよしか》の弟子であった長谷雄は、長く不遇であったが、文章生として菅原道真の弟子になってからは順調に学を進めた。元慶三（八七九）年得業生、七年十二月に方略試を合格した。一方、清行は巨勢《こせ》文雄の弟子としてその推薦のもと、文章生であること僅か一年の早さで、貞観十六（八七四）年、得業生になっている。しかし道真は高く評価しなかったらしく、元慶五（八八一）年の方略試に清行は不第（問頭博士は道真）、七年五月の改判で合格している。志学以来順調であった清行が、得業生の時代に停滞し、長谷雄に追いつかれて来た、そのあたりをこの説話の背景とすれば、口論における清行のいらだちの発言も、了解しやすいであろう。

「学力のない博士」という発言の博士は、学者一般を意味する語とも理解できるが、このような状況のなかで長谷雄に対して、近く文章博士の既に約束せられた男という、皮肉をきかせた物言いとも考えられる。方略試合格から八年目に、長谷雄は文章博士になっている（因みに清行は十七年を要している）。

なお、道真をめぐっては後のことながら、昌泰四（九〇一）年、文章博士清行は道真に『奉菅右府書』を呈し、学者出身で右大臣であることの招く危険を避けるべく、遠回しながら辞職を勧告している（説話的には、道真の失脚を勘知していたとされる――「続古事談」、「十訓抄」）。長谷雄は道真の愛弟子であった。やはり後のことながら、太宰権師に遷せられた道真の、遺言詩集ともいうべき『菅家後集』は参議左大弁であった長谷雄に托されている。

因みに、方略試合格後の二人の官位官職の動きは、従五位下の初叙位だけは清行が一年早いが（仁和三年）、以降常に、長谷雄が先行している。関連するところを摘記すると、長谷雄は、寛平五（八九二）年文章博士、七年正五位下・大学頭、延喜二（九〇二）年参議、十（九一〇）年権中納言・従三位（最終位）、十一年中納言（最終官）。清行は、昌泰三（九〇〇）年文章博士、四年大学頭、延喜十四（九一四）年従四位上（最終位）、十七年参議（最終官）。従四位上や参議の叙位任官は長谷雄の死（延喜十二年）より後である。説話者というものはこれらの事実を知っている場所にいてもよいはずだが、『今昔』の編著者は知らなかったようである。清行が政治家として特に積極的な姿を見せるのは、四年近い地方官を経て京官に戻り、昌泰四年の『革命勘文』、延喜十四年の『意見十二箇条』を提したころからである。

口論を批評した孝言は惟宗《これむね》氏であろうか（「江談抄」にも姓は記されていない）。とすれば後冷泉から堀河にかけての学者・文人で、大江匡房の同時代人である。昔日の二人の口論を匡房に語り、匡房はそれを『江談抄』に記しとどめたことになる。『今昔』では彼を長谷雄・清行の同時代人としている。他に孝言を名乗る学者は見られないから、『今昔』の誤りであろう。惟宗孝言は外記や大外記になっていないが、惟宗氏には大政官少納言局の外記職に就く人が多かった。

二　有国——偽悪的な自己肯定

同じ構造の説話がある。

——ともに菅原文時（道真の孫）の弟子であった藤原有国（従二位参議に至る）と慶滋保胤《よししげのやすたね》（本書II、「内記聖人の話」）は、文事を争う仲だったという。或るとき有国は保胤に「ありありの主《ぬし》」と仇名をつけた。有国によると保胤は、人の説に安易に「ありあり」（そうだそうだ、の意）と肯定する人で、自分が虚構した話にさえそう言ったから、というのである。（「江談抄」五・六一——「古事談」六・三八）。

また保胤の作った詩序に「庚申は、古人これを守り、今人これを守る」とあるのをからかって、「昔の人が守った、今の人が守るとは、いや全く、大勢の人が守るのだな」と軽口した。その対句の冗長を揶揄したのである。（「江談抄」五・六一——「古事談」六・三九）。

まだ若かった或るとき有国は、旧来の友であった藤原惟成《これしげ》のもとに名簿《みようぶ》を呈した。彼の門下になろうというのである。短い期間であったが惟成は、花山朝の廷臣として権勢の極みにいたことがある。そのころのことであろう。大学寮からの同輩で、一双の者と称されてきた惟成は、驚いてその理由を質した。有国は答えた。

「一人の跨《また》に入って、万人の首《かうべ》を超えむと思ふ」

と。（「江談抄」三・三一——「古事談」二・二八）

これは単純な阿諛ではない。阿諛の形をとった、偽悪的な自己肯定の振舞い《パフォーマンス》であった。そういう達者な人で、有国は、あった。保胤に対してしてしたような、冗談めいた揶揄を大江匡房は、有国の瑕《か》瑾《きん》と評している。このような痛烈な皮肉の言い合えるような旧友であった、とする意見（今井源衛）もある。旧友ではあったであろう、しかしむしろ、或る高さに伯仲する能力・器量が、相違し相対する性向によってそこに現象する、これは、一つの風景、或いは物語であった、と思われる。

説話に語られるその性向において、清行と有国は一つに括られ（A）、長谷雄と保胤はまた一つに括られる（B）であろう。そのとき、その一、一方を、明敏な自己主張をもち、外へは端的な批評を表出する積極的な心性（A）とみるならば、他方は、凡庸で憶病な、退嬰的に自分を守るもの（B）とみることにもなり、その二、一方を、穏和で謙虚、抑制的で調和的な自己実現（B）とみるならば、他方は、鼻もちならぬ軽薄のつっぱり、出たがりの顕示欲のかたまり（A）とみることにもなろう。外向と内向の傾向それぞれに、正負の価値づけはできるのである。そしてまた程度差をもって。

清行と長谷雄、有国と保胤、これら二つの説話ではその一と記したに近く、AがBを咋い伏せる形に形成されている。当然その二、BがAを咋い伏せる説話形成も可能であろう。もっとも、それでは、咋い伏せるという文字通りの外面の激しさは求めるべくもなく、説話の面白さは劣ることになるかも知れぬ。

とはいえその一とその二、両様の説話形成は、両者が「龍」であることにおいて可能なのである。油虫《ごきぶり》や蚤虱ではどうしようもない（目糞鼻糞の笑話なら生れようが）。孝言の批評、「龍の咋い合い」は、孝言の文脈を外れても、このような説話の風景、このような物語のためにも有効であろう。

もう少し駒を説話的に組み合せてみようか――。

清行と有国を取り組ませてみるならばそこに、龍虎相搏つ物語を語ることができるであろう。長谷雄と保胤を一つ座に置けば、優しい二匹の猫のように、春の日向に並んで坐って何事も起こらないかも知れぬ。

否々、そうではない。例えば――。

――一人の少年がいた。心の奥深くに関わることについて、口に出して話すことを少年は好まなかった。たいへん絵が好きだった。心の通じる独身の叔父がいた。外国帰りの叔父の住む海辺の家を、或る日、少年は訪ねた。

ベランダの椅子に並んで腰を下し、濃くて熱い紅茶に砂糖と生クリームを入れてゆっくり飲みながら、二人はだまってただ遠い海を眺めていた。

やがて叔父がぽつんと言った。

「マウベ（オランダの風景画家）はすばらしいな」

少年はふうっと深いためいきをついた。

「ええ、ほんとにすばらしいですねぇ」

やがて、少年は立ち上って帰って行った。口をきいたのはその日、それくらいだった。

「ああ、今日は叔父さんのところで、すごくよかった」

と、少年は呟いた。

そんな物語が作れるかもしれない。

三　才ある死

長谷雄には、長谷寺の十一面観音の利正《りしょう》として生れ、因んで長谷雄と命名されたという伝承がある（「長谷寺験記」上・四、「三国伝記」一一・一二）。弾正大忠（弾正台の三等官）であった紀貞範《さだのり》が参籠して、文道を以て家を興す子を願った夜の夢に、伽藍守護の金剛童子が現われ、これが子に生れたという。大納言を望んだ長谷雄が長谷観音に祈ったというのはこれに連絡する。大納言が欠員であったとは『江談抄』に記されていない。長谷雄が権中納言に任官のときは空席であったが、正に転じたとき、中納言であった藤原忠平が、並行して大納言になっている。

長谷観音が長谷雄を遣わしたという他の国とは、地の国、冥府《めいふ》であった。文筆の人が書記の冥官として冥府に求められる、そういう多くの説話がある。あたかも詩人の短命を、その詩を愛したミューズが詩人を呼び寄せるのだと語るギリシャ神話のように。アイルランド民話のゲイリー・ミューズも身近かに詩人を呼んだ、詩人はしばしば若死にした（イェーツ）。

隋の眭仁蒨《ずいにんせん》が太山府君《たいざんぶくん》（閻魔王の尚書＝弁官）に招かれて死にそうになったのも、彼の文筆の才で冥府の主簿（文書を司る官）の欠を埋めようとしたからであった（「今昔」九・三六）。唐の嘉運もその文才のゆえに東海公（太山府君のことであろう）の記室（文書作成の官）に呼ばれた。未熟を言い立てて遁れ、代りに陳子良《ちんしりよう》という男を推薦し、綿州の陳子良が死んだ――招かれた。しかしこれも未熟を言い立て、それではこちらだったかと、呉の陳子良が死ぬはめになった。陳子良は嘉運を大いに恨んだという（「今昔」九・三〇）。ともに『冥報記』によるという。

仁明朝有数の文人、参議小野篁《たかむら》は、生き身にしてこの世と冥府を何度も往還したと伝承される人だが（「江談抄」「今昔」など）、冥府では第二、或いは第三の冥官であった。冥官として、単なる書記以上の存在を示したが。

歌に巧みな一人の近衛舎人《とねり》が、相撲使《すまいのつかい》（相撲節会《せちえ》の出場力士を諸国に求める役）として東国に下った。常陸の国を通ったとき、思えば遠くまで来たものだと、常陸の風俗歌《ふぞくうた》を馬上に歌った。そのとき、深い山奥から恐ろしい声が

「あな、おもしろや」

と響き、手を拍つものがいた。従者の耳には聞こえなかった。その夜、眠ったまま舎人は死んだ。歌を愛でた山神が、歌い手をその手もとにひきとめたのだと、『今昔』二七・四五は解説する。

詩才ではなく歌唱の才なのだが、ギリシャ神話やアイルランド民話の詩人と似た話になっている。

――この舎人の話には別の解釈も可能である。

常陸の地霊が、その土地でその土地の歌をおくめんもなく歌う舎人に、与えた報復がその死であったのかも知れない。アイルランドの伝承では、利口な農夫なら、妖精の塚の近くで「牛乳搾り

の美しい乙女」の歌を口ずさんだりはしないものだという。自分たちの歌が人間風情《ふぜい》の口にのぼることを、妖精たちはいたく嫌うからである（イェーツ「隊を組んで歩く妖精達」）。常陸の国で、即ち常陸の地霊の住むところで、彼の管理する歌を歌ってしまった舎人である。若し舎人の歌唱が地霊のそれより上手であったりすれば、もはやとりかえしもつくまい。妖精や地霊やものの霊は、存外焼餅やきなのである。「あな、おもしろや」と聞こえた恐ろしい声は、いたく反語的に響いたであろう。

本話の終り二段、「示現通り、どこか他の国に……」以下は『江談抄』にない。『今昔』によるまとめであるが、誤りがある。二人のうち、先立って死んだのは長谷雄である。既に述べたが、長谷雄は延喜十二（九一二）年に死ぬ。六十八歳。中納言任官の翌年であった。清行は延喜十八（九一八）年に死ぬ。七十二歳。参議任官の翌年であった。

二人の通称は、紀納言であり善宰相（宰相は参議の唐名）であった。

実方と行成　蔵人頭をめぐる説話――古事談・撰集抄より

〔一〕

一条天皇の代、藤原実方と藤原行成が殿上《てんじょう》で口論したことがある。実方は行成の冠をつかみ取って、殿上の間の南にある小庭《こにわ》に投げ棄て、座を蹴って立ち去った。

これに争う気をみせず行成は、主殿司《とのもりづかさ》（主殿寮の下級役人）を呼んで冠を拾わせ、砂を払ってかぶり直し、独語した。

「左道《さだう》にいます公達《きむだち》かな――道にはずれたお方だ」。

この始終を天皇は小蔀《こじとみ》（天皇の御座のある間から殿上の間へあけられた小窓）から見ていた。そして、

「行成は、近くに召し使うに足るものであった」

と、蔵人頭に補した。

一方、実方には、

「陸奥《みちのく》の歌枕をさぐってくるように」

と命じ、陸奥守に任じた。実方はその任地で死んだ。

（「古事談」二・三二）

実方と行成は肉親にかかわって似た境遇に生れ育ち、性格的には正反対、官途もまた対照的と言

えるに近かったが、長徳元（九九五）年という年にあって、蔵人頭《くろうどのとう》という官職にかかわって、その今後への運命が正反対に転じてゆく、それがこの説話発想の基礎にあった。

一　行成　その任官の伝承

行成は、一条摂政伊尹《これまさ》（九条右大臣師輔の長子）の子・右少将義孝を父とする。義孝の母（伊尹の室）は、醍醐皇子・代明《よりあきら》親王の女《むすめ》で、恵子女王と呼ばれた人。行成の母（義孝の室）は桃園中納言源保光の女だが、その保光も代明親王の子であった。行成の祖母と外祖父は、母は異るかもしれないが代明の子であった。行成は藤原氏の一中心、そして王孫にも近いところに生れている。

義孝には、母を同じくして姉・懐子、弟・義懐《よしちか》がいたが、懐子は冷泉女御として師貞《もろさだ》親王（のちの花山天皇）を生み（安和元―九六八年）、天延二（九七四）年義孝はその春宮亮《とうぐうのすけ》（春宮坊の次官。皇太子の官司）になっている。義懐も、貞元二（九七七）年、師貞親王の年爵《ねんしやく》（院や宮に特権的にあてられていた叙爵推挙の権利）によって正五位下となり、天元二（九七九）年には春宮亮、永観二（九八四）年、花山朝が始まると、蔵人頭、参議、従二位権中納言に至り、実権を握り政局を動かした。行成自身も、永観二年の初叙従五位下は師貞親王の年爵により、寛和元（九八五）年の初任官は花山朝の侍《じ》従《じゅう》であった。つまり、花山天皇とのつながりが、懐子に始って強い一族であった。

行成の生れた天禄三（九七二）年の十一月、家の中心である祖父・伊尹が死に（四十九歳。摂政太政大臣に任ぜられて一年）、翌々天延二（九七四）年、父である右少将春宮亮義孝がその兄左少将挙賢《たかかた》とともに流行の疱瘡で死んだ。ともに眉目秀麗の若い殿上人で、朝に兄、夕に弟が死んだので、世に前少将《さきの》・後少将《あとの》と呼んで愛惜したという。行成は外祖父保光の庇護に入り、その有職《ゆうしき》はこの保光から伝えられた。更に翌三年、伯母の懐子が、師貞の即位も見ずに死に、伊尹の子の相継ぐ死には、義孝の春宮亮就任の数日前に死んだ中納言藤原朝成《あさひら》（右大臣定方の子）の怨霊《おんりょう》の噂が流れ、伊尹の死すら朝成生霊のしわざという説話を生んでいる。伊尹と朝成には官職をめぐる確執の説話もある。

伊尹の死後、その弟である兼通・兼家が後継を争う時代となり、右大臣兼家が実質的に政局の中心となる。そういうなかで、伊尹流と縁の深かった花山天皇の即位をみるが、義懐の活動など、伊尹流に陽が当ったのも二年ほどで、兼家らに謀られて花山は出家、花山朝の中枢にいた義懐もこれに従って出家し、兼家女の詮子《せんし》を母とする一条天皇の時代が、寛和二（九八六）年、摂政・大政大臣兼家、次いでその長子道隆の関白・摂政を以て始る。

その時代のなか、正暦四（九九三）年、行成の祖母恵子女王が死に、長徳元（九九五）年、行成の母（保光の子）が死ぬが、この年の三月下旬から六月上旬にかけては、前年から流行の始っていた疱瘡が、現任公卿八人、五位以上の殿上人としては数十人の命を奪った。恵子とともに行成を庇護してきた外祖父保光も死んだ。道隆も死に、道隆の子伊周《これちか》と弟・道長の政権争いの時代になる。

この頃まで行成の官位は順調に進み、初叙従五位下から正暦四（九九三）年の従四位下に至り、宮廷行事にも従っているが、その官職は殆ど進まなかった。一条天皇の初年に左兵衛権佐となり、四年ほどで備後権介を兼任するが、従四位下叙位とともに兵衛の官は解かれ、備後権介にとどまり、京官に就くことはなかった。花山朝とかかわりの深かった伊尹流の生き残りが、一条朝にあって疎外されていたのかも知れない。

多くの現任公卿の死んだ長徳元年、その秋の京官除目《じもく》に、八月二十九日、従四位下蔵人頭俊賢（安和の変に左遷された左大臣源高明と師輔女との子）は参議となり（「公卿補任」・「職事補任」）、その後任に突然、行成は蔵人頭《くろうどのとう》に補せられた（「職事補任」・「権記」）。二十四歳。『大鏡』三（大臣列伝伊尹の項）に、この人事を語り手の世継は「いとめづらしきことよな」と評し、俊賢の強力な推挙によるものと述べている。

行成を推す俊賢に対し一条天皇は

「地下《じげ》のものを頭にするのはどうかな」

と疑問を口にし、俊賢は、

「地下であることなど、お気になさることはありませぬ」

行末まで朝廷に役立つ人材を頭に任用しないのは世の損失であると弁じる。地下は、清涼殿に昇ることの許されていない者で、殿上の堂上《どうじょう》の対概念。この以前から俊賢が行成の官途を心配していたことは事実ながら（「権記」）、行成は地下ではなかった。兵衛の官を解かれたときに一度は地下に下っているが、すぐにまた還昇《げんじょう》している。また『職事補任』は散位《さんに》従四位下の行成が頭になったように記しているが、先述したように備後権介であった。

しかし、備後権介にすぎず京官に就いていないものの頭抜擢は異例に属し、だから地下とか散位とかの記述も生れたのであろうし、蔵人頭になるまで、その沈淪《ちんりん》を嘆いていた行成という説話を生むことにもなる。『大鏡』が既にそうであるが、『古事談』二・三二（当話の次話）は、行成が「沈

論に堪へず、将《まさ》に出家せんと」していた、それを俊賢は励まして挙達を約束する、そのお蔭で

「下《げ》﨟《らふ》無官の四位」ながら頭になれた、とする説話である。無官は散位というに等しい。

行成の頭《とう》任官には二種の伝承があったようである。一つは、その能力や資質を知っていた人がいて、天皇に強力に推挙するという型で、説話化の部分も含むが『大鏡』や『古事談』二・三三はこれである。これは、行成感恩の話に展開し、納言に昇進して俊賢の上﨟《じょうろう》になってからも、その恩を思って俊賢に上座することはなかった、という（三三話）。この構造は三〇話のそれ、他ならぬ俊賢をめぐる話と同様の趣きである。即ち、その当時としては珍らしい五位での蔵人頭を、関白道隆の推挙で得た俊賢は、のち、道隆の子・伊周の内覧《ないらん》（政治文書を奏上に先立って目を通し天皇を輔佐する職能、その地位。関白に準じる）が解かれ、道長に内覧の宣旨が下されたとき、狸寝入りをしていたという。道隆の恩を思い、伊周に同情してのことであると、自ら語った。宣旨が下されると蔵人頭が動かねばならないのだが、それへの僅かの、しかしぎりぎりの抵抗を示したのである。

行成の頭任官に関するもう一つの伝承は、その隠れた資質なり能力なりを、天皇自らが見出し評価したという型（当話）で、その、より説説的であることへ藤原実方が関与、登場してくるのである。

二　実方の陸奥守任官

藤原実方は、小一条左大臣師尹《もろまさ》（摂政太政大臣忠平の四男?、師輔の同母弟）の子・侍従定時を父とする。定時の母（師尹の室）は右大臣藤原定方の女《むすめ》、実方の母（定時の室）は左大臣源雅信の女。父・

定時の早世により実方は叔父・小一条右大将大納言済時《なりとき》の子となる。なお、祖父師尹は兄・師輔と対立的で、師輔が女《むすめ》を源高明の室に入れているのに対し、高明排除（安和の変）の中心人物であった。安和二（九六九）年、高明の後を襲って左大臣になったが、その年のうちに死んでいる（十月、五十歳）。この年には済時はまだ従三位、十二月に昇殿している。以上のような肉親関係の構造は、行成のそれとかなり似ているであろう。実方の生年はわからない。

済時は父・師尹より「御心ざまわづらはしく、くせぐせしき」――性質が気むづかしく一癖も二癖もあると評判され、名聞好きであった（「大鏡」二）というが、有職《ゆうそく》家であり、琴、和歌に通じていた。この人の庇護のもと、実方の官位官職は順調であった。官位は天延元（九七三）年の従五位下初叙から始って、正暦四（九九三）年には従四位上に至る。官職は天延三年の円融天皇の侍従のあと、右兵衛権佐、左近少将、右馬頭、右近中将、そして正暦五（九九四）年、左近中将に至る、武官としての経歴を積み、華麗な容姿をもって宮廷行事の華やぎに臨み、『実方集』を見ても実に多くの女性と、歌や手紙またそれ以上の交渉をもつ人であった。清少納言とも恋愛の関係にあった。

円融朝から一条朝にかけての実方の昇進は、正暦六（九九五。二月に長徳改元）春の縣召除目《あがためしのじもく》（地方官の除目）によって突然絶たれる。正月十三日、実方は陸奥守に任ぜられる（「中古歌仙三十六人伝」）。陸奥・関東の歌枕を見にゆくこと、即ち東下りは、自らそれを言えば、在原業平のように、所得ぬものの漂泊であったし、命ぜられれば左遷であった。この年四月、先に記した流行病で養父済時が死に、済時と親しかった道隆も、同じ月、やや先んじて死んだ。道隆の死はやがて、伊周と道長の勢力争いとなり、左大臣道長を筆頭公卿とする一条朝になる。その体制のなかに実方は入れなかったのである。
その年九月二十七日に実方の罷申《まかりもうし》（国司や太宰帥《そち》などの赴任挨拶の儀）が行われた（「権記」・「日本紀略」）。殿上で酒肴に与り、天皇御前で賜禄・仰詞のことがあった上、正四位下に叙せられた。ということからみれば、この任官は左遷ではなかった。しかし異常な任官であった。陸奥守任官は、東国に拠点をもつものや道長の家司、官位としては五位、せいぜい従四位下のものが一般であった。従四位上左近中将であった実方は、次の官職としては蔵人頭《くろうどのとう》が順当であった。頭は、一人は弁官局の大弁或いは中弁、一人は近衛府の中将が兼補さる（これを頭弁《とうのべん》、頭中将と呼んだ）のが通例であったから。実方自身、次の官を中将兼任の頭と思っていたであろうし、人々もそれを許していたであろうと思われる。

左遷ではなかったが左遷といってもよいこの人事は小一条家を抑えることにあったのであろう。師尹の死後衰えてきていたとはいえ、済時がおり実方がいた。その実方を京官から外し、天皇に近侍する蔵人頭たらしめなかった、その除目から三ヶ月余ののち、済時も死んだ。後のことながら、済時の女・絾子（絨子とも）は、一条天皇の東宮であった居貞《いやさだ》親王（のちの三条天皇。冷泉皇子）の妃（のち女御・皇后）として敦明《あつあき》親王を生み、親王は長和五（一〇一六）年、三条譲位、後一条天皇即位とともに東宮となったが、三条上皇の死後、三条との約束を破った摂政左大臣道長の圧力のもと、遜位《そんい》を余儀なくされた。小一条院という。後見する勢力は小一条家やその周縁に、もうなかった。堂上の高級貴族としての小一条家の終焉であった。済時の五人の男子では、僧籍に入った二人は別として、通任一人が権中納言に至るにとどまった。家が向かう終焉への目立たしい事件で、実方任官は、あった。

地下や散位に沈淪していたわけではないけれど、そうも説話的には言えるような状態から、左大臣道長を筆頭公卿とする一条朝政権のなかに救い上げられたのが行成であった。その一条朝への恪《かく》権《ごん》、後には道長への忠誠がのちの正二位権大納言を生んだ。行成は道長と同じ日に死んでいる。

順調な官途が、左遷ではないのだが説話的にはそうもいえるような人事で阻まれ、一条朝政権の外へ追われたのが実方であった。政権から遠く離れた土地で、そのまま彼は死んだ。この正反対の運命の交錯するところが、蔵人頭という地位であった。一方は秋の京官除目、一方は春の縣召除目。二つは関係がなかったが、同じ年の内のことであった。そこに成立した巧みな説話化が『古事談』二・三二の当話である。出典は未詳だが、『十訓抄』八・一、『寝覚記《ねざめのき》』五、『東斉随筆』にも語られている。

三　殿上濫行

口論は殿上間《てんじょうのま》で起った。ここと昼御座《ひのみまし》（天皇の昼の居間）の間は壁で遮られていたが、その東南のところに石灰壇《いしばいのだん》（冬は火を起して暖房とした。天皇のための調理をすることもあった）がある、その上方に小蔀《こじとみ》という窓があって、天皇はここから殿上の間の様子を見ることができた。小庭《こにわ》は、殿上の間の南、小板敷を距ててあった。

行成のいかにも落着いた行為は『十訓抄』には、冠を着直し、守刀からか笄《こうがい》（かみかき）を取り

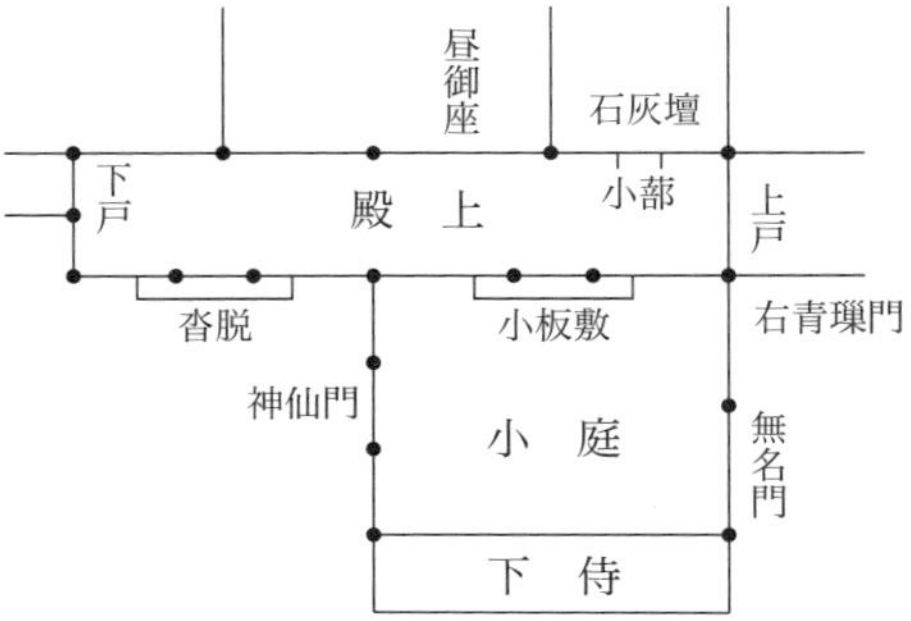

出し、乱れた鬢《びん》を整え、と叙述されている。左道《さどう》とは本来、儒教的なものに背く邪悪な術道をいい、昔、長屋王《ながやおう》が失脚させられたときの密告状に、長屋王はひそかに左道を営んでいたと記されている（「続紀」・神亀六年）。ここではそれの一般化した意味だが、『十訓抄』では、行成は鬢を整えたあと、居ずまいを正して実方に言う。

「これはどういうことでございましょう。にわかにこのような乱罰を受ける、そのおぼえが私にはありませぬ。後学のために、その訳を承りたく存じます」

折目正しくかたくるしく言い立てるのを聞いて、実方は「しらけて」座を立った。これを二十四歳の行成のそのままの言葉と考えることは要らない。説話の行成の言として、行成という人の全人格からの言葉である。

さて、実方の振舞に対して行成は、その訳がわからぬと言っている。『十訓抄』の地の文にも、「いかなるいきどほりかありけむ」と、実方の行為を問うている。何が原因であったのか。この二人の気質の違いは歴然としており、それに根ざす偶発のものとも考えられ、また、説話の焦点が二人の言動の対照にあったから、口論の原因まで語る必要はなかったのかも知れない。また或いは、二人の運命的なりゆきの差が事実としてあったからこそ、そのことの原因を、口論と濫行《らんぎょう》に作為した説話と考えるべきかも知れない。だが、冠をむしり取るという侮辱的な行為には、何らかの説話的な原因が語られてこそ、説話化的に面白いであろうと、無責任に私は考える。

殿上での濫行の話はいくつもある。

殿上淵酔《えんずい》（宴飲）の席上、頭中将藤原俊家（時に権大納であった頼宗の子、関白左大臣頼通の甥、道長の孫に当る）、放屁して満座のもの一同、閉口した。その後、俊家は橘を鳴らそうとして口中にしたが失敗。場にいた頭弁経輔《つねすけ》、微音に言った。

「これは鳴らず」

満座は笑い出し、立腹した俊家は経輔を笏で打った（「古事談」一・四五。「今鏡」・「寝覚記」などにも小異をもって語られる）。右中将蔵人頭俊家十八歳、左中弁蔵人頭経輔三十一歳。権力を背後にもった俊家の驕慢の行為は、経輔の皮肉なユーモアが刺戟した。

〔二〕

殿上人《てんじようびと》たちが東山へ花見に行ったことがある。折悪しく俄雨が降り出し、人々は大慌てになったが、実方の中将ただひとり、いささかも騒がず、桜の木の下に入って、歌を詠んだ。

桜狩り雨は降り来ぬ　おなじくは
　濡るとも花の陰にくらさむ

――桜狩りに折悪しくも雨が降り出した　同じ濡れるのなら　たとえ濡れてもこの花のもとに　時をすごしたい

歌詠むままに、ものかげに雨を避けることもせず、盛りの花を洩れる雨に濡れそぼち、装束はしぼるばかりであった。

風流のふるまい、と、人々は感じ合った。

後日、大納言藤原斉信が天皇に言上した。

「桜狩りの日、かくかく風雅のことがございました」

その場に蔵人頭行成がいた、彼は言った。

「歌はおもしろし、実方は痴なり――歌は興趣深うございます、しかし、実方の行為はおろかでございます」

このことを洩れ聞き、実方は行成に深く恨みを抱くに至った。


（「撰集抄」八・一八）

四　風雅の表現

中将実方が殿上人たちと花見に赴いたという設定にあって、行成が蔵人頭であることはあり得ない。既に記したように、長徳元（九九五）年八月、秋の京官除目に行成は頭に補せられ、その九月に、実方は罷申の上、陸奥へ発って行ったのだから。逆に言えば、実方が中将として都にいたころ、行成は、殿上はしているものの説話的には散位・地下同然の身分であったから。蔵人頭は左中将斉信（大政大臣為光の子）でこそあったであろう。彼は実方の罷申に先任の頭として儀式をとりしきっている。彼が大納言であるころには、とうに実方は奥州で死んでいる。だからここに、行成・斉信の官職のことは無視しておこう。

「桜狩り」の歌は『拾遺集』春に、題不知、読人不知として載るものであった。第五句「かげにかくれむ」。『古今六帖』には「したにかくれむ」。「やどらむ」「かくれむ」とする『撰集抄』の伝本もある。

『後撰集』の藤原敏行歌に、

　春雨の花の枝より流れなば
　　なほこそ濡れめ香もや移ると

とあるのにも似る。敏行歌はその詞書に、宇多天皇のときの或る桜花の宴に雨が降ってきてと記された、現実に際しての歌で、「なほこそ濡れめ」などと言っているがこれは歌の上だけのこと、ことばの風流、風雅の表現というものであろう。それで当然であった。現実にそんなところで濡れそぼつことは、みじめなものに過ぎない。『拾遺集』における当歌も同様であろう、それを利用して『撰集抄』は実方を、その自己陶酔と、見る人への風流の演出において描いたのであって、多分にナルシストであった実方の形象として、よく出来た説話であった。

〔一〕の殿上口論の原因を、この桜狩りの後の実方の憤懣に求めればおもしろかろう、と思うことは、誰しもが思いつくことであろうが、現に尾崎雅嘉の『百人一首一夕《ひとよ》話《がたり》』は、〔一〕の話を『十訓抄』から引いて〔二〕『撰集抄』と一つにしている。両書を並べたときすぐに気付く矛盾から、行成の官職「蔵人頭」を『一夕話』は流石に捨てている。不十分にも斉信の「大納言」はそのままであるけれど。

実方と行成、この二つの説話における二人の言動は、もともと一つの説話であるかのように一貫している。実方の年齢は不詳だが、官位の動きから、行成より年長であるに違いなく、事実としての行成は蔵人頭になったとき二十四歳であった。だが、典型的におとな（本書V、「大宮人たち」）である行成の前に、実方の方が年下のように見えてくる。

実方は中古三十六歌仙の一人に数えられ、『続本朝往生伝』では、一条朝の代表的な歌人として、藤原道信・藤原長能《ながとう》・大中臣輔親《すけちか》・和泉式部・赤染衛門・曽根好忠の六人とともに挙げられている。定家の百人一首に次の歌が採られていることは、誰もが知っている。

かくとだにえやはいぶきのさしもぐさ
　さしも知らじな燃ゆるおもひを

あなたを思う心をわたしは、どうしてもあなたに告げられない、だからあなたは、あなたへの燃える私の思いを、きっとご存知ないであろう。これだけの直截な意味を、掛詞・序詞・縁語、そして倒置法・指示の対照など、華麗に表現化している。

実方が右中将になった正暦二年九月、道信（大政大臣為光の子）は左中将であり、道信の死によって実方が左中将に転じたとき、源宣方《のぶかた》（六条左大臣重信の子）が右中将になる。一条朝のころこの三人は、貴紳の子である近衛武官として親交もあり、退位後の花山院を囲む文人グループを形成していた（増田繁夫）。行成はそのグループに属さず、むしろ和歌は不得意で、漢詩文をその表現としていた。やがては書（後に権跡《こんせき》と呼ばれる一流を形成）と有職において知られる。外祖父源保光から伝えられて有職家に成長してゆく行成と、慣習などにあまりこだわらなかったらしい実方とは、既に対蹠的であった。いわば実方は和歌に拠って風雅に乗り出し、行成は行儀にかかわって一歩退いている。

五　実方伝承——殿上の迷い雀

実方が陸奥で死んで後、雀が殿上に入り、据えられていた継目の台盤《だいばん》の飯を啄んだ。あれは実方の中将で、蔵人頭になれなかった思いが残ったのであろうと、人々は哀れんだ（「今鏡」一〇）。『古事談』二・七二や『十訓抄』八・一では「小台盤」とする。台盤は盤に脚をつけた懸盤の大型のもので、小台盤、切台盤、長台盤などの種類があり（「名目抄」）、切台盤は長台盤の半分のもの、継目の台盤は、継げば長台盤になるということで、実質的に切台盤と同じか。切台盤は大臣用（「禁秘御抄」）、小台盤は親王・大臣（「西宮記」）、上卿は小台盤（「明月記」）などさまざまな規定が見られるが、要するに小型の、一人用の台盤は公卿上級者のものであった。頭中将であることが思いにあった実方の、その雀の止まるところとして小型の台盤が表現されているのであろう。清涼殿西廂の間に台盤所《だいばんどころ》があるが、ここは殿上間《てんじょうのま》に整えられた台盤を言っている。

雀とは？　やはり、実方のイメージとの連関が辿れるようである。

十一月の下の酉の日に賀茂社の臨時祭が行われる。宇多朝に始まり、醍醐朝にこの名称のままで恒例化した。その三ヶ月前、臨時祭歌舞の試楽《しがく》が清涼殿東庭で行われた。試楽というけれど、天皇出御もある宮廷の遊宴行事であった。舞人は清涼殿北辺の萩戸《はぎのと》のあたり、植えられた棕櫚の木を中に挟むように登場して東庭に入った。

一条天皇のときのこと、この試楽に、舞人の一人実方の中将が遅参した。だから、舞人が冠の上緒に挿す挿頭《かざし》の花が、実方にはなかった。挿頭の造花は作物所《つくもどころ》があらかじめ用意していた。そのまま舞に加わった実方は、東庭の中央に近くある呉竹《くれたけ》の台に寄って舞人たちが一舞いする、そのとき、台へと進み出てその一枝を折り、自分の挿頭として舞を続けた。

振舞いの優美を満座の人は賞めた。

このことから、試楽の挿頭には呉竹の枝を用いるようになった（「古事談」一・二〇）。試楽舞人の挿頭に呉竹の枝を用いるという有職の、その起源を語る説話に、実方を結びつけたものであるが、一条朝の実方は従四位上、そして臨時祭舞人には通常、五位六位帯剣のものという小さな齟齬も、説話のなかのこととして見逃さねばなるまい。説話のなかの実方は、試楽に故意に遅参したのである。呉竹の枝を折り取って挿頭にするという風流を演出して、人々に見せるために。桜の花のもと雨に濡れてみせたように。

清涼殿東庭には二つの竹台があった。一つは東庭の西南の角に近く、御溝水《みかわみず》のほとりの河竹（真竹）、一つはその東北方、清涼殿の中央に当る庭中（それを描き出す文献によって小差があるが）に、呉竹（葉の細い破竹）の竹囲いである。それらを設けたのは、そこに群がる雀の声を聞くためであったという（「十訓抄詳解」所引古伝）。そこに集る雀が、すぐ近くの殿上の間にまぎれこむことは、多くはないにしても、あり得たのであろう。多くはない――珍らしい殿上のまぎれ雀を目にしたものは、竹台から飛来したと容易に思いつくとともに、そこに曽って繰り展げられた風流の伝承、その貴公子を連想したことであろう。小台盤で飯を啄むこの雀は、だから、あの実方中将なのだ、と。

六　実方伝承——阿古屋の松

まさに「思ひ懸けず陸奥守に成」って（「今昔」二四・三三）下向した一人の貴種を、陸奥《みちのく》の武者たちは大事に護り、昼夜、館への奉仕に怠ることもなかった。そのころ、平維茂《これもち》と藤原諸任《もろとう》が所領のことで争い、実方に訴えた。だが、ともに土地の有力豪族である二人の争いを、実方はあつかいかねた。扱いかねたまま実方は死んだ（「今昔」二五・五）。

陸奥での生前、歌枕を尋ねて実方は毎日のように廻国した。阿古屋《あこや》の松を訪ねようとした実方に、それはこの国にない由、国人が告げた。一人の老翁が現れて言った。

　みちのくの阿古屋の松に木隠れて
　　出づべき月のいでやらぬかな

という古歌によって探しているのであろうけれど、この歌は陸奥と出羽が分かれる前、広く陸奥と呼ばれていたころの作で、両国が分れてからは出羽国に属しているのだ、と（「古事談」二・七）。

和銅五（七一二）年九月、陸奥国から出羽国が分国し、更に十月、陸奥のうちの最上・置賜の二郡が出羽に編入された。その最上郡に現在の山形市域は属し、市東部にある千歳山《ちとせやま》辺りに、歌枕・阿古屋の松は比定されている。山の北東麓に万松寺があり、寺誌は、阿古耶姫という女性が、老松の伐り株のところに若松を植え、近くに万松庵を設んで老松の精霊の冥福を祈ったのをその寺の起源と語る。阿古耶姫を開祖、松を訪ねた実方を中興とする。姫は慶雲四（七〇七）年に没したとしている。寺伝に過ぎない。

歌は『夫木和歌抄』に題不知、読人不和として載り（第四句「出でたる月の」）、説話は『平家物語』一、また『源平盛衰記』七（二・三句「あこやの松の木高きに」）にも語られ、老翁を『盛衰記』は塩竈明神とする。この歌が『古事談』の言うような、陸奥・出羽分国以前の古歌でなどあろうはずはなく、「陸奥」は東北の一国であるとともに東北地方の汎称でもあった。

廻国の途、名取郡の笠島道祖神（現、名取市愛島の佐倍之《さへの》神社がそれだという）の前を馬で乗り打ちし、神の怒りを買って馬ごと蹴殺されたという（「盛衰記」「出来斉京土産」）。この神は、京都、賀茂川の西で一条の北辺《きたのべ》（京極の東、賀茂川畔にあたる）なる出雲路の道祖神（場所が移って、寺町今出川上ルに、幸神社《さいのかみ》として現存）の娘で、商人と駈落ちして勘当され、奥州へ追放されて神となったという、面白い伝承をもち、効験無双、賞罰分明の神として里人に信仰されていたが、この由来を聞いた実方が、そのような下品《げぼん》の女神の前に下馬する必要なしとしたという。近くに実方の墓も伝承され、『山家集』の西行も『奥の細道』の芭蕉もそれを訪ねている。伝承は伝承として実方は、何か不慮のことで死んだのかも知れない。都にいるころ子に死別し、奥州では夫人に先立たれている。

七　実方伝承——賀茂社の水鏡

実方には賀茂別雷《わけいかづち》神社（上賀茂神社）の末社の一つに祀られているという伝承もある。末社のうちの岩本・橋本の二社の祭神が、在原業平と実方とでよくとりちがえられることを確かめに、兼好は上賀茂に参り、老宮司の教えによって橋本社の祭神を実方としている（「徒然草」六七段）。『雍州府志』によると岩本社は、片岡社と沢田社の間、岩の上に鎮座し、橋本社は二の鳥居の北、上屋の西、前に流れがあって石橋が架かっているという。同書も引く『神祇拾遺』は、岩本社祭神は住吉明神、橋本社は弱《わか》明神、つまり若浦（和歌浦）明神、即ち玉津島明神が本来で、業平・実方がこの神々に和歌上達を常に祈願したから、里人が二人を祭神と誤ったのだとする。しかし、この説明自体、誤った合理化である。

兼好に教えた老宮司は次のように言う。

「実方は、御手洗《みたらし》に影の映りける所と侍れば、「橋本や、なほ水の近ければ」と覚え侍る」

御手洗川はいま明神川と呼ばれる流れで、その近くの社が実方を祀るものだと告げる、その理由、「その流れに影の映ったところ」という、それを現代の注釈は、実方の霊が来てその影を映したという社伝でもあったのであろうとする。しかしそれも誤りで、そのような社伝はなく、あるべくもない。臨時祭の近衛使として、或いは近衛舞人として武官束帯のその姿を、石橋の上に立って御手洗川に映して見入っていた実方を、美しい人よと眺めた昔の宮司たちの、その伝承をこの老宮司は兼好に語ったのである。

『枕草子』陽明文庫本三五（なほめでたきこと）は、曽て恋人であった実方を述懐する。――年ごとの賀茂祭の舞人としてめでたかったあの人が、死後「上の社の橋の下にあなるを聞けば」、それほどまで執着しなくてもよいのにと気味悪くも思うが、ほんとにあの人の舞はすばらしかった、と。

「橋の下にあなる」とは、橋本社の神になったという表現ではない。亡霊がその橋のあたりに屢々出現した、或いは住みついているという伝聞の表現である。それを執着と言い、舞人のめでたさに関連づける、その理由は、御手洗川の水鏡に、舞装束の自分の美しさを見ていた実方を措いて、想定し得ない。清少納言もその折の実方を我が目に見、見惚れていたのかも知れぬ。実方は水辺の水仙にはならなかったけれど、自己陶酔にあって我が身を水鏡に映す彼は、これも一幅の絵を描いていたことになる。雨中の花下、呉竹の挿頭とともに。

橋のあたりに出現した霊はやがて、橋のあたりの社の神と伝承されるようになった（和歌神への信仰からではなく）。謡曲『賀茂物狂』は『枕草子』や『徒然草』に依るのであろう、実方を橋本社の祭神とした上でその所以を、はっきりと水鏡の風流に求めて語っている。

これこそさしも実方の、宮ゐ絵ひし粧ひの、臨時の舞の妙なる姿を、水にうつし御手洗《みたらし》の、その縁《えにし》ある世を渡る、橋本の宮居と申すとかや（「水にうつし御手洗の」は「うつし見」「御手洗」の掛詞）

和歌神への信仰からいつかその社の神と誤伝された、というのでないとすれば、岩本社の業平は？　業平が何故、その近くに登場するのか？

これは、実方の伝承に引かれたものでもあろう。実方と業平は、その歌の名誉や恋多き生涯だけでなく、一つに括れるところがある。例えば業平にとっての有名な、「あなめ」の歌の伝承——老衰沈淪のうちに奥州に流れて死んだ小野小町の、髑髏と化したその眼窩から薄が生え、風吹くごとに苦しむ歌の声を業平が聞きつけ、下の句を詠んで供養する話（「江家次第」「無名抄」「古事談」「袋草紙」「袖中抄」など）は、実方として語られることもある（「古今集序註」）。自ら身を要なきものとして歌枕を訪ねて東国へ下った業平と、一条朝に要なきものとして歌枕を見てくるように命ぜられた実方とは、二人の貴種、その流離《るり》の物語（折口信夫）において一つに括られるのである。

大宮人たち──古事談より

〔一〕

近衛天皇が小六条内裏に住まっていたころの或る日、宇治左大臣頼長が参内したところ、内裏南庭、築山の上に大きな袋があった。袋はうごめいていた。

随身《ずいじん》（警固に扈従する近衛舎人《とねり》）に検べさせると、袋の中に人がいる。開いてみると中将行通だった。袋から這い出し、随身たちと大笑いして、どこかへ消えた。

これは若い殿《てん》上人たちの悪ふざけだった。

──内裏の、頭中将教長《のりなが》の宿所で騒いでいるうちに、為通朝臣が鏡を見て言いだした。

「何とまあ美しいことか。

この為通の鼻の美しさよ。

お后の鼻にしたって悪くないほどだ。みごと、みごと」

自慢たらたら可愛がってみせたところ、師仲《もろなか》朝臣、

「そんなお后の鼻があろうかよ。何という鼻だ。まがまがしい后鼻だわ」

と悪口を返す、それに行通も口をつっこんでからかったところ、カチンときた為通、

「おまえのようなチビは、そうだ、袋につめこんでやろうか」
と、その場にありあわせの袋に行通をつかみ入れて、
「方々、一緒においであれ」
と、行通を入れた袋をかついで、築山のほうへ練り歩く。ぞろぞろとくっついて行ったのは、師仲、公重、教長、そして顕広《あきひろ》の面々。

まさにそのとき、頼長が参内、騎馬前駆《ぜんく》（先追いの従者）の声に驚いた一同、あわてて袋を築山の上に放り出して逃げ去ったのである。

この日の日記に左大臣はこんなふうに記している。

今日、参内す。
懈怠《けだい》の番衆は袴を着けながら池に立ち
凶悪の小臣は袋に入れられて山に有り
　役立たずのバカモノドモは袴をはいたまま池にはまり
　たちのわるいコワッパメは袋に入れて山に捨てられていた

（「古事談」二・二二）

小六条内裏は揚梅の北、烏丸の西二町にあった御所。仁平元年（一一五一）六月、それまでの御所、四条東洞院内裏が炎上し、七月から十月まで小六条が内裏であったときのことと見るのが、諸条件から適当か。

すべて後のことながら、しかしそれほど遠からず、頼長は保元の乱（一一五六）で敗死、教長は頼長に信任され、乱には崇徳・頼長に組し、乱後出家、流罪（のち召還）。著作に『古今集註』、能

書で『才葉抄』の著がある。為通は舞の名手、行通とは頼宗流の従兄弟。行通は官途を忠隆の子の信頼に譲るが、信頼は平治の乱（一一五九）で斬罪。師仲は村上源氏俊房流、平治の乱で信頼につき、乱後解官、配流（のち召還）。師仲以外はさまざまな流れの藤原氏、騒ぎの大宮人たちは、やや年長の教長以外、ほぼ同年配、少・中将からせいぜい参議クラスの官職にあり、ほぼ四位程度、よくて三位くらいの官位にあった。

若い大宮人たちの集団（番衆）が悪戯好きで、野放図なそのばかさわぎはさまざま語られているが、「なにごともいみじくきびしき人」（「今鏡」）であった頼長にとっては、ばかばかしく且つにがにがしい騒ぎだったのであろう。年齢からいえば頼長は、彼らの誰よりも若かったのだが。

南庭の構造は母屋《もや》からみると、南池のひろがるその背後（南方）に築山の意匠されるのが一般で、『古事談』本文には書かれていないが日記の「袴を着けながら池に立ち」とは、前駆の声に驚きあわてた彼ら一行に、南池に足を踏みすべらし、はまりこんでしまうものまでいたことを言うのであろう。ただ、頼長の日記、現在の『台記』にこの記事はないので、別の解釈も可能であるが、ここには措く。

顕広は若い日の俊成。

寒夜かすかに灯《ともしび》をそむけ、白い浄衣の馴れた上衣を打ち掛け、衾《ふすま》を引き張った下に桐火桶《きりひおけ》を抱いて肱をかけ、独り閑疎寂寞に歌を案じる、と、そのイメージの語られた（「桐火桶」。定家仮托のこの偽書よりも新しくは、正徹「徹書記物語」にも、少異をもって同様に描かれる）、「幽玄」の俊成の、その若い日である。役立たずのバカモノドモの一行に、どの程度の悪ふざけを以て参加していたのか。

〔二〕

詩を作らぬ人で卿相《けいしょう》（公卿《くぎょう》）に昇ることは、源顕雅《あきまさ》に始まり、消息《しょうそく》を書かぬ人で卿相に昇ったのは、藤原俊忠が最初だという。このことは、藤原伊通《これみち》が二条天皇に奉った草子に書かれている。

（「古事談」二・八六）

詩は漢詩、広くいえば漢詩文。それを作らぬとは、表現の能力や習慣のないことで、一般化すれば、学問のないことを意味する。顕雅は六条右大臣顕房（左大臣俊房の弟）の六男。参議、権中納言から権大納言に至る。評判の悪い人で、学問がないというだけでなく、無能、特別の才能なく、音楽もだめ（「今鏡」、「古今著聞集」）、失言の多い人だった（「十訓抄」）という。

俊忠は権大納言長家の孫にあたり、大納言忠家の子。参議から権中納言になったが、それに十六年かかった、しかし、除目《じもく》、叙位の申文《もうしぶみ》はともかくとして、「消息」――つまり、私的な手紙を書かなかった、という意味は、昇進を懇請する私的な書状を要路の人に送ったりしなかった、と語られているのである。参議に任官して六年目、次の叙位の勘文《かんもん》に入れられていながら、「院の御気色《けしき》」によって見送られるという不運もあった（「殿暦」）のに。

このことは対比的に、もう一度さきの顕雅を思い浮かばせることになる。参議二十年、権中納言十年の末、内大臣宗忠に「消息」を送って大納言の闕を懇願し、その結果、顕雅は権大納言に補せられた（「朝野群載」顕雅消息）。『古事談』はこの対照を話題とする。

伊通はその晩年、若い二条天皇のために、宮廷の行事・儀礼、政治に対する心得、臣下に接する態度などを説いた、仮名交りの意見書を献上した。『大槐秘抄《たいかいひしょう》』という。大槐は、彼の最終官職である大政大臣を意味させている。顕雅と俊忠のこのことは実は、現存の『秘抄』に載っていないのだが、当時の公卿社会ではかなり広く知られていたのであろう、だから、書の性格からして『秘抄』に記されているものと速断したのであろう。この部分は『古事談』に注の文章として書かれている。著者自らが書いたのか、後人の補入か。なお、伊通は〔一〕の為通の父。

堀河天皇の或るとき、禁裏で村上源氏の殿上人が数人、蹴鞠に興じていた。なかに俊忠も、鞠の上手として交っていた。廟堂に源氏、殊に村上源氏の人が満ち満ちていた時期である。
そこへ右大臣顕房が参内してきた。この村上源氏の長老を、源氏の殿上人たちは平伏の礼を以て迎えた。中にただひとりの藤氏、俊忠も、源氏の人々が同族の長老に致す礼にならって、殊更の異をなさず、平伏の礼をした。
のちに右大臣が言った。俊忠は「若おとな」である、と。

（「古事談」一・八〇）

このとき俊忠は従四位、上か下か、少将、二十歳前後であった。「若おとな」とは、年若いにもかかわらずその態度・振舞いが大人《おとな》であることにいう。「大人」は常にほめことばで、殊更の圭角なく、場面に調和をこころがけ心操が円満なことにいう。似た語構成にある現代語の「若どしより」にあって、老《としより》が否定的なニュアンスをもつのと対蹠的に、肯定的な意味の語であった。
――仁和寺に侍従房という若い僧がいた。心操穏かで万人に受けられ、慈悲あり情あり、仲の悪い人の間をとりもち、闘争がましいことには中に入って宥め、「随分の名人の若おとなとて人も恥ぢ思いけり――傍のものが自分を恥じるほど立派だった」（「沙石集」）という。

俊忠は俊成の父であった。

堀河院歌壇を構成する一人でもあった。

堀河院歌壇の実務的な中心は、歌人でもあった権中納言源国信。村上源氏、顕房の三男（四男とも）、顕雅の兄にあたる。歌の指導的な中心には、宇多源氏、木工頭《もくのかみ》俊頼（大納言経信、歌合にあって天下の判者と称され、琵琶の名手でもあった人の、その三男）がいた。斬新な言語で趣向性《めずらしきふし》を追求した、いわば革新派の歌人、篳篥《ひちりき》の名手でもあった。

俊成は、俊頼のライヴァルとして行動した左兵衛佐《すけ》藤原基俊（右大臣俊家の子、道長の曽孫にあたる）の弟子で、俊成を定義するごとき「幽玄」は、本来漢詩評の語であったそれを、基俊が歌合の判詞に、つまり和歌世界の概念に転用したことに由来する。その俊成は、歌人としては師基俊より高く俊頼を評価していたという（「無名抄」）。俊頼が一人の中心であった『堀河院百首』は、組題百首の最初で、十六人の歌人のうちには、俊頼はもとより国信も基俊も含まれている。同じくその一人である権中納言大江匡房が最終的に選び整えた百の歌題――春夏秋冬・恋・雑に亘るその歌題は、以後、題詠の規範となり、若い日の定家も、父俊成の指示のもと、堀河題で和歌を修練している。寝殿の南面を開放し、衣紋を正して中央に座し、遙かに南方を見そらして歌を詠んだ、と、内裏仙洞、晴の御会のイメージでイメージされる（「徹書記物語」）、「妖艶」の定家、その若い日。「幽玄」の俊成の子、「妖艶」の定家。「無名抄」の作者鴨長明は、俊頼の子、歌林苑《かりんえん》俊恵《しゅんえ》法師の、その弟子であった。――さて、この記述は地下《じげ》に結んだ。

地下に結んだ次でを以て言えば、室町の歌僧、冷泉派の、そして当時の冷泉を超える存在であった正徹《しょうてつ》にとって渇仰の、定家は神さまであった。

この道にて定家をなみせむ（ないがしろにするような）輩は冥加もあるべからず――。

技能の父と子——古事談より

仏師定朝《じょうちょう》、子であり弟子でもある覚助《かくじょ》を勘当《かんどう》し、家に出入りもさせなかったことがある。だが覚助は、母に逢うために、定朝他出の暇などをねらって、こっそりやって来ていた。

そのころ定朝は、舞楽陵王《りょうおう》の面を打って進上するよう左近衛府から下命があり、心をこめて打ちあげたが、それを大切に、居間の柱に掛けておいて外出した、その留守に覚助が訪れた。面を取り下ろして覚助は独語した。

「これはいけない、このままお届けするなんて、とんでもないことだ。」

そして腰刀を抜くや、ぐいぐいと削り直し、もとのように柱に掛けて帰って行った。

他出から戻って定朝は面を見た。

「あの馬鹿めがやって来おったな。わたしの留守をねらって、勘当されたものがのこのこ入りこむとは奇怪千万。

この陵王の面は、やつめ、作り直したな。——だが、うん、うまく直しおったわ」。

そして勘当を許した。

（「古事談」六・七二）

一　定朝の方法

仏像彫刻は平安初期の貞観《じようがん》様式に対して、次の藤原時代にあってその和様化が極度に進んだ。その典型が定朝の定朝様《よう》で、父・康尚《こうじよう》を承けつつ、遡って天平彫刻にも学び、平安貴族にとっての理想的な美を完成させた。定朝とその彫像の様式については、谷信一、小林剛、源豊宗、毛利久、田中嗣人、久野健その他多くの人々によって研究され語られてきており、ここにはその様式を、「対象の平面的把握、平明性、優美性」、或いは「こまやかさ、平明さ、おだやかさ」という要約においてのみ記しておく。

この成果は技法としての、前代の一木造に対する寄木内刳造《よせきうちくりづくり》の完成に結びつく。一定の法則のもとに木を寄せて作るこの技法によって、表現の自由とともに、比較的小さい材の木から丈六のような大きな仏像を作ることも可能になり、多人数の仏師が部分を分担して、短時間に、従って多くの仏像を造ることも可能になった。藤原貴族がその生前に、できるだけ多くの仏像を造ることを作善《さぜん》とした思想に、それは適合した。この技法が貴族の要請に応えたし、また、貴族の要請がこの技法を展開させた。そして、多くの仏師が作業をする工房、即ち仏所《ぶつしよ》もここに成立した。奈良時代には造寺司があり、東大寺のような官寺には造仏所が設けられたが、桓武朝、その仏教政策によってそれが廃止されると、造仏所に所属していた仏師たちは南都の大寺に流れ、また、平安京の東西両大寺、殊に東寺の造営に造東寺司が置かれると、そのもとへも結集した。この東寺関連の造仏所から、独立の民間の仏所を構えたのが、藤原道長や行成に親近した康尚と考えられている。その仏所は東寺近辺、七条のあたりにあったらしい。大仏師、小仏師、その下のさまざまな仏工という組織もそこに成り立った。大仏師は、造仏にあたって多くの仏師を統轄するものの称でもある。

定朝の作品は、平等院鳳凰堂の阿弥陀如来像一体しか現存しないが、西院邦恒堂《くにつね》の阿弥陀像は、「尊容満月の如し」(「春記」)、「天下是を以て本様《ほんやう》と為す」(「長秋記」)と称えられ、これを寸法取りの基準ともして、以後多くの定朝様式像が造られることにもなった。治安二(一〇二二)年には、法成寺《ほうじょうじ》金堂仏(大日・釈迦・薬師・文殊・弥勒など)、五大堂仏(不動など)を造像した賞として法橋《ほっきょう》に叙せられ、永承三(一〇四八)年には、元年十二月に焼亡した興福寺の復興にかかわる造仏の賞として法眼《ほうげん》になった。仏師として初めて僧綱《そうごう》に列したのであり(「初例抄」)仏師の社会的な地位の上る契機になった。以後、定朝の流れの仏師で﨟《ろう》を積んだものは僧綱位を与えられるという例をひらいた。天喜五(一〇五七)年八月一日没、六十歳未満だったと推量されている。

定朝の流れは、子であり弟子でもある覚助の、その子・院助に始まる院派、定朝の弟子・長勢の、その子(?)円勢に始まる円派、これらの京仏師に対し、覚助の子・頼助(院助の弟)の流れである南都仏師、そこから鎌倉期に生れた康慶・運慶・湛慶らの慶派があり、すべてが定朝を祖としている。慶派は、運慶のとき京都に進出しており、平安貴族の好みの定朝様に対し、鎌倉武士好みの男性的な作風を立てた。

覚助は、定朝の子とも弟子とも、また子にして弟子とも伝えられるが、『古事談』はこの最後の了解に立っている。恐らくそれでよいのであろう。定朝の死のころ覚助はまだ若かったらしく、年長の長勢との協力体制のもとに後を嗣いだ。治暦三（一〇六七）年の興福寺金堂再興供養に、造仏賞として法橋、四年、後三条天皇御願円宗寺の造仏賞として、長勢とともに法眼に叙せられている。また、白河天皇御願法勝寺《ほっしょうじ》造営に、金堂の造仏によって従事したが、承暦元（一〇七七）年の供養以前に没し（五十歳前後という）、造仏賞は子の院助に譲られ、院助は法橋に叙せられている。若死にであった。

二　陵王の面

定朝が左近衛府の要請で舞楽面陵王を打った話は、『古事談』以外に見えぬようだが、定朝には、例えば長元二（一〇四二）年の二条内裏での花宴のために、龍頭鷁首《りょうとうげきす》の船の龍頭を作った（「春記」）ような、造仏以外の作例も存している。

他にも、広隆寺の不空羂索《ふくうけんさく》檀像を造った仏師春日（「広隆寺来由起」）は、「楽ノ仮面」も打ったと言われている（「新編鎌倉誌」）。伎楽面か舞楽面か。「春日」とは、『二中歴』一能の「仏師」の項に名の見える、渡来人の稽文会《けいもんえ》・気主訓（稽主勲《けいしくん》）の兄弟（河内国春日部在住）を指すという。二人を含んだ春日仏師《かすがぶつし》というグループを考えてよいかも知れない。定朝以後だが、慶派の康慶（運慶の父）が東大寺の伎楽面治道《ちどう》を打ち、定慶（康慶の弟子）が散手破陣楽《さんじゅはじんらく》の舞楽面を作っている。多くはないけれど、仏師による造仏以外の作例は、このように存する。

陵王（羅陵王とも表記するがそれもリヨウオウと訓む。管弦の場合には、蘭陵王《らんりょうおう》）は唐楽《から》（左楽）走舞の代表曲（この番舞が高麗楽《こま》、つまり右楽の納蘇利《なそり》）で、面は通常、龍頭をかたどり、額に小龍を頂き、釣顎の絢爛たるもので、武部・小面の二種類があるという。北斉の蘭陵王（長恭）が、戦陣のとき

法隆寺舞楽面　陵王
『国宝法隆寺展』図録（ＮＨＫ）より

その柔和な美貌を仮面に隠した、という伝えがある（「教訓抄」）。寺社の法会・祭礼や宮中賀宴によく奏楽され、殊に賀宴では、長保三（一〇〇一）年、東三条院（詮子）四十賀に幼童であった頼通が舞って以後、貴族若君の舞ともなった。また、競馬・賭弓・物合・相撲などの勝負舞《しょうぶまい》に、左方の舞として屢々演ぜられたが、このような勝負を役目として仕切るのは通常、二人の蔵人頭《とう》（頭弁と頭中将）であり（左右の方人《かたうど》の首《かしら》となった）、楽人であり舞人であることの多かった近衛舎人《とねり》が、勝負舞を演じた。『今昔物語集』二八・三五、後一条天皇のとき右近馬場で行われた種合《くさあわせ》（物合の一種、物の美しさや珍しさを競う）に、勝負舞左方を、近衛舎人下野公忠《しもつけのきんただ》（右近将監）が陵王で準備しているさまが描かれている（この舞は結局、右方の滑稽の演出によって流れてしまうのだが）。だから、陵王面の依頼が近衛府からあったということも、あり得たであろう。左近衛司には武部の陵王面が所蔵されていたという（「教訓抄」）。

陵王面のことと、定朝が龍頭船のその龍頭を作ったということと、作った対象に関して一種のかかわりがある。龍頭の船も鷁首の船も、楽人を乗せた奏楽のための船である。説話形成に関してかかわりがあるか否かは、関説の限りではない。

三　説話への参加

父・定朝の作った面を子・覚助が削り直す『古事談』の当話には、構造として少し似た話がある。『中外抄』久安四（一一四八）年五月二十三日の条。

法成寺《ほうじょうじ》阿弥陀堂九体仏が作られ、堂に運ばれ幕を張ったうちに安置されたあと、道長が大仏師康尚に言う。

「どこか直すべきところはないか。」

ございますと答えた康尚は、伴ってきた二十歳ばかりの法師を促す。促された年若いその法師は、槌と鑿を手に台座に上り、金色の仏面を削った。

誰かという道長の問いに答えて康尚は、それが弟子・定朝であることを明かす

『中外抄』は康尚を、九体仏の造像者とは記していないけれど、この場にいたのは、造像者の（少くとも一人）だったと考えるのが自然であろう。法成寺阿弥陀堂はもと、寛仁三（一〇一九）年、病の道長が無量寿院の名で発願し、翌年落慶、その後、道長の死（万寿四年―一〇二七）の後にもかけて多くの堂が作られた、無量寿院を含む諸堂全体が、改称された法成寺である。

話の中核の構造の似ている『中外抄』のこの説話と『古事談』当話とを、もと一つの事柄の、人

や状況を異らせて別様に語られ展開した話、つまり異伝と考えることは、しかしながら殆ど不可能であろう。とすれば逆に、話の中核の構造的な類似から、一つの説話的な読みが、つまり把握が、可能であるかも知れない。

行成の冠を取って実方が小庭に投げ捨てた話（「古事談」——本書Ｖ、「実方と行成　蔵人頭をめぐる説話」）と、雨中花下に宿りして歌を詠んだ実方を行成が批判した話（「撰集抄」）を、『百人一首一夕話』が関連づけて語ったように、『中外抄』『古事談』二つの、定朝の話を結びつける、そうすることによって説話というものに、参加してみること——説話に作者となってみることも面白いであろう。それも説話の、一つの読み方であろう。

説話として言う——。

『中外抄』の康尚は、自分の造った像の不備を自ら言い立てて定朝に直させた。それは子を、その技倆を以て道長の権力に推挙することであった。そして定朝の振舞には、大宮人や楽人・近衛官人・僧たちの面前にあって臆するところなく、大仏師の造像に遠慮することもなかった。『古事談』の覚助は腰刀を抜いて定朝の面を、「むずむずと」（「古事談」原文）削った。「ぐいぐい」と訳しておいたがこの語は、何にも遠慮・顧慮することのない、意志的に強い行為にいう副詞である。

『古事談』の定朝は、陵王面に刀を入れた覚助に、昔、法成寺阿弥陀堂九体仏の金色の仏面に鑿を入れた自分を想起して重ねた、そして、だからこそ、定朝は覚助を容れた。これはそういう説話である。

まだ若い覚助が定朝に技能的に優越していたというような話ではない。勿論、覚助の技能が凡庸であったりすれば説話自体が成り立たないが、技倆の客観的な優劣などは、この説話のテーマではない。いうならば覚助の若い覇気を、父としてよろこんで定朝が聴《ゆる》した、そういう話である。『古事談』の話それ自体において既にそうなのだが、『中外抄』の話と一つにして試みる説話化は、聴すことを、昔の自分に重ねることにおいて定朝がなした、と、理由づけることになる。定朝は、昔の定朝を覚助に重ねるとともに、そうすることによって、今の定朝をあのときの父・康尚に重ねることになった。

覚助はそのときまで、勘当《かんどう》されていたと設定されている。勘当とは、系譜を名乗ることと、財産を相続する権利とを失うことである。後者、財産にかかわることはいま、どうでもよい。勘当の理由――系譜を名乗ることを定朝から禁ぜられた理由は、語られておらず、具体的に何であったかは知らず、けれどもやはり、造仏のことにかかわって覚助の若い覇気が犯した何かであろう。という想定も同じ、読むことの説話化のうちに属する。

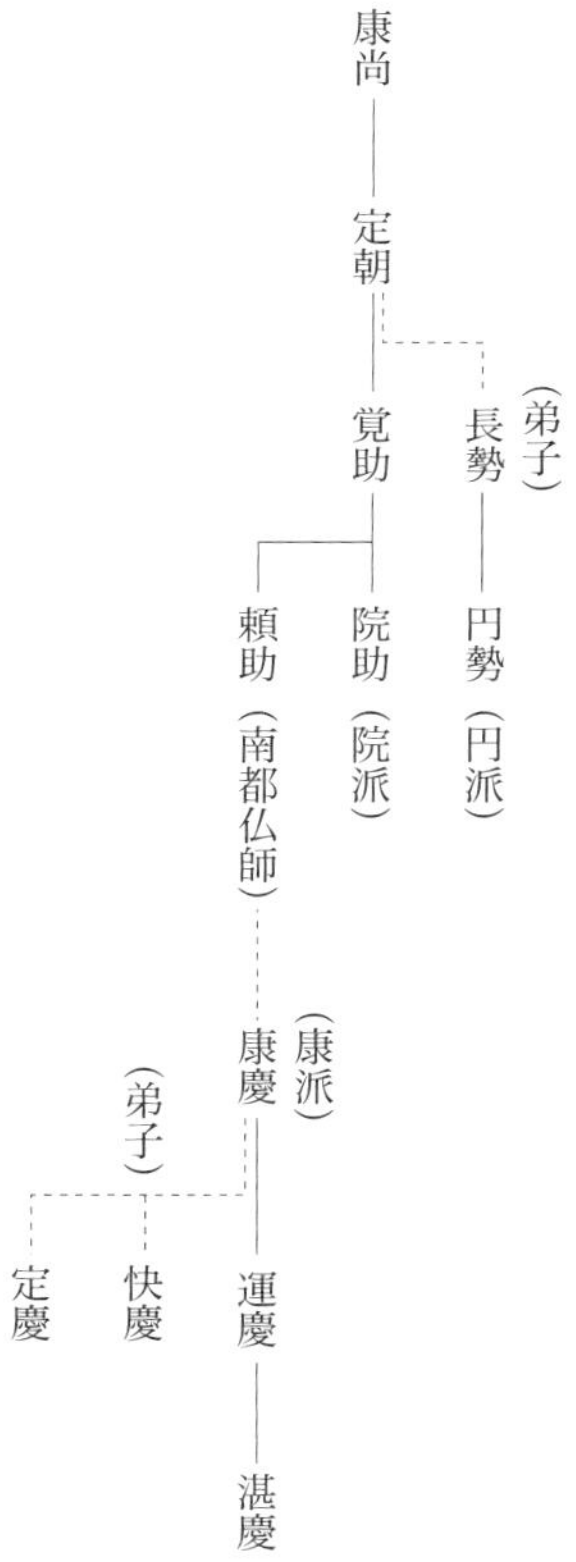

若い覇気によって蒙った勘当が、いま、その行為の覇気によって、覚助は許された。説話化のなか、定朝は自分の若かった覇気を想い起こすことにあって、覚助の勘当を許した。よろこんで子を容れた。

説話集には、父と子をめぐる話が屢々語られている。武者としての意地や武芸における父子、文芸・芸能における父子、術道・技能における父子、そしてことさらな要所をもたぬ日常普通における父子。それらを通じて、父が子を容れる、容れることのよろこびを語る話は、その一つのタイプであった。

家学の父子――古事談より

藤原敦光《あつみつ》朝臣は大の酒好きであった。好きのあまりにいつも、居間の棚の上に酒を備えていた。或る夜、彼が寝についたあと、二人の子、弟の成光が、放ち髪で烏帽子も着けず、裸同然の恰好で、棚の酒をおろして来た、すると兄の長光《ながみつ》、すかさず弟に聯句を言い掛けた。

酒是正衣装　――酒は是れ衣装を正す
　酒はみなりを正しくするものだな

すぐに成光が付けた。

盗則乱礼義　――盗は則ち礼義を乱す
　盗みは礼義を乱すものですね

寝たふりをしていた父敦光は、やりとりを聞いて感極まり（原文、「不レ堪二感情一」）、思わず涙をこぼした

（「古事談」六・四四）

一　聯句即興

聯句は、二人以上が相続いて句を連ねて詩句を作る漢詩形式、その遊びで、五言のものが多い。長光の句は、寝姿のだらしない成光を揶揄したもので、散文的に直接いうならば、ひどい恰好をしているね、おまえは、とでもいう、現実への批評を、いわば裏に置き、皮肉にその逆を言った表現。その裏の意味にあって「酒」は「(盗) 酒」にほかならない。

成光の付句は、現実の自分の行為・容態をそのまま、いわば反省的に言ったもので、わたしのしていることは、礼義のぶちこわしですね、といったところ。ここに「盗」は「盗 (酒)」である。従って長光句と成光句は、長光句の裏の含意性の意味において成光句に一致することになり、長光句の表の現象的な意味にあって成光句に対立的に対応する、そういう二重の構造をもつ。「是正」「則乱」の対照に表現される「衣裳」と「礼義」は、結局同じ意味にとどくであろう。衣裳・衣服、また衣冠を正し・整えることは、礼義の心の表現である。うやうやしく卒塔婆《そとば》に礼拝する寂心《じやくしん》の姿を『今昔』一九・三は、袴の括《くく》りをおろして整え、袈裟を身につけ、衣の襟きっちりと立て左右の袖かきあわせ、と表現している (本書Ⅱ、「内記聖人の話」)。二人の句の冒頭の文字を連ねると、まさに「盗酒」になる。聯句は平安時代末ごろに一つの盛りを迎えた。

即興のこの聯句のできばえに、二人の詩人としての力倆を実感して、敦光は泣いたのである。敦光晩年に近いころの話という設定で読むのが、適当であろう。

二　式家藤氏の学問

敦光は式家蔵下麿流藤氏、大江匡房《まさふさ》と並んで平安朝を代表する儒者・明衡《あきひら》（文章博士・従四位下）の子。治暦二（一〇六六）年、四歳のときに父明衡を失い、十八歳年上の兄、敦基《あつもと》の養子となった。文章得業生《もんじょうとくごうしょう》から大内記、堀河・康和元（一〇九九）年に叙爵、三十七歳。式部丞、式部少輔を経て、嘉承二（一一〇七）年正月、文章博士、四十五歳。前年に、兄であり養父である敦基が六十一歳で死んでいる。

――学問の家としての式家藤氏は、菅原や大江のような歴史を持たず、明衡一代によってその最盛期を作り出した（官途には恵まれなかったが）。その儒学者、詩人としての第一人者明衡の生前にあってこそ、敦基も、十六歳で文章得業生になるような出発をもったが、治暦二年明衡が死ぬと、二十一歳の敦基の肩に、家学の継承と確立、そして明衡の果した高さの維持が、かかった。

寛治二（一〇八八）年、敦基は四十三歳で文章博士（敦光は四十五歳）。明衡の七十四歳と比べると早いようだが、式家藤氏にとって初めての明衡文章博士が、遅すぎたのである。京官は、後三条・延久三（一〇七一）年、六位蔵人から転じた式部大丞、『中右記』にみえる左京権大夫《ごんのたいふ》のみ、地方官は伊予権介《ごんのすけ》、越中・上野の介、周防守。康和元（一〇九九）年、従四位上の上野介であったが、嘉承元（一一〇六）年七月十六日、六十一歳で死んだときは正四位下、「上野前司」（「中右記」）であった。この「前司」は前介のことであろう（巡任上野、秩満之後已歴数年卒去也「中右記」）。上野介を去って数年、無官のうちに死んだのであろう。官途不遇、報いられぬ官務に疲弊しての死であった。「天下、属文の人、弟子に非《あらざ》るは莫《な》し」（「中右記」）といわれるような人であったが。

敦基の死後、家学を担う重責は、四十四歳の敦光にかかる。更に、天永二（一一一一）年、師であったらしい大江匡房（文章博士、正二位・中納言大蔵卿）の死を中心に、その前後には文壇耆宿の死が続き、五十歳に満たぬ敦光が、その棟梁の位置に居ることになった。

学者としては永久（一一一三〜八）の初年に大学頭、官位は元永三（一一二〇）年従四位上（五十八歳）、大治六（一一三一）年正四位下（六十九歳）。給料処置であろうが地方官を歴任している。越中・周防・伊予・但馬の権介《ごんのすけ》・介・守。京官としての右京大夫や天治元（一一二四）年の式部大輔（六十二歳）は敦基より進んでいるが、その式部大輔は、文官がそこから参議へ、即ち公卿に列するための入口の一つであった。敦光は何度かその参議を申請した（例えば大治六年、長承元年）、しかし遂に叶えられることはなかった。加階や中弁の申請という別の方法も、陸奥守申請も無駄に終る。敦光としては、翰林《かんりん》の棟梁として公卿座にも着くことが当然のこととして切望されたのであろう。学者としての自負があり、それだけの臈《ろう》も積んでいると自ら判断し、しかし現実に阻まれた。そのことの憂慮を、晴らそうとしたのが彼の酒で、『本朝無題詩』などの敦光詩にはその印象があるという（大曽根章介）。単なる酒好きの酒ではなかった。

そして、崇徳・保延（一一三五〜四一）のころには、公卿座に昇ることを諦めたようである。我が身のこととして諦めた敦光は、子の将来に希望し期待した。

三　敦光の期待

保延三（一一三七）年、七十五歳の敦光は、二十七歳になる第四子成光のために、学問料を申請している（「本朝続文粋」六）。そして、第二子長光（永光とも書かれることがある）が侍中《じちゅう》職（蔵人）に任ぜられ、成光に学問料が給付されたとき、その感激を『無題詩　四』の「夏日即事」に吐露する。学問料の給付は、儒職の世襲を約束する形式であった。それだけの力倆を持ち得た、と。

老牛　犢《こうし》を舐《な》む郊端の露
仙鶴　雛を将《ともな》ふ洞裡の雲
——年とった牛は野のはずれの露のなかに子牛を舐め
鶴は神仙世界の雲のうちに雛をつれて飛ぶ

老牛は敦光自身を暗指し、子を愛すること親牛が子牛の身をなめるごとく、郊外の露は、このたびの喜びに、学問料給付のありがたさを恵みの露として含意すると見てよい。洞裡、即ち神仙世界は宮中を比喩し得、神仙の乗り物として鶴を仙鶴という。仙禽、仙羽といっても鶴を指す異名である。自分には行けなかった神仙世界（殿上——公卿座）へ、鶴に伴われて到る、そういう子、或いはそういう絵を想像に描き、このたびの喜びのなかにそれを期待する。学問料を給付されたためでたさが、鶴に含意されるであろう。自らが仙鶴でありたかったたが。

この詩句に注して敦光は記す。

不レ堪二情感一、故献二此句一

ここに言う「不堪情感」は、『古事談』当話の「不堪感情」と同じ句、感極ったことの表現であった。家学にあって我が後継者を得たことのよろこびと、我が身には果せなかった公卿への道を彼が歩むことへの期待、その予祝といってもよいほどのものが、そこに表現されている。

『無題詩』のその七言律詩がそのよろこびの公的な表現だとするならば、『古事談』当話の敦光の涙は、二人の力倆にまつわる同じよろこびの私的な流露であった。

その後の敦光は、近衛・康治二（一一四三）年正月、右京大夫の労によって因幡権守を兼任し、翌、天養元（一一四四）年には近江守になるが、四月に出家、十月二十八日に死んでいる。八十二歳。儒官として、皇子・皇女のための告文・願文、年号の勘申、御願寺願文や呪願文、そして院宣など、数えきれぬほどのものを残し、その死によって平安時代漢詩文の幕は閉じられたと、後世、評せられている。

――なお、『古事談』には、敦光の兄（養父）敦基が関白忠通に、子のことを自慢する話を載せる（六・四一）。自慢は、彼の子が家学を継ぐにふさわしい力倆を具えているということであり、自慢したその子、会明《よしあきら》と茂明は、それぞれ正五位上文章博士、従四位下大学頭・文章博士となる。仏師定朝とその子覚助の話（六・七二――本書V、「技能の父と子」）も、もともとその技倆を認めていた覚助を、定朝が勘当を許す、つまりは家芸の後継者として取り戻す話でもあった。

四　敦光の二人の子

敦光期待の二人の子、長光と成光はともに式家家学を継いで文章博士となった。しかし、敦光のような大学寮の行政組織の長（大学頭）ではなく、官途にも恵まれず、父の希望した公卿座は遥かな、無縁の場所であった。

長光は敦光四十一歳のときの子。関白忠通の家司、地方官として越中権介《ごんのすけ》・越後権介であったことが見える。近衛・二条のころ、文章博士とし多くの勘文と命名に従事しているが、殆んど採用されていない。九条兼実のもとを実に屢々訪ね、古事・故実を語り、私的にその作文を援けたりしている。正四位下内蔵権頭《ごんのかみ》であった高倉・承安五（一一七五）年六月、春のころからの風病を兼実に訴え、長光に憔悴の貌はあるが老耆の気は全くないと兼実は言う。現在、我が朝の旧事を知るものは長光ひとり、この人が亡くなりでもしたら、自分は誰と古昔のことを語ろうかと、『玉葉』に記している。秋、長光は紀伊国の所領に下り、十月三日（七日に安元と改元）、高野山に入って出家した。阿念、七十三歳。

高倉天皇の誕生にお湯殿の儀（皇子誕生に産湯をつかわせる儀式。女房が奉仕するが、並行して散米《うちまき》・鳴弦・読書が行われる）に読書博士を務めた儒官なのに、高倉朝にあって全く報われることなく遁世したのは、「君の為にも世の為にも第一の遺恨」と兼実は記している。「悲哀極りなし」と。

老病が出家の理由とされているけれど、官途を見限っての出家であろう、入道としてなお十年以上、兼実のもとを訪ね、古事故実を語っている。大内記になった子、光輔のもとに同居していて、群盗に襲われるという奇禍もあった（元暦二年、八十三歳）。没年未詳。

その兼実の家司の一人が成光であった。敦光四十九歳のときの子。近衛・康治元（一一四二）年六月、六位蔵人に補せられ、翌年正月、右衛門少尉・検非違使。筑前権守・阿波権守、そして豊後守であったことが見える。京官としては式部権大輔に至った。その治承四（一一八〇）年、七月十八日に死んだときは、豊前守を去っていた。七十歳。

現在の儒者のなかで、才学・文章といい、口伝・故実といい、当世にすこぶるその名を得たものである、「惜しむべし哀れむべし」というのが、その家司の死に寄せた兼実の追悼の思いであった。

式家藤氏の儒学は明衡一代にあって成立した。立身することの圏外の家に生れ、従って昇進・叙位は極めて遅かったが、その学問はこの人において最高に至った。家学といえるものが成り立ち、敦基・敦光がそれを継いだ。その維持に二人は腐心したが、とくに敦光は、参議を、即ち公卿であることを望み、それを乞うことの、少くともできる位置にまで進んだ。家学はその子どもに継がれた。子息たちも文章博士になった。その後代にもこの家に文章博士の出ることはあったが、式家藤氏の学問は、明衡を頭に敦基・敦光の父子三人、より狭くは明衡・敦光において称せられることになる。

五　南家貞嗣流藤氏の学問——通憲と俊憲

保元三（一一五八）年正月二十二日、内宴《ないえん》が催された。仁寿殿《じじゅうでん》で行われる天皇主催の私宴であるが、途絶していたのを藤原通憲《みちのり》（信西）が再興した朝儀の一つである。文人が招かれ、天皇から詩題を賜わる（このときは「春生聖化中」）。その詩序を通憲は長子俊憲に書かせた。当日、添削を求めてか持参した詩序を、一見して通憲は「もう刻限だ、急いで清書せよ」と命じた。しかし俊憲は慎重に、なお一二度読み返し、沈思する風であった。俊憲が起って行ってから、通憲は涙を流して呟いた。

ここが法師（出家している通憲自身）にはまさりたるぞ　（「古事談」六・四五）

「ここが」とは慎重な俊憲の振舞いを指すが、自分に優っていると涙するほどの意味は、何だったのであろう。

俊憲は、文章得業生《もんじょうとくごうしょう》から大学権助《ごんのすけ》、式部少丞を経て、内宴のころは五位蔵人（正五下）・左少弁・右衛門権佐《ごんのすけ》・東宮学士・美濃権佐であった。三十七歳。行政官人として進みつつあったが、その経歴と現在は、大学寮の教授組織・行政事務組織に、位置しようと思えばできる資格にあった。十分な文人であった。通憲は、正五位下少納言から、近衛・天養元（一一四四）年七月に出家（円空、信西と改）の後も鳥羽上皇に近侍、保元元年の乱には後白河天皇方の総帥であり、このころは乱後の政治を主導していた。内宴のとき五十三歳。

通憲らの南家貞嗣流藤氏は受領の家であったが、曽祖父実範《さねのり》が文章博士・大学頭として博士家の起となり（従四位上）、祖父季綱も従四位上大学頭。『江談抄』の聞手として有名な父実兼は二十八歳のとき急死したが（殺害されたとも）、文章生出身の鳥羽朝六位蔵人であった。その死のとき七歳であった通憲は高階経敏《たかはしのつねとし》の養子となったため（のち復姓）、文章・経学・天文道その他に通じて天下の奇士といわれるほどでありながら、儒官になりその家をなすことは叶わなくなっていた。

自作詩序に対する俊憲の慎重さの態度を見た通憲の呟きと涙は、今更大学寮教官に俊憲を望んだのではなくても、自分がなれなかった儒官を念頭において俊憲に、もしも彼が儒官でありもすれば十分に……と、その慎重さにその専門家性を見たのではないか。そのことこそが、儒官と縁のない年月をもった自分とちがうところだ、と。自らも懐中に用意してきていた詩序を、通憲は遂に出さなかった。

そうであるならばこの説話は、家学の父子を直接語るものではなくても、遠く家学にまつわる父子を、父の思いから語っているのである。

内宴の日のあと、俊憲は行政官人として急速に立身する。権右中弁から最終的には参議・従三位、近江守。平治元（一一五九）年十二月、父通憲の政敵、正三位権中納言藤原信頼の起した乱により、十日解任。通憲はこの乱に京都を脱出して宇治田原に遁れ、穴を掘って身を隠していたのを、十三日、探し出されて自害、西獄門に梟首《きようしゆ》された。二十日、俊憲は越後に配流。早くも二十六日には、乱を起した信頼は戦敗れて斬られるが、三十日、俊憲は出家した（真寂）。翌年二月召還されたが、仁安二（一一六七）年没。大河の動きのような世の流れに、浮かんでも沈んでも、沈んでも浮かんでも、流れのなかのものたちは、いつか海に消えた。

女児蘇生――古事談より

性信《しょうしん》法親王、高野山で百ケ日の尊勝《そんしょう》修法《ずほう》を行った。結願《けちがん》の上、政所《まんどころ》に戻ってそこに宿ったとき、散位《さんに》藤原伊綱《これつな》という男、刺《し》を通じて申し入れてきた。

「一夜、わたくしかたにお泊り下さいますように。十分の接待をさせて頂きとうございます」

その夜、伊綱が法親王のもとに訴え出た。

「わたくし最愛の娘、いまだ五歳にして俄かにみまかりましてございます。哀傷堪えがたく、なにとぞ、冥助を蒙りたく、ひとえにお願い申し上げます」

法親王に扈従する一行、驚き恐れ、たちまちにこの宿を厭った（この宿にはもう一刻もいられないと騒いだ）。

法親王はそれを抑えた、そして祈祷すること暫時、死児のさまよえる魂は戻った。伊綱の娘は蘇生した、という。

（「古事談」三・四七）

一　性信の修法

性信は三条天皇第四皇子師明《もろあきら》親王。三条の死をうけてその翌年、寛仁二（一〇一八）年、十四歳で出家し、仁和寺に入る。性信はその法名である。孔雀経法《くじやくきようほう》（仏母・孔雀明王を本尊として息災延命、請雨止雨などを祈る）の験者として有名で、生涯に十七度乃至二十一度の修法があったと伝える。多くの祈祷の効験を『後拾遺往生伝』は記録し、それを出典とする『古事談』が受けてその話が並列されている。当話もその一つ。孔雀経法賞として輦車《れんしや》（てぐるま）、牛車の宣旨《ぎつしや》を受け、（大内裏の門から内裏外廓門の一つ、春華門（南面東）まで、屋形つきの手車、或いは牛車に乗って参内することが許される）晩年には同じく二品に叙せられているが、入道親王叙品の初例だという。大御室《おおおむろ》と称ばれた。

散位伊綱は良門流藤氏、従四位下兵衛佐で淡路、備後守であった実範の子。従五位下。『尊卑分脈』や『系図纂要』に蔵人の標示があるが、他に資料はない。或いは後朱雀のころの六位蔵人で、巡爵《じゆんしやく》によって蔵人大夫《たいふ》（蔵人五位。従五位に叙せられて蔵人を去る）になったのかも知れぬ。それがこの場合の「散位」の意味であろう。そのまま官職はなく、五位で大和に所領をもつ一人の地方名士（有力者）ででもあったのか。

高野政所は高野山が山麓に設けた事務・家政の機関。なかに弘法創設と伝える慈尊院があり、やがてそれが高野政所の総称ともなる。現在、慈尊院は慈尊院集落（もと菴田《あんだ》といった）の東南にあるが、最初は菴田の北部、紀ノ川の川床近くに政所はあった。ここから高野山へ町石《ちよういし》（もと木製、鎌倉期に石の五輪塔形に）が設けられ、表参道である町石道は、花坂の近くで高野街道（西高野道）と

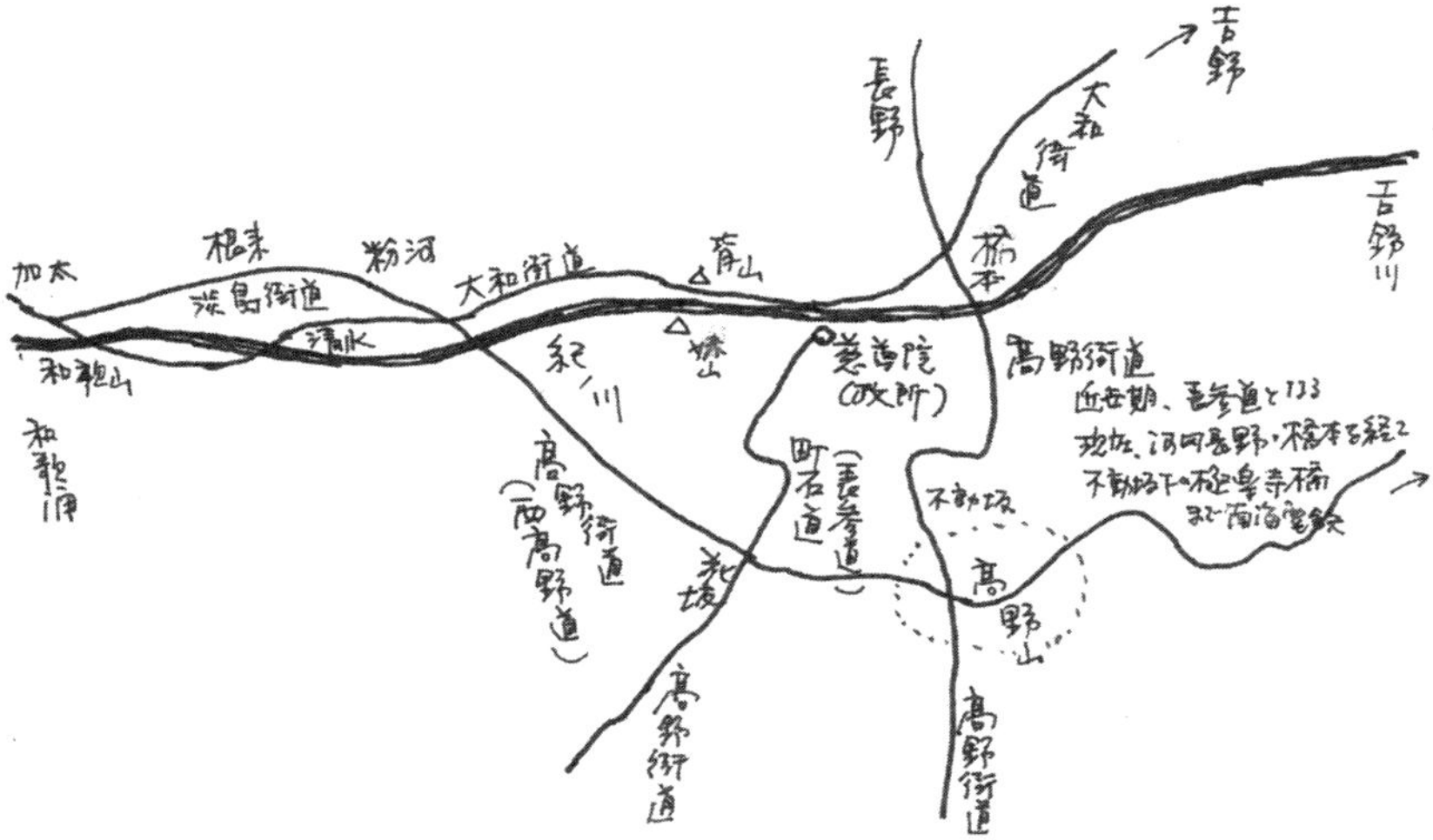

合し大門をくぐって、壇上の根本大塔に至る。全百八十町(更に奥院まで三十六町)。

大和街道或いは紀ノ川を旅してきた参詣人は、政所を経て町石道を高野山上へ辿る。道長や頼通の高野参詣にも政所が宿所となっている。

性信のこの参籠がいつのものか、特定はできない。尊勝法の百ケ日というのも長期で、実数であるかどうか。高野山における尊勝修法、生涯に五百日(その他、不動法三百日)と記録されるなかの、いつかとしか言えない。尊勝法は、尊勝仏頂尊《そんしょうぶっちょうそん》を本尊とし、尊勝陀羅尼を唱えて滅罪、除病を祈る修法である。

二 『古事談』が書かなかったこと

伊綱の所領が大和にあった。性信一行の帰路にも当るからと、政所からその家に移ることを伊綱は懇請し、饗膳に力を尽した。その夜、思わぬことに伊綱の女児が急死した。その蘇生を性信の祈祷にすがった。その申出に、性信に扈従するものたちは周章狼狽した。

上下驚き恐れ、忽ちに此の宿を厭ふ――伊綱の行為に驚き且つ恐れ、この宿にはもう一刻も居られぬと騒いだ

死穢《しえ》を避けようとしたのにちがいはないが、死穢を嫌うことの一般とはかけはなれた狼狽である。という以上に、僧一行の態度として異様としか言いようがない。死に対して生を宥め、生に対して死を宥めるのが、僧の在りようである筈だから。法親王といえども僧なのである（僧といえども法親王一行だったという荒涼の思考を私はとらぬ）。

『古事談』の文章は『後拾遺往生伝』のそれにほぼ同文である。『往生伝』が出典であろう。また、鎌倉期になった『御室相承記』の性信の項には、女児蘇生の祈祷のことが略記されたあと、「或本伝」として『往生伝』とほぼ同文の、しかし内容的にはより詳しい叙述がある。この「或本」乃至その系統の何かが『往生伝』性信の項の出典であろうと私は考える。

ところが、『相承記』或本と『往生伝』には共通して存し、『古事談』では異る重要な一箇所がある。――性信の前に現れた伊綱は、死児を抱いていたのである。これは狂気の行為である。その衝撃に対して、扈従するものたちの驚愕と恐怖があったのである。

驚恐・動揺を『相承記』或本は、直接話法風に表現している。

皆云ふ、「是れ天下狂狡《きようこう》の者なり。尤も此の所に宿るべからず」と。

この表現を『往生伝』は間接話法化する。「忽ちに此の宿を厭ふ」と。そして「是れ天下狂狡の者なり」という批評の一文を捨てる。間接話法化は、驚恐・動揺の表現を客観化し静態化し、それだけ、それを読むものの印象を稀薄にしかねない。『往生伝』を受け入れた『古事談』は更に、右の

二本が叙述していた、死児を抱いた伊綱の姿を記さないのである。

伊綱の狂気（狂狡）は、子を亡くした父親の狂気が、みさかいなく行為にまで迸り出たものであった。その狂気に性信は応《こた》えた。これが話の焦点であり、それを『古事談』は逸した。

死児を抱く伊綱の表現を欠く『古事談』は代りに、『相承記』或本や『往生伝』にない叙述を持つ。伊綱は言う、

「最愛の女子五歳天亡して（哀傷に堪へず）」

これは何に依るのか。何らかの出典を持つのか、伝承にでもあったのか。また『古事談』編著者自らの意匠に出たものか（出典に対する抄出を方法とする『古事談』にも時にそういう場合が見られる）。

『古事談』が若し、死児を抱く本文を捨てて、この辞句を選んだのであればそれは、本来の意味への無理解の上に、死児の幼なさは具体的に強調しつつ実は、話に凡庸な一般化を犯したことになる。一たびの死から蘇生させるというだけのことであれば、説話として珍らしいものではない。この話の前後には、性信の勝れた修法・祈祷の効験の話が幾多、平凡に語り並べられている、その一つに単にこの話を帰入させるだけに終る。

話の本来は、子の非常によって生れた親の狂気が、その子を救った物語、親の狂気を理解した僧がそれに応えた物語、そういう親と僧の物語であった。『古事談』はそれを捨てた。

扈従するものたちの驚恐の異常さの表現は、間接話法化を経た『古事談』にあってもなお、その背後に影のように在した——つまり言語的にはない、伊綱の行為の狂気に、対応してやまぬのであ

る。逆に言えば、驚恐の異常さを読んでわれわれの感じる違和は、それが対応するものを『古事談』が言語的に持たぬことにある。持たぬことを手がかりに違和の所以を尋ねるとき、捨てられた一つの物語をわれわれは手に入れるのである。

建暦二（一二一二）年十一月十五日、『古事談』編著者源顕兼はその娘を失った。左少将源実兼に嫁していた娘が、産のために顕兼の許に戻って死んだ。

娘の死後、顕兼は、性信法親王による死児蘇生の話に出会い、それが性信効験譚の一連を『後拾遺往生伝』から抄出して『古事談』に入れる契機になったのではないか、という論（磯高志）がある。客観的な証拠はないが、それであってもかまわない。かまわないけれど、私には不足に思われる。高野山に登って百ケ日の行を修する決意を、友人であった藤原定家に顕兼は語っている。性信の高野山百ケ日尊勝修法への倣いか、暗合か。

としても、娘を失った顕兼は、娘を失った伊綱の狂気を、なぜ『古事談』に語らなかったのか。ここには『古事談』の説話採集にかかわる事情があったのではないか、この話に関しては顕兼自身が手を下したのであろうかと、私は疑っているが、繁瑣にわたるから、ここには述べない。——述べないけれど、死児を抱いた伊綱の姿をここに叙し落したことは、とにもかくにも、致命的な『古事談』の不足であった。説話が死んだ。

三　蘇った少女はそれから……

さまよえる魂の戻ったあの少女は、そののちどうなったのだろう。語るものは何もない。蘇生したというそのことで説話の意味は完結する。だから、そののちなど、話としてなくて当然なのであるが。一たびの蘇生はしばしば、時に、より安らかな眠りに眠らせるためであり、時に、いま一度のなごりを惜しむためであり、時に、後事を確かめるためである。招魂《しょうこん》は鎮魂《ちんこん》と組になっていることが多く、だから、それらの〈ため〉が果たされると、魂は静かな、ほんとうの眠りへ戻ってゆく。だからあの少女もまた、暫くののちに再び眠ってしまったのか。だが、鎮魂と一つになる招魂のそれは、既にそれだけの生を経てきた人の上に言われるのが普通で、これから生が始まろうというあの五歳ほどの少女の蘇りは、鎮める理由などなく、いわば改めての生をそこからこそ繋いだのであろう。もとよりそれを語る何もないが。

『尊卑分脈』『系図纂要』や『公卿補任』は、一人の伊綱女《むすめ》が村上源氏右大臣顕房の室（の一人）であることを注記する。それがあの少女のそののちであるかどうか、もとよりわからない（ことさらに関係づけぬ方が常識的であろうか）。この伊綱女は顕雅を生む。正二位権大納言に至るが、あまり評判のよい人ではない（本書V、「大宮人たち」）。せっかく蘇ったのに、などと思うことは、もとより無駄な想像である。無駄な想像を敢えてしてしまうほど、あの少女を蘇らせた伊綱の狂気が、私には気になっているらしい。

四　父と子

承保四（一〇七七）年八月一日（十一月に承暦改元）、伊綱は疱瘡で死ぬ。『水左記』にのみ、「前信濃守」としてその死が記されている。散位であった後、この地方長官に任ぜられたのであろう。やはり他の文献には見られない。伊綱女が顕房室になった前後のことか。伊綱が死んだとき、顕雅は三、四歳、蘇生祈祷の性信は七十二歳、伊綱の年齢はわからない。

この年、四、五月ごろから都に赤疱瘡《あかもがさ》が大流行した。老若男女病むもの多く、死者も多かった。相撲節会《すまいのせちえ》が中止され、非常赦《ひじょうしゃ》が行われ、二十二社奉幣や鬼気祭《ききさい》・招魂祭《しょうこんさい》がつづいた。『栄花物語』や『百練抄』に、著名の人やその縁者である死者の名が連ねられている。小一条院敦明三男式部卿敦賢（性信の甥）、後朱雀第一皇女良子（性信の姪）、白河第一皇子敦文（顕房の外孫）も死んだ。敦文は四歳、この年 戴餅《いただきもちい》の儀（幼児の頭に餅を乗せて、その前途を祈る儀式、正月元日、あるいは正月吉日に）が済んだばかりであった。

著名でもない伊綱の名が『水左記』に記しとどめられ、そして唯一、彼が信濃守であったことの証言にもなっているのは、日記の筆者左大臣俊房が、顕房の兄だったからであろう。述べたように、顕房室の父が伊綱であった。俊房も顕房も、賢子（顕房女、敦文の母）も病んだ。伊綱女が病んだかどうかはわからない。五歳のとき一たび死んだあの少女で、彼女があるか否かは、くりかえすが、もとより、わからない。若しそうであったら、という詮のない想像を、何故私はするのだろう。あの父親の死を、あの少女であった女性は、どのような思いで送っただろうか、と。その曽ての日を、どのような思いに思い出しただろうか、と。

あとがき

先に私は『聖と俗　男と女の物語』という一書を、「今昔物語新修」と副題して上梓した（集英社、二〇一〇年四月）。

周知のように『今昔物語集』は天竺（印度）・震旦（中国）・本朝（日本）の三部立てよりなり、そのそれぞれが、小異をもちながら仏教部と世俗部にわけられる、整然とした構成になっている。全三十一巻、ただし三巻を欠くのは、散佚ではなく、未完成の姿をとどめるのであり、量的には本朝世俗部が膨大になっているが、本来、仏教説話集をめざすものであった。

私はその、三つの部立てやそのなかの二つの区分の一切を無視し、等しい資格の全体の群を、一つのまとめに再構成しようとした。『宇治拾遺物語』を倣って。敢えて言へば、『今昔』説話群を素材（資料）とした、もう一つの『宇治拾遺』が作りたかった。

更に先立って、『宇治拾遺物語』から選んで、やや年若い読者のための現代語訳『鬼と仏と人間の小さな物語』（平凡社名作文庫、一九七八年三月）を上梓した。のちそれは岩波少年文庫に移されて『宇治拾遺ものがたり』（一九九五年九月）となった。前者からいくつかの話を外し、新しくいくつかを訳し加えた。

この一冊はそれら（特には『聖と俗　男と女の物語』）を次ぐ。説話集の範囲は同じではないが、同様に現代語に訳をたくらむことが、一つの中心であった。

しかし本書にはかなり長い解説《コメント》をつけた。説話のおもしろさ――というより、読み方のおもしろさをそれは語ろうとした。

前書や前々書には説話として破綻なく、おもしろくまとまった話を選び、解説やそれに必須と考える注釈は、最小限の短かさと少なさにとどめた。とどめることができた。

この一冊にもともと同様の説話は含まれている。しかしまた、そのどこかに小さな違和や疑問を私に抱かせる話があり、本来無縁な他の説話を、激しく私に思い出させるものがあり、別のものでありながら、重ねてみるという作為を私に促す話があり、話はそれだけなのに私を納得させず、何故？それから？と――つまり以前や以後の想像を私に迫るものがあった。私に対するそのような要請に、できるだけ応えようとしたのが本書の解説である。応えることが私にとって、読むことであった。そのように読むことを私は、一つの説話化と呼んだ。逆に説話化が、一つの読み方であった。表面から見えぬ内面や裏面、あるいは他者である外面にすら、説話化の一つの支点はあるふうであった。

注釈は、辞書的な記述にとどまるものではなく、むしろ本来、解説のなかに有機的にとけこむことにおいて、解説すべき細部とその関連を浮かび上らせ、そしてそれを充たすもの、逆に解説は、注釈に充たされることにあって説話化が準備され、そしてそれを果たすものである。

そして、解説することは現代語への訳に構成することと、相補するであろう。

説話には異伝承、別伝承が多い。本源が一つであれば（事実としては一つであるほかないとすることになるが）それには、伝承（口頭・筆写ともに言って――）における偶然の、無作為（誤りや、竄入や脱落）のものも勿論多いが、伝承に介在する者が、極言すれば部分的な作者であるという作意性（私意による変更や加除、つまり一つの解釈）のある場合もある。われわれの前には、その結果が区別しがたく残っているのだが。抽象すればその後者の、異伝承成立の作為性は、先に、読むことと説話化の関係について述べたことと、既に遠くない。

説話を研究しようとするならば、伝承的に流動するものの、絶対にたどりつけない究極の本源を、方法として明確化しようとすることと、流動のなかに、絶対に捕把し得ない究極の細密を、方法として可視化しようとすること、この二つの大きな傾向を持つ。この一冊の解説もまた、この二つの様相を持つ。

もとこのほとんどは、句誌『藍生《あおい》』二二巻一号（二〇一一年一月）から二五巻七号（二〇一四年七月）まで三年余に亘って、連載されたものである。そこにはまだ全体の構成はなかった。ここに改めて一冊に構成し、そうすることに必要な注釈と解説の若干も加えた。しかし基本的に、そして内容的には『藍生』所載から変っていない。

俳句に直接の関係のない文章の、長期の連載を私の好きに許して下さった主宰の黒田杏子氏、掲載にあたって具体的な配慮を頂いた編集長の藤井正幸氏に深く感謝申し上げる。

二篇――一章の「角三つ生いたる鬼」と四章の「或る風景」は、笠間書院『コレクション日本歌人選・今様』に、エッセイとして載せ、その以前に句誌『槒円律』に発表している。

本書を笠間書院から出版するように仲介して下さった友人、聖心女子大教授小柳智一氏、細部までの打合せとめんどうな操作に応じて頂いた編集担当の重光徹氏に厚く御礼申し上げる。

川端善明

図版資料

【大内裏】

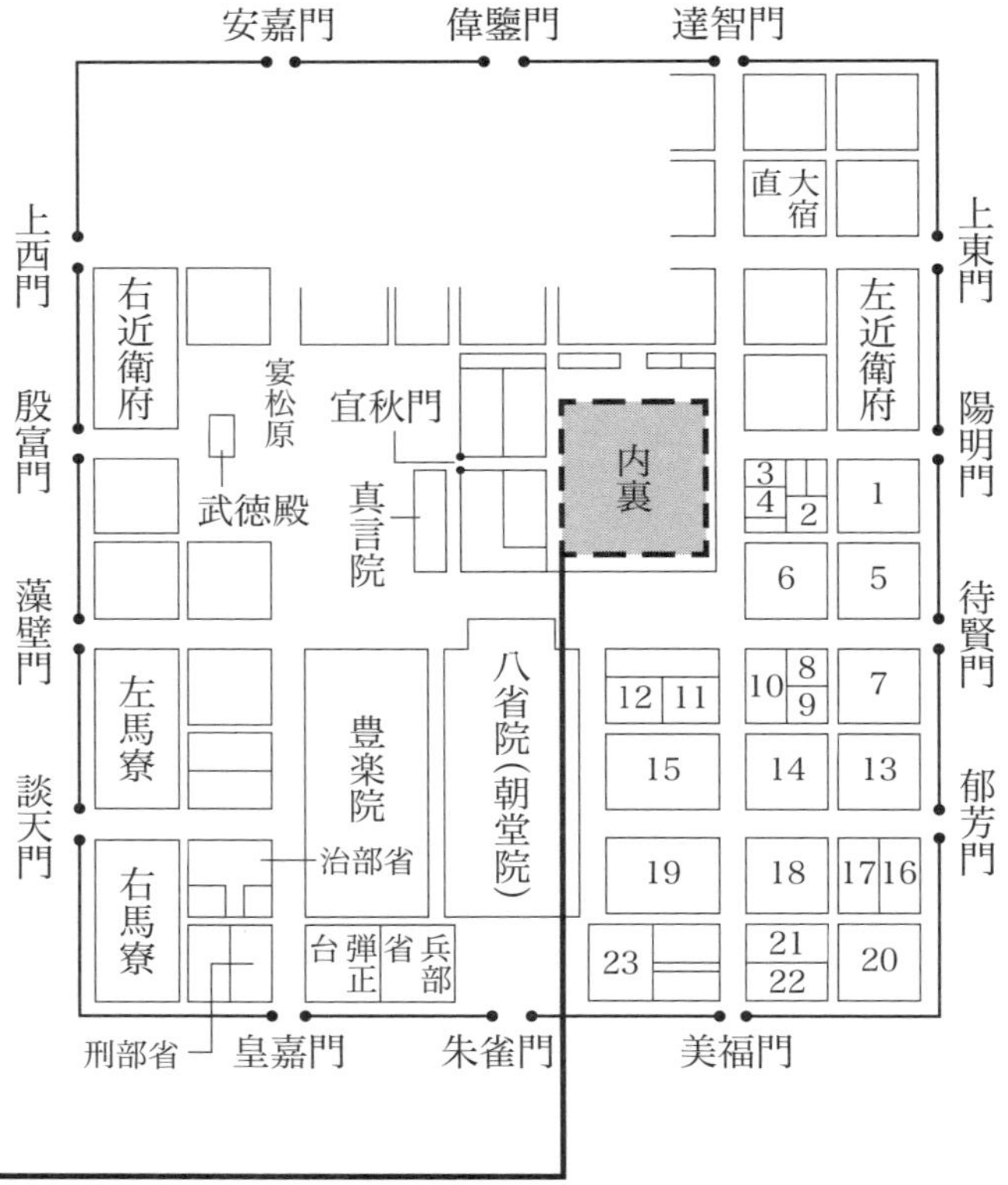

1. 左兵衛府
2. 内豎所
3. 外記庁
4. 南所
5. 東雅院
6. 西雅院
7. 大膳職
8. 醬院
9. 主水司
10. 西院
11. 陰陽寮
12. 中務省
13. 大炊寮
14. 宮内寮
15. 太政官
16. 東院 } 神祇官
17. 西院 } 神祇官
18. 廩院
19. 民部省
20. 雅楽寮
21. 大舎人寮
22. 侍従厨
23. 式部省

【清涼殿】

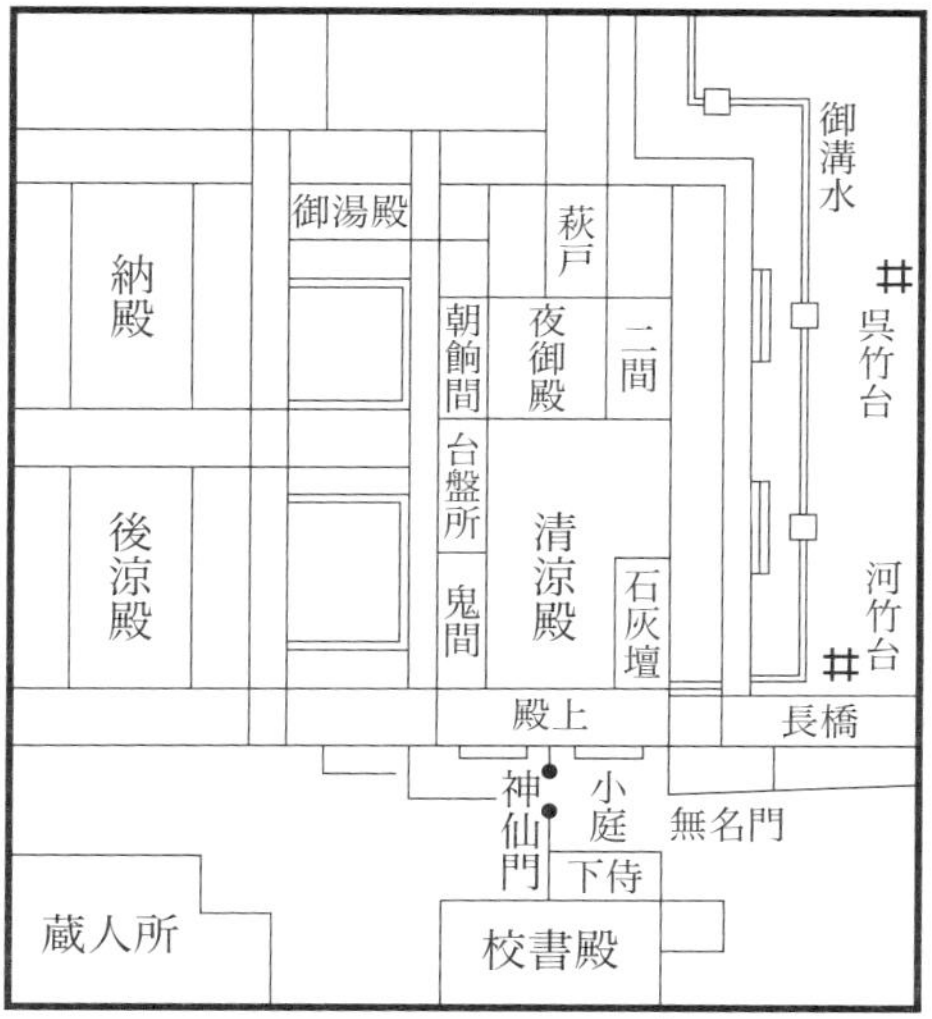

御溝水
御湯殿
萩戸
納殿
朝餉間
夜御殿
二間
呉竹台
台盤所
清涼殿
後涼殿
鬼間
石灰壇
河竹台
殿上
長橋
神仙門
小庭
無名門
下侍
蔵人所
校書殿

【内裏】

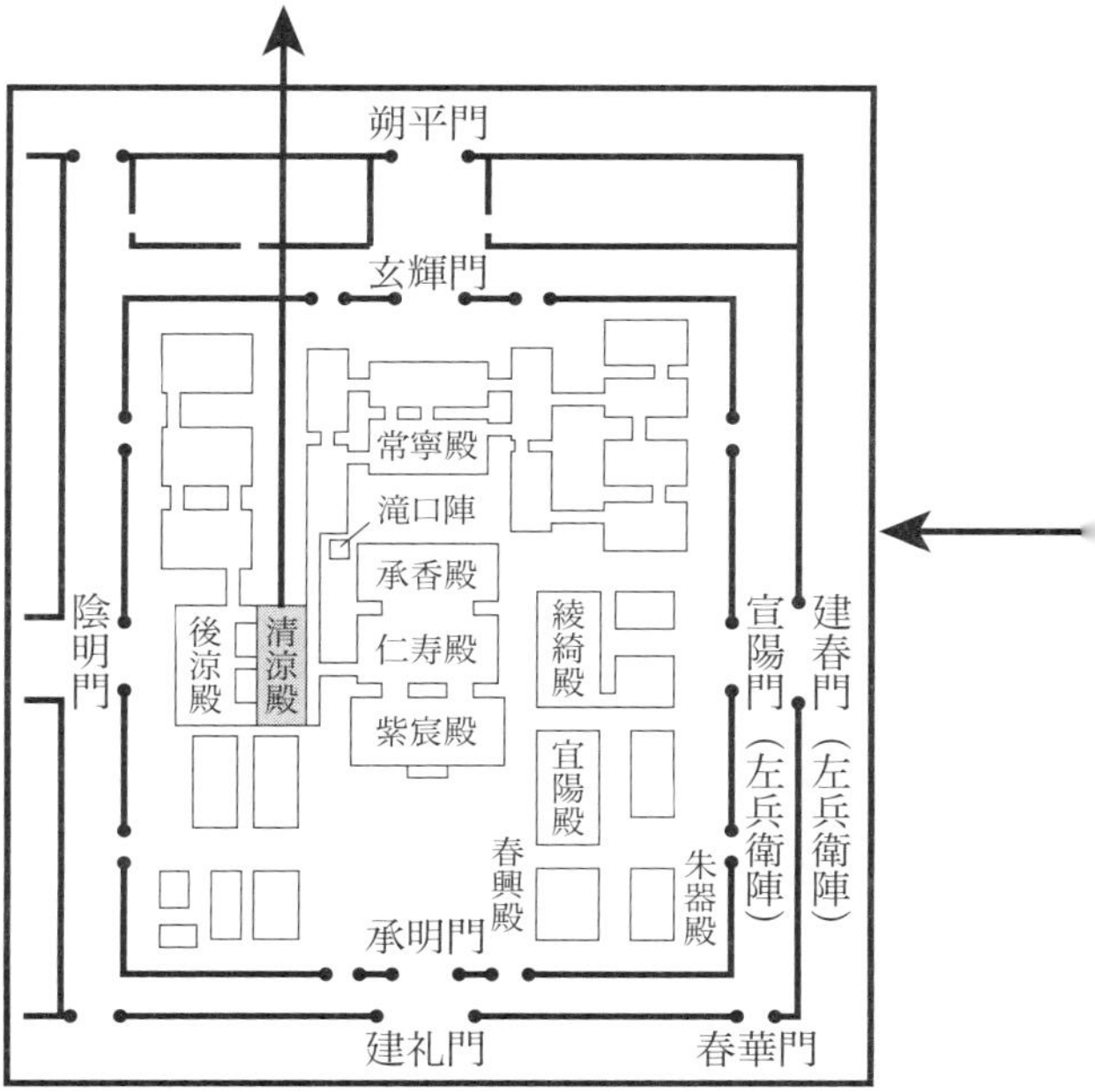

朔平門
玄輝門
常寧殿
滝口陣
承香殿
仁寿殿
紫宸殿
陰明門
後涼殿
清涼殿
綾綺殿
宜陽殿
春興殿
朱器殿
宣陽門（左兵衛陣）
建春門（左兵衛陣）
承明門
建礼門
春華門

人名・擬人名索引

●あ

赤染衛門《あかぞめえもん》　270
安芸《あき》　152
顕兼《あきかね》源　308
顕季《あきすえ》藤原　158
明衡《あきひら》藤原　295, 300
顕広《あきひろ》藤原　278 cf 藤原俊成《としなりしゅんぜい》
顕房《あきふさ》源　280～282, 309, 310
顕雅《あきまさ》源　280, 282, 309
阿古耶姫《あこやひめ》　273
朝綱《あさつな》大江　176, 178, 180, 182
朝成《あさひら》藤原　260
阿育王《あしょかおう》　14
阿蘇某《あそのなにがし》　141
愛宕の大天狗《あたごのだいてんぐ》　13 cf 太郎坊《たろうぼう》
敦明親王《あつあきら》　264
敦賢親王《あつかた》　310
敦忠《あつただ》藤原　236～240, 245
敦文親王《あつふみ》　24, 310
敦光《あつみつ》藤原　158, 293～300
敦基《あつもと》藤原　295, 298, 300
敦頼《あつより》藤原→道因《どういん》
後少将《あとのしょうしょう》　260 cf 藤原義孝《よしたか》
阿難《あなん》　12
阿保親王《あぼ》　178
有王《ありおう》　211
有国《ありくに》藤原　252, 253
有仁《ありひと》源　157
在昌《ありまさ》紀　51
淡路の廃帝《あわじのはいてい》→淳仁天皇《じゅんにん》
安恵《あんえ》　39
安法《あんぼう》　180
安養尼《あんように》　102

●い

イェーツ，ウイリアム・バトラー　255, 257
依子内親王《いし》　49, 66
和泉式部《いずみしきぶ》　115, 161, 270
伊勢《いせ》　156
伊勢大輔《いせのたいふ》　152
一条天皇《いちじょう》　3, 258, 260, 261, 265, 270
井上内親王・皇后《いのうえ》　23
院源《いんげん》　92
院助《いんじょ》　286, 287

●う

牛若《うしわか》　26 cf 源義経《よしつね》
宇多天皇・法皇《うだ》　48～54, 63, 64, 66, 233, 234, 242
宇多源氏《うだげんじ》　282
打臥巫《うちふしのみこ》　220
優婆崛多《うばくった》　14
浦島太郎の弟《うらしまたろうのおとうと》　107
運慶《うんけい》　286
雲景《うんけい》　23

●え

恵心《えしん》→源信
円修《えんしゅう》　39
延正《えんしょう》　141, 195～197
円勢《えんせい》　286
円澄《えんちょう》　39

円珍《えんちん》　38～40, 119, 122
円仁《えんにん》　38～40, 72, 122
円融天皇・上皇《えんゆう》　263

●お

大磯の虎《おおいそのとら》　5, 211
他戸親王《おさべ》　23
乙前《おとまえ》　2
音人《おとんど》大江　178
鬼王《おにおう》　211
小野小町《おののこまち》　276

●か

懐子《かいし》藤原　259, 260
戒秀《かいしゅう》　141
海尊《かいそん》　211
加賀《かが》　156
柿本天狗《かきのもとのてんぐ》　57, 59 cf 真済《しんせい》
覚円《かくえん》　57
覚縁《かくえん》　91
覚助《かくじょ》　284, 286, 290, 298
霍将軍《かくしょうぐん》　61
景通《かげみち》藤原　200
花山天皇・法皇《かざん》　63, 188, 190, 192,
195～197, 259, 260
花山僧都《かざんそうず》→厳久《ごんく》
迦葉《かしょう》　12, 14
春日《かすが》　287
兼家《かねいえ》藤原　260
兼実《かねざね》九条・藤原　52, 299, 300
兼長《かねなが》源　210
兼房《かねふさ》藤原　157
兼通《かねみち》藤原　260
観賢《かんけん》　92
厳玄《がんげん》　105
勧子《かんし》藤原　158
寛子《かんし》藤原　57
緘子《かんし》藤原　264
寛朝《かんちょう》　23, 91
桓武天皇《かんむ》　212

●き

祇子《ぎし》藤原(源トモ)　57
義真《ぎしん》　39
黄瀬川の亀鶴《きせがわのかめつる》　5
基増《きぞう》　142
義蔵《ぎぞう》　92
公仲《きみなか》大江　152, 159
公資《きみより》大江　152, 159
教円《きょうえん》　141
行基《ぎょうき》　44, 46
京極御息所《きょうごくのみやすんどころ》→褒子《ほうし》
清貴《きよたか》藤原　233
清経《きよつね》藤原　226
清仁親王《きよひと》　196
清水律師《きよみずりっし》→清範《せいはん》
清盛《きよもり》平　120, 150
清行《きよゆき》三善　17, 20, 59, 67, 104, 232,
248, 250, 251, 253
桐壺帝《きりつぼのみかど》　226
公重《きんしげ》藤原　278
公忠《きんただ》下野　288
公忠《きんただ》源　232, 239, 242
公任《きんとう》藤原　92, 157, 161
金峯山聖人《きんぷせんのしょうにん》　59

●く

空海《くうかい》　304
くうすけ　168
空也《くうや》　77, 127, 128, 149
邦綱《くにつな》藤原　150
国経《くにつね》藤原　244
国信《くにのぶ》源　153, 282
国房《くにふさ》源　209

国盛《くにもり》源　222
国行《くにゆき》藤原　155
鳩摩羅什《くまらじゅう》　115

●け

恵子女王《けいし》　259, 260
稽主勲(気主訓)《けいしゅくん》　287
稽文会《けいもんえ》　287
兼好《けんこう》吉田(卜部)　274, 275
元杲《げんこう》　92
研子内親王《けんし》　45, 46
賢子《けんし》源　310
玄常《げんじょう》　214, 215, 218
源信《げんしん》　18, 77, 100, 104, 105, 116
源心《げんしん》　122
玄昉《げんぼう》　23

●こ

後一条天皇《ごいちじょう》　264
小一条院《こいちじょういん》　167, 264
公円《こうえん》　93, 181
康慶《こうけい》　286
光孝天皇《こうこう》　52
孔子《こうし》　182
興正《こうしょう》　99
空晴《こうしょう》　99
康尚《こうじょう》　285, 289, 290
弘法《こうぼう》→空海《くうかい》
後嵯峨天皇《ごさが》　158
小式部内侍《こしきぶのないし》　161, 162, 166
後白河天皇《ごしらかわ》　2, 3, 63, 301
後醍醐天皇《ごだいご》　23
後鳥羽天皇・上皇《ごとば》　23, 158
近衛天皇《このえ》　42, 277
後冷泉天皇《ごれいぜい》　10
維城《これき》源→醍醐天皇《だいご》
惟成《これしげ》藤原　252
伊周《これちか》藤原　167, 260, 262, 263
伊綱《これつな》藤原　303〜309
維時《これとき》大江　178
伊尹《これまさ》藤原　259
伊通《これみち》藤原　280, 281
維茂《これもち》平　191, 273
五郎《ごろう》曽我　211
厳久《ごんく》　92, 99
金剛山聖人《こんごうさんのしょうにん》　58

●さ

西行《さいぎょう》　89, 90, 274
西光《さいこう》　120
最澄《さいちょう》　39, 72
嵯峨天皇《さが》　52, 63
相模《さがみ》　152
前少将《さきのしょうしょう》　260 cf 藤原挙賢《たかかた》
定家《さだいえ・ていか》藤原　204, 282, 283, 308
定方《さだかた》藤原　260, 262
貞任《さだとう》安倍　200, 210
定時《さだとき》藤原　262
貞範《さだのり》紀　255
貞広《さだひろ》清原　200
定文《さだふみ》平　244
貞文《さだふみ》平　160
定省王《さだみ》　52, 54 cf 宇多天皇《うだ》
定省《さだみ》源→宇多天皇《うだ》
定基《さだもと》大江　89
定頼《さだより》藤原　161, 162, 165
実方《さねかた》藤原　258, 262〜276
実兼《さねかね》藤原　186, 301
実兼《さねかね》源　308
実資《さねすけ》藤原　98, 220
実範《さねのり》藤原(貞嗣流)　301
実範《さねのり》藤原(良門流)　304
実頼《さねより》藤原　97, 234〜241
三郎坊《さぶろうぼう》　26

三条天皇《さんじょう》　86, 89, 264, 304
三条大后《さんじょうのおおきさき》→昌子内親王《しょうし》
三条局《さんじょうのつぼね》　46

●し

慈恵《じえ》→良源《りょうげん》
慈覚《じかく》→円仁《えんにん》
成業《しげなり》高階　154
重信《しげのぶ》源　270
重衡《しげひら》平　122
侍従房《じじゅうぼう》　281
寂昭《じゃくしょう》→大江定基《さだもと》
寂心《じゃくしん》→慶滋保胤《やすたね》
十郎《じゅうろう》曽我　211
淑子《しゅくし・よしこ》藤原　53
主勲（主訓）《しゅくん》稽（気）　287
寿広《じゅこう》　126
俊恵《しゅんえ》　158, 282
俊寛《しゅんかん》　211
淳仁天皇《じゅんにん》　23
性空《しょうくう》　99
定慶《じょうけい》　287
勝算《しょうさん》　105
彰子《しょうし》藤原　69, 161
昌子内親王《しょうし》　100
璋子《しょうし》藤原　42
性信《しょうしん》　98, 303〜308, 310
浄蔵《じょうぞう》　49, 59, 63, 102, 232
定朝《じょうちょう》　284〜290, 298
正徹《しょうてつ》　279, 283
聖武《しょうむ》天皇　63
助泥《じょでい》　141
白河《しらかわ》天皇・上皇　199, 201, 203, 204
四郎坊《しろうぼう》　26
二郎坊《じろうぼう》　26
心敬《しんけい》　240
真済《しんせい》　23, 57
信西《しんぜい》　228, 301, 302
尋禅《じんぜん》　33, 36, 38
進命婦《しんのみょうぶ》→祇子《ぎし》

●す

眭仁蒨《ずいにんせん》　255
スウィフト，ジョナサン　85
季綱《すえつな》藤原　301
輔親《すけちか》大中臣　152, 270
助道《すけみち》首藤　200
佐世《すけよ》藤原　53
朱雀天皇《すざく》　221, 233, 235
ストーカー，ブラム　74
崇徳天皇・上皇《すとく》　23, 42, 278

●せ

清少納言《せいしょうなごん》　263, 275, 276
清範《せいはん》　92
西方院座主《せいほういんざす》→院源《いんげん》
清明《せいめい》安倍　76
せいらい→源斉頼《なりより》
清和天皇《せいわ》　63
是害房《ぜがいぼう》　41
節信《せつのぶ》藤原　154
瞻西《せんさい》　107
詮子《せんし》藤原　260, 288
千攀《せんはん》　91

●そ

相応《そうおう》　57, 59, 111
増賀《ぞうが》　87〜89, 99, 100
僧迦羅《そうがら》　72, 73
草廬《そうろ》龍　109
染殿后《そめどののきさき》→明子《めいし》（良房女）
尊雲《そんうん》→護良《もりなが》
尊蓮《そんれん》　41

●た

醍醐天皇《だいご》　54, 60, 224, 226, 231〜235, 240, 242, 248, 259
大納言佐《だいなごんのすけ》　122
高明《たかあきら》源　167, 261, 263
挙賢《たかかた》藤原　259, 260
高倉天皇《たかくら》　299
孝言《たかとき》惟宗　248, 251
高藤《たかふじ》藤原　6
篁《たかむら》小野　232, 256
篁の弟《たかむらのおとうと》小野　107
武員《たけかず》秦　141
武則《たけのり》清原　206
忠顕《ただあき》千種　122
忠家《ただいえ》藤原　163
忠実《ただざね》藤原　42, 153
忠綱《ただつな》仁田史郎　26
忠平《ただひら》藤原　224〜229, 233, 234, 255, 262
忠房《ただふさ》藤原　238, 241〜243
忠通《ただみち》藤原　42, 298, 299
忠行《ただゆき》賀茂　76
玉淵《たまふち》大江　91, 178
多美子《たみこ》藤原　57
為時《ためとき》藤原　222
為朝《ためとも》源　23
為仲《ためなか》橘　155
為通《ためみち》藤原　277, 279, 281
為光《ためみつ》藤原　270
為盛《ためもり》藤原　141
為義《ためよし》源　122, 202
太郎坊《たろうぼう》　23, 26, 42
湛慶《たんけい》　286

●ち

智顗《ちぎ》　36, 128
智證《ちしょう》→円珍《えんちん》
仲算《ちゅうざん》　39, 141, 142
長勢《ちょうせい》　286
長明《ちょうめい》鴨　282
智羅永寿《ちらようじゅ》　30
陳子良《ちんしりょう》　256

●つ

経輔《つねすけ》藤原　267
経敏《つねとし》高階　302
経信《つねのぶ》源　282
経衡《つねひら》藤原　157
恒政《つねまさ》　131, 133
常行《つねゆき》藤原　6

●て

貞子《ていし》源　49, 66
媞子内親王《ていし》　24
手越の少将《てごしのしょうしょう》　4
伝教《でんぎょう》→最澄《さいちょう》
天武天皇《てんむ》　213

●と

道(団)三郎《どう(だん)さぶろう》　211
道因《どういん》　160
道賢《どうけん》　232, 233
道公《どうこう》　124
道命《どうみょう》　115, 124, 129
登蓮《とうれん》　158
融《とおる》源　48〜56, 60, 64〜66, 71, 180
時平《ときひら》藤原　49, 224〜230, 233, 234, 238, 244
得子《とくし》藤原　42
俊家《としいえ》藤原　244, 267
俊賢《としかた》源　261, 262
俊忠《としただ》藤原　280〜282
俊成《としなり・しゅんぜい》藤原　279, 282

俊憲《としのり》藤原　301, 302
利仁《としひと》藤原　199
俊房《としふさ》源　279, 310
敏行《としゆき》藤原　269
俊頼《としより》源　152〜154, 156, 158, 282
舎人親王《とねり》　213
鳥羽天皇・上皇《とば》　42, 301
具平親王《ともひら》　80
豊前王《とよさき》　212, 213, 215〜219, 221
ドラキュラ　74

●な

内記聖人《ないきしょうにん》→慶滋保胤《やすたね》
直義《なおよし》足利　24
長家《ながいえ》藤原　163, 280
中興《なかおき》平　108
長能《ながとう》藤原　270
仲平《なかひら》藤原　226, 231, 232
仲麻呂《なかまろ》阿倍　41
長(永)光《ながみつ》藤原　293, 294, 297, 299
長屋王《ながや》　266
業近《なりちか》藤原　207
済時《なりとき》藤原　263
成順《なりのぶ》髙階　152
斉信《なりのぶ》藤原　268
業平《なりひら》在原　263, 274, 276
成光《なりみつ》藤原　293, 294, 297, 299, 300
斉頼《なりより》源　209

●に

西三条女御《にしさんじょうのにょうご》→多美子《たみこ》
日蔵《にちぞう》　232
日羅房《にちらぼう》　41
仁戒《にんかい》　99
仁海《にんかい》　23
仁浄《にんじょう》　141, 183

●の

能因《のういん》　154, 155, 157, 159
宣方《のぶかた》源　270
信頼《のぶより》藤原　279, 302
昇《のぼる》源　49, 50
則明《のりあき》藤原(後藤内)　199〜202, 204, 206, 207, 211
範季《のりすえ》藤原　200
教長《のりなが》藤原　277, 278
範永《のりなが》藤原　157, 159
教通《のりみち》藤原　162, 166

●は

伯の母《はくのはは》　151, 152, 154
白楽天《はくらくてん》　180
長谷雄《はせお》紀　66, 243, 248〜251, 253, 255
初音の僧正《はつねのそうじょう》　154
班子女王《はんし》　57

●ひ

東三条院《ひがしさんじょういん》→詮子《せんし》
光《ひかる》源　117, 234
光源氏《ひかるげんじ》　56, 226
秀郷《ひでさと》藤原　200
人麿《ひとまろ》柿本　157
広相《ひろみ》橘　53
枇杷中納言《びわちゅうなごん》→藤原敦忠《あつただ》

●ふ

蕪村《ぶそん》　109
武帝《ぶてい》　72
文雄《ふみお》巨勢　250
文時《ふみとき》菅原　178, 181, 184, 252
文王《ぶんのう》　205

●へ

平城天皇・上皇《へいぜい》　178
遍基《へんき》　91
弁慶《べんけい》　40, 118
ヘンリー八世　73

●ほ

法興院僧正《ほうこういんそうじょう》→明豪《みょうごう》
法厳《ほうごん》　126
褒子《ほうし》藤原　48, 49, 54〜56, 59〜62, 66, 243
法蔵《ほうぞう》　39
堀河天皇《ほりかわ》　24, 281

●ま

マウベ(モーブ), アントン　254
真備《まきび》吉備　41
政方《まさかた》多　244
雅兼《まさかね》源　205
正成《まさしげ》楠木　25
雅信《まさのぶ》源　70, 166, 262
匡衡《まさひら》大江　92
匡房《まさふさ》大江　185, 205, 251, 253, 282, 295, 296
正盛《まさもり》平　201
雅嘉《まさよし》尾崎　269
希世《まれよ》藤原　233

●み

道真《みちざね》菅原　53, 178, 224, 225, 227, 230, 232〜235, 243, 250, 251
道隆《みちたか》藤原　260, 262, 263
道綱《みちつな》藤原　115
通俊《みちとし》藤原　153, 205
道長《みちなが》藤原　145, 148, 161, 163, 196, 222, 244, 260, 262〜264, 267, 285, 289, 305
道信《みちのぶ》藤原　270
通憲《みちのり》藤原→信西《しんぜい》
道範《みちのり》　21
道雅《みちまさ》藤原　157
通宗《みちむね》藤原　153
光輔《みつすけ》藤原　299
光任《みつとう》大宅　200
満仲《みつなか》源　209
躬恒《みつね》凡河内　243
明豪《みょうごう》　92, 99
明尊《みょうそん》　122

●む

宗忠《むねただ》藤原　280
宗任《むねとう》安倍　207, 210
統理(宗正)《むねまさ》藤原　86〜88
棟梁《むねやな・むねはり》在原　238, 244
村上天皇《むらかみ》　41, 176
村上源氏《むらかみげんじ》　281, 282
紫式部《むらさきしきぶ》　222

●め

明子《めいし》藤原(仲平女・敦忠室)　238
明子《めいし》藤原(良房女・文徳后)　57, 59, 61
明子《めいし》源(道長室・頼宗母)　167

●も

茂明《もちあきら》藤原　298
元輔《もとすけ》清原　141
基経《もとつね》藤原　21, 52, 53
基俊《もととし》藤原　282
本主《もとぬし》大枝　178
盛資《もりすけ》河内二郎　46
護良《もりなが・もりよし》　23, 24
師明親王《もろあきら》　304

諸兄《もろえ》橘　155
諸葛《もろくず》藤原　52
師実《もろざね》藤原　57, 69
師輔《もろすけ》藤原　38, 234, 259, 262
師尹《もろただ》藤原　262, 263
諸任《もろとう》藤原　191, 273
師仲《もろなか》藤原　277, 279
師仲《もろなか》源　277, 279
師宣《もろのぶ》菱川　158

●や

八重《やえ》　141, 183
保明親王《やすあきら》　224〜227, 230, 231
康資王《やすすけ》　152
保胤《やすたね》慶滋　76〜85, 252, 253
保憲《やすのり》賀茂　76
安麻呂《やすまろ》大伴　123
保光《やすみつ》源　259, 260, 270

●ゆ

夕顔の女《ゆうがおのおんな》　56
行成《ゆきなり・こうぜい》藤原　258〜262, 266, 268, 285
行通《ゆきみち》藤原　277〜279

●よ

永縁《ようえん》　151, 152, 154
陽成天皇《ようぜい》　21, 52〜54
余慶《よけい》　31, 32, 36, 38〜40, 122
会明《よしあきら》藤原　298
義家《よしいえ》源　199, 200〜202, 206, 208〜210
善男《よしお》伴　66
良香《よしか》都　250
好風《よしかぜ》平　160
義国《よしくに》源　201
義孝《よしたか》藤原　259, 260
好忠《よしただ》曽根　270
義忠《よしただ》源　202
義懐《よしちか》藤原　259
義親《よしちか》源　201
義綱《よしつな》源　201, 202
義経《よしつね》源　26, 211
義朝《よしとも》源　26
能宣《よしのぶ》大中臣　152
良房《よしふさ》藤原　58
良相《よしみ》藤原　216
義光《よしみつ》源　201
慶頼王《よしより》　230
代明親王《よりあきら》　259
諏方《よりかた》甲賀三郎　26
頼国《よりくに》源　209
頼実《よりざね》源　159
頼忠《よりただ》藤原　97
頼綱《よりつな》源　159
頼長《よりなが》藤原　42, 228, 277, 278
頼業《よりなり》清原　52
頼通《よりみち》藤原　57, 69, 166, 267, 288, 305
頼光《よりみつ・らいこう》源　157, 209
頼宗《よりむね》藤原　161, 165〜167, 267
頼宗《よりむね》源　157
頼基《よりもと》大中臣　152
頼義《よりよし》源　199, 200, 206, 207, 209, 210

●ら

ラーゲレーヴ，セルマ　28
頼豪《らいごう》　23, 24
頼助《らいじょ》　286

●り

隆源《りゅうげん》　151〜153, 160
良源《りょうげん》　23, 34〜36, 38, 40, 85, 99〜

101, 104
良子内親王《りょうし》　310
良昭《りょうしょう》　207, 210
良暹《りょうせん》　156
倫子《りんし》源　69, 70, 166

●れ

麗子《れいし》源　69
冷泉天皇《れいぜい》　198, 259
蓮蔵《れんぞう》　126
蓮仁《れんにん》　45, 46

●ろ

六条皇后《ろくじょうのこうごう》→班子女王《はんし》
六条御息所《ろくじょうのみやすんどころ》　56
六宮の姫君《ろくのみやのひめぎみ》　180

書名索引

●あ

阿娑婆抄《あさばしょう》　113
愛宕の本地《あたごのほんじ》　41

●い

意見十二箇条《いけんじゅうにかじょう》　251
伊勢物語《いせものがたり》　153
今鏡《いまかがみ》　46, 89, 157, 222, 267, 271, 279, 280
今物語《いまものがたり》　157, 166
芋粥《いもがゆ》　199
伊呂波字類抄《いろはじるいしょう》　107

●う

宇治拾遺物語《うじしゅういものがたり》　16, 19, 21, 26, 58, 65, 71, 73, 77, 89, 99, 104, 107, 111, 116, 117, 135, 140, 145, 152, 162, 164, 166, 174, 183, 213, 220
打聞集《うちぎきしゅう》　71
宇津保物語《うつほものがたり》　153

●え

栄花物語《えいがものがたり》　166, 310
絵本太功記《えほんたいこうき》　210
延喜御遺誡《えんぎごゆいかい》　235
延喜式《えんぎしき》　218
延慶本平家物語《えんけいぼんへいけものがたり》　208, 210
延命地蔵菩薩経直談鈔《えんめいじぞうぼさつきょうじきだんしょう》　105

●お

往生要集《おうじょうようしゅう》　18, 105
大鏡《おおかがみ》　52, 54, 63, 196, 225, 226, 228〜230, 261〜263
『大鏡』裏書《おおかがみうらがき》　225, 227〜230
奥の細道《おくのほそみち》　274
小野宮年中行事《おののみやねんじゅうぎょうじ》　221
御室相承記《おむろそうしょうき》　306
御曹子島渡り《おんぞうししまわたり》　27

●か

河海抄《かかいしょう》　55
柿本影供記《かきのもとえいぐき》　158
覚禅抄《かくぜんしょう》　113
革命勘文《かくめいかんもん》　251
賀茂物狂《かものものぐるい》　276
菅家後集《かんけこうしゅう》　251
観無量寿経《かんむりょうじゅきょう》　18

●き

義経記《ぎけいき》　118
北野天神縁起《きたのてんじんえんぎ》　232
北野天神縁起物絵巻《きたのてんじんえんぎものえまき》　232
吉口伝《きつくでん》　63
貴船の本地《きふねのほんじ》　27
行基年譜《ぎょうぎねんぷ》　46
教訓抄《きょうくんしょう》　288
京極御息所歌合《きょうごくのみやすんどころうたあわせ》　243
玉葉《ぎょくよう》　52, 299
清行卿記《きよゆききょうき》　17, 59
キリストの伝説《きりすとのでんせつ》　29
桐火桶《きりひおけ》　279
公忠集《きんただしゅう》　239
禁秘御抄《きんぴみしょう》　271
金葉和歌集《きんようわかしゅう》　152, 154

●く

公卿補任《くぎょうぶにん》 261, 309
愚秘抄《ぐひしょう》 155
クリスマス・ローズ 28

●け

京城略図《けいじょうりゃくず》 117
系図纂要《けいずさんよう》 304, 309
外記日記《げきにっき》 221
元亨釈書《げんこうしゃくしょ》 107, 122, 124
源氏物語《げんじものがたり》 55, 153, 226
源平盛衰記《げんぺいじょうすいき》 63, 120, 274

●こ

弘安十年古今歌注《こうあんじゅうねんこきんかちゅう》 41
江家次第《ごうけしだい》 276
攷證今昔物語集《こうしょうこんじゃくものがたりしゅう》 108
江談抄《ごうだんしょう》 41, 49, 54, 55, 63, 179, 184, 232, 249, 251, 252, 256, 301
広隆寺来由起《こうりゅうじらいゆき》 287
古今(和歌)六帖《こきん(わか)ろくじょう》 269
古今集序註《こきんしゅうじょちゅう》 276
古今集註《こきんしゅうちゅう》 278
古今和歌集《こきんわかしゅう》 152, 155, 234, 242
古今著聞集《ここんちょもんじゅう》 66, 69, 155, 157, 158, 166, 208, 210, 244, 280
古事談《こじだん》 42, 46, 49, 52, 58, 63, 70, 99, 102, 103, 105, 107, 110, 112, 113, 116, 128, 161, 199, 200, 205, 209, 222, 225, 232, 234, 252, 258, 261, 262, 265, 267, 271～273, 276, 278～281, 284, 293, 298, 301, 303, 304, 308
古事談抜書《こじだんぬきがき》 117
後拾遺往生伝《ごしゅういおうじょうでん》 222, 304, 306, 308
後拾遺和歌集《ごしゅういわかしゅう》 152, 153, 155, 159
後撰和歌集《ごせんわかしゅう》 108, 178, 241, 269
後鳥羽院御口伝《ごとばいんごくでん》 204
古本説話集《こほんせつわしゅう》 65, 180
権記《ごんき》 261, 264
今昔物語集《こんじゃくものがたりしゅう》 15～17, 19～22, 38, 41, 45, 58, 61, 65～67, 70, 71, 73, 77, 85, 89, 97～100, 108, 111, 117, 119, 124～126, 140, 142, 144, 145, 148, 160, 178, 180, 181, 183, 190, 191, 195, 199, 213, 214, 221, 222, 238, 244, 249, 255, 256, 273, 288, 294
「今昔物語集」巻第二十別本《こんじゃくものがたりしゅうまきだい20べっぽん》 108

●さ

西宮記《さいきゅうき》 271
西行上人談抄《さいぎょうしょうにんだんしょう》 157
西行物語《さいぎょうものがたり》 89, 90
才葉抄《さいようしょう》 279
ささめごと 108, 240
実方集《さねかたしゅう》 263
山家集《さんかしゅう》 274
三国伝記《さんごくでんき》 109, 128, 255
山州名跡志《さんしゅうめいせきし》 120
三十六箇条起請《さんじゅうろっかじょうきしょう》 122
三僧記類聚《さんそうきるいじゅう》 63
三代実録【日本三代実録】《さんだいじつろく》 213
三宝絵(詞)《さんぼうえ(ことば)》 126
散木奇歌集《さんぼくきかしゅう》 154

●し

詞花和歌集《しかわかしゅう》 154
職事補任《しきじぶにん》 261

私聚百因縁集《しじゅうひゃくいんねんしゅう》 108
地蔵講式《じぞうこうしき》 105
糸竹口伝《しちくくでん》 244
沙石集《しゃせきしゅう》 282
拾遺往生伝《しゅういおうじょうでん》 59, 60, 104, 107
拾遺和歌集《しゅういわかしゅう》 239, 269
拾芥抄《しゅうがいしょう》 5, 117
袖中抄《しゅうちゅうしょう》 276
重訂本草綱目啓蒙《じゅうていほんぞうこうもくけいもう》 145
修験道名称原義《しゅげんどうめいしょうげんぎ》 109
十訓抄《じゅっきんしょう》 13, 14, 17, 18, 49, 63, 157, 158, 181, 208, 222, 244, 250, 265, 271, 280
十訓抄詳解《じゅっきんしょうしょうかい》 272
春記《しゅんき》 286
小止観《しょうしかん》 46
聖徳太子未来記《しょうとくたいしみらいき》 25
小右記《しょうゆうき・おうき》 149
小右記逸文《しょうゆうきいつぶん》 63
続日本紀《しょくにほんぎ》 266
諸社根元記《しょしゃこんげんき》 117
初例抄《しょれいしょう》 286
神祇拾遺《じんぎしゅうい》 275
神宮寺伽藍縁起并資財帳《じんぐうじがらんえんぎならびにしざいちょう》 128
真言伝《しんごんでん》 17, 41, 45, 59, 104
新撰万葉《しんせんまんよう》 69, 234
新編鎌倉誌《しんぺんかまくらし》 287

●す

水言鈔《すいげんしょう》 232
水左記《すいさき》 309, 310
諏訪の本地《すわのほんじ》 26

●せ

せいらい 209
善界《ぜがい》 41
是害房絵巻《ぜがいぼうえまき》 41
節用集《せつようしゅう》 144
善家秘記《ぜんけひき》 17, 59
撰集抄《せんじゅうしょう》 77, 85, 100, 105, 268, 269

●そ

僧綱補任《そうごうぶにん》 63
捜神記《そうじんき》 120
雑談集《ぞうたんしゅう》 117, 128, 129
曽我物語《そがものがたり》 4
続古事談《ぞくこじだん》 228, 250
続本朝往生伝《ぞくほんちょうおうじょうでん》 91, 92, 100, 270
尊卑分脈《そんぴぶんみゃく》 199, 200, 210, 304, 309

●た

大会《だいえ》 13, 14
大槐秘抄《たいかいひしょう》 281
台記《たいき》 42, 278, 279
体源鈔《たいげんしょう》 3
大唐西域記《だいとうさいいきき》 73
大日本史《だいにほんし》 203
太平記《たいへいき》 25, 122
大法師浄蔵伝《だいほうしじょうぞうでん》 59, 104, 107
隊を組んで歩く妖精達《たいをくんであるくようせいたち》 257

●ち

中外抄《ちゅうがいしょう》 200, 289
中古歌仙三十六人伝《ちゅうこかせんさんじゅうろくにんでん》 155, 263
中古京師内外図《ちゅうこけいしないがいず》 117
中昔京師地図《ちゅうせきけいしちず》 117
中右記《ちゅうゆうき》 295
長秋記《ちょうしゅうき》 286

朝野群載《ちょうやぐんさい》　280

●つ

徒然草《つれづれぐさ》　274

●て

亭子院歌合《ていじいんうたあわせ》　242
出来斉京土産《できさいきょうみやげ》　274
徹書記物語《てっしょきものがたり》　279, 282
伝教大師未来記《でんきょうだいしみらいき》　25
天狗の内裏《てんぐのだいり》　26
天台止観《てんだいしかん》→摩訶止観《まかしかん》
天満宮御託宣記《てんまんぐうごたくせんき》　234
殿暦《でんりゃく》　280

●と

道賢上人冥途記《どうけんしょうにんめいどき》　232
藤氏家伝《とうしかでん》　128
東斉随筆《とうせいずいひつ》　265
俊頼髄脳《としよりずいのう》　60, 61, 155, 156, 239

●な

難後拾遺集《なんごしゅういしゅう》　156

●に

二中歴《にちゅうれき》　5, 287
日本紀略《にほんきりゃく》　149, 230, 235, 264
日本高僧伝要文抄《にほんこうそうでんようもんしょう》　107
日本霊異記【日本国現報善悪霊異記】《にほんりょういき》　45, 63, 112, 128

●ね

寝覚記《ねざめのき》　265, 267

●の

能因歌枕《のういんうたまくら》　121
能因法師集《のういんほうししゅう》　155, 159

●は

白氏文集《はくしもんじゅう》　162, 179
長谷寺験記《はせでらげんき》　255

●ひ

毘沙門の本地《びしゃもんのほんじ》　27
百人一首一夕話《ひゃくにんいっしゅひとよがたり》　157, 269
百練抄《ひゃくれんしょう》　310

●ふ

袋草紙《ふくろのそうし》　152, 154〜159, 166, 276
富士の人穴《ふじのじんけつ》　26
扶桑略記《ふそうりゃっき》　59, 104, 221, 232
付法蔵因縁伝《ふほうぞういんねんでん》　16
夫木和歌抄《ふぼくわかしょう》　274
文机談《ぶんきだん》　3

●へ

平家物語《へいけものがたり》　202, 274
平中物語《へいちゅうものがたり》　160

●ほ

奉菅右府書《ほうかんうふしょ》　250
宝物集《ほうぶつしゅう》　63
法華経《ほけきょう》　115, 124, 126, 128, 161, 214
法華百座聞書抄《ほけひゃくざもんじょしょう》　128
保元物語《ほげんものがたり》　122
法華験記【大日本国法華経験記】《ほっけげんき》　41, 100, 124〜126
発心集《ほっしんしゅう》　77, 89, 100, 108, 128
堀河院百首《ほりかわいんひゃくしゅ》　152〜154, 282
本朝世紀《ほんちょうせいき》　221
本朝続往生伝《ほんちょうぞくおうじょうでん》　89
本朝続文粋《ほんちょうぞくもんずい》　297
本朝無題詩《ほんちょうむだいし》　296, 297

本朝文粋《ほんちょうもんずい》　51, 178
梵天国《ぼんてんこく》　27

●ま

摩訶止観《まかしかん》　36
枕草子《まくらのそうし》　222, 275
万葉集《まんようしゅう》　123, 204

●み

都名所図会《みやこめいしょずえ》　108
名目抄《みょうもくしょう》　271
未来記《みらいき》　26

●む

陸奥話記《むつわき》　200, 207, 208
無名抄《むみょうしょう》　154, 157, 160, 276, 282
無量寿経《むりょうじゅきょう》　18

●め

明月記《めいげつき》　271
冥報記《めいほうき》　256

●も

文徳実録【日本文徳実録】《もんとくじつろく》　63, 216

●や

八雲御抄《やくもみしょう》　156, 159
大和本草《やまとほんぞう》　145
大和物語《やまとものがたり》　49, 108, 244

●ゆ

融通念仏縁起絵《ゆうずうねんぶつえんぎえ》　7

●よ

雍州府志《ようしゅうふし》　275
世継物語《よつぎものがたり》　244

●り

吏部王記《りほうおうき》　235
隆源口伝《りゅうげんくでん》　153
梁塵秘抄《りょうじんひしょう》　2, 99, 107, 120, 192, 193, 220, 223
梁塵秘抄口伝集《りょうじんひしょうくでんしゅう》　3

●る

類聚国史《るいじゅうこくし》　128

●れ

簾中抄《れんちゅうしょう》　5

●ろ

朗詠集私註《ろうえいしゅうしちゅう》　185

●わ

和漢兼作集《わかんけんさくしゅう》　184
和漢三才図会《わかんさんさいずえ》　145
和漢朗詠集《わかんろうえいしゅう》　162, 178, 184, 186
和訓栞《わくんのしおり》　145

仏神・寺社名索引

●あ

阿閦仏《あしゅくぶつ》　19
愛宕社《あたごしゃ》　41
愛宕山《あたごやま》　19　cf 愛宕山〔事項・事物名〕
熱田明神《あつたみょうじん》　126, 127
阿弥陀如来《あみだ》　16, 18, 19, 286
安福寺《あんぷくじ》　122

●い

出雲路道祖神《いずもじのどうそじん》　274
一乗寺《いちじょうじ》　38
厳島神社《いつくしまじんじゃ》　150
今宮《いまみや》　117
石清水八幡大菩薩《いわしみずはちまんだいぼさつ》　233
岩本社《いわもとしゃ》　275

●う

烏枢沙摩明王《うすさま》　112
靭明神《うつぼみょうじん》　117
雲居寺《うんごじ》　104, 107

●え

叡明寺《えいめいじ》　134
円宗寺《えんしゅうじ》　287
延暦寺《えんりゃくじ》　24, 38～40, 92, 99～101, 104, 120, 141, 203

●お

愛宕寺《おたぎでら》　107
園城寺《おんじょうじ》　39, 40, 105, 153
怨霊神《おんりょうじん》　235　cf 怨霊《おんりょう》〔事項・事物名〕

●か

笠島道祖神《かさしまのどうそじん》　274
春日神社《かすがじんじゃ》　243
雅静《がせい》　145～149
片岡社《かたおかしゃ》　275
勝尾寺《かつおでら》　93, 99
上賀茂神社《かみがもじんじゃ》→賀茂別雷神社《かものわけいかずちじんじゃ》
賀茂社《かもしゃ》→賀茂別雷神社《かものわけいかずちじんじゃ》
賀茂明神《かもみょうじん》　63
賀茂別雷神社《かもわけいかづちじんじゃ》　220, 271, 274
韓神《からがみ》　117
元慶寺《がんぎょうじ》　40
元興寺《がんごうじ》　152
観音菩薩《かんのん》　5, 16, 19, 125, 143, 249, 255, 287
観音院《かんのんいん》　83, 120

●き

祇園社《ぎおんしゃ》　105, 141, 156
鬼神《きしん》　67, 68
北野天神《きたのてんじん》　234　cf 菅原道真《みちざね》〔人名〕
北野天神社《きたのてんじんしゃ》　234
木寺《きでら》　142
行疫流行神《ぎょうやくるぎょうじん》　5, 125　cf 疫神《やくじん》
清水寺《きよみずでら》　57, 107, 152
金峰山《きんぶせん》　124, 138, 232

●く

傀儡子神《くぐつがみ》　221
岐の神《くなどのかみ》　220, 221　cf 道祖神《どうそじん》
熊野権現・熊野社《くまのごんげん・くまのしゃ》　25, 65, 124, 127
軍荼利明王《ぐんだり》　112

●け

ゲイリー・ミューズ　255
解脱寺《げだつじ》　83
気比大神《けひのおおかみ》　128
花林院《けりんいん》　152

●こ

降三世明王《ごうさんぜ》　112
高台寺《こうだいじ》　109
興福寺《こうふくじ》　92, 99, 126, 141, 142, 151, 152
興福寺金堂《こうふくじこんどう》　287
高野山《こうやさん》　299, 303〜305, 308
高野山根本大塔《こうやさんこんぽんだいとう》　305
広隆寺《こうりゅうじ》　287
護国寺《ごこくじ》　18
五条天神《ごじょうのてんじん》　117
五条道祖神《ごじょうのどうそじん》　117, 125, 177
五智如来《ごちにょらい》　103
護法善神《ごほうぜんしん》　59, 63, 104, 126, 127
護法天童《ごほうてんどう》　13, 14
護法童子《ごほうどうじ》　34, 104
御霊《ごりょう》　23, 221
金剛童子《こんごうどうじ》　255
金剛夜叉明王《こんごうやしゃ》　112, 113
根本中堂(東塔)《こんぽんちゅうどう》　120, 122

●さ

西院邦恒堂《さいいんくにつねどう》　286
西塔《さいとう》　10, 32, 40
幸神社《さいのかみのやしろ》　274
塞の神《さえのかみ》　115, 220　cf 道祖神《どうそじん》
佐倍之神社《さえのかみしゃ》　274
蔵王権現《ざおうごんげん》　124, 127, 233
境の神《さかいのかみ》　220　cf 道祖神《どうそじん》
沢田社《さわだしゃ》　275
三修《さんしゅう》　17, 18
山王権現《さんのうごんげん》　203
山門《さんもん》　24, 39, 40　cf 延暦寺《えんりゃくじ》

●し

塩竈明神《しおがまみょうじん》　274
志賀寺《しがでら》　59
地蔵菩薩《じぞう》　41, 105, 119, 120
地蔵堂《じぞうどう》　119
慈尊院《じそんいん》　304
四大天王《しだいてんのう》　126, 127
寺門《じもん》　24, 40　cf 延暦寺《えんりゃくじ》・園城寺《おんじょうじ》
釈迦如来《しゃか》　11〜15, 22, 129, 144
釈尊《しゃくそん》→釈迦如来《しゃか》
十一面観音菩薩《じゅういちめんかんのん》　19, 249, 255
修学院《しゅがくいん》　38
守護神《しゅごじん》　63
聖観音《しょうかんのん》　143
勝林院《しょうりんいん》　156
書写山《しょしゃざん》　100
白雲神社《しらくもじんじゃ》　150

●す

住吉明神《すみよしみょうじん》　124, 127, 128, 275

●せ

勢至菩薩《せいし》　19
制多迦童子《せいたかどうじ》　36
西明寺《せいめいじ》　17

赤山禅院《せきざんぜんいん》　121
千手院《せんじゅいん》　32, 39, 40
禅林寺《ぜんりんじ》　141

●た

大安寺《たいあんじ》　152
大威徳明王《だいいとく》　112
大雲寺《だいうんじ》　38, 39, 83
太山府君《たいざんぶくん》　255
帝釈天《たいしゃくてん》　12, 14, 116, 126, 127, 129
大政威徳天《だいじょういとくてん》　233 cf 北野天神《きたのてんじん》・菅原道真《みちざね》〔人名〕
大随求菩薩《だいずいぐぼさつ》　138
大善寺《だいぜんじ》　119
大日如来《だいにち》　26, 105
多賀大神《たがおおかみ》　128
多度神《たどがみ》　128
玉津島明神《たまつしまみょうじん》　275
多武峯《たむのみね・とうのみね》　41, 87, 99, 100
談山神社《たんざんじんじゃ》　41

●ち

中尊寺《ちゅうそんじ》　207
珍皇寺《ちんこうじ》→愛宕寺《おたぎでら》

●て

天神《てんじん》→北野天神《きたのてんじん》
天神社《てんじんしゃ》　117, 118
天王寺《てんのうじ》　124
天龍八部《てんりゅうはちぶ》　12

●と

東海公《とうかいこう》　255
東光坊《とうこうぼう》　26
東寺《とうじ》　18, 91, 285
道祖神《どうそじん》　115, 123〜125, 127, 135, 213, 220, 221, 274 cf 道祖神の像容《どうそじんのぞうよう》〔事項・事物名〕
道祖神社《どうそじんじゃ》　117, 118
東大寺《とうだいじ》　91, 146, 287
東塔《とうとう》　120
東北院《とうほくいん》　10

●な

長田神社《ながたじんじゃ》　7

●に

二十五菩薩《にじゅうごぼさつ》　16
如意輪寺《にょいりんじ》　80
仁和寺《にんなじ》　281

●ね

鼠の祠《ねずみのほこら》　24

●は

白雲寺《はくうんじ》　41
橋本社《はしもとしゃ》　274 〜 276
長谷観音《はせかんのん》　255 cf 観音菩薩《かんのん》
長谷寺《はせでら》　249, 255
八大童子《はちだいどうじ》　104
万松寺《ばんしょうじ》　273
般若寺《はんにゃじ》　91〜93, 97, 98

●ひ

比叡山《ひえいざん》　72, 214, 218 cf 比叡山《ひえいざん》〔事項・事物名〕
毘沙門天《びしゃもんてん》　19, 26, 143
百神《ひゃくじん》　220
百大夫《ひゃくだゆう》　220, 223
平等院《びょうどういん》　69
平等院鳳凰堂《びょうどういんほうおうどう》　286

●ふ

不空羂索観音《ふくうけんさく》　287
福田院《ふくでんいん》　145, 147, 149
普賢菩薩《ふげん》　12, 19, 110
普甲山寺《ふこうさんじ》　110
仏頂尊《ぶっちょうそん》　139
不動明王《ふどう》　102〜105, 111, 112, 143

●ほ

法雲寺《ほううんじ》　119
法観寺《ほうかんじ》→八坂寺《やさかでら》
法成寺《ほうじょうじ》　10, 289
法成寺阿弥陀堂九体仏《ほうじょうじあみだどうくたいぶつ》
289
法成寺五大堂仏《ほうじょうじごだいどうぶつ》　286
法成寺金堂仏《ほうじょうじこんどうぶつ》　286
法隆寺西円堂《ほうりゅうじさいえんどう》　7
法輪寺《ほうりんじ》　124, 127
法華寺《ほっけじ》　152
法勝寺《ほっしょうじ》　287
法性寺《ほっしょうじ》　38
梵天《ぼんてん》　116, 126, 127, 129

●ま

松尾明神《まつおみょうじん》　124, 127, 128
満徳天《まんとくてん》　233

●み

道の神《みちのかみ》　220 cf 道祖神《どうそじん》
箕面寺《みのおでら》　99
ミューズ　255
明王《みょうおう》　12, 112
妙音天《みょうおんてん》　150
弥勒菩薩《みろく》　19

●む

無動寺《むどうじ》　122
宗像神社《むなかたじんじゃ》　145, 150
無量寿院《むりょうじゅいん》　289

●も

文殊菩薩《もんじゅ》　12, 41

●や

薬師如来《やくし》　72
疫神《やくじん・えきじん》　5〜8, 117, 125, 220, 221
cf 行疫流行神《ぎょうやくるぎょうじん》
八坂寺《やさかでら》　102, 103, 107, 108
八坂東院《やさかとういん》→雲居寺《うんごじ》
八坂塔《やさかのとう》　103, 107
八坂別院《やさかのべついん》→雲居寺《うんごじ》
疫鬼《やつき》→疫神《やくじん》

●よ

横川《よかわ》　33, 34, 100, 101, 105, 143
横川中堂《よかわちゅうどう》　143

●り

竜樹菩薩《りゅうじゅ》　41
龍泉寺《りゅうせんじ》　26
林丘寺《りんきゅうじ》　121

●れ

蓮花寺《れんげじ》　97

●ろ

六体地蔵《ろくたいじぞう》　119
六波羅密寺《ろくはらみつじ》　107
六角堂《ろっかくどう》　6

●わ

事項・事物名(地名を含む〔地〕)索引

●あ

襖《あお》 191
青墓《あおはか》〔地〕 2, 3
赤頭《あかかしら》 14
縣召除目《あがためしのじもく》 219, 263, 265
茜《あかね》 192
秋田城《あきたじょう》 206
秋田城介《あきたじょうのすけ》 206
悪因《あくいん》 47
阿衡の事件《あこうのじけん》 53
阿古屋の松《あこやのまつ》 273
朝座《あさざ》 92, 142 cf 夕座《ゆうざ》
朝日岳《あさひだけ》〔地〕 41
浅間《あさま》〔地〕 4
遊女《あそび》 3, 4, 154, 220, 223 cf 傀儡女《くぐつ》
愛宕山・愛宕護《あたごやま》〔地〕 23, 41, 42
cf 愛宕山〔仏神・寺社名〕
「あなめ」の歌《あなめのうた》 276
阿弥陀ヶ峯《あみだがみね》〔地〕 22
綾藺笠《あやいがさ》 188, 191～194
阿羅漢果《あらかんか》 14
ありありの主《ありありのぬし》 252
暗記《あんき》 111
暗誦《あんしょう》 93, 110, 111
安和の変《あんなのへん》 263

●い

家の霊《いえのれい》 20, 21, 68～70
意外性 182, 203
異郷《いきょう》 27
軍語《いくさがたり》 201, 206, 211
胆沢城《いさわじょう》 206
石槌山《いしづちさん》〔地〕 63
石灰壇《いしばいのだん》 265
出雲路《いずもじ》〔地〕 274
遺体の遺棄《いたいのいき》 149
戴餅《いただきもちい》 310
一乗《いちじょう》 144
一条大路《いちじょうおおじ》〔地〕 10
一乗朝歌人《いちじょうちょうかじん》 270
一条の北辺《いちじょうのきたのべ》〔地〕 274
一木造《いちぼくづくり》 285
五寸《いつき》 189
井手《いで》〔地〕 155
井手の蛙《いでのかわず》 154
印南野《いなみの》〔地〕 20
異能《いのう》 220, 226
伊吹山系在地仏教集団《いぶきさんけいざいちぶっきょうしゅうだん》 17
伊吹山《いぶきやま》〔地〕 16, 18
今出川《いまでがわ》〔地〕 178
今の調べ《いまのしらべ》 3
今様《いまよう》 2, 3, 162
今様往生《いまようおうじょう》 162
今様正調《いまようせいちょう》 2
今様の神歌《いまようのじんが》 153
岩倉《いわくら》〔地〕 83, 120
院の昇殿《いんのしょうでん》 201
院派《いんぱ》 286

●う

ウィトビー〔地〕 73
宇治《うじ》〔地〕 120
宇治川《うじがわ》〔地〕 120
臼歌《うすうた》 156

嘘《うそ》　211
嘘と真実　27
歌応答の風雅《うたおうとうのふうが》　243
歌数奇《うたすき》　153, 159 cf すき・数奇《すき》
宇多即位《うだそくい》　52, 53
歌枕《うたまくら》　155, 258, 263, 273, 276
歌問答《うたもんどう》　210
打杖《うちづえ》　14
打出の太刀《うちでのたち》　189, 191
内野〔地〕《うちの》　25
内野の大椋《うちののおおむく》　25
打蒔《うちまき》　21
腕に記す歌　244
鵜の原〔地〕《うのはら》　37
産養《うぶやしない》　89
馬《うま》　20, 67, 73, 124, 125, 173
梅園〔地〕《うめぞの》　178
恨み節《うらみぶし》　5
雲林院〔地〕《うりんいん》　127
運河《うんが》　44, 46

● え

絵《え》　27, 207, 208, 243, 244, 276, 297
江口〔地〕《えぐち》　3
絵馬《えま》　124
延喜楽《えんぎらく》　241
延長改元《えんちょうかいげん》　232
円派《えんは》　286
延暦寺の大衆《えんりゃくじのたいしゅう》　203

● お

奥義《おうぎ》　114
往生浄土《おうじょうじょうど》　18
横道《おうどう》　68
大江氏山荘《おおえしさんそう》　91
大嶽〔地〕《おおたけ》　30, 121
大津〔地〕《おおつ》　120
大癋見《おおべしみ》　13, 14
大宮大路〔地〕《おおみやおおじ》　127
巨椋池〔地〕《おぐらがいけ》　120
尾籠・嗚呼《おこ》　160, 192
嗚呼話《おこばなし》　192
おさがり頂戴《おさがりちょうだい》　173
押量除目《おしはかりじもく》　212, 216
男の愛を祈る神《おとこのあいをいのるかみ》　220 cf 百神《ひゃくじん》・百大夫《ひゃくだゆう》〔仏神・寺社名〕
大人《おとな》　270, 281
鬼《おに》　57, 58, 71
鬼切部〔地〕《おにきりべ》　206
鬼の異形《おにのいぎょう》　5, 7
お火焼《おひたき》　118
雄物川〔地〕《おものがわ》　206
お湯殿の儀《おゆどののぎ》　299
尾張〔地〕《おわり》　126
音楽成仏《おんがくじょうぶつ》　162
女羅刹《おんならせつ》　73
陰陽師《おんみょうじ》　76, 78
陰陽道《おんみょうどう》　76
怨霊《おんりょう》　23, 230, 231, 233, 235, 260

● か

開眼《かいげん》　170
開眼供養《かいげんくよう》　151
会昌の廃仏《かいしょうのはいぶつ》　72
戒壇《かいだん》　24
柏の実《かえのみ》　145
火界呪《かかいのじゅ》　36, 104, 105
家学《かがく》　295, 296, 298, 300, 302
鏡〔地〕《かがみ》　3
柿の木浜〔地〕《かきのきはま》　120
柿本影供《かきのもとえいぐ》　158
河曲子《かきょくし》　241
楽道の長《がくどうのおさ》　241
学問料《がくもんりょう》　297

学力のない博士《がくりょくのないはかせ》　248, 250
家芸《かげい》　298
掛詞《かけことば》　144, 183, 270, 276
寡言・寡黙《かげん・かもく》　215, 218
花山院〔地〕《かざんいん》　150
花山院を囲む文人グループ《かざんいんをかこむぶんじん》　270
花山朝《かざんちょう》　252
春日仏師《かすがぶっし》　287
葛川〔地〕《かずらかわ》　111
歌僧《かそう》　156, 283
方違《かたたがえ》　21
語り手の自称　211
合戦の物語《かっせんのものがたり》　199 cf 軍語《いくさがたり》
曽ての栄華、文華の地《かつてのえいが、ぶんかのち》　180
歌徳説話《かとくせつわ》　222
樺尾谷〔地〕《かばおたに》　105
紙冠《かみかぶり》　78, 79
紙屋川〔地〕《かみやがわ・こうやがわ》　21
賀(加)茂川〔地〕《かもがわ》　22, 176, 179, 194, 203
賀茂河原〔地〕《かもがわら》　149
賀茂氏《かもし》　76
賀(加)茂臨時祭《かものりんじさい》　63, 271
唐楽《からがく》　241
烏丸小路〔地〕《からすまこうじ》　108
歌林苑《かりんえん》　158, 282
河竹《かわたけ》　272
川派(川俣)〔地〕《かわまた》　44
河原院《かわらのいん》　48〜50, 64, 70, 71, 180
神崎〔地〕《かんざき》　3
勘当《かんどう》　94, 284, 291
感動の涙　165, 293
官能的な陶酔　165
観音の告げ《かんのんのつげ》　249
桓武朝の仏教政策《かんむちょうのぶっきょうせいさく》　285

●き

偽悪《ぎあく》　217, 253
祇園大路〔地〕《ぎおんおおじ》　105
祇園廻りの傾城町《ぎおんまわりのけいせいまち》　108
鬼界ヶ島〔地〕《きかいがしま》　211
鬼気祭《ききさい》　310
菊溪〔地〕《きくたに》　109
菊溪川〔地〕《きくたにがわ》　105
危険を内包する高次性　113
記室《きしつ》　255
貴種流離《きしゅるり》　276
鬼女《きじょ》　73
鬼神に横道なし《きしんにおうどうなし》　68
擬態《ぎたい》　13, 22, 25, 28
北山〔地〕《きたやま》　37
木津川〔地〕《きづがわ》　120
木津河原〔地〕《きづがわら》　122
狐《きつね》　21, 57, 58
鬼難のお守り《きなんのおまもり》　139
茸中毒《きのこちゅうどく》　143, 146, 149
茸と僧《きのことそう》　145
茸の汁物《きのこのしるもの》　145
季の御読経《きのみどきょう》　142
黄海の戦《きのみのいくさ》　200, 206, 209
吸血鬼《きゅうけつき》　71, 74
京官《きょうかん》　261
京官除目《きょうかんじもく》　261, 265
狂気《きょうき》　21, 197, 198, 215, 307〜309
教化《きょうげ》　113, 143, 144
狂言の幕切れ《きょうげんのまくぎれ》　140
興言利口《きょうげんりこう》　140
京極川〔地〕《きょうごくがわ》　179
京極殿《きょうごくどの》　69
京職《きょうしき》　149
梟首《きょうしゅ》　302
宜陽殿《ぎようでん》　239

京都御苑《きょうとぎょえん》 150
京都御所《きょうとごしょ》 150
京の七道《きょうのしちどう》 120
京仏師《きょうぶっし》 286
行列《ぎょうれつ》 20〜22
清水道〔地〕《きよみずみち》 107
雲母坂〔地〕《きららざか》 121
儀礼《ぎれい》 112, 113
銀細工《ぎんざいく》 195
金の鵄《きんのとび》 23

●く

公卿座への入口《くぎょうざへのいりぐち》 296
公卿町《くぎょうまち》 150
傀儡女《くぐつ(め)》 2, 3, 4, 153, 220, 223 cf 遊女《あそび》
野猪《くさいなぎ》 19, 20
孔雀経法《くじゃくきょうほう》 304
九条家《くじょうけ》 234
九条家〔地〕《くじょうけ》 150
九相観《くそうかん》 89
九体仏《くだいぶつ》 289
口寄せ《くちよせ》 42
熊野〔地〕《くまの》 124
熊野牛王の誓紙《くまのごおうのせいし》 25
組題百首《くみだいひゃくしゅ》 282
鞍馬〔地〕《くらま》 26
厨川〔地〕《くりやがわ》 200, 206
車宿《くるまやどり》 196
呉竹《くれたけ》 272
呉竹の台《くれたけのだい》 272
紅《くれない》 192
蔵人《くろうど》 297
蔵人大夫《くろうどのたゆう》 304
蔵人頭《くろうどのとう》 259, 261, 264, 265, 268, 271
軍事政庁《ぐんじせいちょう》 206

●け

家司《けいし》 53
芸能譚《げいのうたん》 166
慶派《けいは》 286
外官除目《げかんじもく》→縣召除目《あがためしのじもく》
鷁首《げきす》 287
花厳経持者《けごんきょうじしゃ》 126
外術《げじゅつ》 21
厳粧《けしょう》 4
下衆は下衆なりに《げすはげすなりに》 195, 197
結界《けっかい》 121, 122
検非違使庁《けびいしちょう》 195
蹴鞠《けまり》 281
下劣の神形《げれつのしんけい》 125
顕教《けんきょう》 91
建国物語《けんこくものがたり》 73
言語遊戯《げんごゆうぎ》 144
源氏の凋落《げんじのちょうらく》 202
源氏の内訌《げんじのないこう》 202
見者《けんじゃ》 214, 219
見者説話《けんじゃせつわ》 215
還昇《げんじょう》 226, 261
遣唐使《けんとうし》 242, 243
遣唐使制度廃絶《けんとうしせいどはいぜつ》 243

●こ

小一条家《こいちじょうけ》 264
小一条殿《こいちじょうどの》 145, 150
五位の位《ごいのくらい》 71
恋の文使い《こいのふみづかい》 245
行為的意味と言語的意味 61
傲岸不遜《ごうがんふそん》 217
纐纈城《こうけちじょう》 71, 72
講師《こうじ》 171〜173
迎接会《ごうじょうえ》 18
好色滑稽譚《こうしょくこっけいたん》 164

好色譚《こうしょくたん》　166
好色の僧《こうしょくのそう》　115
皇親《こうしん》　216
荒廃のイメージ　70, 71, 180
荒廃の故地《こうはいのこち》　180
公平公正《こうへいこうせい》　231, 232
高野〔地〕《こうや》　26
高野政所《こうやのまんどころ》　303〜305
合理主義　218
鴻臚館《こうろかん》　226
口論《こうろん》　248, 258, 265, 269
心諂曲《こころてんごく》　231
心に思はせたる歌《こころにおもわせたるうた》　239
心を致さぬ　112
後三年の役《ごさんねんのえき》　201
腰《こし》　54, 62
小蔀《こじとみ》　265
五条大路《ごじょうおおじ》　117
五条石橋《ごじょうのいしばし》　107
後白河脳病《ごしらかわのうびょう》　63
腰を抱く《こしをだく》　54〜56, 58, 61, 62
古曽部〔地〕《こそべ》　159
五台山〔地〕《ごだいさん》　41
五壇法《ごだんほう》　112
胡蝶楽《こちょうらく》　241
滑稽《こっけい》　160, 165, 166
ことばの風流《ことばのふうりゅう》　269
五内清浄《ごないしょうじょう》　143
小庭《こにわ》　265
近衛家〔地〕《このえけ》　150
近衛使《このえのつかい》　275
近衛舎人《このえのとねり》　288
近衛馬場〔地〕《このえのばば》　288
近衛舞人《このえのまいびと》　275
狛〔地〕《こま》　224, 226
高麗楽《こまがく》　241, 244
小松柵《こまつのさく》　207
暦博士《こよみはかせ》　76
御霊信仰《ごりょうしんこう》　221 cf 御霊《ごりょう》〔仏神・寺社名〕
小六条内裏《ころくじょうだいり》　277, 278
衣川〔地〕《ころもがわ》　200, 210
衣川の戦《ころもがわのいくさ》　206
衣川柵《ころもがわのさく》　207
木幡里〔地〕《こわたのさと》　119
紺《こん》　189, 191, 192
金剛山〔地〕《こんごうさん》　58
金剛夜叉法《こんごうやしゃほう》　113
権跡《ごんせき》　270

● さ

西院〔地〕《さいいん》　149
西園寺家《さいおんじけ》　150
西行出家伝説《さいぎょうしゅっけでんせつ》　90
細工《さいく》　195, 196
催馬楽《さいばら》　3
嵯峨〔地〕《さが》　124
境の地《さかいのち》　117, 118, 120, 122, 123
下り松〔地〕《さがりまつ》　12, 120
桜人《さくらひと》　244
左近の桜《さこんのさくら》　236, 239
左近の陣《さこんのじん》　239
左遷《させん》　263, 264
作善《さぜん》　285
左道《さどう》　258, 266
里内裏《さとだいり》　69, 150
三十二相《さんじゅうにそう》　15
三十六歌仙《さんじゅうろっかせん》　152
三十六歌仙絵《さんじゅうろっかせん》　158
山上結界《さんじょうけっかい》　121
散位《さんに》　226, 261, 265, 303, 304, 310
三衣《さんね》　34
三年坂〔地〕《さんねんざか》　107
山門嗷訴《さんもんごうそ》　203

●し

四威儀《しいぎ》 116
死穢《しえ》 306
塩竈浦〔地〕《しおがまのうら》 49
塩竈の景《しおがまのけい》 64
試楽《しがく》 271
式家藤氏《しきけとうじ》 295
式家藤氏家学《しきけとうじかがく》 299, 300
職事《しきじ》 261, 297
四季の風景《しきのふうけい》 27
式目化《しきもくか》 114
慈救呪《じくじゅ》 46, 104
地下《じげ》 3, 261, 265, 283
地獄めぐり《じごくめぐり》 26
自己肯定《じここうてい》 253
自己陶酔《じことうすい》 269, 276
侍従局《じじゅうきょく》 216
詩序《しじょ》 301
辞職の勧告《じしょくのかんこく》 250
詩人の短命《しじんのたんめい》 255
地蔵行者《じぞうぎょうじゃ》 105
地蔵講《じぞうこう》 105
地蔵信仰《じぞうしんこう》 104
地蔵の縁日《じぞうのえんにち》 105
地蔵宝号《じぞうのほうごう》 105
死体遺棄《したいいき》 149
次第を取る《しだいをとる》 144
七騎《しちき》 200
七騎武者《しちきむしゃ》 200
七条町〔地〕《しちじょうちょう》 139
私闘《しとう》 201
侍読《じとく》 53, 80
時服《じふく》 218
下河原通〔地〕《しもがわらどおり》 105
下河原遊里《しもがわらゆうり》 108
除目詮衡《じもくせんこう》 219
除目後朝《じもくのこうちょう》 212, 222
釈迦説法《しゃかせっぽう》 11, 13, 15, 22
秀才《しゅうさい》 250
秀才試《しゅうさいし》 250
趣向性《しゅこうせい》 282
守護者《しゅごしゃ》 104
呪咀の場《じゅそのば》 42
出家《しゅっけ》 165 cf 発心《ほっしん》
修二会《しゅにえ》 7
主簿《しゅぼ》 225
巡爵《じゅんしゃく》 304
誦《しょう・ず》 110, 162 cf 読《どく》
貞観様式《じょうがんようしき》 285
招魂《しょうこん》 309
招魂祭《しょうこんさい》 310
省試《しょうし》 250
消息を書く《しょうそくをかく》 280
定朝様式《じょうちょうようしき》 285, 286
浄土教の隆盛《じょうどきょうのりゅうせい》 22
聖人《しょうにん》 99
将の象徴《しょうのしょうちょう》 210
城介《じょうのすけ》→秋田城介《あきたじょうのすけ》
小仏師《しょうぶっし》 286
勝負舞《しょうぶまい》 288
書記の冥官《しょきのめいかん》 255
食人《しょくじん》 72
白河関《しらかわのせき》 155
白鷺堀川〔地〕《しらさぎほりかわ》 46
白斑の鷹《しらふのたか》 209
白馬《しろうま》 73 cf 馬《うま》
詩を作らぬ人《しをつくらぬひと》 280
進士《しんし》 250
信じること《しんじること》 19
神身離脱《しんしんりだつ》 128, 129
臣籍降下《しんせきこうか》 52
陣座《じんのざ》 219, 239
陣定《じんのさだめ・じんじょう》 239

人物評(価)《じんぶつひょう(か)》　216, 219
信を致す《しんをいたす》　13, 15
信を起こす《しんをおこす》　12

●す

水干《すいかん》　189, 191
随求陀羅尼《ずいくだらに》　138, 139
推参は遊女のならい《すいさんはあそびのならい》　201
蘇芳《すおう》　192
姿を失う《すがたをうしなう》　6, 22
菅原道真伝承《すがわらのみちざねでんしょう》　230
数奇《すき》　154, 157, 159
すき・すく　153, 160
数奇の人《すきのひと》　154, 155, 158, 159
朱雀院《すざくいん》　225
雀《すずめ》　271, 272
捨てられた物語　308
相撲節会《すまいのせちえ》　256, 310
相撲使《すまいのつかい》　256
受領歌人《ずりょうかじん》　157

●せ

聖帝の伝承《せいていのでんしょう》　232, 233
性の神《せいのかみ》　220 cf 百神《ひゃくじん》・百大夫《ひゃくだゆう》〔仏神・寺社名〕
清涼殿落雷《せいりょうでんらくらい》　233, 235
摂関家《せっかんけ》　234
説教教化の上手《せっきょうきょうげのじょうず》　141
摂津〔地〕《せっつ》　26
説話化《せつわか》　51, 155, 205, 219, 230, 242, 265, 267, 290〜292
説話的常套《せつわてきじょうとう》　229
説話的な意味　98, 226
説話的な原因　267
説話的な読み　290
説話に作者となる　290
説話発想《せつわはっそう》　259
説話への参加　290
善根《ぜんこん》　77
千手陀羅尼の持者《せんじゅだらにのじしゃ》　17
先任の頭《せんにんのとう》　268
専門家性　302

●そ

相《そう》　224〜227, 229
唱歌《そうが》　3, 162
僧伽羅国〔地〕《そうがらこく》　73
造寺司《ぞうじし》　285
造東寺司《ぞうとうじし》　285
相人《そうにん》　224, 226, 229
造仏所《ぞうぶつしょ》　285
雑物変身《ぞうぶつへんしん》　21
僧兵《そうへい》　203
即詠の名誉《そくえいのめいよ》　239
束帯装束《そくさいしょうぞく》　64, 66
束帯の色《そくたいのいろ》　67
蘇生《そせい》　26, 46, 49, 232, 233, 303, 307〜309
卒塔婆《そとば》　20, 31, 82
暗に・空に《そらに》　93, 111 cf 暗記《あんき》・暗誦《あんしょう》
虚読《そらよみ》　110
尊勝修法《そんしょうずほう》　303, 305
尊勝陀羅尼《そんしょうだらに》　139, 305
尊勝陀羅尼護符《そんしょうだらにごふ》　5, 22

●た

大会《だいえ》　22, 23, 25
題詠《だいえい》　282
大会頭巾《だいえずきん》　13
大学頭《だいがくのとう》　296, 299, 301
大言壮語《たいげんそうご》　217
体制の文化表現　234
第二(第三)の冥官《だいに(だいさん)のめいかん》　232, 256

大日如来の剛強の方便乃至極々《だいにちにょらいのごうきょうのほうべんないしごくのごく》 105
大日如来の柔軟の方便乃至極《だいにちにょらいのにゅうなんのほうべんないしごく》 105
台盤《だいばん》 271
大比叡《だいひえい》 30, 121
大仏師《だいぶつし》 286, 289, 290
当麻曼荼羅《たいままんだら》 18
台密《だいみつ》 18, 112, 113 cf 東密《とうみつ》
大汶《だいもん》 195, 196
題をめぐらす歌《だいをめぐらすうた》 240, 241
鷹《たか》 209
鷹飼《たかかい》 209, 210
多賀城《たがじょう》 206
高館《たかだち》 211
滝口《たきぐち》 21
滝口の陣《たきぐちのじん》 21
薫物合《たきものあわせ》 240
堕地獄《だじごく》 51, 57, 233
立腹《たちはら》 88
辰巳新地《たつみしんち》 108
伊達《だて》 192, 193
他人の名歌《たにんのめいか》 239〜241, 243
狸《たぬき》 19, 20
多弁を楽しむ《たべんをたのしむ》 217
営岡《たむろのおか》 206

●ち

地久の急・破《ちきゅうのきゅう・は》 244
千種殿《ちぐさどの》 80
畜生道《ちくしょうどう》 81
知識を曳く《ちしきをひく》 77
父と子《ちちとこ》 292
池亭《ちてい》 80
治道《ちどう》 287
千歳山〔地〕《ちとせやま》 273
中古三十六歌仙《ちゅうこさんじゅうろっかせん》 240, 242, 270
中門《ちゅうもん》 48, 188, 190, 191
中門廊《ちゅうもんろう》 188, 191
町石《ちょういし》 304
地霊《ちれい》 256
血を吸う《ちをすう》 71
鎮魂《ちんこん》 208, 230, 309
鎮守府《ちんじゅふ》 206
鎮守府将軍《ちんじゅふしょうぐん》 206
沈黙の言語《ちんもくのげんご》 215
沈淪《ちんりん》 261

●つ

追討の宣旨《ついとうのせんじ》 201
追儺《ついな》 7
追儺伎楽面《ついなぎがくめん》 7
作物所《つくもどころ》 196, 272
土御門殿《つちみかどどの》 69, 149
土御門東洞院殿《つちみかどひがしのとういんどの》 150
壺屋《つぼや》 94

●て

邸内御堂《ていないみどう》 69
ディレッタンティズム 197
天下の奇士《てんかのきし》 302
天下の三不如意《てんかのさんふにょい》 202
天下の判者《てんかのはんじゃ》 282
転経《てんきょう》 112
天狗《てんぐ》 10, 13, 14, 17, 30〜35, 37, 38, 41, 42, 57, 117
天狗道《てんぐどう》 25, 57
殿上淵酔《てんじょうえんずい》 267
殿上間《てんじょうのま》 265
天神信仰《てんじんしんこう》 230, 233, 240
天台五時教《てんだいごじきょう》 128
天台座主《てんだいざす》 38, 40
天台浄土教《てんだいじょうどきょう》 105

転読《てんどく》　112
天皇堕地獄《てんのうだじごく》　233
天皇の前世《てんのうのぜんせ》　63
天平彫刻《てんぴょうちょうこく》　285
天部の神《てんぶのかみ》　127, 129
伝法灌頂《でんぽうかんじょう》　91
天魔《てんま》　14, 16 cf 魔《ま》
天文博士《てんもんはかせ》　76

●と

東宮蔵人《とうぐうのくろうど》　86
堂上《どうじょう》　3, 261 cf 地下《じげ》
盗賊《とうぞく》　102, 103, 105, 108
道祖神の像容《どうそじんのぞうよう》　125, 221 cf 道祖神《どうそじん》〔仏神・寺社名〕
塔の傾き《とうのかたむき》　107
頭中将《とうのちゅうじょう》　264, 267
頭弁《とうのべん》　264, 267
東密《とうみつ》　18, 113 cf 台密《だいみつ》
道理を知って曲でない《どうりをしってきょくでない》　67
読経(誦経)《どきょう(ずきょう)》　162
読経争い《どきょうあらそい》　161, 162, 165
読《どく》　110 cf 誦《しょう》
読書博士《どくしょはかせ》　299
毒茸《どくたけ》　144, 148, 149
とけのほる　223
都率天の内院《とそつてんのないいん》　111
轟川《とどろきがわ》〔地〕　105
宿直装束《とのいしょうぞく》　244
鳶《とび》　10, 117
取り付く《とりつく》　59
鳥辺野《とりべの》〔地〕　22, 149

●な

内宴《ないえん》　300
内供十禅師《ないぐじゅうぜんじ》　91
内覧《ないらん》　262
直物《なおしもの》　222
中津川《なかつがわ》〔地〕　152
長柄川《ながらがわ》〔地〕　152
長柄の橋《ながらのはし》　151, 152, 154, 158
梨壺五人《なしつぼのごにん》　152
那須《なす》〔地〕　4
那智《なち》〔地〕　26, 63
七寸《ななき》　191
難波津《なにわつ》〔地〕　44, 46
難波江《なにわのえ》〔地〕　49, 64
奈良《なら》〔地〕　120
奈良坂《ならさか》〔地〕　121, 126
不生柿《ならずがき》　123
成らぬ柿《ならぬかき》　120
成らぬ柿の木《ならぬかきのき》　117～120
鳴滝《なるたき》〔地〕　91
馴者《なれもの》　141
南家藤氏《なんけとうし》　301
南庭《なんてい》　191
南殿《なんでん・なでん》　236
南都仏師《なんとぶっし》　286
南都焼討《なんとやきうち》　122

●に

西坂本《にしさかもと》〔地〕　120
西坂本の結界《にしさかもとのけっかい》　122
西洞院川《にしのとういんかわ》〔地〕　117
西洞院通《にしのとういんどおり》〔地〕　117
二十二社奉幣《にじゅうにしゃほうへい》　310
……に過ぐ(余る)の構文と意味　224, 227～229
入寺僧《にゅうじそう》　91
入道親王叙品の初例《にゅうどうしんのうじょぼんのしょれい》　304
女人島《にょにんとう》　72

●ぬ

塗り箙《ぬりえびら》　189
塗籠《ぬりごめ》　48, 49, 63, 64, 67, 71

●ね

子日の松《ねのひのまつ》　156
涅槃会《ねはんえ》　126
年爵《ねんしゃく》　259
念仏専修《ねんぶつせんしゅう》　16, 17

●の

野上《のがみ》(他)　3
乗り打ち《のりうち》　188

●は

博士家《はかせけ》　301
覇気《はき》　291, 292
白山《はくさん》〔地〕　138
羽黒山《はぐろさん》〔地〕　23
筥文《はこぶみ》　219
恥《はじ》　163〜166
破陣楽《はじんらく》　287
八十種好《はちじっしゅごう》　15
八条山荘障子絵《はちじょうさんそうしょうじえ》　157
抜苦の修善《ばっくのしゅぜん》　51
話の立会人《はなしのたちあいにん》　41, 211
花見《はなみ》　107, 267, 269
場の歌人《ばのかじん》　242
蛤御門《はまぐりごもん》　150
祓戸の神《はらいどのかみ》　78
播磨《はりま》〔地〕　77, 78, 215
判者《はんじゃ》　242, 243, 282
反秩序の言語《はんちつじょのげんご》　217, 218
反通常《はんつうじょう》　217, 218　cf 非通常《ひつうじょう》
般若の衣《はんにゃのころも》　127, 128

●ひ

比叡山《ひえいざん》〔地〕　13, 30, 143　cf 比叡山《ひえいざん》〔仏神・寺社名〕
東洞院大路《ひがしのとういんおおじ》〔地〕　190, 191
光源氏の誕生《ひかるげんじのたんじょう》　226
非常赦《ひじょうしゃ》　310
聖《ひじり》　99, 100
聖の住所《ひじりのじゅうしょ》　99
常陸《ひたち》〔地〕　256
常陸合戦《ひたちかっせん》　201
非通常《ひつうじょう》　218　cf 反通常《はんつうじょう》
櫃川《ひつかわ》〔地〕　120
人麿影供《ひとまろえいぐ》　158
人麿像《ひとまろぞう》　158
非日常《ひにちじょう》　197, 198
昼御座《ひのみまし》　265
批判精神　217
比売嶋堀川《ひめしまほりかわ》〔地〕　46
百度大路《ひゃくどおおじ》　105
百人一首《ひゃくにんいっしゅ》　158, 270
百鬼夜行《ひゃっきやぎょう》　5, 22
表現化《ひょうげんか》　90, 113, 234, 270
平等院鳳凰堂壁扉画《びょうどういんほうおうどうへきひが》　18
比良《ひら》〔地〕　26
平茸《ひらたけ》　143〜147
枇杷殿《びわどの》　145, 150, 238
琵琶法師《びわほうし》　154

●ふ

風雅の表現《ふうがのひょうげん》　269
風葬《ふうそう》　149
風流の演出《ふうりゅうのえんしゅつ》　269, 272
風流の細工《ふうりゅうのさいく》　196
風流の振舞《ふうりゅうのふるまい》　268
不羈《ふき》　197, 204
普賢経《ふげんきょう》　45

普賢の化現《ふげんのけげん》　111
節黒《ふしぐろ》　189, 191
ふししばの加賀《ふししばのかが》　157
伏見〔地〕《ふしみ》　120
諷誦文《ふじゅもん》　51
不浄《ふじょう》　116
不浄読経《ふじょうどきょう》　129, 145
不浄の戒め《ふじょうのいましめ》　129
風俗《ふぞく》　3
風俗歌《ふぞくうた》　256
札ノ辻〔地〕《ふだのつじ》　120
補陀落山《ふだらくせん》　125
不断経《ふだんぎょう》　145
仏工《ぶつこう》　286
仏師《ぶつし》　134, 135, 168〜170, 284, 287
仏師僧綱《ぶつしそうごう》　286
仏所《ぶっしょ》　285
仏足石《ぶっそくせき》　15
仏罰《ぶつばつ》　203
仏名会《ぶつみょうえ》　183
不動行者《ふどうぎょうじゃ》　104
不動の像容《ふどうのぞうよう》　104
不動法《ふどうほう》　104
武徳楽《ぶとくらく》　241
旧歌を以て答える　238
古屋の霊《ふるやのれい》　20
無礼咎め《ぶれいとがめ》　192
プロフェッショナル　197
文化神《ぶんかしん》　235
文王《ぶんのう》　205
墳墓の地《ふんぼのち》　149

●へ

平治の乱《へいじのらん》　279
平伏の礼《へいふくのれい》　82, 281
別時念仏《べつじねんぶつ》　7
弁慶ひきずり鐘《べんけいひきずりかね》　40

●ほ

法皇の初例《ほうおうのしょれい》　49
法眼《ほうげん》　286, 287
保元の乱《ほうげんのらん》　228, 278, 301, 302
法師陰陽師《ほうしおんみょうじ》　78
放屁《ほうひ》　163, 267
方略試《ほうりゃくし》　250
法隆寺西円堂修二会《ほうりゅうじさいえんどうしゅにえ》　7
法花経持者《ほけきょうじしゃ》　124, 126
法花経方便品《ほけきょうほうべんぼん》　161
法花持経《ほけじきょう》　19
菩薩面《ぼさつめん》　13, 14
法橋《ほっきょう》　286, 287
法花経《ほっけえ》　126
法花会《ほっけえ》　126
法花の衣《ほっけのころも》　127, 128
法花八講《ほっけはっこう》　92, 100
「発心」の語《ほっしんのご》　165
仏供養《ほとけくよう》　131, 168, 171
寄生樹の摺り《ほやのすり》　192
堀河院歌壇《ほりかわいんかだん》　282
堀河題《ほりかわだい》　282

●ま

魔《ま》　13, 16, 19〜23, 26〜28, 46
舞茸《まいたけ》　145
魔王団扇《まおううちわ》　14
間男する《まおとこする》　170
魔界《まかい》　17, 22, 25, 26, 46
罷申《まかりもうし》　264, 268
巻狩《まきがり》　4
魔所《ましょ》　72
魔性の闇さ《ましょうのくらさ》　47
ますほの薄《ますほのすすき》　158
魔の演出《まのえんしゅつ》　22, 26, 28
魔の現出《まのげんしゅつ》　22

魔の消滅《まのしょうめつ》　13, 15, 23, 25, 26
魔の勝利《まのしょうり》　59

●み

御子神を祀る巫女《みこがみをまつるみこ》　220
水鏡の風流《みずかがみのふりゅう》　276
水飲〔地〕《みずのみ》　13, 121, 122
弥陀四十八願《みだしじゅうはちがん》　18
御手洗川〔地〕《みたらいがわ》　275
道饗祭《みちあえのまつり》　221
道真遺言詩集《みちざねゆいごんししゅう》　251
陸奥〔地〕《みちのく》　263, 273
密教《みっきょう》　91, 112　cf 台密《だいみつ》・東密《とうみつ》
南部〔地〕《みなべ》　124
箕面〔地〕《みのお》　93
美濃源氏《みのげんじ》　209
蓑山《みのやま》　244
明神川〔地〕《みょうじんがわ》　275
名簿《みょうぶ》　151, 157, 172, 252
弥勒浄土《みろくじょうど》　17, 111
民間宗教者《みんかんしゅうきょうしゃ》　149

●む

迎え講《むかえこう》　18
行縢《むかばき》　189, 191
武者の伊達《むしゃのだて》　189, 191, 193
無智《むち》　17, 19, 22
陸奥守任官《むつのかみにんかん》　263, 264
村上源氏《むらかみげんじ》　279

●め

名僧・名僧する《めいそう》　92, 99, 100
名僧と聖《めいそうとひじり》　99
目覚めての信《めざめてのしん》　27, 28
召し返し《めしかえし》　222

●も

申文《もうしふみ》　219, 280
木偶《もくぐう》　220
目代《もくだい》　221
文字遊戯《もじゆうぎ》　144
物言い《ものいい》　140, 141, 144, 149, 183, 184, 195〜197
物言いの意図目的　140
物言いの加害者　141
物言いの聞手　141
物言いの芸《ものいいのげい》　142
物言いの構成　144
物言いの構造　141
物言いの説教教化　142
物言いの被害者　141
物着《ものぎ》　14
文章生《もんじょうしょう》　157, 250
文章得業生《もんじょうとくごうしょう》　51, 248, 250, 295, 301
文章博士《もんじょうはかせ》　51, 176, 295, 298〜300
問頭博士《もんどうはかせ》　250

●や

薬師の縁日《やくしのえんにち》　105
疫神《やくじん・えきじん》→疫神《やくじん》〔仏神・寺社名〕
八坂〔地〕《やさか》　102
八坂道《やさかみち》　107
屋敷神《やしきがみ》　150
疫鬼《やっき》→疫神《やくじん》〔仏神・寺社名〕
宿の主《やどのあるじ》　66, 67
山崎〔地〕《やまさき》　3, 156
山科川〔地〕《やましながわ》　120
山神《やまのがみ》　256
欵冬《やまぶき》　191, 192
山法師《やまほうし》　203

やるまいぞやるまいぞ　140

●ゆ

幽玄《ゆうげん》　159, 199, 204, 208, 282
「幽玄」の俊成《ゆうげんのしゅんぜい》　279, 282
幽玄の雪の絵巻《ゆうげんのゆきのえまき》　208
夕座《ゆうざ》　92, 142 cf 朝座《あさざ》
有職《ゆうそく・ゆうしき》　260, 263, 270, 272
幽蘭社《ゆうらんしゃ》　108
遊離魂の供養《ゆうりこんのくよう》　149
弽《ゆがけ》　189

●よ

「妖艶」の定家《ようえんのていか》　279, 282
佯狂《ようきょう》　100
陽成狂気《ようぜいきょうき》　21
要なし　276
夜離れ《よがれ》　4
吉野〔地〕《よしの》　138
予祝《よしゅく》　229
寄木内刳造《よせぎうちぐりづくり》　285
淀川〔地〕《よどがわ》　120
世の作法《よのさほう》　214, 219
世の外《よのそと》　218, 219

●ら

来迎《らいこう》　18, 19, 22
来迎図《らいごうず》　18
来迎仏《らいごうぶつ》　18
蘭陵王《らんりょうおう》　287

●り

略読《りゃくどく》　112
龍の咋い合い《りゅうのくいあい》　253
陵王・羅陵王《りょうおう》　287
陵王面《りょうおうのめん》　284, 287
霊鷲山〔地〕《りょうじゅせん》　144
霊鷲山の説法《りょうじゅせんのせっぽう》　11, 13
龍頭鷁首《りょうとうげきす》　287
良風美俗に外れる　221
臨終《りんじゅう》　45
臨終正念《りんじゅうしょうねん》　97
輪廻転生《りんねてんせい》　81

●る

類聚集成《るいじゅうしゅうせい》　2, 4

●れ

冷泉狂気《れいぜいきょうき》　198
聠句《れんく》　293, 294
輦車、牛車の宣旨《れんしゃ、ぎっしゃのせんじ》　304

●ろ

露悪《ろあく》　217
朗詠《ろうえい》　3, 69, 162
籠居《ろうきょ》　215
籠山《ろうざん》　138
六地蔵〔地〕《ろくじぞう》　119, 122
六条院《ろくじょういん》　80, 83
六体地蔵《ろくたいじぞう》　119, 120 cf 地蔵菩薩《じぞう》〔仏神・寺社名〕
六根清浄《ろっこんしょうじょう》　143

●わ

若大人《わかおとな》　281, 282
和歌六人党《わかろくにんとう》　155, 157
渡辺〔地〕《わたなべ》　158
わたり　145
和様化《わようか》　285
笑い《わらい》　140〜143, 148, 149, 267, 277

この関係系図に、兄弟姉妹間の長幼の順と年代の整合とは無視されている

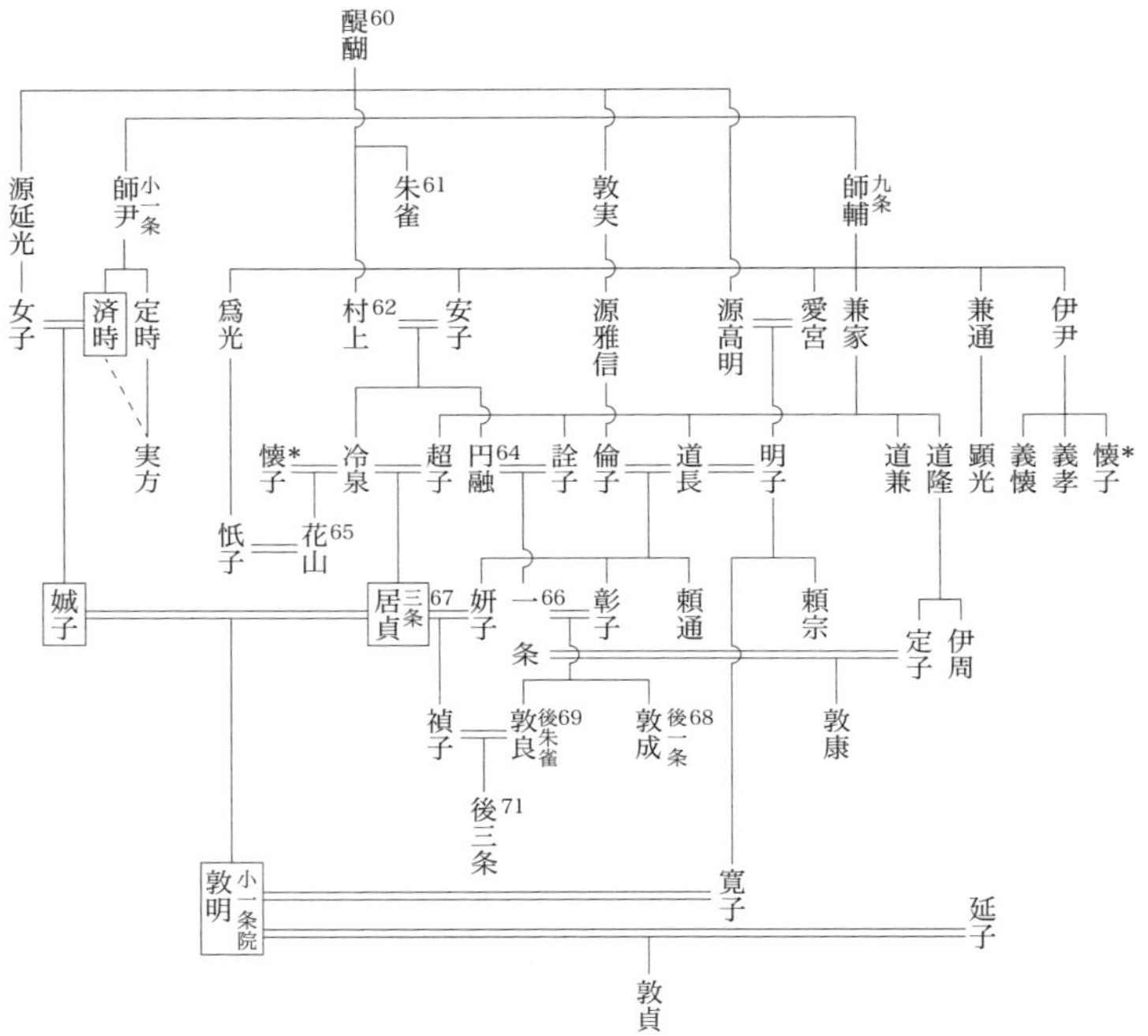

京師内外図

1　京極院
2　染殿
3　清明邸
4　北辺
5　土御門殿
6　枇杷殿
7　小一条院
8　東獄
9　本院
10　小野宮
11　左京職
12　二条第
13　勧学院
14　卍 六角堂
15　幵 五条天神
16　亭子院
17　鴻臚館（東）
18　九條殿
19　西獄
20　右京職
21　鴻臚館（西）
a　朱雀門
b　美福門
c　郁芳門
d　待賢門
e　陽明門
f　上東門
g　達智門
h　偉鑒門
i　安嘉門
j　上西門
k　殷富門
l　藻壁門
m　談天門
n　皇嘉門
o　建礼門
p　応天門
q　羅城門

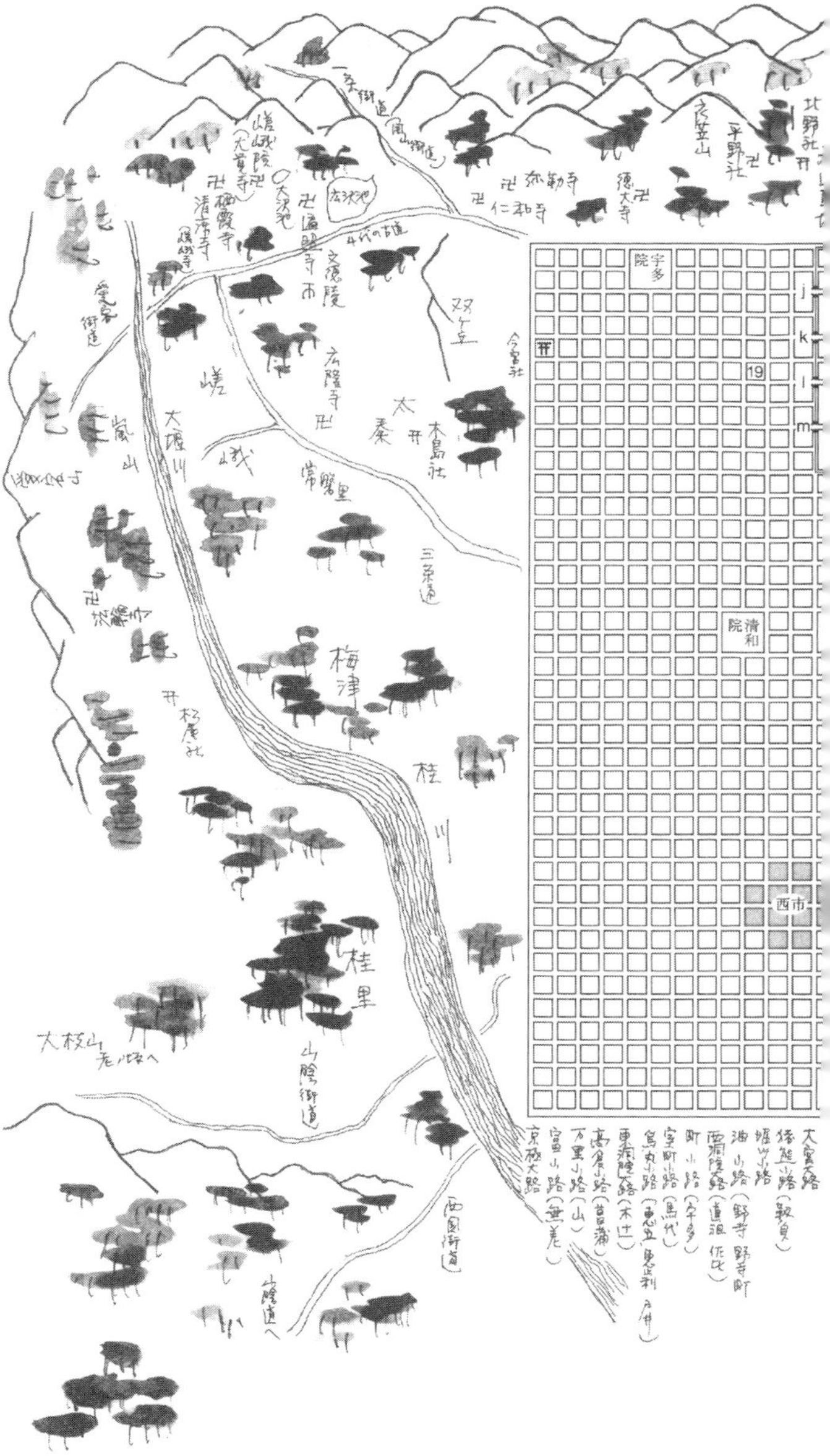

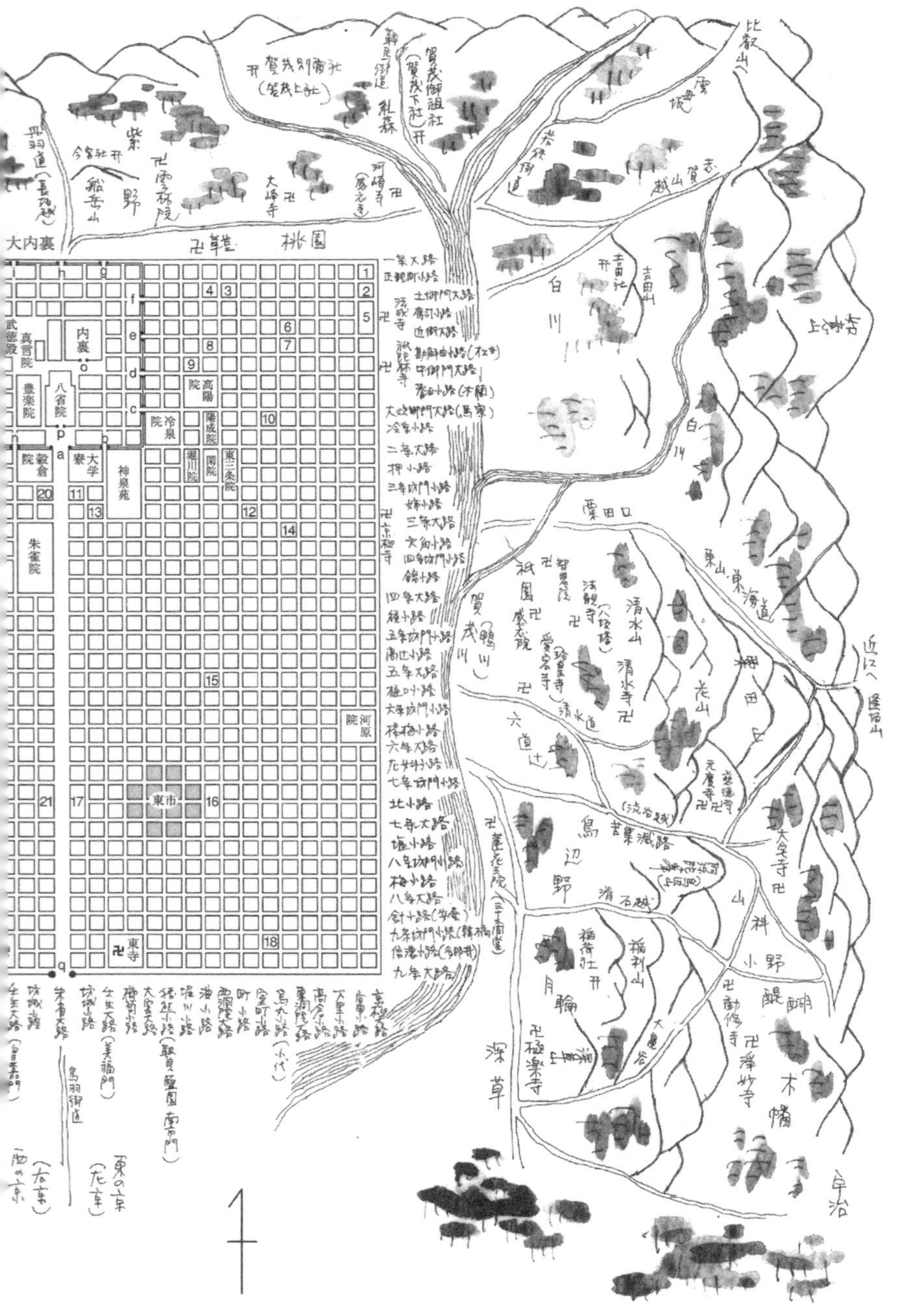

大内裏
内裏
武徳殿
真言院
豊楽院
八省院
穀倉院
大学寮
神泉苑
朱雀院
冷泉院
高陽院
陽成院
堀川院
閑院
東三条院
河原院
東市
東寺
一条大路
正親町小路
土御門大路
近衛大路
中御門大路
春日小路
大炊御門大路
冷泉小路
二条大路
押小路
三条坊門小路
姉小路
三条大路
六角小路
四条坊門小路
錦小路
四条大路
綾小路
五条坊門小路
高辻小路
五条大路
樋口小路
六条坊門小路
楊梅小路
六条大路
左女牛小路
七条坊門小路
北小路
七条大路
塩小路
八条坊門小路
梅小路
八条大路
針小路
九条坊門小路
信濃小路
九条大路
壬生大路
坊城小路
朱雀大路
櫛笥小路
大宮大路
堀川小路
油小路
西洞院大路
町小路
室町小路
烏丸小路
東洞院大路
高倉小路
万里小路
富小路
京極大路
鳥羽御道
東の京（左京）
西の京（右京）
賀茂別雷社（賀茂上社）
賀茂御祖社（賀茂下社）
糺森
紫野
船岡山
今宮社
雲林院
大徳寺
桃園
比叡山へ
志賀山越
吉田社
吉田山
白川
粟田口
東山・東海道
祇園
清水山
清水寺
清水道
六道辻
鳥辺野
稲荷社
稲荷山
深草
極楽寺
山科
小野
醍醐
木幡
宇治
近江へ
逢坂山
賀茂川
鴨川

影と花
説話の径を

著書

川端善明

（かわばた・よしあき）

著者略歴

1933 年、京都生まれ。京都大学大学院修了。
京都大学名誉教授。国語国文学専攻。文学博士。

著書

『活用の研究Ⅰ　前活用としての母音交代』『活用の研究Ⅱ　活用の構造』『今昔物語集　本朝世俗部』一～四（『新潮日本古典集成』共著）『古事談・續古事談』（『新日本古典文学大系』共著）『宇治拾遺ものがたり』（『岩波少年文庫』）『聖と俗　男と女の物語』など。

2018 年 5 月 31 日　第一刷発行

発行者　池田圭子

装丁　笠間書院装幀室

発行所　笠間書院

〒 101-0064　東京都千代田区神田猿楽町 2-2-3
電話 03-3295-1331　Fax 03-3294-0996　振替 00110-1-56002
ISBN978-4-305-70861-8 C0095

組版　ステラ
印刷・製本　モリモト印刷

http://kasamashoin.jp/